天下顺商

王基国◎著

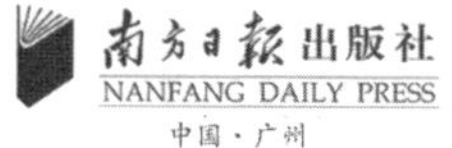
南方日报出版社
NANFANG DAILY PRESS
中国·广州

图书在版编目（CIP）数据

天下顺商 / 王基国著. — 广州 : 南方日报出版社，2024.1
ISBN 978-7-5491-2789-4

Ⅰ. ①天… Ⅱ. ①王… Ⅲ. ①纪实文学－中国－当代 Ⅳ. ①I25

中国国家版本馆CIP数据核字(2023)第239682号

TIANXIA SHUNSHANG

天下顺商

著　　者：王基国
出版发行：南方日报出版社
地　　址：广州市广州大道中289号
出 版 人：周山丹
责任编辑：张　高　严文玮
责任技编：王　兰
责任校对：阮昌汉
装帧设计：邓晓童
经　　销：全国新华书店
印　　刷：广州市新怡印务股份公司
开　　本：787mm×1092mm　1/16
印　　张：24.5
字　　数：380千字
版　　次：2024年1月第1版
印　　次：2024年1月第1次印刷
定　　价：108.00元

投稿热线：（020）87360640　　读者热线：（020）87363865
发现印装质量问题，影响阅读，请与承印厂联系调换。

序

龙建刚

1

岁末年初，我带着王基国的《天下顺商》书稿飞往黑龙江，在冰天雪地的黑土地上，我读得热血沸腾。爱在心中会发芽。不得不说，这是王基国长期观察顺德结出的硕果，更是他献给顺德的一份厚礼。

顺德是一片特别的土地，我和顺德有特别的缘分。

已经记不得是什么时候第一次听到“顺德 ”这个名字了，但顺德让我产生向往，是1987年冬天：我和同乡好友杨正勇从海口乘船来到广州，找到在华南农业大学就读、后来成为昆虫学家的发小姚松林。经过长时间的海上颠簸，我们又累又饿。松林带我们到华农附近的大排档吃饭，我第一次发现广州人做的猪杂粥、空心菜这么好吃。晚上在校园里和一群贵州老乡聊天，谈起美食，有人说顺德人是广东人中最会做菜的、顺德菜也是广东菜中最好吃的。他说得眉飞色舞，我听得口水直流。

顺德容桂的德胜河畔有一座造型独特的建筑，它是刚刚布展完毕的顺德工业发展馆，入口处有一幅醒目的广告语：顺德制造，中国骄傲。

有家就有顺德家电。中国之大，有这种底气的地方不多。在中国乃至世界的产业版图上，顺德家电的分量举足轻重：全国最大的空调、电冰箱、热水器、消毒碗柜生产基地；全球最大的电风扇、电饭煲、微波炉供应基地。

这些年，我先后主持过很多在顺德举行的会议或论坛，发现远道而来的嘉宾在致辞或讲话的时候，总是不约而同地这样开头：虽然第一次来到顺德，但我和顺德的渊源很深，家里的电器几乎都是顺德生产的……

其实，我最早的“顺德震撼”也来自顺德家电。

1997年6月20日中午，我在北京建国门一带晃悠，见人潮汹涌的国贸中心展览厅挂有一幅醒目的标语——请首都人民检阅顺德改革开放成果。走近一看，原来是顺德名优产品（北京）博览会在那里举行。真是难以想象，一个小小的县级市居然生产出那么多响当当的家电品牌。这样的“顺德功夫”，让北京刮起了一股猛烈的“顺德旋风”。

走出展览厅，我听到很多人惊叹：“顺德了不起！顺德很威水！”那时我还不知道“威水”是什么意思，请教一位广东朋友，他很自豪地告诉我：“就是顺德很厉害的意思啦！”后来看到报道，为期5天的顺德名优产品（北京）博览会，有10位党和国家领导人，100多位副部级以上领导干部和重要嘉宾，30多个国家和地区的外交使节、商社代表，30000多名首都各界群众前来观展。有媒体评论：“如此阵容的展览，如此巨大的影响，就是一个省也未必能够做到。小地方、大动作，顺德开了历史的先河。”

那时，我正在办理来佛山科学技术学院工作的调动手续。“威水”的顺德让我充满豪情和遐想：山那边是个好地方！

我和顺德的来往始于2001年6月。

一个闷热的下午，我接到时任顺德市委宣传部领导的电话，说想找我聊聊。见面我才知道，第五届中国花卉博览会将于2001年9月28日在拥有“千年花乡”美名的顺德陈村举行。中国花卉协会希望顺德加强宣传，扩大花博会在全国的影响力。顺德邀请我加盟第五届中国花卉博览会宣传部，给了一个“部长助理”的头衔。我说我在高校教书，任务很重，很难出来帮顺德做事，除非有办法把我借调出来。

顺德领导当即说了一句：“只有顺德想不到的事，没有顺德做不到的事。”我很是惊讶，顺德人说话怎么这么牛气？没想到他们果然做到了，不到一周时间，我就到顺德上班了。

那是一段激情燃烧的岁月，我和很多顺德人朝夕相处、夙夜在公，结下了深厚的情谊。那些日子，我强烈感受到顺德人的果敢和担当、魄力和大气；那些日子，顺德人和我谈起时任顺德市委书记陈用志、顺德市市长冯润胜，不说名字，也不说头衔，而是说“志哥”“胜哥”。我很是好奇：顺德，这是一方怎样的水土啊？也就是这段日子，我才理解广州老市长黎子流为什么说出那句名言：“得就得，唔得返顺德。”

是的，顺德是一个可以安顿灵魂的地方。

为期一周的第五届中国花卉博览会迎来一百多万名观众，花乡陈村车水马龙、人山人海。有人戏言：不是花博会，而是人博会。规模盛大的表彰会上，顺德主要领导紧紧握住我的手：“感谢你为顺德作出的贡献。不管你是哪里人，只要为顺德出了力，我们就认你是顺德人。”

很多年过去了，每每想起那个场景、那番话语，我总是充满温暖和感动。

2

评价顺德和顺德人，最适合、最常用的是三个词汇：识做、搞掂、坚嘢。

我领教过顺德人的“识做”。

那年我和30多名顺德青年企业家到美国加利福尼亚大学学习，时任美国高等教育资源研究所所长的卡齐亚教授给我们上过一课：领袖才能及远见。这位衣着考究、头发梳理得一丝不苟的印度人，既是一位学养深厚的学者，也是一位实战经验丰富的管理咨询名师。得知卡齐亚教授的来头，顺德老板就开始琢磨怎样掏出他的真经。

在课堂互动环节，胡小萍同学抛出三个问题：“我们这个行业的前景如何？我该怎样制定战略目标？用什么手段来实现？”高手出招，果然让人眼花缭乱。卡齐亚教授列出几个问题让胡小萍回答后，随即在黑板上演示他的锦囊妙计，高屋建瓴、洋洋洒洒，整理出来就是一份很好的咨询报告。

做汽车内饰的马永波同学随后请教："我该怎样管理美国员工？"教室里爆发出一阵大笑。马永波做的是汽车内饰，在洛杉矶开有分公司，聘请了美国雇员，专门经营美国业务。他发现自己与美国雇员的沟通很成问题，不是因为语言，而是因为中美之间的文化差异，以及由此所带来的思维方式和行为方式的差异，一直苦于找不到有效的解决办法。

面对马永波的提问，卡齐亚教授似乎觉得再做这样的免费咨询很不划算，于是开始顾左右而言他。但在座的顺德老板齐齐鼓掌，既是对马永波的声援，也是对卡齐亚的压力。卡齐亚教授最终顶不住讲台下的热情和期待。解答马永波的问题之后，卡齐亚透露玄机："在美国，我给客户做口头咨询每小时收费300美元，如果是书面咨询，收费是很昂贵的。今天就算给你们一顿免费的午餐吧！"

两个小时的课结束了，一位顺德老板掏出600美元悄悄塞进卡齐亚教授的公文包里，算是两个小时的口头咨询费用。这就是"识做"的顺德人。

3

2018年12月2日，在北京大学举行的《顺德40年：一个中国改革开放的县域发展样板》新书首发式上，我给在座的北大师生讲了一个故事：

顺德北滘出了两家世界500强企业，云集着佛山地头上最多的博士群体。很多人不解：这两家跨国企业的总部为什么扎根北滘，不搬到资源更多、条件更好的大城市去呢？其实美的、碧桂园并非没有这样的动议，大城市的诱惑和鼓动时刻都有，之所以不走，一是因为何享健、杨国强的乡土情结，二是因为北滘人艰苦卓绝的努力。在美的、碧桂园冲击世界500强的时候，北滘镇政府也在锻造服务大企业的能力。

大家都知道世界500强之首沃尔玛，但可能不知道这家企业的总部在美国阿肯色州一个不知名的小镇——本顿维尔。

10多年前，时任北滘镇委书记列海坚带领几个人专程飞往阿肯色州考察，目的只有一个：搞清楚本顿维尔是如何留住沃尔玛的。从美国回来，北滘确立了一个思路：打造魅力小镇，服务本土企业。北滘的领导尽管更换频繁，但这个目标从来坚定不移。

何享健、杨国强说感谢顺德，这话不是客套。店大欺客，客大欺店——这样的事情，顺德没有发生过。

泰山顶上，著名的“五岳独尊”旁边有一幅“昂头天外”的书法，落款是“顺德辛耀文题”。这种以顺德人为荣为傲的自信与自豪源远流长，浩浩荡荡，生生不息。

顺德有50多万海外乡亲，分布在五大洲30多个国家和地区。他们说：“无论走多远，我们的根在顺德。”凡是有顺德人的地方，就可以感受到什么叫绿叶对根的情意。

在遥远的非洲岛国马达加斯加，我听到那里的顺德人说：“我们讲的乐从话比现在的乐从人还地道。”这样的传承让我肃然起敬。在马来西亚槟城，我听到那里的顺德人说：“我们做的双皮奶比现在大良做的还正宗。”这样的坚守让我感慨万千。行走世界，我发现双皮奶已经成为全球顺德人的“接头暗号”。背井离乡近200年了，他们还有如此的顺德特质。这是一种怎样的力量！

这些年，我见证了太多顺德人的拳拳赤子心、悠悠桑梓情。比如同乡会，哪里都在搞，但顺德人就有本事搞得比哪里都大。在澳门举行的世界顺德联谊总会第四届恳亲大会上，近千名顺德乡亲从全球各地聚集濠江，他们有的是乡音未改的老人，有的是情牵故里的中年人，有的是满口洋文的青年。尽管语言不同，生活的地域各异，但三代同堂的他们都骄傲地拥有一个共同的身份——顺德人。

目睹那种感人至深的场面，我写了一篇文章，题目叫《比“顺德制造”更伟大的力量》。从亚洲到非洲，从美洲到欧洲，我发现很多顺德会馆都收藏着登载这篇文章的《南方日报》版面。得知我是该文作者，他们总是会问：“你是我们顺德人吧？”

这样的认同，让我一次又一次兴奋和激动。

4

我有幸见证很多场景。

2010年10月，顺德美食周在法国巴黎举行，这是顺德为拿下“世界美食之都”称号而发起的第一波冲击。巴黎是闻名遐迩的“世界美食之都”，法国有句名言：要感动法国人，最好先感动法国人的胃。

品尝完顺德大厨罗福南烹制的几道顺德菜后，见多识广的法国著名美食评论家波奈·德·阿尔诺连声感叹：“牛奶居然可以炒出这么好的味道，我是头一回见识这样的甜品。这就是厨艺，这就是创意！”

法餐和中餐是世界上有名的两种美食。西方人也许不知道中国有“食在广州，厨出凤城”的说法，但他们对顺德美食的钟爱是发自内心的。在巴黎的福利餐厅，应邀前来品尝顺德大菜的法国政界名流，津津有味地消灭了盘中佳肴，从他们口中说出来的赞美，怎么听都不像是客气话；而在联合国教科文组织总部大厦餐厅里，无论用餐者是什么肤色和人种，端上桌的每道顺德菜都被吃得干干净净。一位意大利人对我说：“希望顺德年年都来这里推广美食。”

时任中国常驻联合国教科文组织大使师淑云表示，粤菜是她的最爱，能在巴黎吃到代表粤菜水平的顺德菜，真是开胃、开心、开眼界，在联合国教科文组织举办中国美食周，顺德是第一个，感谢顺德为中国美食走向世界作出的积极贡献。

亲眼看见顺德美食在异国他乡的表现和反响，我坚信一个判断：顺德美食不仅是中国的骄傲，也是人类的口福。美食无国界，美食没有敌人。美食是顺德走向世界的通行证。

2017年4月7日上午，时任佛山市委常委、顺德区委书记区邦敏率队飞往德国奥格斯堡访问库卡总部，在汉诺威机场候机时，无意中发现方洪波乘坐的美的专机准备起飞。区邦敏和时任顺德区委常委、北滘镇委书记周旭急忙拿出手机拍照，眼里只有激动，没有“羡慕嫉妒恨”。这两个在顺德工作的“外地人”都为顺德企业和顺德企业家有这样的日子高兴。看着美的专机在异国腾空而起、直插云霄，区邦敏鼓掌赞叹：顺德就是牛!

4月8日上午，即将告别库卡总部的时候，区邦敏握着方洪波的手：“方总，我们一起为顺德做点事情。”那一刻，奥格斯堡大雪纷飞；那一幕，让我看得全身发热。

5

这20多年，我一直在读有关顺德的书，坦率地说，很多写顺德的书可读性不是很强，需要有耐心才能读得下去，令我印象最深、收获最大的是林德荣写作的《中国千亿大镇》。

林德荣最大的贡献是以生动的笔触展现了中国第一个工业产值超千亿的品牌名镇——顺德容桂所走过的历程和故事。读这本书的时候我就在想：容桂是看顺德最好的“点”，顺德企业家是看顺德最好的“面”。什么时候有一本呈现顺德企业家这个群体的书?

十几年之后的今天，王基国填补了这个空白，也满足了我的愿望。

展卷阅读，感慨万千。王基国是湖南人，大学毕业后扎根顺德、报道顺德、研究顺德，写出了大量有深度、有影响的报道和评论。《天下顺商》是他眼含热泪、笔带感情写下的一部专著。王基国的《天下顺商》是继林德荣的《中国千亿大镇》之后，又一本优秀的书写顺德的著作。作为记者的王基国，他最大的贡献是示范了一个驻站记者应有的情怀和视野、方法和功力。如何读懂顺德？王基国开辟了一条近路。

一个值得讨论的问题是：来自福建的林德荣、来自湖南的王基国为什么可以代言顺德？

第一，他们两人都是记者出身，知道读者要什么，对细节和故事敏感，可以保证文字的鲜活度，使其读起来生动有趣。好书的第一原则就是要让人读得下去。第二，他们是顺德的“外地人”，他们像顺德人一样热爱第二故乡，也带着故乡的背景来打量顺德。他们以碰撞的方式扎根顺德、观察顺德、融入顺德，他们的发现和感悟要比原住民更深刻、更独特。

顺德是新闻的“富矿”，要挖到宝藏，不仅需要感情，更需要境界和能力。林德荣做到了，王基国也做到了。他们是新闻人的骄傲，将鼓舞和启示源源不断的后来者。

要读懂顺德，就要读《天下顺商》这样的书。

2024年1月8日

（作者系知名学者、资深媒体人、智库专家）

CONTENTS

目录

下篇

开篇

这是一片神奇的土地。

它毫不起眼。在一个陆地总面积约960万平方公里的泱泱大国里，仅有806平方公里的顺德，可谓是很容易被人忽略的存在。

这个地处珠江三角洲中部的“岭南壮县”1452年才出生，比起那些随便挖出一片砖瓦，就能看出中华文明5000年历史的地方，它太年轻了。

但是唯其年轻，方显活力；唯其狭小，方显可贵。在这片年轻而又神奇的土地上，诞生了一个个经济发展的奇迹。从500多年前开始，作为中国较早睁眼看世界的群体，一代代顺德人情系故土、放眼全球，从这里出发，用他们的智慧与汗水走遍四方、称雄全球。他们坚忍顽强，打开了一片湛蓝色的天空，他们筚路蓝缕，在世界版图上书写着一个个堪称传奇的故事，创造了震惊中国的经济成就。顺德，经历了从站起来、富起来到强起来的三个历史阶段，贡献了中国县域经济跨越发展的经典案例。

无论是明清时期，还是进入改革开放年代，顺商精神薪火相传、生生不息，沐浴着海洋文明开放包容的风潮，顺商的商业版图起于顺德、成于中国、谋于全球，一个迅速壮大的商帮新势力在全球化的时代里，始终散发着催人奋进的力量。

然而，无论财富有多大，无论走得有多远，在芸芸顺商的心中，“顺德”二字重千斤，他们以“得（行）就得，唔得（不行）返（回）顺德”的强烈家乡情结，以“我哋顺德人（我是顺德人）”的固执身份认同，形成了高标独立、鲜明突出、有如烙印一般的地域人格。心相连、血相融、情相依，无论是扎根故土，还是远赴异地他乡，顺德人，总是一种独特的存在，一个不一样的群体。

顺德，已经连续12年雄踞中国百强区综合实力首位，2022年地区生产总值高达4000多亿元，工业总产值达1.2万亿元，一个区的经济实力，甚至远超中国西部地区的部分省份……亮眼的数据背后，是一个个世界级的产业、企业与品牌：顺德是中国家电产业的主产地，是中国机械装备产业的集群区；这里有两家世界500强企业，超500亿级企业4家，超百亿级企业14家，上市公司40余家；这里有一个个风行全球的企业品牌，周大福、周生生、恒隆、美的、碧桂园、容声、海信、格兰仕、新宝、联塑、科达……

发展史就是经济史。这里，是中国县域经济的开路先锋，是中国改革开放的闯关之地。在几百年的历史长河中，一批批“‘可怕’的顺德人”，以敢为天下先的担当与勇气，在地球的各个角落，始终以“知道自己从哪里来”的初心，始终以“顺德人”作为最为鲜明的地域标签，以低调务实、创新进取的精神气质，勾画出一个创富英雄灿若星河的集体群像，集结成极富地域个性的鲜明特征，释放出璀璨夺目的时代光芒。

这一批世界级的企业家，成为顺德人全球商业大厦的基柱，他们作为推动历史前进的英雄，以巨大的成就，闪耀于世界经济发展史的天空。他们是李兆基、郑裕彤、何享健、杨国强、梁庆德、黄联禧，他们是陈启宗、卢础其、方洪波、边程……放眼中国历史长河当中的商帮史，可以骄傲地说，以如此弹丸之地，诞生并成长出如此之多有力推动现代化进程，足以彪炳中国、影响世界的企业家，以如此密集的人物形象，绽放于中国经济发展的苍茫大地上，这绝对是不多见且深具研究价值的独特现象。

1992年5月10日，《经济日报》在头版刊发题为《“可怕”的顺德人》的报道，在全国引起了巨大反响，从此“‘可怕’的顺德人”作为一个精神标签，一直保留到了今天，顺德人的“可怕”，在于企业“可怕”、产业“可怕”，更源于企业家“可怕”。

顺德为什么？为什么是顺德？这是历史之问，亦是时代之问，这是推动我们以巨大勇气书写此书的无穷动力。

英国作家卡莱尔说，在人类历史中，假若把梦想者的事迹删除，谁还愿意去读那些枯燥乏味的历史呢？梦想者是人类的先锋，是我们前进的引路人。

正是这一批生于斯、长于斯，有着强烈的进取之心、共同的价值取向、浓厚的家国情怀、自觉的文化皈依，骨子里烙印着顺德基因的企业家，铸就了顺德的辉煌，当然他们依然将推动顺德筚路蓝缕、砥砺前进，书写更为辉煌的明天。

而今天，一个个顺德企业家在世界各地开枝散叶，顽强拼搏，以人类命运共同体的共同心愿，愈加彰显出顺德企业家的地域人格、精神气质、智慧思维，他们巨大的商业成就，为世界的顺商、顺商的世界写下了极具人性厚度、智慧高度的鸿篇巨制。

“成功的花，人们只惊羡她现时的明艳！然而当初她的芽儿，浸透了奋斗的泪泉，洒遍了牺牲的血雨。”当我们习惯性仰望一个个成功企业家的光芒时，千万不能忘记他们曾经有过的激情、喜悦、呐喊、苦恼与悲愤，这是一部由泪水与血水交织而成的创业史，一部可触可感可追慕的心灵史。

拂去历史的尘埃，让我们一起徜徉激情燃烧的岁月，聆听顺德企业家们激荡人心的故事。

上篇

第一章　生生不息

珠江以西，广州以南，在古老而年轻的珠江三角洲，这一片曾经蛮荒而今繁荣的土地上，坐落着一个特殊的地方——顺德，这里极目平畴、水网交织，一片水乡泽国的景象，在与水相依、以水兴人的历史长河中，这里蓄积着冲决障碍、一日千里的无穷力量，每天都在演绎着动人的故事。

制造为基，实业兴邦，是顺德人的精神内核与商业灵魂。

从明代丝业的商品化生产到清代占全省丝业大半壁江山的机器缫丝企业，一直到柴油机的研制、机器碾米行业的诞生、大批近代工业企业的涌现，无不折射出顺德人务实、创新、机变、稳健的文化精神与企业特质，他们在风起云涌的近代经济大潮中乘风破浪，一路向前。

作为雄峙广东近代近百年的南国丝都，顺德不仅成为广东丝业重地、金融中心，更以丝业、金融业、制造业孕育出广东近代工业萌芽，培养出大批近现代企业精英，有力推动广东经济发展。

滔滔两岸潮，江海一声笑，这是经济的发轫，时代的先声。从这里瓜瓞绵延，顺德经济虽时有波折，但一直百折不回，虽有坎坷，但始终不改其向，它总是在历史的大潮中顺流而进，谱写出一首令人荡气回肠的创富之歌。

从桑基鱼塘走来

“桑基鱼塘是一个很独特的水陆资源相互作用的人工生态系统，在世界上少有。这种耕作制度可以容纳大量劳动力，经济效益大。”1979年，国际地理学会秘书长、联合国大学副校长曼斯·哈尔德应中国科学院地理研究所的邀约，到广东省顺德县参观桑基鱼塘，对该模式赞不绝口。

而数百年前，“岭南三大家”之一屈大均在《广东新语》中就记载：“农者以拙业力苦利微，辄弃耒耜而从之。”他准确地预判到在珠三角地区，受商贾赢利和出口贸易便利的刺激，农民会放弃种植粮食作物，改为生产其他经济作物。

从18世纪中叶开始，因为桑基鱼塘逐步成形，顺德加速形成商品经济的氛围和基础，缫丝业走上了历史舞台，成为顺德开启近现代工业，打造南国丝都的最大推手。

桑基鱼塘为何选择了顺德，这是因为“天时地利人和”的巧妙结合。

从筹措缫丝业原料谈起，顺德人可以说开珠三角地区之先河，也为海上丝绸之路提供了货物保障。

顺德有良好的市场传统，自汉代以来，顺德尤其是龙江、龙山一带，种桑、养蚕、缫丝一直都没有间断过。

宋代，今天的龙江龙山和南海九江一带修筑了珠江三角洲最大规模的堤围，并命名为“桑园围”，可见当时种桑养蚕已经是这一带的主流。到明永乐四年（1406年），龙山人和龙江人打破了“男耕女织”的固有生活状态，当地出现了土丝买卖市场，种桑、养蚕、缫丝已经高度商品化和社会化，蚕丝成为重要的商品并带来规模庞大的贸易。

明嘉靖年间（1522—1566），朝廷封闭了福建泉州和浙江宁波两个重要的国际港口，广州港幸运地不在封闭之列，成为明朝最重要的对外贸易港口，当时全国对外生丝和丝绸贸易都必须在广州交易。在明嘉靖十四年（1535年），葡萄牙人通过贿赂地方官员等手段侵占澳门，使之成为国际贸易重要的转运港口。顺德北据广州，南面澳门，又处于水网地带，顺德蚕丝参与利润丰厚的国际贸易成为可能。

正是看到丝绸贸易的市场需求，顺德人开启了大规模外出经商时代。

顺德人龙廷槐在《敬学轩文集》中记述，清乾隆年间，顺德从事商业的人特别多，“省会、佛山、石湾三镇客，顺德人居其三”。

最终，做蚕丝生意的顺德商人不仅在广东发展，还把业务拓展到了中原和江南、海南等地，顺德商人“足迹遍天下”，嘉庆年间的《龙山乡志》称：当时的龙山商人“或奔走燕齐，或往来吴越，或入楚蜀，或客黔滇。凡天下都郡市镇无不货殖其中”。

而且在顺德商人比较集中的地方，比如北京、天津，甚至新加坡、马来西亚、泰国等区域都陆续建有顺德会馆，它们既是顺德商人互助同济、共诉乡情的历史见证，同时又进一步促进了蚕丝等商贸的发展。

坐拥地利之便是其一，改变顺德产业轨迹的更大原因，在于当时市场经济的萌芽已经在顺德出现，它改变了传统意义上土地只能用于生产粮食的固有思维。

早期的顺德基塘只存在于村落的核心地带，但是到了清朝中后期，桑基鱼塘已经广泛存在于各乡各堡堤围的边缘。

清末顺德有这样的说法：“鱼塘当涌近海，易于出水者，谓之头筒塘”，租价最高；“先有塘阻其出水者，俟彼塘先行干底捉鱼上泥后，始可借其塘出水者，谓望天塘”；“有出水而未安窦塞者谓之野塘”。

“轻暖轻寒寒食天，携筐侵早出桑田。”晚清的顺德学者梁廷枏用《饲蚕词》记载了农民在桑田里欢快劳动，并对未来充满憧憬的场景。

上述两段文字记录反映了当时顺德社会正在发生一场变革，这是因为在当时的养殖技术和社会配套产业不太发达的情况下，如果要鱼塘的水产品产出更多，就需要经常换水，以保持鱼塘水的含氧量，含氧量更高的水，才能够养殖更多的鱼类。因此，靠近堤围的桑基鱼塘的出租价格更高，这就刺激了土地所有者将靠近堤围的稻田改为基塘。

当时的农民对基塘产出效率进行比较，他们认为头筒塘比天塘的出租价格更高，而野塘的出租价格则更低。

在梁廷枏生活的那个年代，顺德农民掌握了当时中国最科学的桑树种植技术，如果把稻田改为桑基鱼塘，通过养蚕得丝，其商业价值不可估量。

据记载，当时桑叶的价值几乎等同于大米的价值，种桑一亩，其桑叶收入相当于3400斤大米，以今天大米的价格作为参考，一亩基塘仅仅桑叶产出就要超过6000元人民币，可见当时桑叶的价值之高。

《广东新语》有如下记载："茧即成，大蚕茧四千，小者六千，可获丝一斤……计一妇之力，岁可得丝四十余斤。桑叶一月一摘，摘已复生，计地一亩，月可得叶五百斤，蚕食之得丝四斤。家有十亩之地，以桑以蚕，亦可充八口之食矣。"后世学者据此推断，当时一亩地种植水稻与种桑养蚕的收益之比是1：3。

与稻田相比，当时桑基鱼塘是一种全新的水利建设和生态农业形态，并有顺德早期的堤围和沙田建设作为基础，所以其建设并不需要付出比沙田圈筑和堤围建设更多的成本，相反，它的建设成本低廉。基塘建设不需要从远方购买石材。

这种空前的高额利润刺激着顺德的缙绅和农民。在巨额利润的诱惑之下，即使是饱受"以农为本，以粮为纲"思想影响的知识分子，也对种植水稻嗤之以鼻。

在这种情形下，过去不敢大肆开建的桑基鱼塘迅猛发展，传统的果基鱼塘、鱼稻轮作的农业生产方式，彻底遭到了市场经济的抛弃。到光绪末年，顺德县有桑基30万亩、鱼塘20万亩，合计占全县91万亩耕地的55%以上，塘鱼、蚕桑、蚕丝三项年产值达12 760万两白银。

当时顺德龙山和龙江成为珠江三角洲种桑养蚕的技术中心，连接南海县九江和高鹤县（今佛山市高明区和江门鹤山市）坡山一带，构成了一望无垠的桑基鱼塘区域。这种产出方式很快得到了最迅速的推广，顺德各地纷纷"弃田筑塘，废稻树桑"，进而推动整个珠江三角洲掀起了"桑基鱼塘"建设的新高潮。

随着蚕桑业的发展，顺德逐渐成为珠三角地区最主要的蚕丝贸易基地。清末，墟市数量明显增加，同时还涌现了一批以蚕丝贸易为特色的专业化墟市。至民国初期，已形成了容奇、伦教、水藤、甘竹、桂洲、勒流、陈村、乐从、杏坛、龙江尾等11个远近闻名的蚕丝集散市场。

迈向产业化

俗话说：“天下熙熙，皆为利来，天下攘攘，皆为利往。”

明清时期，是中国工商业资本主义萌芽的重要时期。远离政治、偏居岭南一隅的珠三角商业繁荣，资本开始了其缓慢的扩张之路，而这条扩张之路，最初与农产品的交易及出口高度相关。

1602年，珠三角一带的墟市（集市）有146个，到了鸦片战争前夕达到473个。广东的商人，在明末清初发展到了数十万人，有几大帮，比如广州帮、潮汕帮等等。资本规模也有增长。到了“一口通商”时期，顺德商人也成为其中的一支重要力量，吴敏、梁玉成、邓仲豪、邓仲钊等，皆有数十万两白银资本。

商品经济发展有一个大背景，即国家对外贸易模式从朝贡贸易向私人贸易过渡，同时外贸基调从以奢侈品进口为主向以中国特产出口为主转化。朝贡贸易的目的是满足统治者对奢侈品的需求，而私人贸易是民众为了经济利益而开展，由此把丝绸等中国物产作为商品带进国际市场。在这一背景下，广州等口岸的贸易不再只是跨境贸易，而是建立在本地生产发展的基础上，故而大大促进了广东尤其是珠三角地区的商品经济发展。

随着商人队伍的不断扩大，徽商、晋商、潮商、苏商、粤商等著名的商帮诞生了。当然，作为粤商的一个重要支系，顺商在其中有着相当重要的地位，以至成为当时粤商的主角，这不仅因为桑基鱼塘这种循环经济模式极大提高了生产效率，还因为蚕丝作为具有经济价值的农业产品，价值甚高。正如宋代诗人张俞在《蚕妇》这首诗中所写：“昨日入城市，归来泪满巾。遍身罗绮者，不是养蚕人。”蚕农辛苦养殖并纺出的丝绸，不是为了自给自足，而是为达官贵人所用，甚至出口到了欧洲，化身为宫廷贵族们的锦衣华服，而正是基于这样的逻辑，蚕桑行业天生就具有流通与交易的功能，有交易，就需要中间环节，由此催生出一大批专业从事丝绸交易的商人。

必须承认，清代广州港的一口通商，进一步刺激了广东一带尤其是丝业的一片繁荣，而欧洲因为自身丝绸产业的极度萎缩，转而向东方寻找替代商品，正因如此，主要以出口为主的广东丝业更为兴旺发达。

经过几代人的不断努力、辛苦经营，顺商由最初在社会底层摸爬滚打的农民，变成了富可敌国的商人团体，他们突破了重农抑商的传统价值观念，使得商业进一步发展，可见“工商皆本”的思想形成不仅是由于士人阶层的推动，更是由于普通百姓的不断探索和价值观念的转变。

广东丝绸以直接出口为生产目的，从种桑养蚕到缫丝织染无不依赖市场。各个生产环节高度专业化，有专门的桑农、桑市、蚕农、蚕市，缫丝有丝户、丝厂，外销的丝行、庄口及孟买庄、金山庄等海外档口，都以买卖为主要目的。

有一首竹枝词描绘的是顺德一带的农家是如何与海外市场相联系的。“呼郎早趁大冈墟，妾理蚕缫已满车。记问洋船曾到否，近来丝价竟何如。”

正是这样农工商一体化的发展模式，使得顺德——一个世代以农业为主导的地区，迅速走上了产业化发展之路，并一举成就了“岭南壮县”“广东银行”的威名，也孕育出一批主要以丝业贸易起家，后期开始经营钱庄的民族资本家。他们作为顺商的先驱，以机敏低调的行事作风、通变务实的地域人格，崛起为中国如林商帮当中的一支劲旅。

回到原点，顺德拓展桑基鱼塘的价值，不仅是向人类历史贡献了一个生态农业遗产，它更被视为顺德农业真正产业化的起点。

从清朝中叶开始，广东地区的人们在以桑基鱼塘为中心的整个产业链条中实现了垂直分工，有专门兴建基塘并从基塘中谋取利益的产业工人和土地所有者，有专门培育桑苗和鱼苗的农业技师，有专门从事桑树种植和桑叶采集的农民，也出现了技术精湛的养蚕技师，更出现了专业缫丝工人和中国最早的民族资本经营的机器缫丝厂。

在顺德，果基鱼塘的生产方式日益向桑基鱼塘转变，形成了“塘中养鱼，塘基种桑，桑叶养蚕，蚕沙（粪便）养鱼，含有鱼粪的塘泥又作为桑基肥料”的良性循环的人工生态系统。与果基鱼塘相比，桑基鱼塘的生产效率更高，民间也有“桑茂、蚕壮、鱼肥大，塘肥、基好、蚕茧多”等好评。

但最终改变顺德缫丝业地位，让顺德变为“南国丝都”“岭南壮县”“广东银行”的，还是引进机器实现大规模生产。

鸦片战争之后，机器缫丝工业由外国引进，1872年，南海人陈启沅在南海西樵兴建了中国第一家民族资本经营的机器缫丝厂。仅仅两年后，顺德龙山人在1874年成功开办机器缫丝厂，龙山成为广东缫丝业的第一个中心。不久，顺德大良北门一带，怡和昌机器缫丝厂成立，拥有500—600名女工。

当时使用机器发展缫丝业成为顺德人追求财富的最快途径。1887年，顺德的机器缫丝厂已达到42家，19世纪末增至100家，1911年增至142家，1912年增至162家，最终增至300多家，丝厂女工达15万人之多。

《顺德志》记载，在19世纪末，顺德已拥有机械缫丝工人6万多人，比上海、天津的产业工人还要多500人，产业工人数为全国之最。同时，据《广东省志——丝绸志》记载，鸦片战争后到1929年，80%的中国丝绸在广东生产，80%的广东丝绸在顺德生产。

实业先锋的探求

今天的顺德容桂已经凭借家电等产业，成功跻身千亿大镇行列，但是近100年前，它是顺德缫丝业的“晴雨表”。

20世纪20年代以前的国际生丝市场兴旺时期，现在的容桂一带有

“一船白丝去，一船白银归”之美誉，每当蚕丝上市的时候，顺德各地运到广州去的蚕丝换回了大量的银圆，平均每天达30万银圆，最多时曾有一天换回七八十万银圆的纪录。

在第一次世界大战之时，顺德缫丝业几乎独占了国际市场，1922年顺德生产的生丝占珠三角的97%，占广东全省出口生丝的80%。顺德蚕茧收购站多达134家，而周边的南海仅仅5家，三水有25家，可见顺德桑基鱼塘之空前盛况。

由于缫丝业的不断繁荣，顺德机器缫丝厂需要大量蚕茧，蚕茧价格日渐上涨，直接刺激和促进了桑基鱼塘的生产发展。

民国《顺德县志》记载：“咸、同以前，丝业未盛，少养寒造者……光绪中叶，洋庄丝盛行，茧价日昂，农人多养寒造。”所谓寒造，就是指冬天最后一造蚕，因天气较冷，养蚕需取暖，成本较高，只有在利润较大时才会养。由此可见，缫丝技术改进对桑基鱼塘的推动作用是十分明显的。

缫丝业进入鼎盛时代后，顺德的近现代工业萌芽也由此产生。岑国华、薛广森等本土实业家，看到了生丝产业前景，就积极参与进来。当年，在岑国华引进日本先进技术后，缫丝厂产量与销量大增，同行竞相效仿。于是，他又通过融资、持股等方式带动整个顺德机器缫丝业迅速发展，致使仅顺德一地机器缫丝工厂数量就占全省的80%以上，再加上薛广森等顺商的广泛参与，极大地促进了原料、航运、贸易、金融、服务等配套产业的繁荣，终使顺德以一县之力享有“南国丝都”“广东银行”的盛誉。

顺德200多年的桑基鱼塘发展史，使得当地产生众多的专业市场，产生了中国近代的民营金融服务业，这些基本的市场要素，奠定了顺德20世纪“南国丝都”“广东银行”的历史地位。而且一直受到排挤歧视的疍民的身份地位也得到了提升，他们从水上运输业中获利，首次与农民们合作良好，传统封建社会的身份歧视和社会等级开始在顺德消失，市民们以平等的身份参与市场经济，可以说，顺德是中国近代资本主义萌芽并成长最好的地区之一。

当然，蚕丝毕竟只是工业原材料，它极容易受到市场、技术升级等因素影响，而顺德桑基鱼塘发展也直接受到牵连。

1929年，资本主义国家发生经济危机，工商业凋零，市场停滞，丝织品销路锐减，生丝价格狂跌，外销量不断下降。到了1938年，生丝外销量仅及1922年的五分之一，顺德桑基鱼塘面积大大缩小，逐渐被蔗基鱼塘代替。

自改革开放以来，市场经济重新兴起，只不过由于蚕桑业相对而言耗费人工多、生产周期长，也有风险，产值不如社队企业高，桑基鱼塘面积逐渐缩小，1995年以后，珠江三角洲桑基鱼塘已基本消失，部分向三角洲外围地区发展，部分改为果基、花基、蔗基等生产模式。

自古以来，中国传统观念颇轻视科学技术，鄙夷其为“小慧”，称之为“绝学”，这也造成“四大发明”之后，中国的科学技术远远滞后于世界。但是温子绍、薛广森、梁培基、岑国华等顺德人就不被这一传统观念所束缚，凭着自己的聪明才智，在科学技术上力拔头筹，成为早期顺德制造业的产业先锋，从手工业向制造业、从商人思维到产业经营，这是顺德人也是国人在清末尝试走通的两大跨越，这为发展民族制造业、推进初期工业化做出了从0到1的历史性贡献。

来自顺德葛岸西村的岑国华，成为民国时期广东蚕丝工业巨子，是“南国丝都”顺德的代表人物。

史料记载，广州的丝绸贸易以及顺德蚕桑业在民国时期的发展，很大程度上倚仗了岑国华的个人努力。

当年20出头的岑国华，从广州回到家乡顺德乐从，被瑞栈丝厂相中并招聘为买手，不久还成了股东，迈出了发家第一步。当时由于收入好，许多出外谋生的人也被吸引回乡从事蚕桑工作，乐从也跟容奇一样，成为知名蚕丝集散地，岑国华也顺应了时代的发展，逐渐扩张丝厂的规模，在家乡组建了庞大的生产队伍。

之后岑国华自己筹资在顺德桂洲开设了一间叫“大和生”的缫丝厂，

这便是岑氏企业的初始模样。20世纪20年代中后期，岑国华在原有的丝厂基础上，再到顺德大良、容奇、勒流、南海官山、沙头等地先后办起18间缫丝厂，每间厂就女工来说，少则四五百人，多则七八百人，每年的生丝产量达到40余万担，是广东丝业之冠。

民国初年，积弱积贫的中国，工业落后，几乎所有大件工业品都要靠进口。

此时一个名叫薛广森的顺德人，却被英国洋行告上法庭，骄横跋扈的英国人状告这位顺德人办的协同和厂生产的160匹柴油机，侵犯了该洋行的专利权，并为此索取巨额赔偿。

当时在英国人看来，中国人在机器制造业上肯定只会抄袭，不然在广州至南宁的水运航线上，用这个柴油机的船不可能跑得飞快。

对于英国人的恶意刁难，薛广森从容应诉。一开庭，他便递交了这台国产柴油机获得的专利证书。

“我们已申报了专利，何来侵权？”面对薛广森的证据，英国人还是不承认事实，咬定其仿造。

“这大盘脚架下的清洗沙渍的‘法兰’，你们洋行的柴油机有吗？另外机器的转向和你们一样吗？这些零件装配和你们产品也不同吧？”当薛广森抛出三个具体细节时，英国人都直呼没有，英国人聘请的律师也没招了。

最终法庭判薛广森的协同和厂胜诉，英国洋行败诉，在这场涉及制造业荣誉的交锋中，中国人终于扬眉吐气了一次。

生产这台达到当时世界先进水平柴油机的薛广森，他是谁呢？

1865年，薛广森出生在顺德龙江一个佃农家庭，幼时仅读过三年私塾，但是他天资卓异，勤奋过人。1895年应聘回顺德忠信恒丝厂当“大偈”（首席机械师），受大丝商曾秋樵赏识，相邀入股办厂。

这时顺德发达的缫丝业给了他前进的动力。1898年，薛广森得到当自梳女的胞姐资助，以250银圆的股金加盟曾秋樵在大良开设的顺成隆机器厂。作为大良最早开设的民营机器厂，顺成隆有十多台机床，有技工和徒工50多人，主要制造缫丝机、维修蒸汽机及配套零件。

1905年，薛广森首次自行招股，在乐从圩增设顺栈机器厂，自任经理。该厂规模大于顺成隆，投资者多为丝业商人，业务很快便蒸蒸日上。

到1912年，他与友人陈沛霖、陈拔廷共同集资，在广州开办协同和米机（机器碾米厂，是协同和机器厂的前身）。

改变薛广森历史地位的时刻，才刚刚到来。

薛广森在开发新产品过程中，发现国外新问世的柴油机很有发展前景，决意将之作为今后的主产项目。他们借为抛锚珠江口的英国油轮“青龙号”检修机械的机会，设法将船上做主动力的柴油机全面拆卸，绘出图纸，测得数据，回厂反复试验改进，于1915年成功研制出第一台国产柴油机，不久成批投产。

此后，他们以柴油机制造业为主体经营，兼造榨糖、榨油及采矿的机械。至抗日战争前夕，协同和厂发展为拥有1400多名员工（包括1930年在香港增设的分厂）和先进技术力量与设备的大型企业，誉满华南地区。

在生产柴油机过程中，鉴于国内的老航运公司仍然迷信老式的锅炉蒸汽机，大都不愿购用柴油机，为了打开销路，薛广森与陈拔廷以及顺德县水藤的年轻航商梁墨缘通力合作，集股10万银圆，于1918年开办粤海航运公司，航船全部使用自产的柴油机，为航运业作倡导。经过激烈的商业竞争，他们压倒了众多老航商，其业务范围广及粤桂两省，有力地推动了华南航运业的革新和发展。

在这段时期，薛广森还大力发展机器碾米业。从1910年起，他先后在顺德、南海、佛山、广州、中山各地集股兴办了十家名气最大的米店，同时又接办了濒临倒闭的绵远造纸厂，将其发展为华南地区最大的造纸企业，由此成为华南地区实业界举足轻重的人物。

自鸦片战争以后，中国始终面临着一个“向何处去”的问题。近代思想家、政治家、革命家，以及社会各界有识之士反复探索、解答，给出了多种不同的发展指向，然而，最后起到决定性作用的却是事关国计民生的社会经济形态。因此，民国学者王孝通说：“辛亥革命，其端实启自商人……民国之造，商人当在首功之列。”

温子绍、薛广森、梁培基、岑国华……这一个个坚忍顽强的顺德早期企业家，很早就开始了实业救国之路，从清末到民初，在风雨飘摇的时代里，书写了一段凝重而宝贵的历史，作为顺商的开山鼻祖，永远定格在孜孜以求、奋发图强的地域形象当中。

第二章　向洋而生

今天的顺商，分布于世界各地。他们曾从顺德出发，一路漂洋过海，筚路蓝缕，从顺德到香港、东南亚、非洲、大洋洲乃至北美洲、南美洲，从当时辖内不足百万人口的弹丸之地，最后散布至世界的每个角落。

他们在全球各地，以极为强韧的适应能力、灵活通变的营商智慧，在当地人对外来人口的强烈挤压当中，找到了时代的裂缝，打开了自己的商业世界，在长达两三百年的历史长河里，他们开枝散叶，完成了财富的原始积累，成为当地商界的一方势力、一支商帮。

作家杨黎光在《大国商帮》一书中指出：考察中国社会转型，或者说追求现代化的历史，一个长期被人遗忘的事实便是，得风气之先，最早感受到时代变迁，进而走在变革前列的并不是高高在上的朝廷大员，也不是自命不凡的传统士大夫，而是明清以来一直在广东沿海从事对外贸易的商人——粤商。

海纳百川，有容乃大。作为粤商当中最为重要的一个支系，顺商是第一批睁开眼睛看世界的人，他们始终以开放的姿态，迎向扑面而来的海风，接受海洋文明的洗礼，屹立在中西文明不断发生碰撞、冲突与融合的交汇点上，在历史风云突变之时，在全球商业的大舞台当中，树立起了时代主角的江湖地位，建立起了富可敌国的财富大厦。

面朝大海，春暖花开。海的那一边，是对顺商最深情的召唤。今天的世界因顺商而闪耀，然而他们的辉煌，却浸透人在异乡艰辛打拼的斑斑血泪。

通向血泪之路

“纵观人类的历史长河，总是伴随着一批又一批的世界范围内的移民迁徙。”英国剑桥大学社会人类学教授艾伦·麦克法兰说。

要寻找全球视野的顺商力量，必须描绘出顺德移民的全球迁徙路线图。

顺德人流落世界各地，源于一段令人悲伤的历史。

明正统十四年（1449年），南海冲鹤堡（今属顺德勒流）的黄萧养，在家乡招兵举义，打造武器和战船，远近贫民纷纷响应。不足一个月，义军造好了战船150艘，队伍也扩展到一万多人。六月中旬，黄萧养率领队伍祭旗誓师，宣布起义。之后，义军攻占了大良，建立了根据地。然后，兵分两路进攻佛山堡（今佛山市祖庙街道一带）。八月底，黄萧养亲自率领战船攻打广州，在沙角尾击溃率部前来增援的明朝副总兵王清，声威大振。黄萧养于是自立为“顺民天王”，建都大良。前来投奔义军的人马源源不断，队伍很快就扩充到10多万人。明景泰元年（1450年），义军接连受挫。在波罗庙、白蚬壳一带，义军损失很重，最后被包围在白鹅潭江面。一片混战当中，黄萧养中箭落水被擒，不屈而死。

黄萧养起义失败后，明王朝大举清乡，严缉起义者，乡民义兵大批外逃。为了逃避朝廷的缉捕，水藤乡的一群村民和义兵背井离乡，外出逃亡。在走投无路的情况下，冒险乘船沿南中国海边缘航行，漂流辗转至印度登陆，以出卖劳动力为生，并繁衍至今。这是迄今所知的顺德第一批真正的华侨。

顺德人跨越万里征途，早期侨居海外，其原因主要有避祸、谋生与逃难几种：

一是避祸。1850年，由洪秀全领导的大规模农民起义爆发，顺德青年农民成群结队奔向起义队伍。1864年天京陷落，太平天国败亡，没战死的太平军官兵陆续逃回家乡，但不久又遭到清兵的搜捕。为免遭清兵毒手，不少顺德青年又被迫逃亡海外。光绪十年（1884年），沙滘良教沙农民霍基（即毛里求斯国会前议员和首都路易斯港市前市长霍恩祺的祖父）、蒋胜等十多人因反抗官府遭搜捕而亡命毛里求斯。宣统三年（1911年），“三二九”广州起义失败后，又有大批顺德籍的民军成员逃亡海外，仅投靠马来西亚邑侨霍三（良教沙人，在当地开锡矿）的就达百人之多。

二是谋生与逃难。清朝前期起，陆陆续续有顺德人出国谋生。鸦片战争前，已有众多的顺德人在东南亚国家（如新加坡、越南、泰国等）侨居。如康熙年间，大都乡民梁昌五跟随老板前往马来半岛经商；乾隆二十二年（1757年），沙滘东村霍虾的曾祖父往越南，熹涌陈观赐往暹罗（今泰国）。随着鸦片战争的失败，清政府闭关锁国的政策被打破，加上要向外国赔款，百姓饱受压榨之苦，顺德的经济一片萧条。于是，顺德出国谋生者与日俱增。从19世纪40年代起，前往美洲、非洲和东南亚各国的邑人络绎不绝，出现了顺德人移民外国的第一次高潮。如道光二十年（1840年），沙滘东村陈宁到毛里求斯；第二年，沙滘东村陈锦河的曾祖父到美国。

道光二十八年（1848年），美国加州发现金矿的消息传到顺德，激起了强烈的发财梦，更激起向外寻找出路的欲望，顺德人纷纷筹措资金经香港乘船而往。当时前往美国的顺德乡民有500多人，大部分是贫苦农民，以现今乐从、龙江、陈村、均安等地乡民居多。当时从香港乘三支桅帆船往美国旧金山的航程，快则两三个月，慢则半年。倘若遇到大风大浪，沉船惨剧时有发生。加上生活条件十分恶劣，卫生设施又很差，航程中很容易患上疾病，死于途中的不计其数。1868年，均安沙头乡五显坊的黄作彦、黄广锐、黄君沛三人，在乡筹措资金，历尽艰辛，经香港乘船抵达美国旧金山，在金矿因工作操劳过度，不久就有两人客死异乡。自此，沙头乡很少有人远赴美国谋生。

光绪十六年（1890年），顺德乐从沙滘的陈敖从毛里求斯辗转抵达马达加斯加。不久，陈良让等10多人也相继到达马达加斯加。陈敖是第一个抵达马达加斯加的顺德人。他自幼出洋谋生，先是在毛里求斯经商，后来打算向西拓展。1890年，他与一个意大利朋友乘船西渡，在马达加斯加东北部海岸登陆，后来南迁浸马邹港（Tamatave，今马达加斯加塔马塔夫港），用带去的几包白糖煮制糖弹糖条零售。陈敖由于经营有方，又能与当地土著融洽相处，生意渐渐兴旺起来。站稳脚跟后，他又呼朋引伴，顺德人源源而至。

19世纪下半叶，一些不法商人到中国南方的沿海地区，打着招工的牌子，诱骗华工签订苛刻的契约，用船运到西方殖民地，再转手卖给种植园主或矿主，从中收取高额佣金。这种被苦力贩子拐卖出洋的契约华工，广东话俗称“猪仔”。雇主买到“猪仔”后，与“猪仔”签订偿债期限契约，期限之内，“猪仔”没有自由可言，被迫从事繁重的体力劳动。不少人因不堪折磨而惨死于异国他乡。而且，在行程数十天的贩运途中，“猪仔”被囚于空气混浊、拥挤不堪的船舱里，因病致死或因虐待致死的惨剧时有发生。最终到达目的地的人寥寥无几，而成功登陆之后，迎接他们的绝不是鲜花或掌声，也不是梦想当中的美丽新大陆，而是异地他乡惨无人道的劳工生涯。

据记载，早期马来半岛的华工年均死亡率为50%，到20世纪20年代初，年均死亡率仍高达20%。苏门答腊岛东部地区“猪仔”年均死亡率为50%。无数的“猪仔”为这些殖民地的种植园、矿山及各项生产事业的开发和当地的经济繁荣付出了血汗和生命的代价。估计从1800年到第二次世界大战前夕，去东南亚的华工累计有1000万人以上。

同治年间《救时揭要》说：“被骗出洋而死于难者，每年以千百计。有半途病死者，有自经求死者，有焚凿船只者。要之，皆同归于尽。即使到岸，充极劳极苦之工，饮食不足，鞭挞有余；或被无辜杀戮，无人保护，贱同蝼蚁，命若草菅。噫！华民无辜，飘零数万里，而受如此之刻酷乎！”

尽管这是一段充满血泪与梦想的历史传奇，但正是有了这一段不堪回首的历史，顺德人才踏上通往世界的征途，无论是近在咫尺的港澳，还是万里之遥的马达加斯加，无论是广袤无垠的大洋洲，还是传说中流金淌银的北美……正是因为足迹遍及世界的大洲与大洋，顺德人才与世界有了更紧密的联系、更多元的连接，才有了顺德人的全球视野，有了顺商远大的格局，并以此成就了世界的顺商、顺商的世界。

顺德菜成就大生意

有人说：鲜花与美食没有国界，这是最好的通行证。

孙中山先生的《建国方略》支持了这个观点："我中国近代文明进化，事事皆落人之后，惟饮食一道之进步，至今尚为文明各国所不及。中国所发明之食物，固大盛于欧美；而中国烹调法之精良，又非欧美所可并驾……中国烹调之术不独遍传于美洲，而欧洲各国之大都会亦渐有中国菜馆矣。日本自维新以后，习尚多采西风，而独于烹调一道犹嗜中国之味，故东京中国菜馆亦林立焉。是知口之于味，人所同也。"

广东侨民将粤菜带到世界各地，特别在近现代以来，越过岭南，东征上海，南传港澳，出走海外……国际美食家协会主席李满全曾说，全球唐人街餐饮中，八成是粤菜餐馆，而全球知名中餐馆很多都主打粤菜。作为国际餐饮市场最亮眼的菜系之一，粤菜是许多外国人对中餐认识的起源。

《2019年粤菜海外影响力分析报告》显示，粤菜在中国八大菜系中的国际认知度排名第一。和第二名相比，粤菜占比高出了21个百分点，可以说粤菜在海外的知名度遥遥领先。从秦汉时期的南越王饕餮盛宴起步，到明清时一口通商带来的推动助力，再到民国时期真正形成"食在广州"金字招牌，"广味天下知"逐渐在国际饮食中站稳了脚跟。

"食在广州，厨出凤城"，顺德是粤菜的发源地，是联合国认定的"世界美食之都"。考察顺德海外华人华侨的创业史，我们可以发现，他们初到异国他乡，无以为生，顺德人身无长物，财富上一无所有，要解决生存问题，让外国人从吃饱到吃好，这是一个巨大的机会，也恰恰是顺德人的长处、顺德人的优势。以顺德菜走出创业的第一步，征服世界人的胃，是顺德人获取第一桶金的财富秘诀。

正如《顺德华人华侨》一书所言："不少顺德人在海外，最初入行的往往是餐饮，先是在餐馆替人打工……当有了一定积累之后，就自立门户，或与他人合股，开个小餐馆。"

从19世纪中叶的日本横滨港开始，顺德人成为中华美食文化海外传播的主要力量，也开始以此成就一番事业。

2001年，祖籍顺德的苏震西在澳大利亚墨尔本市长选举中击败多名实力雄厚的竞争者，成为墨尔本第一位直选市长，也是该市首位华裔市长，被人戏称为“从中餐馆里走出来的市长”。由于在任期间政绩突出，深得市民厚爱与信任，2004年，苏震西又以极大优势成功连任，这一次的成功连任，使他成为该市第一位两届直选的市长，也是迄今为止墨尔本历史上在任时间最长的市长。

苏震西的成功，源于他在墨尔本唐人街成功创立了龙舫海鲜酒楼品牌。它以正宗粤菜奉客，装潢和服务都富有中国传统文化色彩，深受中外顾客的喜爱，全盛时期同时在澳大利亚和新西兰经营三十多间酒楼食肆，拥有五百多名员工。正是通过在大洋洲传承弘扬顺德菜，苏震西成为墨尔本最成功的华人企业家之一，也为他最终成为该市市长积累了人脉、经验与资本。

而在遥远的英国，祖籍顺德勒流的伍善雄，第一桶金也源自顺德菜。伍善雄于1968年从香港移居英国，一年后，他与友人合资开设了第一间快餐店，在此后的五年内，又自资开办了四间联营式快餐店。20世纪70年代中期，英国华侨餐饮业劳工短缺，伍善雄遂于1978年创立百顺旅行社事务所，专门协助餐馆的雇员申请工作证。尽管伍善雄的事业拓展到了地产、金融等领域，但不得不说，餐饮业是他立身发家的根本。

而在加拿大，顺商中的灵魂人物郑裕彤可谓厥功至伟，他通过新世界发展有限公司获得了多伦多、温哥华及蒙特利尔的主要酒店控股权之后，便将顺德菜作为这些酒店的主打与招牌，从而为顺德菜在加拿大开拓出了一片新天地。

从顺德出发，漂洋过海一万多公里，就能抵达非洲。明清以后，有大批顺德人漂洋过海，去往东非、南非等地谋生。从澳门、香港或者越南到非洲，是顺德人起初移民非洲的路线图。

作为最早来到南非的侨胞，顺德乡亲可以说是南非华侨的先驱和开拓者。1938年，侵华日军侵占顺德乐从，大批乐从乡亲不得不离开家乡避难。其中有一名叫马荣业的少年，他跟随乡亲先后到上海、香港避难，几经周折到了南非。

早年间，马荣业在南非以卖杂货为主业，赚取了人生第一桶金之后，他开始尝试开设餐馆、肉铺。在自己的餐馆，他亲自掌勺，尝试做出适合中国人口味的顺德菜。意外的是，马荣业的餐馆发展迅速，生意红火，客人络绎不绝。他回忆道："天天都是一日三餐，晚上生意特别好，常常干到三更半夜，但人很畅快，因为是凭借自己的双手开辟一个全新的天地，获得当地人的认可与尊重。"

当资本和经验积累到一定程度之后，马荣业开始在开普敦等地开设连锁店铺，高峰时期多达20家，遍布南非的各大城市。他的饭店取名"同乐饭店"，为的是让外国人可以从"同乐"二字读出中国人对社会平等、生活美满的共同向往。

今天，中餐馆遍布世界各地，但是顺德菜依然是其中最受欢迎的一个菜系。

通过这一没有国界的通行证，顺商不仅快速融入异国他乡，累积起可观的财富，更重要的是，他们在客似云来、宾主尽欢的经营当中，发现了更多的信息与商机，积累了更多的经验与人脉，而这些又是顺商打开更大商业世界的入门券。

雄霸港澳成伟业

纵观顺德人的全球财富版图，欧美、南美、非洲等地的顺德华人华侨艰苦备尝，成功逆袭进入上流社会；而身在港澳的顺德乡亲，则在离本土不过百余公里的咫尺之地，累积起了令人咋舌的巨量财富。在这两个商帮云集、龙争虎斗的社会体系当中，顺德人作为当地商界的翘楚，创造了非凡的事业。

20世纪初，我国内地尚处于纷飞战火中，而港澳则显得风平浪静，正是因为避乱的需要，顺德人开始大举移居香港，而踏上香港这一片神奇的土地，对顺德人来说无异于鲲鹏上天、蛟龙入海，他们在这里开始了“二次创业”的艰辛历程。

100多年来，在宁波帮、客家帮、潮商帮、粤商帮的激烈碰撞与角逐中，顺商在香港冲杀竞争，顺德人身上的独特基因、营商风格、气质精神，在这里表现得淋漓尽致，成为百年港澳商战风云史上的一道美丽风景。

研究早期顺德商帮的发家史，需要从港澳地区近20万顺德人开始。

其中，不仅有现任香港特区政府政务司司长陈国基、香港特区政府财政司原司长梁锦松等一批政治精英，更多的则是名扬海外、富甲港澳的商界名流，他们既有香港的超级富豪、财富直追李嘉诚的世界级企业家李兆基、郑裕彤，也有香港罗氏国际主席罗定邦、香港永隆银行创办人伍宜孙、香港恒生银行常务董事梁銶琚、香港“金融大王”胡汉辉……他们身后至今仍然影响港澳经济走向的豪门望族，在历史的天空中，有如群星闪耀，散发出独特而迷人的光芒。

从这些顺德乡亲的出身来看，清末民初的顺德，以“南国丝都”之产业，厚积“广东银行”之基业，从事钱庄、银号、金铺等的顺德人可谓不计其数，当时的商贾之家，孕育了这些企业家，也为这些顺商移居香港，在香港以金融为业，在香港金融业纵横捭阖长达百年之久，打下了极为坚实的基础，书写了异地起家进阶社会顶流的时代传奇。

先有“南国丝都”，后有“广东银行”，顺德早期金融业的繁荣，始于蚕桑产业的对外贸易，据统计，清末民初，顺德丝市的货币周转量每年在1亿银圆以上。越来越多操着顺德乡音的顺德人稳坐在银号高高的柜台里，满脸笑容，拈着胡须，把算盘拨得噼啪作响。20世纪20年代，顺德县内的钱庄银号多达40余家，占珠江三角洲地区钱庄总数的三分之二，全县银业公会在大良成立。当年规模较大、信誉较高的钱庄有慎言栈、宝泉、任信、宽裕、生源、祥兴、德祥等。这些钱庄主要经营存款、按揭贷款和汇款等业务，与广州市一些银号互相信托，业务往来密切。同时，省会广州的不少钱庄也掌握在顺德人手上，广州金融界有30%的资金靠顺德流通周转。史料记载，羊城50%的银行家和55%的金融资本来自顺德。

辛亥革命推翻了清政府的统治后，新建立的民国政府开始致力于推动资本主义发展。这一时期，随着广东外贸额的迅猛增长，顺德银号亦开始加速发展。

民国时期，顺德银号发展步入了新阶段。黄思敏主编的《顺德的经济社会变迁》一书中写道："民国十六年（1927年）至民国二十年（1931年）间是（顺德）本县钱庄业发展鼎盛时期，当时仅容奇就有30余家，并有银业公会，属总商会领导，会址设于大良。在顺德本地的容奇、桂洲、陈村、大良等地，也多有银号之设。20世纪20年代，顺德有钱庄40多家，仅丝业发达的容奇就有30余家。而最盛时，容奇有银号近40多家。"正因如此，顺德银号在民国初年得到了长足发展。

当时的顺德银号除了在顺德本地拥有较大势力，其在顺德以外的地区也有较大影响力。在广东外贸中的大量款项流入顺德银号的时候，也有大批顺德人活跃于广州。区季鸾将他们称为银业界的"顺德帮"。当时有"广州银业多由顺德人经营，故顺德人向执银业界之牛耳"的说法。

雄厚的金融业根基，植入了顺德人长袖善舞的基因，加上从小耳濡目染的家庭环境，培育出一批批后期称雄港澳的金融家。

香港恒基兆业公司的创始人李兆基出生时，父亲李介甫已拥有天宝荣金铺和永生银号两间门店，经营着黄金、汇兑、外币买卖生意。人称"香港金融大王"的胡汉辉1922年生，其父胡儒钊在广州开办的儒记丝庄颇负盛名。香港恒生银行常务董事梁銶琚出身于金融世家，20多岁就在香港的金融与贸易行业大展拳脚。香港永隆银行的创始人伍宜孙的祖父伍宜康早年在广州设立昭隆银号，远近闻名，后因世乱天灾，家道日渐中落。因为家境贫困，少年失学的伍宜孙，年仅14岁便到香港泰来银号做工。而香港堡狮龙服饰品牌创始人罗定邦，出身于在顺德大良经营小生意的罗家。

与从小出身于商贾之家的大多数相比，郑裕彤属于其中的极少数，他出身于贫寒之家，从一家金铺的学徒开始，凭借其过人胆识与魄力，终致成为香港的超级巨富。

虽然是顺商的代表人物、港澳一带的人中龙凤，但其最初的经历，则大部分始于打工生涯，李兆基、郑裕彤、伍宜孙无不从低调卑微的学徒做起，凭借顺德人身上务实拼搏、开放包容的天性，一步步走上成为巨商大贾之路。

从港澳顺商发家的产业来看，金融业是顺商们最为擅长的领域，这既与当时顺德作为“广东银行”的基础有关，也与香港在20世纪成为世界金融与贸易中心有关，金融世家的出身，与香港的发展定位、主导产业一拍即合，成为顺德商人初创时期最佳的路径选择。

当然，轻工业一度也成为当时香港的产业支柱之一。香港“风扇大王”——蚬壳电业创始人翁祐，在1950年以工业化形式生产出香港的第一把古典式风扇。人称香港“针织大王”的罗定邦，于1975年创办了堡狮龙服装品牌，而其子罗乐凤更是将服装加工业推向极致，一举成为世界最大的服装产业“代工之王”。

但不管如何，在寸土寸金的香港，在20世纪地产行业发展如火如荼的时期，如果不从事跨界经营，在巩固原有产业基础的同时，果断切入地产行业，则绝无可能跻身香港的顶级富豪之列。

左手金融，右手地产。从“拥有黄金就拥有财富”，到“拥有土地就拥有财富”，这是香港经济腾飞的大时代，也是做大做强的必然之路。“好风凭借力，送我上青云”，眼见地产行业的兴旺与暴利，出于对时局的精准把握、对产业的超前布局，顺德人李兆基、郑裕彤与潮商李嘉诚、中山人郭得胜比翼齐飞，在最好的时代，迅速垄断香港的地产行业，才能以几何级的速度累积起无可匹敌的财富。

当然，这里也包括香港顶级物业发展商——香港恒隆集团创始人陈曾熙。他1960年进军地产行业，在很短时间内就成为香港大型地产发展商，其公司成为最具资历的上市公司。这正是因为陈曾熙在最好的时代，抓住了最好的机遇，切入了一个富得流油的产业，这个产业的创富力之强，让其他产业难以望其项背。

从香港顺商的籍贯来观察，今天的顺德十大镇街，都在香港有一批成功的企业家。而今天容桂街道的马冈岛，却因一批影响香港金融、地产与餐饮行业的商界精英，奇迹般地成为一个独特的存在。

顺德容桂的马冈，四面环水，岛中有山，是一个四面环水的小岛，古称金坡岛，有马东、马南、马西、马北、马中五个自然村。

马冈，是顺德著名的侨乡，20世纪80年代初曾有一次调查：有三分之一的马冈人留在家乡，三分之一在海外，另外三分之一的人分布在国内的其他地方。

马冈人杰地灵，不乏知名商界人物。比如香港永亨银行董事长兼行政总裁、香港美丽华酒店企业有限公司董事冯钰斌，就是马冈人。永亨银行是1960年注册的，原为“永亨银号”，创办人冯尧敬是香港著名的金融实业家，祖籍顺德容桂马冈马中村。

曾任香港新鸿基地产执行董事、香港新光酒楼集团董事长、香港凤城饮食集团董事长、香港顺德联谊总会首席会长的罗景云，祖籍顺德容桂马冈马西村。抗战前，罗景云的兄长在广州十三行经营金银业生意。1949年，他随兄长移居香港，仍旧从事金银业。1962年，郭得胜、冯景禧、李兆基三人组建新鸿基地产，罗景云又转入新鸿基工作，后出任香港新鸿基地产的执行董事。

罗景云除了在地产行业大展拳脚，对顺德美食在香港的推广也厥功至伟，除在地产行业外，罗景云在商场驰骋的成就，要属香港的新光酒楼集团。新光酒楼旗下设有新光宴会厅、新光海鲜酒家、新光酒楼夜总会、百乐门星级宴会厅、沪品饭店、肇顺名汇河鲜专门店、粤顺河鲜酒家、凤城酒家饮食集团、饭局制造等数十家餐饮企业。在香港，百乐门可谓街知巷闻，特别是对粤菜的推广，百乐门是餐饮界一块响当当的名牌。

在马冈，更有名气的则是永亨银行创始人冯敬尧，他于1937年在广州创立永亨银号，后南迁香江，事业一直蓬勃发展。1960年冯尧敬分别在香港、澳门注册永亨银行有限公司，出任首届董事长。

其子冯钰斌成为永亨银行的掌舵人后，与时俱进，广开门路，把永亨银行的业务引向多元化，骏业宏开，分行网络不断扩展，1993年香港永亨银行成功在联合交易所上市，在香港及澳门提供零售银行服务、企业银行服务与外汇及金融服务。

在冯钰斌的领导下，2004年香港永亨银行成功收购香港浙江第一银行。2006年香港永亨银行成功收购香港英利信用财务有限公司。

内地改革开放的骄人成绩让冯钰斌对永亨银行向内地发展充满信心。1992年永亨银行在深圳开设代表处，1996年代表处升级为分行，是首家在深圳开设分行的香港银行，主要服务内地的港人，办理楼宇按揭、厂房按揭、汇款等业务。2002年，永亨银行深圳分行成为中国加入世界贸易组织后，第一批获准经营人民币业务的外资银行之一。

随着《内地与香港关于建立更紧密经贸关系的安排》（CEPA）的签署，香港经济快速复苏，与内地经贸合作日臻紧密，永亨银行也乘此东风不断拓展国内业务，并于2007年在广州开设了全资附属银行永亨银行（中国）有限公司，分支机构逐渐遍布国内深圳、广州、上海、北京、珠海、惠州、佛山等地。

“沧海一声笑，滔滔两岸潮，浮沉随浪只记今朝。”香港的“顺一代”创造了属于他们的时代伟业，随着时间的推移，顺商在港澳一带的传奇故事，不仅没有随着时代的进步而被削弱，还在生生不息地延续着。今天的“顺二代”，在新一轮产业革命浪潮加速到来的时代，依然迎风逐浪，以更开放的姿态，更激进的行动，屹立于时代的潮头，这种代际传承的赓续，必将散发出更为炫丽的光彩。

他们当中，有郑裕彤之孙郑志刚，有李兆基之子李家杰……他们，扛起了家族事业与民族振兴的大旗。今天，世界的顺商，在全球化的时代里，书写出一个更为激荡人心的故事。

第三章　光辉岁月

后现代主义思想大师德里达说过：“没有事件就没有历史与未来。”

“珠江三角洲的崛起，从时间上讲，应该是从1978年开始的，它是中国‘文革’后第一次思想解放运动的产物。”中国知名战略咨询专家王志纲说。

1978年12月18—22日召开的党的十一届三中全会，作为一个伟大的转折点而被载入光辉史册。全会停止使用“以阶级斗争为纲”的口号，决定把全党的工作重点和全国人民的注意力转移到社会主义现代化建设上来，提出了改革开放的任务。

党的十一届三中全会，实现了新中国成立以来党的历史上具有深远意义的伟大转折，开启了改革开放和社会主义现代化的伟大征程。把全党工作重心从“以阶级斗争为纲”转移到“以经济建设为中心”上来的决定，极大地激发起全国各族人民一心一意谋发展、聚精会神搞建设的热情和干劲。

这是时代的号角，让邻近港澳、一直蠢蠢欲动但又苦闷得几近窒息的生命个体，迎来缕缕复苏的阳光，当时代大潮来临的时候，在作为岭南水乡的顺德，一群自小亲水、识水的顺德人，迅速感觉到了一种隐隐的潮音、一种奔腾的力量。

这种潮音如此动听，力量是如此动人，先知先觉、讷言敏行的顺德人立即开始了自觉的创富行动，而与浙江温州人那种无比艰辛、苦难甚至悲情的创业史不同，顺德人的创业一路顺风顺水，一如它的地名。

明者因时而变，知者随事而制。一段沸腾岁月，从一个个小人物的探路开始。许许多多当年的小人物，汇成一股潮流、一种趋势，甚至形成一种无可阻遏的巨浪，左右着区域经济发展的流向。

顺德的春天，其实来得更早一点。

1978年8月8日，顺德建成了全国首批“三来一补”企业之一的容奇镇制衣厂。同年9月28日，已经41岁的梁庆德带领十多名乡亲，在顺德桂洲镇的一片荒无人烟的河滩上，破土动工建设广东顺德桂洲羽绒厂（格兰仕前身）。

1979年，一位名叫黎君刚的年轻人，领着几位兄弟同乡，风风火火地开办了一家家具厂，也就是龙江镇第一家家具厂——陈涌木器家具厂。通过对香港、澳门进口的沙发进行反复研究，黎君刚生产出了顺德第一张软式沙发，也因此成为顺德家具产业的开山鼻祖。

1980年，美的创始人何享健发现了“新大陆”，果断实施企业转产，大张旗鼓生产电风扇，全面进军家电领域。当年11月，顺德县北滘公社电器厂生产出一台名为“明珠”的金属台风扇。

而到了1984年，潘宁带领100余名工人在简易工棚里，用手工锤敲出两台容声冰箱……“村村点火，户户冒烟”，这是20世纪80年代顺德的壮观景象，第一代创业者们，向大地、向天空尽情伸展着人性的价值、无穷的活力、事业的张力、饱满的热情。

“在珠江三角洲这片商品意识很浓的土地上，也产生了一代枭雄，产生了一代豪杰，一代弄潮儿，他们不同于五十年代的雷锋、焦裕禄，更不同于‘文化大革命’时期的王杰、门合，也不同于改革开放初期的步鑫生、马胜利等。它出现了具有‘大生产、大经济、大思维、大眼光、大动作’的一批‘大冒险家’。”王志纲、田炳信在《珠江三角洲启示录》中写道。

在特殊的年代，成千上万的顺德企业家开启了气势磅礴的光辉岁月，万马奔腾的市场上，迅速涌现出一批以顺德为号的“顺家军”，他们从顺德出发，饮马长江、逐鹿中原。这一批“冒险家”的创富热情，与时代的大潮相互激荡，一代顺德企业家开始书写波澜壮阔的创业史，改革开放的国策带来改变他们命运的最好时机。

他们，以“敢饮头啖汤”的勇气，推动顺德率先成为中国县域经济的改革先锋、时代闯将。

他们，成为大时代的弄潮儿，在激情燃烧的岁月里，书写了属于他们更属于顺德的传奇。

于无声处听惊雷

1978年，中国特色社会主义现代化建设正行进在关键转折的历史时期，改革开放的春风吹遍神州大地，万象更新的时代序幕由此拉开。

上面春雷滚滚，下面春潮涌动，经济的活力以核聚变一般的力量浓缩在这里，最终爆发出令人震惊的威力。

顺德，这座距离北京2000多公里的南方小县城，敏锐地洞察到了时代的新风向。

这年1月，顺德容奇镇党委召开了一次特别的党委会：讨论准备和香港一家牛仔裤厂合作，在容奇镇创办一家制衣厂。

四个月之后——1978年5月23日，经顺德外贸进出口公司牵线，香港客商杨钊通过罗湖口岸来到顺德，商量合作办厂的具体事宜。一个月后，中国纺织品进出口公司广东分公司出面，正式与香港大进（国际）贸易股份有限公司签署合作协议：港方出资400万港元，容奇镇腾出旧厂房和聘请工人，合办300人规模的制衣厂。产品由港方销售。工厂通过港商进口国外先进制衣设备，容奇镇以加工费偿还设备款，合作期6年。

1978年8月8日，顺德大进制衣厂正式投产，成为中国经济发展的一种新模式——“三来一补”（来料加工、来样加工、来件配装，补偿贸易）的开创者之一。

“这在当时，是‘冒天下之大不韪’。”研究这段历史的学者李少魁认为，“三来一补”是中国社会从计划经济向市场经济转轨的前奏，大进制衣厂是顺德从农业经济向工业经济转变的前奏，与当时农业领域的安徽小岗村“承包到户”一样，都有效地解放了生产力，是中国经济社会开放的“首发式”。

资料显示，当年只有300人的大进制衣厂，成立一年就赚了20万美元，这一消息顿时轰动全国。

1984年，顺德迎来关键的一年。

这一年，邓小平视察顺德。据《先行者的30年——追寻中国改革的顺德足迹》一书所载，顺德县委当时汇报了顺德大力发展乡镇企业的情况。

对欧广源来说，1983年到1989年担任顺德县委书记这段时间，是一段“激情燃烧的岁月”。欧广源说：“1983年我当县委书记，陈用志当县长。当时去江浙考察。到了苏州、杭州等地，那里的乡镇企业、城市建设，给我们很大的震撼。顺德要发展乡镇企业，要实现工业化，所以我们回来就搞了‘五子登科’。”

所谓“五子登科”，包括路子、班子、才子、票子、点子。其实是顺德当时经济和社会发展的重要决策和形象比喻，这种叫得响、记得住的大白话，深刻反映了顺德人的政治智慧。其中的“路子”，就是被媒体广泛提及的“三个为主”——工业为主、集体经济为主、外向型经济为主。正是这“三个为主”，为顺德乡镇企业的发展和初级工业化，打下了坚实的基础。

“三个为主”的发展思路，把准了顺德的脉动，找到了发展的动力，而这种思路，进一步被媒体、专家、学者提升到发展模式的高度，成就了威震中国、名满天下的“顺德模式”。

正是凭借独领风骚的“顺德模式”，顺德率先在改革开放初期“杀出了一条血路”，得风气之先，立时代潮头，树全国标杆。

对顺德而言，“工业立县”的发展思路，打破了延续几百年的“抑工重农”的思想桎梏，开启了由农业社会向工业化社会大跨越的历史征程。

必须承认，顺德第一代企业家的崛起，与他们开放拼搏、奋斗勤勉的群体性格息息相关，也与大时代、小气候密不可分，欧广源提出的“五子登科”，以政策的形式，要求企业家放开手脚、发家致富，摆脱了过去偷偷摸摸担心政策打压、“枪打出头鸟”的历史轮回，使顺德走上了致富光荣的康庄大道。

好风凭借力，送我上青云。此时的顺德，无比顺利，此时的顺商，无比幸运。

这一年，一个叫张鸿强的退伍军人在香港第一次看到燃气热水器，一年后他带领工人研发出第一台带熄火保护装置的安全型热水器，成为中国安全型热水器的开拓者，逐渐发展形成一个上千亿元规模的燃气具产业。从此，“神州热水器”席卷神州，曾先后为第十一届亚运会、远东南太平洋运动会、第七及第八届全运会，提供不怕风吹雨打的火炬及圣火盒，在中国制造的灿烂星河中，永远嵌下了这一时代英雄的星座——广东神州燃气用具有限公司。

20世纪80年代中期，顺德北滘人区鉴泉从香港买回两台鸿运扇进行拆解分析，结合自身技术力量改进创新。这种塑料外壳、倒地即停的风扇投入市场后，立即行销全国。其时，桂洲风扇厂与外商合作，进口了当时先进的风扇生产设备，成为中国内地第一家向美国出口吊扇的工厂。裕华风扇厂和桂洲风扇厂相距不到20公里，却形成南北呼应之势，成为广东首批产值超过1亿元的乡镇企业。

20世纪80年代中期到90年代初，顺德的乡镇企业以星星之火，形成燎原之势，气势之磅礴，令人目瞪口呆。于是有人称之为“异军突起”。

正是这一群“洗脚上田”的农民，在中国改革开放舞台上，上演了一幕幕精彩的经济发展喜剧，在中国工业发展史上演绎了一个个令人惊叹的传奇。

这是顺德经济转轨的黄金十年。从年头到年尾，顺德大地上每天都在炸响有如春雷一般的鞭炮声，这是企业开工、投产或庆典的讯号，更是经济迅猛向前的集结号。

1985年，国内首家生产直筒式自动保温电饭锅的广东电饭锅厂建成投产。容奇、伦教、北滘、陈村、龙江、勒流、桂洲7个镇，被广东省政府批准为珠江三角洲工业卫星镇。

同年，顺德全县风扇厂达14家，年生产能力881万台，产量占全国的

20.6%，为国内最大的风扇生产基地。

1986年，乐从、杏坛、均安亦被批准为工业卫星镇。广东省政府批准顺德24个企业为百万美元出口基地，数量居全省之冠。

1987年，顺德全县的工农业总产值达38.8亿元，财政收入2.36亿元，居全省县级之冠。

这一年，出现了顺德从农业县向工业县跨越的一个历史性标志：全县外贸出口额为12 661万美元，首次突破1亿美元大关。这意味着顺德出口商品结构发生根本性转变，结束了农副产品占绝对优势的局面。

1987年，三十出头的新华社广东分社记者王志纲和他的同事在珠三角跑了一圈，写出一篇题为《广东跃起四小虎》的报道。自此之后，东莞、中山、顺德、南海“四小虎”（与“亚洲四小龙”韩国、新加坡及中国的台湾、香港相对应）经济社会的强劲发展，引起了国内外的高度关注，而在这篇报道中，王志纲将顺德排在了“四小虎”中的第一位。

1991年，顺德全县乡镇企业发展到3711家，总产值74.69亿元，占全县工业总产值的74.06%。在当年评选的全国十大乡镇企业中，顺德就占5家。其中珠江冰箱厂排名第一，蚬华风扇厂排名第三。

得益于改革开放的环境、“三个为主”的模式，顺德大地在20世纪80年代突然冒出了一大批生机勃勃的企业，美的、裕华、科龙、格兰仕、神州、康宝、爱德、华英、大明、南华……一时之间，顺德大地繁星闪烁，星月交辉。

时势造英雄。只有在时代大潮当中顺势而为的人，才能成就一番伟业，时与势的把握，往往成为成王败寇的分界线。罗曼·罗兰说过，所谓英雄，就是做到了自己力所能及的事的人。当然英雄的出现，必须找到最好的时代。

改革开放后的第一代顺商之所以在合适的时代，做出最合适的选择，不唯是时势造英雄，地域性格、商业禀赋、市场需求、创新驱动，都必须作为英雄出世的基本要素与系统构成，这才是顺商在20世纪蔚然成风、强势崛起的强大动因。

“可怕”的顺德人

媒体报道是时代进步的瞭望台，也是社会变革的放大镜。

在这里，我们不得不借助媒体视角，来解读当时进击的顺商，是如何在全国及海外市场上长风破浪、勇往直前的。顺德的发展，使心怀理想的记者们一到顺德，就感受到扑面而来的时代气息，他们用热情的笔触，写出了一篇篇定格历史、影响深远的时代名篇。

这是因为，在顺德，中国的媒体记者们触摸到了澎湃的时代力量，感受到了强烈的现实冲击，进而激发出极为热情的报道冲动。

正如作家徐南铁在《大道苍茫》这本书里所写：“顺德是深深的水潭，孕育着一个气象万千的世界。”它对新闻记者和理论工作者具有永远的魅力。

遥想顺德当年，绕不过“‘可怕’的顺德人”这六个字。在改革开放之初的日子里，“‘可怕’的顺德人”成为时代的最强音，成为无数人共同的历史记忆。

即便四十多年后，“‘可怕’的顺德人”依然如雷贯耳，这一形象生动的精神标签上，“敢为天下先”的历史担当依然没有褪色。但它的出处，正是《经济日报》的报道《“可怕”的顺德人》。

1992年5月10日，《经济日报》在头版“北人南行记”栏目刊发题为《“可怕”的顺德人》的报道，据顺德相关部门反复考证，这是“‘可怕’的顺德人”最原始的出处。此后，“‘可怕’的顺德人”被人们不断引用、广为传播。“可怕”也被用来形容顺德企业家勇于改革创新、敢为天下先的性格特质。

报道通过观察顺德经济高速发展的事实与众多顺德工业产品在全国“横扫千军如卷席”的现象，惊叹顺德人的“可怕”：

“国内第一台燃气热水器，据说是北京煤气具公司生产出来的（亦有别种说法，但不是广东生产，没有争论），南京快速热水器总厂最先形成批量规模（亦有他说，但不为广东则没有争论）。但后来顺德的神州、万家乐热水器上来了，南京的玉环牌、沈阳的沈乐满牌、广州的好运牌、成都的前锋牌都感受到巨大威胁。去年（1991年），仅神州一家，热水器产销量即达41万台，占当年市场销售量的五分之一，稳居第一。很可能用不了太长时间，目前在册的全国153家燃气热水器厂中的绝大部分厂家将荡然无存，'幸存者'的处境亦十分艰难……"

记者以动人的笔触，做出了一个个至今仍然经得起检验的判断，顺德乡镇企业的强势崛起，必将把当时一些体制僵化、效率低下的国有企业挤出市场，过去由国有企业垄断的产品，必将逐步退出历史舞台……这是顺德企业的竞争力，也是顺德企业家的创新力，正是这种摧枯拉朽的力量，使得深感"触目惊心"的记者想到了这一个绝妙的标题："可怕"的顺德人。

20世纪80年代，"广东粮，珠江水"拉开了广货北上的步伐，而其后的"岭南衣，粤家电"更是以凌厉的杀招，以不可阻挡之势，吹响了广货纵横北方、挺进西南的时代最强音。其中，在粤家电的主产地，广货北上的先锋队，"'可怕'的顺德人"创造了属于那个时代的奇迹。

显然，顺德人的"可怕"，在于企业的可怕，在于企业家们的可怕，但他们的形象绝非青面獠牙，并非喊打喊杀；他们没有在资本原始积累阶段，以草莽英雄的野蛮冲撞，获得并不光彩的财富；更没有游走于灰色地带，谋求铤而走险的非法利益，构成无论如何都难以抹去的原罪。

但行正道，条条是道。这一时期的顺商，从一开始，就是坚持制造为本、实业为基，始终脚踏实地、步步为营，尽管这是一条艰难之路，但这条路注定引领他们行稳致远，抵达更远的彼岸。改革开放后的第一代顺商，正是以他们表现出来的超凡智慧和坚毅，以超常的适应能力，以咄咄逼人的气势，将事业推向顶峰，创造出一个个发展的神话。

这一批义无反顾的先行者，经过风雨的洗礼，成为一代新兴的企业家，成为顺德特色的本土经济、民族工业的脊梁。

与《"可怕"的顺德人》呼应，1991年底，时任新华社社长穆青带队来到珠江三角洲考察了一个月。在重要的历史关头，他用史诗般的笔触，热情讴歌了顺德等地发生的历史性变革，在这载入中国新闻史的新闻名作

《风帆起珠江》当中，有一段是这样写的：

“异军突起的乡村工业不仅从根本上变更了珠江三角洲的传统格局，而且彻底改变了‘广货’的形象。几年前，从广东‘北上’的商品大部分还是舶来品，而今‘饮马长江、逐鹿中原’的劲旅则多是自己制造的工业制成品。从家电到燃气具，从时装到化妆品，从新潮家具到五金用品……珠江三角洲的乡镇企业产品，仿佛在一夜之间，竞相挤上全国各地的货架。”

《风帆起珠江》以生动雄辩的事实，肯定了珠三角在改革开放当中的巨大成果，以广东的历史性巨变，为改革开放正名，也为怀疑改革开放、担心国家政策即将转向的人，表达了坚定的信念、强大的信心，昭示了必然的趋势。

而仅仅两个多月之后，邓小平在顺德，发出了“发展才是硬道理”的时代之音。

仅仅10多年的时间，顺德一马当先，经济发展一日千里，“以集体经济为主、工业企业为主、骨干企业为主”的“三个为主”方针，引领顺德走了一条经济持续高速发展之路。

1991年，顺德县不仅社会经济综合实力跃居“广东四小虎”之首，成为广东上缴中央财政最多的县，位列全国十大财政上缴县前列，还建立起一个后劲巨大、具有引领时代科技水平的工业体系。全县乡镇企业达到了3500多家，多家企业规模在国内同行当中居于首位。其中年产值超亿元的就有18家，规模最大的企业年产值超10亿元。

也正是在这一年，就在万家乐与神州热水器的争斗如火如荼之时，已经41岁的卢础其还是一无所成，尽管于1988年创业，但一直找不到方向，最多就是给万家乐生产一些小配件，在当时的顺德，他只能算是一个毫不起眼的小老板。1991年，卢础其从日本背回了一台水控全自动热水器，而当时国人用的还是半自动燃气热水器。

天道酬勤，经过近两年的反向研究，卢础其大获成功，成功研制第一台国产水控全自动热水器，1993年8月到1994年8月，万和集团凭借这一独门绝技，以年销售1.5亿元的“历史神话”杀入全国前三强。

与卢础其“大器晚成”不同，20世纪90年代，珠江冰箱厂的创始人潘宁已是中国家电业界响当当的风云人物。就是这样一个乡镇企业，只用了7年时间，产销量就达到了48万台，登上了全国产销量第一的宝座，成为全国乡镇企业首家国家一级企业、全国最大工业企业500强之一、全国十大乡镇企业之首。

潘宁，小学文化程度，当过兵。创办珠江冰箱厂时，只有9万元的试制费，手下只有一名工程师、一个技术员、一个大学生，还有170名职工。但相比缺钱、缺人才、缺技术，更要命的是乡镇企业这个“非正规军”的身份，当他们上报冰箱项目时，上级主管部门直接就下了结论：乡镇企业搞不了电冰箱。

当潘宁派人到国内的其他冰箱厂参观学习时，人家也不让进车间，只让他们看看建筑工地。

他派技术人员去西安交通大学进修制冷技术时，也不敢公开说是为了做冰箱，只能佯称开冰箱修理店……

1983年9月，当他们用手工敲打出第一台双门电冰箱，拿到北京西单商场业务科推销时，对方不问性能与价格，直接问的是工厂是什么级别。当得知是乡镇企业时，对方竟然毫不留情下了逐客令。

尝尽白眼，受够屈辱，潘宁毫不动摇，这一切只会激起“虽千万人，吾往矣”的信心，“要么不干，要干就要干得最好”，这是他的誓言，也是他的追求。

在媒体的演绎当中，当潘宁带领团队用手锤、锉刀及万用电表，在极其简陋的条件下生产出第一台双门冰箱时，“那一天晚上雷电交加，他独自一人冲进大雨当中号啕大哭”。

这一悲壮而又极具画面感的场景，已经永远定格于历史的记忆当中。

谁会想到，就是这个让人看不起的乡镇企业、全国最后一家冰箱定点生产厂，在潘宁的带领下，几年时间，超越所有的“老大哥”，一跃成为中国工业一颗光彩夺目的明星。

回顾这一段历程，中国著名的财经作家吴晓波在《大败局2》中的文章《科龙：一条被刻意猎杀的龙》中写道：

“回顾这段历史，令人感慨的无疑是这样一个事实，即容声冰箱的问世，实为一场‘庶民的胜利’：孕育它的土壤，不是高高在上、权力与资源富集的大城市，而是一个小乡镇；创造它的人们，没有显赫的学历，更无丰富的经验，几乎只是一群‘散兵游勇’；支持它的资源，并非国家的雄厚资本，也非外国的先进技术，而只是一个乡镇政府从有限经费中拨出的9万元，以及一种无所畏惧、迎难而上的草根精神。”

这正是那个生机勃发的年代中，最为宝贵的特质。他们什么都没有，但他们敢于创造一切。当春天来到，万物复苏，适逢其会，这是容声之幸，亦是大国之幸。

1979年，年仅17岁的黎经华进入建筑行业创业，因为认真、爱学习并且肯吃苦，他很快成为行业里的人物，承接了佛山市人民政府大楼建设等多个重点工程。在建筑行业如鱼得水的他，却在4年后果断投资家具工厂。此时，顺德龙江、乐从一带家具行业发展迅速，他意识到家具产业隐藏着巨大的发展潜能。事实果然如他所料，20世纪80年代家具业迅猛发展，黎经华的工厂生产的皮沙发畅销南北。

随着家具业的蓬勃发展，325国道两旁迅速涌现一个个简易棚子搭成的家具作坊。做过建筑的黎经华又一次察觉商机来临，他停办家具工厂，开始筹划家具卖场。1989年，他在鱼塘里建起乐从第一家2000平方米的家具卖场，又先后建起南华家具城、南华汇展中心等，打造乐从最早的一批家具卖场。

几年后，他做出一个更大胆的判断，毅然提出要打造面向国际市场的高端家具卖场。“当时乐从已经是远近闻名的中国家具商贸之都，可是各大家具卖场入驻的品牌参差不齐，高端品牌不愿到乐从售卖，众多家具卖场还是将焦点放在争夺国内低端市场。”黎经华认准了高端市场的潜力。

2000年，黎经华的罗浮宫家居集团，一举在中国家具商贸之都、世界最大的家具市场所在地——乐从盖起了38万平方米的家具卖场，这一号称中国家具展览七星级殿堂的罗浮宫国际家具博览中心，一时影响业界、轰动全球，无数印度、中东、非洲的客商长期扎根乐从，最多的时候达上千人，他们采购大量家具，从这里出发，漂洋过海发往自己的国家。

黎经华大展拳脚之时，也是中国最大的塑料管道企业——联塑集团狂飙突进的年代。中国城镇化的进程，给了顺商最好的机会，这也是顺德家居产业最好的时代，家电、家具产业从无到有、从小到大，在中国城镇化所开辟的道路上一路奔驰。

和黎经华一样，作为同样诞生于龙江镇、发迹于龙江镇的产业巨子，联塑集团的创始人黄联禧从十几岁便开始展现自己过人的商业天赋。

1976年，年仅16岁的黄联禧跟着别人做起了塑料管材生意；1986年，他自立门户，带着十几个老乡，创办了一家名为“西溪塑料五金厂”的小作坊，生产电线保护槽和电线护套管，并以此赚到了自己的第一桶金；1996年，黄联禧正式组建联塑集团，如今，联塑在他的带领下，已经发展成为一家业务范围遍布全球的大型建材家居产业集团。

这样一家企业，在国内已经建立起了22个生产基地，而且将庞大的触角伸向东南亚等国家。在做成中国塑料管道行业第一之时，黄联禧坚持多元化发展之路，如今，地产、酒店、现代农业甚至光伏产业，都成为联塑集团发展的重要方向。拥有这样一个庞大的产业帝国，黄联禧总是衔枚疾进，从来不接受媒体采访，这种为人处世的作风，已经深深地楔进顺德企业家的基因里。

时代的转变，正好符合女性的特质。女性的商业之光，如阳光般炙热，如月光般柔和。微光成炬，成功者总是向光而行，追寻光、成为光、散发光。

在第95届奥斯卡金像奖上，60岁的杨紫琼手举奖杯，成为奥斯卡历史上第一位亚裔最佳女主角。当她说出那句“女士们，不要让任何人对你说你已经过了巅峰，永远不要放弃”时，无数女性为之动容。这不仅是亚裔演员的历史性时刻，也是女性的高光时刻。

杨紫琼用行动告诉大家，即使芳华已逝，但可能巅峰还未到来，只要你一直战斗，依然可以创造奇迹。

在顺商的世界里，同样聚集着一批不愿意被定义的新女性。她们抓住大变革时代的大机遇，善于发挥自身优势，为变革时代的新发展增加一抹韧性的色彩，她们刚柔并济，用奋斗和成就换来了全社会对“女性力量”的尊重，也创造了令人惊叹的商业奇迹。

顺德龙江村的河边上，一大片厂房巍然矗立，但很多人并不了解，这是中国坚果行业的隐形冠军——南兴果仁的所在地。

1953年，顺德港澳乡亲邓以杨在1953年于香港创立了兴栈花生瓜子厂。1986年，乘着改革开放的春风，怀着对家乡的热爱，邓以杨回到故土顺德龙江，创立了坚果加工基地。创立之初，南坑村还是龙江镇的郊区，没有从事工业的企业和出类拔萃的人才，其时正值青春年华的邓惠娟怀抱理想、敢闯敢拼、勤奋刻苦，她在伯父邓以杨的鼓励和支持下，以筹借来的15 000元租用了60平方米的闲置蚕房，聘请了50名本村妇女，便踏上了创业之路。

1992年，中国改革开放总设计师邓小平同志在顺德提出了“发展才是硬道理”，并勉励顺德“思想要解放一点，胆子要大一点，步子要快一点”。邓惠娟乘此东风，正式注册了顺德南兴天虹果仁制品有限公司，建成了4000平方米的新厂房，从事农产品采购、加工，并生产、出口坚果类食品。

由于中国产的坚果以传统的炒货品类为主，树坚果在中国的品种极为稀少，邓惠娟决定放眼全球，率先从美国等世界坚果大国大量进口各种品类的树坚果。当这些坚果不远万里抵达广东的海关时，当时的海关根本找不到这些坚果的名称，邓惠娟指着一种果壳裂开、形似笑脸的果实说：“这个果实就叫开心果吧！”从此开心果的名称一直沿用至今。

坚果产业，是随着中国改革开放而崛起的一个新兴产业，尽管对比欧美，中国人均坚果消费量差距明显，但改革开放带来的时代红利，让更多的国人不断追求消费升级、改善饮食结构，以休闲食品为名，行健康养生之实，一股坚果消费的时代风潮，以每年两位数的速度迅猛增长。

经过数十年的努力，在邓惠娟的带领下，今天的南兴天虹果仁制品有限公司已发展成为年产值突破四十亿元、纳税总额超亿元、拥有现代化厂房130亩、员工1000多名的现代化智造企业，所生产的“天虹牌”果仁系列产品不仅在线上、线下全渠道上架，还远销欧美和东南亚多个国家。南兴天虹正坚定不移地把天虹果仁打造成全球食品行业知名的“中国制造”和属于大众的“坚果王国”。

邓惠娟，顺德人民的优秀女儿，始终与时代同步，与国家同发展，她以“顺商木兰”的成功形象，在以男性为主导的顺德企业家中彰显了柔韧而坚定、睿智而阳光的“她力量”。

当然，隐忍与低调属于企业家，他们深知，在艰难、复杂、万变的大环境中，这是保护自己、生存进取的最好方式，但这种生存哲学，远非企业的作风。在恪守低调做人的同时，高调做事则是顺德企业、政府的一贯主张。俗话说：“小老板做事，中老板做市，大老板做势。”做事做市做势，这是企业的行动格言，而隐居幕后的最大推手则是企业家。

顺德庞大的产业，也有最风光的一面。这一面，也一样会载入顺德改革开放的发展史，顺德人不做则已，一做就震动了首都、影响了中国。

1997年6月20日至24日，北京中国国际贸易中心展览厅举办顺德名优产品（北京）博览会，打出的口号是：请首都人民检阅顺德改革开放成果。

顺德一共组织了148家企业、3600种名优产品参加博览会。一时之间，顺德一个个洗脚上田的企业家成群结队在京城的豪华宾馆进进出出，毫无当年高晓声笔下陈奂生进城的窘态。

据统计，就是这样一个县级市在首都的寻常展会，却吸引了100多位副部级以上领导和重要嘉宾参观，其中有中共中央政治局委员、全国人大常委会副委员长、国务院副总理、全国政协副主席。展会还吸引了全球30多个国家和地区的驻京外交使节。

顺德制造的风光，一时达到了历史的最高点，而这一切的背后，则是创造历史的企业家们。

搞得好起楼，搞不好跳楼

“顺德之所以有了今天，我们必须要感谢这一场伟大的改革。”回忆往昔，年逾六旬、足迹遍布全世界的大自然家居集团的创始人之一佘建彬说。

他指的这一次改革，就是顺德在全国率先发起的以企业产权制度改革为核心的综合改革。这一场事关成千上万人命运的改革，从策动的那一天起，就注定要掀起惊涛骇浪。

“历史的巨人看见，波推浪涌的产权改革中，敢为人先的顺德经受着考验：“靓女先嫁”的父母及儿女们，备受煎熬。有人指点、评说，有人怒骂、批判。经济利益与体制改革发生的摩擦、碰撞；新旧两种体制与观念的激烈交锋，姓“社”、姓“资”两股力量的强烈争辩，引起了中央的关注、举国的震惊。”《先行者的30年》一书这样描述。

1992年，这是顺德的高光时刻，也是最为辉煌的年份。

仅仅十多年的时间，顺德乡镇企业的工业总产值已经从1978年的7.37亿元，一度跃升到了1992年的143.7亿元，14年时间增长近20倍。没有最高，只有更高，顺德不断创造出新的奇迹。1991年，顺德工业总产值是96.1亿元，仅仅一年时间，1992年猛增到了143.7亿元，增幅高达49.5%，这样的增长幅度，在世界工业的发展史上可谓绝无仅有。

但是辉煌时刻，随时可能盛极而衰，一次源于顺德农业银行的内部调研报告，一度让顺德政府的主要领导惊出一身冷汗，一股寒气从头到脚，瞬间传遍了全身。

1993年3月，这份题为《瞩目的成就，惊心的包袱》的报告，犹如一把手术刀，切开了顺德经济发展当中可能致命的“肿瘤”。

“据我行对全市乡镇集体企业的调查，有经济包袱的259家企业（不含关停企业），结欠银行贷款21亿元，占乡镇企业贷款的31.5%，其中经济包袱100万元以上的企业115家，金额7.9亿元，结欠贷款16.4亿元。”

“在上述的259家企业当中，资不抵债的有103家，债务大于资产4.6

亿元，欠下贷款8.2亿元。这些企业生产经营已经难以为继，濒临破产边缘。”

一边是火焰，一边是海水。“厂长负盈，企业负亏，银行负债，政府负责”，是当时顺德不少企业的真实写照。

20世纪80年代顺德“辉煌”的工业化成就，在很大程度上是由县、镇两级政府推动的，公有制企业占90%以上（主要是乡镇企业）。政府唱主角，既是投资主体，又为企业贷款提供担保，同时通过减免税费等优惠措施扶持企业成长。有超过1000家公有制、集体所有制企业基本上是这个时期由县、镇两级政府“背书”，提供担保向银行贷款搞起来的。

在这种体制之下，利益输送、损公肥私、厂外设厂……种种“挖社会主义墙脚”的现象屡见不鲜。

“无钱就借债，有钱就食晒（分光），还钱就下一届。”成了一些企业的普遍做法。企业空壳化趋势日益加剧，企业产权模糊的问题日益突出。

“现在我跪着向银行要贷款，以后我要你银行跪着要我还贷款！”顺德桂洲一个乡镇企业的负责人，因为贷款的事不遂心如意，狠狠地放言。

特定的时代，特定的环境，一度让顺德患上了投资狂热症，风扇热、空调热、摩托热、汽车热……经济过热犹如一壶烧开的水，任由水沸腾下去，必将烧穿锅底，落得一个可悲的结局。让人心惊肉跳的现象，被分管工业的时任顺德市委副书记冯润胜称为“血染的风采”。

不改是死路一条，改革，才能打破体制的桎梏，杀出一条血路，坐在“火山口”的顺德政府，宁肯“丢掉乌纱帽”，也要走进这一个无比艰险的无人区。

1993年6月，顺德市委、市政府下发了《关于转换企业机制，发展混合型经济的试行办法》，决定通过政府独资、控股、参股经营等方式，对全市公有制、集体所有制企业进行产权制度改革。按照“产权明晰、责任明确、贴身经营、利益共享、风险共担”的目标，全面推动企业整体转制。通过产权转让、引资扩股、公开拍卖，建立股份制、股份合作制和混合型经济，实现产权主体多样化。

1993年11月22日上午，顺德市委、市政府与第一批市属企业转换经营机制签约仪式在市政府举行，顺德糖厂、顺德啤酒厂、广东顺德轻工业品进出口公司、广东顺德食品进出口公司等8家企业与企业的法人代表（市政府）签订股权转让协议书，成了顺德第一批转制企业。市领导把优质盈利企业首先转制，形象比喻为“靓女先嫁”。

这是顺德发展历程中重要的瞬间。签约仪式现场，德胜电机厂法人代表谢建雄，慷慨而又悲壮了留下了一句经典语录：“搞得好起楼，搞不好跳楼！”

这一时期，乘着“靓女先嫁”的东风，一批商业嗅觉敏锐的乡镇企业和企业家抢饮“头啖汤”，企业转制蔚然成风，一批“胆大包天”的企业家该出手时就出手。

1992年，农民出身的杨国强推动北滘建筑工程公司率先转制试点，并以“碧桂园”之名开始进军房地产。

与此同时，广东美的集团股份有限公司成为全省首批8个内部股份制改造试点之一，并在次年在深圳证券交易所挂牌上市，成为中国第一家由乡镇企业改造的上市公司。

1994年5月，广东锻压机床厂厂长陈伟德拒绝了港商提出的优厚收购条件，毅然带领净资产溢价高达9000万元的公司开启转制。转制十多年后，企业仅研发投入就达8000万元，累计纳税超1亿元。

除此之外，还有万家乐、格兰仕、康宝、科龙等一批如今享誉中外的知名企业品牌诞生或崛起于顺德企业产权制度改革的浪潮之中。

广东万家乐股份有限公司组建于1992年10月28日，由广东万家乐集团公司与其他五家法人联合发起，通过定向募集股份成立，总股本37 000万元。1994年1月，万家乐股票在深圳证券交易所挂牌交易。

在乡镇企业改制中，顺德解决了姓“公”还是姓“私”的顾虑，乡镇民营经济如雨后春笋般发展起来，成为顺德工商业的半壁江山，到1997年底，顺德民营企业已突破万家。

在这一批转制企业当中，谢建雄的企业德胜电机厂曾风云一时。转制时，企业核定的总资产是1.2亿元，除去银行负债，谢建雄率领8人管理团队与全厂员工，分3年用6600万元买下企业的产权。

谢建雄祖籍广东云浮，新中国成立前父亲到了顺德勒流谋生。谢建雄1953年出生，因为家境贫寒，14岁小学毕业即到食品厂做酱油，1970年到电机厂参加工作时，还不满17岁。

1985年，小学文化程度的谢建雄考入广东省委党校经济管理专业大专班学习，并开始担任德胜电机厂的党委副书记、副厂长。后来又调到顺德市轻工集团担任副总经理。1993年，他回到电机厂当厂长。

转制之后，谢建雄最大的压力是“这间国有老厂如果在我手里垮下去，我就成了千古罪人”。

员工成为企业的主人，整个工厂的士气立即为之一振，全厂员工众志成城，他们深知，自己的身家命运已经与企业的兴衰绑在了一起。“宁愿做死，不愿坐死”，订单的激增，让工人们可以连续加班一个月，但个个都毫无怨言。

“内抓改革，外抓市场”，在大力降本增效的同时，年轻的谢建雄一年当中有半年在外跑市场。此时的他，尽情闯荡在市场经济的大海里不知疲倦，勇往直前，浑身充满了无穷的力量。

奇迹就是这样发生的。德胜电机厂转制之前，年产值8000万元，然而转制当年年产值就达到了12 000万元，第三年18 000万元，一年的利润高达2000万元。转制后的企业，3年就创造了过去30年的利润。

当然，企业搞好了就起楼，转制后的第三年，德胜电机厂盖起了9万平方米的厂房，“搞不好跳楼”的悲剧，也就不可能发生。

1997年，党的十五大召开前夕，人民日报、南方日报等媒体蜂拥至德胜电机厂，第一次用“转得快，好世界”来形容这一次意义重大、影响深远的改革，谢建雄一时成为此次改革当中的风云人物。作为一个企业家代表，他敢为人先的胆识与魄力，他当年的豪言壮语，至今依旧在顺德806平方公里的土地上回荡，尽管因积劳成疾而去世多年，他的故事依然没有因时间的流逝而失传。

必须要感谢起初在外界看来悄无声息，后来又立于风口浪尖的企业产权制度改革。正是这一次改革，顺德厘清了政府与市场的边界，从这里杀出一条血路，从此，顺德放开了政府的手，迈开了市场的腿，为市场松了绑，为企业开了路，让生产力得到了极大的释放，让企业家有了一个自由飞翔的天空，才能让何享健、杨国强、谢建雄、陈伟德等一批英雄企业家，走上了属于他们自己的舞台。

歌手汪峰在《怒放的生命》中唱道："曾经多少次跌倒在路上，曾经多少次折断过翅膀。如今我已不再感到彷徨，我想超越这平凡的奢望。我想要怒放的生命，就像飞翔在辽阔天空，就像穿行在无边的旷野，拥有挣脱一切的力量。"

或许，汪峰的歌唱出了顺德第一代创业者曾经有过的辛酸、奋争、挫折与成功，这是一首唱给那个创业者时代的歌，也是唱给顺德第一代企业家的歌。

在这个属于改革者的舞台上，他们肩负前所未有的使命与责任，尽情释放着顺德一代企业家的热情、智慧、远见与魄力。

传奇的时代，催生了传奇的一代。他们，因改革而精彩；他们，因企业而创造。

第四章　奔赴热土

顺德，仅有806平方公里，水面积却占了三分之一，这里是水的世界，西江与北江在这里日夜奔流，潮起潮落，它们冲刷一切，又融汇一切。这里离珠江的入海口也仅仅几十公里，地处粤港澳大湾区的地理中心，顺德，成了梦想家的乐园。

全国各地的人才向这个中国著名的制造业基地奔涌而来，在这里寻找梦想开花的时机，顺德也像母亲一样伸出热情的臂膀，用大海一般的胸怀接纳来自五湖四海的人才。

1992年，顺德工业的发展一日千里，对人才极度焦渴，这一时期，顺德的家电、家具、装备机械等产业悄然成形，一镇一品的产业格局已在构筑，走过了20世纪80年代狂飙突进的岁月，顺德初级工业化的进程步入了蹄疾步稳的时代。

美的、科龙、格兰仕……一批企业经历艰苦的初创期，正在拔节成长，奇迹般地崛起为中国民族工业的骄子，而万家乐、新力集团、顺德糖厂等一批公有制企业，也在这一过程当中奋力生长。

这是一个特殊的年代，不仅因为顺德推出了自改革开放以来最具诱惑力的引人政策，还因为“孔雀东南飞”的热潮也涌入了顺德，大量宝贵的人才在这里扎下了根。

如果说20世纪80年代，顺德用人以广东人为主，那么进入90年代，顺德开始面向全国，用最大的力度、最大的诚意，吸引来自全国各地的人才，因为经济的迅猛发展，需要更大范围、更为优秀的人才来支撑。

正如美的集团的创始人何享健所说的："60年代用北滘人，70年代用顺德人，80年代用广东人，90年代用中国人，21世纪用全世界的人才。"

而这些人才，不仅成了顺德工业发展的动力，极大地推动了顺德企业做大做强，更重要的是，他们在这里钻研了技术、积累了经验、收获了成长，而后他们又怀揣梦想，走上了成功的创业之路。作为创业者，"此心安处是吾乡"，他们将顺德作为梦想再开花、激情再燃烧的地方，通过艰苦的奋斗，同样成了顺德财富版图上极为重要的力量。

来了就是顺德人，顺德，因他们而荣耀；他们，因顺德而成功。

"人才黄埔一期"的血液

1985年，羊城晚报著名记者刘婉玲在中山大学采访时发现，校门口停放着很多外地牌照的汽车，经过打听，她才知道原来是一些老师利用周末，到珠三角的企业"炒更"（指赚外快），周六接走周日晚送回。为了采访到一线的"星期六工程师"，她曾经蹲守在顺德龙江镇的河边，可谓大费周折。刘婉玲抓住一起渡江的时间对他们进行采访，不知来回了多少次，才得到一些"料"。采访归来后，她写了一篇报道《从"星期六工程师"引出的……》，发表在1985年5月11日《羊城晚报》的头版，意在为星期六工程师正名。

当时的广东著名报人微音（许实，时任《羊城晚报》总编辑）也对此事密切关注，曾在他自己的"街谈巷议"栏目发表《业余兼职又何须蹑手蹑脚》，有人质疑"星期六工程师"的热量为何不在自己的单位好好发挥，微音写道："让他们把自己的聪明才智辐射到社会上去，利国利民，有何不好？"又有人刻薄道："搞兼职不就是想多捞钱？"微音直言不讳："按劳取酬，多劳多得，为社会作出了贡献，自己挣得合理的报酬，改善一下生活，又有何不可？”

“星期六工程师”的出现，在当时尽管还没有得到官方的认可，但确确实实改变了以往在国有单位拿“铁饭碗”的人不能兼职的状况，是劳动要素市场化的重要一步，也进一步打开了国有经济与私营经济的沟通联系，还促进了科研机构的成果更快地推向市场。1987年广东省科学技术委员会做的调查发现，在广州的一些科研单位，约有8%到10%的科技人员是“星期六工程师”。一个小小的缺口，使改革中的人才朝着市场化的方向迸发出了原始的活力。

直到1988年1月18日，国务院专门下达文件，称“允许科技干部兼职”，“星期六工程师”才得到官方认可。但彼时民企聘用科技人员已是一个十分普遍的现象。知识分子有责任把科技转化为生产力，而迅速发展的经济又对高素质的科技人才有着大量需求，中央政策最后的开闸是历史必然。从地方最初发明到社会议论纷纷，最后到中央明文允许，这是一条充满戏剧性的劳动力要素市场改革之路。对于党的十五大所提出的“按劳分配和按生产要素分配”的发展思路来说，“星期六工程师”也不失为一个民间的先行例子。

20世纪80年代末、90年代初，“南下打工”成了当时中国农民发财致富，然后回乡建房、成家的一大捷径。正如当时的热门电视剧《外来妹》中描述的，大量农村青壮年劳动力离乡背井，离开千百年来农民赖以生存的土地，涌向广州、深圳、东莞以及其他珠三角城市，进入工厂、酒楼，成为“打工仔”“打工妹”。1989年春节后，农民工终于成为“潮”。根据当时广州媒体报道，1989年2月22日，元宵节之夜，外省农民工塞满了广州火车站广场。

至此，中国一年一度的春运“大移民”逐步迈向高潮。“尽管节前广东各级部门三令五申节后一个月内用人单位一律不准招收外省新民工，但春节一过，南下到广东找工作的农民工就如潮水般涌来。几天来，已有数十万新民工和超过三百万‘返乡过年’的返程民工南下广东，令广东省劳动部门十分焦虑。”这是2001年春节过后广州某媒体的报道。

事实上，20世纪90年代初以后，蜂拥南下的除了大批农民工外，还有大量知识分子、技术人才、医生、老师以及“创业者”“淘金者”“弄潮儿”……“东南西北中，发财到广东”，成了当时的一句流行语，它的“魔力”在各路人马中都得到了验证。数以百万计的精英才子满怀激情，轰轰烈烈地踏上南下之路，深圳、广州成了大家成就梦想的地方，一夜之间成就了无数人的成功梦想。

1992年，无论是对顺德还是对中国，都是一个极为重要的年份。在中国改革开放是向前走还是向后退的巨大争议当中，一位老人决定用特殊的方式表达自己的态度与决心。

1992年1月29日，88岁高龄的邓小平来到了当时国内最大的乡镇企业之一珠江冰箱厂（顺德科龙集团的前身）。在厂长潘宁介绍了整个工厂的情况后，邓小平问到出口情况。潘宁汇报说一年的出口值已接近700万美元，主要销往东南亚一些国家时，邓小平马上插话：“我们国家一定要发展，贫穷就会受人欺负，发展才是硬道理。”在一个多小时的停留里，邓小平讲了20多分钟。

“当时我以为听错了，死路一条、让人欺负、不要争论、计划经济有市场等等，我们以为听错了。”时任顺德县委副书记冯润胜说。“小平同志的到来真是一场及时雨啊，为我们这些基层工作者洗刷了心中的疑惑与疙瘩，扫清了思想上的障碍。”回忆起当年的一幕，时任容奇镇党委书记陈伟十分激动。

对于这一极为珍贵的历史瞬间，中国知名的战略咨询家、新华社原记者王志纲在《王志纲论战略：关键阶段的重大抉择》一书中写道：“邓小平的复出，给我们这代人带来了命运的转机。从恢复高考开始，选学校、选志愿、选职业、选城市，我们逐渐有了人生的选择权……到了1992年……彼时，改革开放已经有了14年的积淀，再加上领导层的推动，这片初露端倪的‘海’，迅速由风平浪静变成了巨浪滔天。奔流激荡的大势给每个人提供了改写命运的无限可能，越来越多的人义无反顾地一头扎进海中，一个从未有过的大自由、大解放的时代到来了。”

顺德的春天似乎先知先觉，来得更为早一些。

1991年9月，中共顺德县委党校受县政府和经委的委托，开办一个全脱产的经济干部培训班，该班计划培训80人，目的是为顺德县属的工业企业输送管理人才。这个班的招生极为特殊，不是从现有工业企业中抽调人才参加培训，而是面向全国广罗人才，只要是35岁以下、具有本科以上学历、有2年以上工作经验的企业中高层管理人员都可报名。

特殊的培训，特殊的生源，必须采用特殊的广告，敢为天下先的顺德，将招生广告在《人民日报》刊出之后，在全国各地引起了极大的轰动与响应，许多怀才不遇的国企高管、高校教师、银行干部看到了曙光。

不到半个月，报名者如过江之鲫，一度多达3000多名，来自全国20多个省（区、市），顺德最终录取了80人。

王韶峰是其中一员。1978年，年仅16岁的王韶峰以韶关市高考“状元”的成绩考上了清华大学，毕业以后被分配到位于湖南的地质矿产部直属机械厂，一干就是9年，他在3000多人的机械厂中一路升迁，扶摇直上。1990年，年仅28岁的他参加了国有企业厂长经理全国统考，成为地质部第三梯队的培养对象。1991年他还打开了长庆油田的市场，首次拿到几千万元的业务单。在地矿部，他是重点培养对象；在机械厂，他是厂长未来的主要接班人；在衡阳市，他还曾被寄予厚望并成为最年轻的团委书记。而他人生轨迹的改变就源于1991年的一张报纸。

事实上，从20世纪80年代开始，顺德的飞速发展已经带领着这个改革先驱、全国百强县之首冲出广东，不断被内地很多城市的有识之士所关注。王韶峰最早是在新华社的报道上读到关于顺德改革的一系列文章，了解到顺德的发展已经走在中国很多城市的前列，而将到而立之年的他也开始更多地思索人生走向问题。1991年，随着出差机会的增加，王韶峰实地看到了顺德与内陆城市的差别：“最大的差别在观念上，软差距比硬差距还大。”于是王韶峰动了南下发展的心思。

1991年，一次偶然的机会，他在《人民日报》上看到顺德的这则招生广告。是年10月，王韶峰来到顺德参加招考。“来自全国各地的简历都有两三千份，最后就筛选了一两百人参加考试。”

王韶峰参加的这次招考，就是后来在顺德大名鼎鼎的“人才黄埔军校”第一期，80人成为这一期的学员。在内地很多人领着100元月薪时，王韶峰已经领着500元月薪。“我们的老师都是广东省最好的高校教师，政府每天都派一辆专车负责在广州与顺德之间接送老师。”王韶峰回忆，为期一年的学习，人员吃住、学员薪水、师资酬劳等算下来，“顺德为这个班承担了大概几百万元的费用”。

一年以后，“人才黄埔一期”的学员大部分进入了地方国营企业，在企业转制、“负债起飞”中发挥了中流砥柱的作用。王韶峰最初到了容桂的德力集团任总经理助理，此后在企业于1994年转制时进入董事会成为第三大股东，现兼任德冠集团董事、副总经理。此外，他还积极承担社会事务，在顺德五大法定机构中的两个担任职务，兼任产业服务创新中心及人才发展服务中心理事长。

他回忆起当年时任顺德市委书记陈用志在“人才黄埔一期”班上讲过的一句话：“通过几年的大浪淘沙，最后有三分之一的人真正在中高层发挥作用，这个班就成功了。”此后的事实也证明，南下的这些“过江龙”都是真正有本事的人，“不是猛龙不过江，很多同学都已经有几个亿的身家，也为顺德当年企业改革贡献了力量和智慧，这也是顺德赋予我们这代人的机会。”

“我们这个年纪的人，又是清华毕业生，我大部分同班同学早已遍布世界各地，论财富论名气，我可能都不如他们，但是我把我的青春岁月奉献给了顺德，我从来不后悔。”王韶峰说。这不仅是他个人的心声，也是这80名“人才黄埔一期”同学的心迹，在最好的年华、最好的地方，开启不平凡的人生，为顺德区域的财富成长、企业发展贡献智慧与动力，这显然是无悔的人生、不老的岁月。

互相成就的人生

务实包容，敢为人先，这是顺德地域的性格，也是顺德创富的基因。时代在进步，经济在发展，一批批人才逐浪而来，在中国改革开放的又一个春天里，在这片沃土厚壤中埋下了种子，扎下了根，面对浓烈似火的骄阳，他们在顺德尽情盛放着自己的人生，在彰显知识的力量的同时，也改变着自己的人生命运。

1991年，华南理工大学的热能学博士马军，毅然放弃了留校任教的机会，来到了当时的乡镇企业——美的集团，这一则新闻引爆了中国的舆论场。在当时的中国，作为极其稀缺的人才，他选择到一家乡镇企业工作，这确实让人匪夷所思。但仅仅一年多时间，马军博士研发出来的新品空调，就为美的创造出一个多亿的产值，这就是人才的力量、技术的力量。

时代潮流，浩浩荡荡，识时务者为俊杰。受到邓小平南方谈话的强大感召，有志之士终于按捺不住狂跳的内心，此时正在湖北偏远之地——中国第二汽车制造厂当内刊编辑的方洪波，再也不愿在体制内浑浑噩噩，熬干自己无望的岁月，他毅然告别了湖北，来到了如日东升的美的集团。

“宁可放弃一百万的生意，不可放过一个有用的人才。”在高速发展的美的，何享健对人才如饥似渴。

从《美的报》内刊编辑做起，方洪波先后担任美的集团市场部部长、制冷事业部CEO（首席执行官）……直至2012年，他正式接捧创始人何享健，成为美的集团董事长，他用20年的奋斗，在天地人和的美的集团内，实现了人生最大的价值，当然也成就了自己最好的时光。

2012年，美的集团业绩下滑，创始人何享健做出了一个震惊中国的决定，让职业经理人方洪波执掌庞大的美的集团，手握接力棒的方洪波开始了全力奔跑，美的集团又一次走上了高速成长之路。方洪波在企业内部开始了大刀阔斧的结构性改革，通过做减法为虚胖的企业开展瘦身运动，通过“产品领先、效率驱动、全球运营”三大战略主轴，确立了美的在中国乃至世界家电市场的江湖地位。

在资本市场上，美的集团不放过每一个有利的时机。立足主业，抢攻多元化，美的先后并购了小天鹅、日本东芝、以色列高创等企业。2017年1月，美的宣布以292亿元收购德国工业4.0明星企业、世界机器人四大家族之一——库卡公司，一时轰动了全球。

2016年，美的集团以481位的排名，第一次登上了世界500强的榜单，这也是中国家电企业历史上的第一次，同时美的以222亿美元的年营收成为全国最大、赚钱能力最强的家电企业。

2023年美的则位列世界500强排行榜278位，继续保持在全球家电产业的强势地位。科技是美的的第一生产力，近几年美的集团在科技研发上的投入每年高达上百亿，研发人员超过一万人，在全球布局了35个研发中心，今天的美的，正在彻底改变家电巨头的形象，向世界级的科技企业加速前进。

“我最大的成功，就是发现了方洪波。”何享健多次这样说。正是因为方洪波，面对世界百年未有之大变局，美的集团才能够一次次穿越时代的风雨，一次次站在行业的巅峰。方洪波不仅引领中国家电——这一中国市场竞争最为激烈的产业走在世界前列，更重要的是，他作为一个在顺德生活30年的安徽人，在这里成就了自己并不平凡的人生。

世界级的企业，需要世界级的职业经理人。发现顺德，融入顺德，互相欣赏，成就彼此，这是职业经理人成于顺德的事业基石。在顺商的财富增长的历程当中，一切的事业并不是仅靠个人的奋斗而成功的，还需唯才是举、举贤任能，得天下英才而用之，用顺德人特有的气度、胸怀与境界，用顺德老板提供的最好平台。齐心协力才能创造更大的事业，登上更高的山峰。

方洪波挥洒智慧与汗水的同时，另一个地处顺德的世界500强企业——碧桂园集团，也因为找到了一个才干超人的职业经理人，一举成为中国规模最大的房地产企业，从某种程度上说，没有他，就不可能有碧桂园今天的江湖地位，也不可能有碧桂园在世界500强中位列138位（2022年）的全球荣耀。

他就是现任碧桂园集团总裁的莫斌，这位方洪波的同龄人，曾在国内最具国际竞争力的建筑集团下属的中国建筑第五工程局有限公司任总经理，一度被慧眼识才的碧桂园创始人杨国强相中了，2010年，莫斌毅然辞去国企总经理的职务，担任碧桂园集团总裁。

碧桂园控股有限公司的数据显示，2010年全年该集团共实现合同销售金额329亿元，合同销售建筑面积约600万平方米，同比分别增长约42%及26%，排名全国第9位。

仅仅10年时间，在莫斌的执掌之下，碧桂园的房地产业有如腾飞的火箭扶摇直上，不断超越一个个竞争对手，作为一家偏居顺德一隅的地产企业，碧桂园以独特的开发模式，开始在全国2000多个市、县遍地开花，走出了一条跨越式发展的奇迹之路，直至登上中国房地产公司的第一位。

2020年，碧桂园实现权益合同销售金额约5706.6亿元，实现总收入4629亿元，毛利约1009亿元，净利润约541亿元。10年时间，碧桂园年度销售额成长了17倍多，而这就是莫斌执掌碧桂园后创造出来的增长奇迹。

《财富》杂志中文版曾经将方洪波誉为中国最为成功的职业经理人之一，称之为“杀手、隐者、梦想家”。而这个荣誉，显然也适用工作在北滘镇的另一家世界500强——碧桂园的总裁莫斌。作为中国最为成功的两大职业经理人，作为中国职业经理人中的双子星，只有在顺德，他们才能迸发出有如星辰般璀璨的人生之光，成就职业生涯中最为精彩的传奇。

因而，他们是使命的担当者、历史的创造者、财富的共享者，2020年胡润研究院发布中国职业经理人财富排行榜，方洪波以110亿元的身家位列第8位。

职业经理人之于顺德，顺德之于职业经理人，正如奥地利文学家茨威格在《人类群星闪耀时》中说的：“一个人生命中最大的幸运，莫过他在人生中途，即在他年富力强的时候，发现了自己的人生使命。”

在顺德，方洪波如是，莫斌亦如是。当然，更多的职业经理人与老板双向奔赴，在顺德度过了一段激情燃烧的岁月，沐浴岁月风华，不管风吹雨打，他们以支持与信任为依托，以智慧与才华为资本，在这一片热土上加速了企业与个人的成长。

且把顺德当故乡

顺德制造，中国骄傲。改革开放四十多年，顺德制造业强势崛起，成就了本土顺德人抢先一步的财富人生，而紧随而来的则是来自全国乃至世界各地的寻梦人，在这里，他们同样挥洒自己的智慧与汗水。

在顺德龙江镇，从陈涌家具木器厂生产的第一张沙发开始，这里的家具产业走上了兴旺发达之路，最高峰时期，这里有着大大小小近3000家家具企业。而沿着龙江镇的家具长廊往东北方向，跨江对望，一路向东，则是世界最大的家具市场所在地——乐从。龙江生产、乐从销售，拥有高度的行业分工，在长达近四十年的岁月里，这里是中国家具产业的中心之一，当然也是千千万万的寻梦人梦想开花的地方。

今天，龙江与乐从两个镇集聚了来自全国各地的家具从业者，其中龙江江西商会的会员企业就多达200多家，龙江常住人员当中，江西人多达8万人。

而在中国家电生产重镇——容桂街道，常住新市民高达36万人，占容桂总人口的63%，其中广西人达123 000人，四川人达52 000人。

从五湖四海而来，他们的目的地只有一个，那就是他们心目当中可以流金淌银之地——顺德。

在这里，我们必须关注一个非常有意思的现象：一方面，土生土长的顺德人敢为天下先，在改革开放东风的吹拂之下，最早赚到了第一桶金；另一方面，进入20世纪90年代，随着中国大江南北的人才与人力的潮涌，一部分外地人把顺德当故乡、“来了就是顺德人”，他们在这里奋力拼搏，一跃成为顺德区域经济不可忽视的重要力量。

进入21世纪，这股力量越来越强劲，他们要么自立门户，要么配套发展，要么在新经济时代找到了创富的发力点，这其中就包括了电子商务在中国的迅速普及，以及其中所孕育的海量商业机会。

究竟哪一年是中国电子商务元年？人们也许会有所争论。但无可争议的是：1999年是中国电子商务史上充满机遇的关键一年。正是从这一年开始，中国电子商务真正脱离了高姿态的学院派应用，正式步入实质性的商业阶段。

1999年年初，“数字化的布道者”尼葛洛庞帝来到了中国，不失时机地指出了席卷全球的电子商务浪潮：“我预计到2000年，电子商务市场是个一万亿美元的市场，这个数目比人们估计的数目多5倍。”此时，在中国互联网肥沃的土地上，这一领域刚刚开垦。

这一年5月18日，中国第一家在线销售软件图书的B2C（企业向消费者）网站在老榕（王峻涛）的一手操办下正式上线，创始人为这个新生儿取了一个颇具象征意义的名字——8848。以珠穆朗玛这座山峰的高度为名，这显示了老榕试图在电子商务领域一霸天下的雄心。这是中国电子商务梦开始的地方。

这一年春天，马云在杭州城郊湖畔花园建立了阿里巴巴电子商务网站。在一间用报纸糊墙的简陋房子里，马云对全体员工开始了创业演讲……

从此以后，从试探、磨砺、蓬勃、萧索，再到遍地开花，曾经在人们眼中“虚无缥缈”的电子商务，已深刻颠覆了中国乃至世界大众的生产、生活方式，孕育出8000多万的“网商”与几个亿的网民消费群体。

2006年，在科龙集团工作多年，后来又转行做家电营销的彭利民夫妇在淘宝的第一家个人店铺注册成功，淘宝号被夫妻俩命名为“小冰火人”，意为“内心狂热”与“外表冷静”两相结合，可以说，这也是电商经济的写照，激情与冷静同在，创新与变革并存。

从东菱面包机开始，到小熊酸奶机、贝尔莱德的挂烫机再到美的、格兰仕、爱普爱家等顺德家电知名品牌，厂家从抗拒到主动与之合作，依托顺德家电之都的产业带优势，彭利民夫妇为顺德电商代运营“杀出了一条血路”，只用了10年时间，小冰火人实现了指数般的增长，运营规模从0增长到突破10亿元。

时隔一年，2007年，受到《世界是平的》一书启发，刘杰创立了SKG品牌，这个注定为电商而生的品牌，从小家电起步，今天已成为个人护理行业的中国潮牌。

容桂街道成为中国电商企业发展最为迅猛的镇街，一批怀揣梦想的年轻人眼睛放光，因为他们发现了改变人生的最好机会、最好时代，在本土顺德人依然执着于制造的同时，他们发现了一根财富的魔杖。

他们是来自广东梅州的蔡铁强，来自江西的彭利民，来自河南的浮金光，来自四川的刘杰……他们，正在全力追赶中国电商时代的大潮，而中国制造业的重地——顺德，又给了他们可供上线的海量产品。

经过10多年的打拼，他们创办的电商企业成为顺德甚至中国电商行业的扛鼎者。在起伏浮沉、变幻莫测的行业里，今天他们的企业依然在奋斗，与电商伴生的小熊电器成了国人的新宠，而由飞鱼电商创办的德尔玛科技股份公司已经上市……

德尔玛的老板蔡铁强人生的转折点来得有点早。年少时的他，是位名副其实的“富二代”。但由于父亲生意失败，原本富裕的家庭瞬间变得一贫如洗。为了减轻家里的负担，年轻的蔡铁强告别家乡出门打工。

“当时唯一想法就是生存下来。”凭着“活下去”的信念，之后的时间里，蔡铁强卖过手表、文具，做过服务员，也当过业务员……那段时间对于蔡铁强来说，算是尝遍了人世间的苦。

正是因为吃苦耐劳，蔡铁强赢得了一次彻底改变命运的机遇。当时，蔡铁强在一家文具店当店员，一位印刷厂老板被他吃苦耐劳的精神所打动，邀请他到其企业当一名业务员。

成为业务员后的蔡铁强认识了不少设计师，随着对设计行业的了解不断加深，时年19岁的他萌生了创业的想法。于是，蔡铁强来到佛山顺德，组建“飞鱼”设计团队，开始做画册、海报、宣传单张等设计业务。

2010年，移动互联网异军突起，电商作为新兴行业发展迅速，成为新的创业风口。正在思考如何带领企业转型的蔡铁强发现，不少网店的商品描述和店铺装饰做得很差，难以吸引大量订单。为此，蔡铁强决定利用飞鱼视觉设计的优势，大胆开拓电商运营业务，成立了佛山市飞鱼电子商务有限公司。

初涉电商代运营业务，飞鱼为某品牌的挂烫机做电商运营。通过修补该品牌包装设计缺陷、重新改造产品形象，飞鱼在电商平台上为该品牌开设了店铺并全权负责线上产品推广。不到一年时间，飞鱼就为该品牌创造了7000多万元的销售额，一举在电商界打响了名声。

2011年，飞鱼与华帝签约，并在2012年为华帝创造出3亿元线上销售额。此后，飞鱼陆续与百得、东丽、雷明登等20多个国内外知名品牌合作，一度成为淘宝电商代运营的知名企业。

随着代理的品牌越来越多，逐渐感到危机的蔡铁强认为，单靠代运营的模式不可持续，要设立自己的品牌才能在竞争激烈的市场上挤出生存空间。对此，蔡铁强当机立断决定进入此前从未涉猎过的小家电领域，并在2012年上线飞鱼自营互联网小家电品牌“德尔玛”。

“当时本土小家电制造企业不在少数，德尔玛的诞生无疑要面临残酷的市场竞争。”蔡铁强回忆，正经历转型期的飞鱼选择了最具优势的电商市场，在流量红利驱动下为德尔玛引流。同时，德尔玛在产品设计上坚持原创、关注品质，以打造“爆款”的方式迅速占领市场。

作为小家电行业的后起之秀，德尔玛无疑是成功的——2018年“双11”大促期间，德尔玛全网累计销售商品量超过百万台。云集平台上，其果汁摇摇杯8小时销售超过20万台；京东平台上，德尔玛加湿器更是成为品类销量冠军。

也正是这一年，飞鱼集团上演了一出“蛇吞象”的好戏。“飞鱼所耕耘的业务板块都是几十亿、一两百亿的市场体量，在短时间内跑进几百亿、过千亿的大市场‘赛道’，就要通过收购知名企业业务。”蔡铁强说。

2023年5月，这对蔡铁强来说，是一个人生的高光时刻，也是企业发展的里程碑，德尔玛科技股份成功在创业板上市，蔡铁强一举成为整个佛山最年轻的上市公司董事长。一个广东梅州五华人，19岁在顺德创业，抓住中国电子商务狂飙突进的时代机遇，用最短的时间实现他的创富梦想，这不能不说是顺德、是时代、也是其个人三者齐心协力创造的发展奇迹。

这一批以“80后”甚至“90后”为主的电商人，改变了时代，也改变了自己的人生，而他们巨大的冲击力，也唤醒了卧榻之上的传统家电巨头，他们在委托电商代理的同时，也开始自组电商团队，频频与京东、天猫直接展开合作。多年打不开国内市场的新宝电器，以摩飞品牌撬开了国人的口袋，而美的集团则在2021年“双11”的电商大促当中，无比自豪地宣布，“双11”期间全网全品类销售128亿元，连续9年居全国家电行业第一位。

在原本大局已定的顺德家电产业，一股外来新势力的杀入，正在改变这种看似稳定的格局。来自梅州的李一峰、蔡铁强，湖北的陈小平，河南的孚金光，作为顺德乃至中国家电新势力的代表，以“明知山有虎，偏向虎山行”的勇气，向波涛汹涌的红海发起了冲击。几年时间，这里悄然变成了一片生机盎然的蓝海。

无论是本土人，还是新市民，他们共同撑起了顺德产业经济的大厦，在顺德，他们和衷共济、协同共生，书写了一代代顺商人精彩纷呈的财富故事。

第五章　布局中国

制造业是国民经济的重要组成部分，是兴国之器、强国之基。自18世纪中叶开启工业文明以来，世界强国的兴衰史和中华民族的奋斗史一再证明，没有强大的制造业，就没有国家和民族的强盛。打造具有国际竞争力的制造业，是我国建设世界强国的必由之路。

顺德制造，中国骄傲。四十多年的改革开放，顺德成就了制造业，制造业也成就了今天的顺德。制造业成就了顺德之于广东、之于全国的“江湖地位”，撑起了顺德今天的经济大厦，顺德因制造业而熠熠生辉。

然而，随着经济发展的深入、区域分工的明晰、产业扩张的加剧，本土生产、全国销售的模式，早已无法适应大工业时代资本扩张、产业布局的需要。考虑到生产要素的配置、产销一体的现实、成本效率的优化，顺德制造需要跳出弹丸之地——顺德，进而放眼全省、布局中国。

从20世纪90年代开始，顺德资本开始东进、西突、北上。近看中山、江门，远观湖南、湖北、安徽、河北，顺德制造的红旗已经插遍全国，顺德家电制造在全国布局，顺德家具市场卖遍中国。

如果说安徽芜湖成为顺德家电的投资热土，那么河北香河则是顺德家具进军华北的主阵地；如果说资本的流动与资源的配置需要更大的范围，那么一个强大的“顺德语经济圈”已经走遍中国，勾画出无比清晰的顺德制造布局中国的线路图。

“人在他乡永不迷茫，只为梦想扬帆起航。”短短两句歌词，道出了顺德人在他乡的心声。

从顺德出发，走进安徽，跨越秦岭淮河，进军河北……安徽科达洁能有限公司驻扎马鞍山，从一片荒芜到厂房拔地而起，立足装备机械，向新能源、新材料等新兴领域发展；而千里之外，顺德龙江人谭海良说干就干，在河北香河——中国北方最大的家具市场所在地建起了首个大型家具中心，在其推动下，北京通州通往河北唐山的国道成了北方最著名的家具长廊。

顺德制造，已经将红旗插遍了全中国，无论南北还是东西，顺德以它强悍的扩张能力，一次次在中国广袤的版图上，精心布局一个个产业发展的种子。在异地他乡，一个个生产基地向阳而生、拔节猛长，写下了一篇篇时代的传奇、制造的传奇、顺商的传奇，为中国企业的发展与壮大，谱写了可歌可泣的英雄赞歌。

今天的美的集团，已在全国布局17个生产基地，遍及华南、华中、华北、华东、西南等地。

今天的碧桂园集团，开发的楼盘遍布全国2000多个县市。

今天的联塑集团，一根管道通全国，全国生产基地高达26个，遍及中国18个省份。

海为龙世界，云是鹤家乡。更大的舞台，更大的世界，这是顺商永远的追求，也是他们不变的理想。40多年前，“‘可怕’的顺德人”因敢闯敢干而闻名于世，“广货北上”的壮观，创造了顺德产品“横扫千军如卷席”的惊人之举；40多年后，这样的精神也支撑着顺德制造在外开疆拓土，上演一幕幕个人奋斗与事业追求的动人故事。

走出顺德天地宽

如果说，顺德制造早期走出去的还仅局限于单个企业，那么在产业转移和产业链条延伸的导向下，顺德企业开始了产业溢出、抱团扩张之路。

事实上，民营企业走出顺德的现象已经不是一天两天的事情。在1993年进行企业产权制度改革之后，顺德催生了一大批本土资本主导的企业和密集的本土企业家群体。随着自身的成长壮大，这些企业和企业家开始有了更多的选择、更大的雄心，顺德806平方公里的地域，已经容不下他们越来越大的产业理想，他们选择迁往更接近自身产品消费市场的地方投资设厂。这种现象首先在“两家（家电、家具）一花（花卉）”中表现最为明显。

远方的召唤，发展的需求，顺商们迈开了向远方进发的脚步。

1998年，美的重组巨额亏损的芜湖丽光空调有限公司，组建美的芜湖区域战略发展基地。通过这种并购方式，美的走上了落子国内其他地区生产的产能转移之路。2000年之后，当年还在桂洲镇的一些小家电企业迎来三次大搬迁，目的地就是相邻的中山市，尤其是黄圃、南头、东凤三镇。同时，美的、万和、格兰仕等家电企业也都由于各自企业发展的需要选择去中山开埠。美的将电风扇生产基地迁往中山东凤镇，万和燃气具生产链也往东凤迁移，格兰仕则将空调基地布局于中山黄圃镇。

不仅是家电，家具和花卉产业也如此。鹤山、九江随处可见顺德家具的身影。花卉产业则走向了中山、番禺、高明、云浮等地，顺德老板开始在外面租地发展。统计显示，围绕着花卉和养殖等第一产业，顺德人在外地的种养面积已超过15万亩，几乎再造了半个顺德农业。顺德人也将这种模式总结为“外延农业”。

北伐，东进，西突，立足岭南一隅，顺德制造大举拓展产业版图，形成了投资中国、布局中国的繁盛景象，时至今日，这种“走出去”的现象依然在持续，顺德制造的红旗，正在加速插向全国的各个方位。

今天，有市场、有机会的地方，总是能找到顺德制造。顺商，不仅是一个群体，还是一种强大的气场，张扬着“杀伐”四方、攻城略地的精神特质。这种特质，彰显着守江山的笃定，更张扬着打江山的壮志豪情。

一个个项目，一个个生产基地，展现出了顺商的基因，那就是坚忍顽强、低调务实，他们用自己独特的商业眼光，寻找可以投资的市场，他们将产业作为人生的信仰，跳出顺德放眼中国，在全国范围内整合资源，抢占市场，广纳人才，优化成本，提升效能，这显然是时代发展的必然，也是事业追求的必需。

2017年12月，我国中北部地区迎来了大面积的低温，但万和的合肥生产基地却是一派热火朝天，工人们正在加班加点，生产供应华东、华北市场的电热产品。往东约200公里外的安徽马鞍山，科达洁能工业园内，进入第三季度以来，工人为交付国内和海外的订单已经连轴转。再往南约50公里处的芜湖，美的空调芜湖工厂自1998年投产以来，产量连年翻番。而在1000公里外的河北香河，谭海良投资建设的北方最大家具卖场——金钥匙家居中心即将迎来当年最后一波旺季……

这些企业都贴着一个共同而又醒目的标签：顺德制造。

"得就得，唔得返顺德。"这句由传奇广州市市长、顺德人黎子流创造的俚语，反映了顺德人的乡土情结。然而，受本土用地、劳动力等生产要素的限制，出于对自身市场战略的考虑，越来越多顺德的企业选择走出顺德到全国投资布局。

从一片荒芜到一个个大型基地崛起，从"过江龙"变为当地产业的领头雁，顺德制造业军团不但在神州大地上插上越来越多的红旗，更演绎了企业、人与城市共融的他乡故事。

南岭山脉以北的寒冷对广东人来说并不好受，但一些顺德企业对此早已习惯，他们不仅适应了较高纬度地区的气候，更已深度开拓出自己的产业版图。

美的算是顺德企业中最早一批出省北拓的代表。1998年，已经拥有国内最大家电生产基地之一的美的，提出"内涵提升，外延扩张"的战略，走出广东，收购安徽芜湖丽光空调厂，输出管理，实现了"当年投资，当年赢利"，为美的挺进华东、辐射全国建立了第一个重要的生产基地。

"其实我感觉当时选择芜湖在美的内部还是有一些争议，但是美的要发展不可能只在顺德，一定要走出去。"时任芜湖美的制冷设备有限公司总经理、首席产品经理钟柱威介绍，自1998年投产以来，经过20年多的发展，美的芜湖制冷设备有限公司已经成为华东地区最大的空调生产基地，产量连年翻番。今天，美的与芜湖，芜湖与美的，早已共生共荣，书写出产业进步推动城市向上的生动案例，作为美的在顺德之外的全国最大生产基地，美的芜湖制冷设备有限公司每年为芜湖——这座长江边上的城市，贡献的工业总产值高达上千亿，美的成为拉动芜湖家电产业异军突起的关键力量。

最关键的是，中国家电龙头的每一次产业布局，都带动了一大批顺德本土产业链闻风而动，美的去哪里，产业链就跟到哪里，粤美金属、精艺金属、顺威塑料等一批上游配件企业，一个个从顺德飞到了芜湖。今天的美的，在芜湖构建起了多达1000多家的上下游供应链企业，从0到1、从1到1000，这是一家中国家电头部企业，奉献给一座城市的产业奇迹。

同为顺德龙头企业，科达制造则选择了距离美的芜湖基地约50公里的马鞍山投资设厂。这个陶瓷机械领域领军巨擘，依托本土陶瓷产业在珠三角发展了15年后，迈出往外扩张的坚定步伐。

彼时，一方面，科达陶机在国内市场占有率已达70%，发展天花板触手可及，亟须另辟新路；另一方面，总部所在的顺德土地空间已经捉襟见肘。

“做实业离不开土地、人、厂房、资本等几个关键要素，最重要的土地没有了，继续寻求发展就一定要走出去。”时任安徽科达洁能股份有限公司总裁刘欣表示，公司成立于2007年4月，本着“绿色环保、节能减排”的发展理念，从原来单一的陶瓷机械，向墙材装备、建材生产及新能源等产业全面进军。

而在不到200公里外的合肥，顺德的老牌企业万和正迎来年底的生产高峰。虽然从顺德走出去已经多时，但此前一直盘踞在珠三角地区，2015年6月合肥公司才作为万和第一个省外的基地正式投产。

“万和的产品销遍全国各地，而合肥万和产品主要面向华东和华北市场，这边配套物流好，离目标市场近，可以减少物流成本。”合肥万和电气原厂长李伟峰如是解释万和在华东的布局。

始了在中国家具产业的创业之路，洗脚上田的他们，将在简陋厂房中生产的时尚家具，卖向了全国各地，从醉人的江南，到粗粝的西北，从冰天雪地的东北，到骏马奔腾的内蒙古……不是猛龙不过江，龙江人怀揣发财致富的狂热梦想，脚步遍及中国的山山水水。作为顺商当中的“犹太人”，以龙行天下的豪迈，跨过千山万水、想尽千方百计、吃尽千辛万苦、走遍千家万户，他们用一座座在全国各地开花的“顺德家具城”，在改革开放后的第一个十年，收获了属于他们的蔚为壮观的财富，实现了先到先得的原始积累。

显然，谭海良作为后起之秀，站在新的时代起点上，实现了更大的超越。

在与笔者见面前，河北金钥匙家居中心董事长谭海良刚从澳大利亚飞回。尽管经过了十多个小时的飞行，但他的脸上没有一丝疲惫，这也许就是一个怀抱创业激情并奋勇前行的人所拥有的巨大能量。

尽管谭海良旗下的家具城规模早已领跑河北香河，但行业内的龙头地位并没有让他的梦想止步。他还与当地商家共同筹建香河家具材料城，复制龙江模式，打造廊坊版的家具材料城，进一步完善当地家具生产销售链条。

谭海良身上，散发着顺德“创一代”的开拓精神，彰显了锐意拼搏、大胆进取的顺商风骨。这种精神特质，正是推动顺德开放创新的最大内在动力。

身着整齐平顺的衬衣，穿着擦得锃亮的皮鞋，一口带着北方口音、不咸不淡的普通话，年近50的谭海良看上去还带着30岁的冲劲。

1997年，一个偶然的机会让他成为河北省廊坊市香河县有名的“包租公”。“当年有一位来自香河的经销商每次到我的茶几厂拿货，都多达两三个货柜，这引起了我的注意。”随后，谭海良跟随这位经销商前往香河考察，仿佛看到了当初顺德乐从在鱼塘边卖家具的场景。

“这里距离北京、天津只有10公里，在这里搞一个卖场肯定可以旺起来。”说干就干，谭海良仅用了一个星期的时间，便拍板在此建立北方广东家具批发城（以下简称“北广家具城”）。

然而，这条省外发展之路并不平坦。北广家具城于1999年正式开业，1万多平方米的卖场里，即使以免租的方式也只出租了4000多平方米，其余空间的货品均为谭海良从广东采购运来，直到2002年才开始盈利。

“困难只是暂时的，我对香河的家具市场充满信心，从来没有想过放弃。”

此时的谭海良，将顺商的韧性与天赋发挥得淋漓尽致，他一方面筹资千万元率先推行“先行赔付”制度，7天内包退换，1年保修；另一方面组织租户统一做广告，让“北京买一套，香河买三套”的广告语一时间响遍华北地区，家具城也因此一炮而红。

从严控商家质量到连串广告攻势，北广家具城规模迅速扩大至8万平方米，涵盖红木、办公等各大家具类别，出租率达到90%，月收租金600多万元。

尝到甜头后，谭海良继续出击，于2002年投资超2亿元创建金钥匙家居中心，收租面积达18万平方米，约占整个香河家具市场的13%。

模仿乐从罗浮宫的布局，融入澳门威尼斯人度假村的装修风格，金钥匙家居中心不仅成了香河家具市场的“定海神针”，还成了该地区的地标性建筑，同时也是河北省内两家AAAA级旅游购物中心的其中一家。

在金钥匙家居中心的带动下，在其所在的北京通州到河北唐山的国道上，聚集了居然之家、红星美凯龙等大型家具卖场，这里也因此成了北方最著名的家具长廊。

“南有顺德，北有香河”，谭海良在金钥匙家居中心开业当天提出的目标，经过十多年的发展，终于实现。而他的香河家具之梦，仍在继续。

“我要做的就是将顺德龙江卖家具的模式复制过来。”谭海良还记得，2013年，其投资15亿元参与筹建的香河家具材料城一期开盘那天，720套商铺每平方米均价为6000元，仅用了12个小时便全部售罄。

毫不夸张地说，正是在谭海良的带动下，香河家具产品的档次得到了大幅提高，也扩大了其市场辐射范围，更拉开了香河家具城吸引域外资金、打造北方家具商贸之都的序幕。如今香河已经慢慢成了世界家具订货中心，汇集了来自全国各地的6000多家企业，经销着包括民用、办公、宾馆、饭店等领域的4000多个品牌、上万个品种的各类家具，家具产业已经成为当地支柱产业。

如果说谭海良、科达洁能在外的发展是一步一个脚印，那么美的芜湖工厂则是一个“速度型选手”。从工地打桩到生产线正式运作，美的芜湖工厂前后只用了不到半年时间。

从2000年开始，美的集团将大部分内销产品的生产放在芜湖工厂，产量从最初的几十万台上升至500万台。2010年，美的再次进军芜湖，建立外销生产基地，投产首年出口额高居芜湖第二位，两年后成为集团出口冠军。

“芜湖空调分公司的总产值约占美的空调总产值的40%，年销售额约为500亿元。”钟柱威介绍，目前美的在芜湖市共有3个事业部，17个法人单位，超过10个厂区，产品包括电机、压缩机、热水器、厨电等。

再当“开荒牛”

跨越千山万水，从繁华兴旺的湾区腹地，到全国各地开疆拓土，这绝不是一帆风顺的历程，而是充满了异地他乡二次创业的艰辛，这里有离家别子的离愁，也有他乡人不熟的慌张，更有万事开头难的无奈、水土难服的痛楚……这些给每一家顺德企业带来了说不尽的挑战，道不完的考验。

与美的一样，同为家电行业龙头，万和在合肥的基地也从一片荒芜中拔地而起。“刚来的时候，这里很偏僻，周边基本上没啥厂房，买包烟都要跑几里地。”李伟峰还记得来这里的第一晚是个雪夜，宿舍还没完全建好，只能住在板房里，即使后来搬进宿舍，为了加快投产进度，他一天大部分时间也都在厂区里。

在顺德企业向北投资的故事里，我们不仅能感受到顺德人大胆进取的魄力，同时也会被一群老员工忠于事业、牺牲小我的“开荒牛”精神感动。

2016年冬天，在安徽省合肥市长丰县的双凤经济开发区里，合肥万和电气有限公司的各条生产线正在满负荷运转，应对年底的生产高峰。当年54岁的李伟峰是该基地的厂长，从2014年基地筹建开始，他便驻扎于此。从穿梭在建筑工地到辗转生产车间里，他一个人挑起工厂日常生产、员工管理的重任。

“1993年，我从河南南下顺德进入万和工作，待过万和在广东省内的每个生产基地，但从来没想到，在这个年龄被派到合肥，成为企业向外拓展的第一批管理人员。”从维修工到生产部部长，李伟峰非常熟悉万和的生产和经营状况，对每个生产流程都了如指掌。

谈起初到合肥的情景，李伟峰至今仍历历在目。“正是积雪初融、天寒地冻的时候，我住进了这里的宿舍楼。当时被子很薄，即使穿上了所有的衣服，蜷缩着身子取暖，仍然冷得直发抖，整晚睡不着。”他一边描述，一边双手环抱肩膀。

会议室窗外，矗立着排排新厂房，不远处可见便利店。而两年前，这里还是一片荒地，生活配套设施落后。

虽然开拓新厂的日子过得非常艰苦，但李伟峰从没想过退缩，而这缘于其与万和的一段感人经历。

在来到万和工作的第三年，李伟峰不幸罹患大病，巨额的医药费让他的家庭如坐针毡，这时万和董事长卢础其挺身而出，带领员工为其捐款，帮助其渡过难关。“万和对我有恩，只要万和愿意用我，我会一直干下去。”李伟峰朴实又坚定的话语让人动容。

那几年，他回家的次数屈指可数，对家人，他感到愧疚。“家里有一位80多岁的老母亲，每次从容桂的家里出发，老母亲总是老泪纵横，目送我远去的背影。”李伟峰言语哽咽，眼眶里泪珠在打转。

父母在，不远游，何况是一位80多岁的老母亲。此情此景，每每夜深人静之时，总是会不由自主地浮上心头，让他既感动又愧疚，这种母子连心的情感，伴随着李伟峰繁忙工作的每一天。

尽管要告别家人，李伟峰还是义无反顾地前往合肥，甘当万和的一头“开荒牛”。与他相似，在安徽科达制造担任财务总监的徐建设收到前往马鞍山的通知时，心里也曾有过反反复复的挣扎。

“要离开妻子和刚出生的孩子，我一开始有点不愿意，但为了响应公司的发展号召，思前想后还是决定要来。”徐建设和5位“干将”一起前往马鞍山，从最初的住板房、不习惯当地饮食习惯，到后来逐渐适应，互相关照，为科达开拓安徽市场打下基础。

人生没有白走的路，每一步都算数；没有蹚不过的河，蹚过去就是人生的新途；没有翻不过去的山，翻过去就是一马平川；没有跨不过的坎，跨过去就是一帆风顺。

历史不会忘记，从20世纪80年代历尽千辛万苦的销售员，到为顺德制造布局全国而踏遍千山万水的拓荒人，正是因为他们无怨无悔的奉献，才有了顺德制造布局全国的成功，正是因为他们辛苦勤奋的打拼，才有了今天顺德企业的壮大、顺商财富的累积。他们，是顺德改革开放历程当中最可爱的一个群体，这个群体的力量，无论在过去还是今天，都散发着耀眼的光芒。

第六章　潮涌世界

摊开世界地图，每一个角落都与中国的一个地方息息相关，这个地方日日夜夜都在流淌着关于财富与梦想的故事，它就是地处粤港澳大湾区的顺德。

在美洲，来自秘鲁的木材正源源不断地运往中国顺德，供应该地的几千家家具生产企业；在非洲，顺德科达制造投资建设的6家工厂每天生产大量建筑瓷砖，装点成千上万户非洲人民的家；在东南亚，美的集团的泰国与越南工厂生产的家电，正在装船运往世界各地；在欧洲，海信家电冠名的欧洲杯足球赛已热火朝天地举办……

这是一个处处打上顺商烙印的世界，这是成就世界、实现自我的顺德。

从1968年何享健带领一众乡亲创立北滘街道生产组开始，美的集团已经走过了50多年的漫漫征途。而今，它已经成为全球最大的家电生产企业之一，35个生产基地、35个研发中心，使美的成就了世界的美的、美的的世界，从东南亚的越南、泰国到中亚的白俄罗斯，从南美的巴西到非洲的埃及，美的已经构筑起了全球化运营的底座。

今天，创新已经成为美的强劲发展的第一动力，从2017年到2022年，美的投入研发的资金高达450亿元，研发中心从国内的顺德、上海等地，不断向世界人才与研发资源的沃土延伸。德国、日本、美国……遍布世界的人才，正在美的35个研发中心的创新项目贡献智慧。

美的集团的成长，是驱动中国家电企业在全球市场迅速崛起的一个典范。像美的一样，越来越多的顺德企业，在完成中国市场的布局之后，就以世界的眼光，抢占全球的市场。在2001年中国加入世界贸易组织之后，顺商更是如鱼得水，加快了融入世界、拥抱全球的步伐，凭借改革开放20年积累起的管理、经营与创新经验，他们与世界发达国家的企业站上了同一舞台。

今天的科达制造，已经成为全球第二大陶瓷机械与建筑机械的生产商，已在非洲这一全球最大的新兴市场上，建起了6家建筑陶瓷生产企业。

今天的格兰仕，从20世纪90年代末开始，一举打破日本在世界微波炉市场的垄断地位，被公认为“世界微波炉大王”，它的家电产品成为全球无数家庭的理想之选。

今天的大自然家居，已经拥有南美洲50万公顷的森林，这些优质的林木，正在为其遍布中国与东南亚的生产基地提供源源不断的原材料。

今天的海信家电，已经连续多年成为欧洲杯足球赛的主要赞助商，更重要的是，这一家企业的“海信”品牌，已经是覆盖世界五大洲的主流家电品牌，成为中国品牌走向全球最为成功的案例之一。

今天的伊之密，树立“让中国装备技术与世界同步”的雄心，在美国与印度建立起了三大生产基地，开发出了中国最大的重型注塑机、世界级的大型压铸机。

顺德企业的“威水史”，贯穿了百年顺商的商业历程，今天的成绩，只是昨天的映照，今天的荣耀，背后是满途的坎坷。

曾经，有幸抓住了国运，沐浴着改革开放的光辉，凭借先人一步的胆识，顺德企业实现了全国生产与市场的布局。现在，要想让顺德制造漂洋过海，跨越深不见底的马里亚纳海沟，顺德企业家注定需要在波诡云谲的大海中，锻炼出非凡的能力，而这，正是使企业与顺德在全球化的战略中实现了惊人一跃的力量。

华为创始人任正非说：没有退路就是胜利之路。企业做强做大，注定要在全球化的汪洋大海上分胜负、见高低，注定要融入世界经济大格局，这是一种不可逆转的趋势，也是顺应时代发展的潮流。成为世界级的企业，这是顺德制造的目标，也是没有退路的出路。

他们，永远奔走在用脚步丈量世界的大路上。

买全球，卖全球

从明清时期蚕桑时代的生丝与绸缎的贸易开始，顺德人就开眼向洋，沿着海上丝绸之路一路开疆拓土。茫然无际的海洋上，装载着顺德丝织品的货船，航行在通向欧美国家的航道上。

顺商全球化的逻辑与路径，绝不是一蹴而就的结果，其实已经历经了上百年的求索。

当然，这与顺德地处珠三角腹地有关，也与顺德人早年在广州十三行的江湖地位有关，更与顺德人的性格有关。他们天生就成长在水边，水路就是他们通往世界的便捷之路，正是沿着联结全球各地的海上丝绸之路，顺德将世界与自己紧密地融为一体，世界经济的跌宕与繁荣、中兴与危机中，顺德人始终与世界的脉搏一起跳动、一起奔涌。

全球经济危机时，他们在这股随之而来的浪潮中随波逐流，然而更多的时候，顺商是经济全球化时代的受益者。

清代及民国时期顺德蚕桑产业的勃兴，催生了商品经济的意识，让顺德人第一次拥有了实业经营、转口贸易、金产融合的头脑。“南国丝都”“广东银行”的美誉，证明了这一时代顺德经济的繁盛，更为顺商的进一步发展壮大，打下了坚实的基础。

清代中叶，顺德县的生丝市场就出现“近日丝多价愈起，洋船采办来千里”的景象。光绪年间浙江人陶心云游历顺德时感叹“缫丝新制出西洋，万轴齐飞闪银光”，当时顺德丝业的发展，着实令人惊叹。

20世纪20年代，岭南农科大学在《南中国丝业调查报告书》中有如下描述："广东省的蚕丝贸易中心在顺德，容奇、桂洲是顺德最大的蚕丝贸易城镇，也是广东丝业的实际中心，在那里有最大的蚕丝市场和80%的蚕茧仓库。"

一条海丝路，帆影两千年。不难想象，顺德大小船艇，载着满舱的蚕丝，从各地的埠头出发，沿着大小江河，驶向广州城——那是多么壮观的景象。这江河涌汊，不啻是海上丝绸之路的前沿！

改革开放的春风，让广东感受到了春天到来的气息，压抑已久的顺德人，开始了实业致富的梦想之路。1978年，龙江南涌木器厂在鱼塘边上，生产出了第一张现代沙发；1980年，美的创始人何享健看到了改革开放改变中国的巨大机会，生产出了第一台电风扇与分体式空调器。

更重要的是，也就是从这一时期开始，顺德开始了"一把扇，闯世界"的市场全球化之路。

1979年，原桂洲柴油机厂转产TMT牌出口吊扇。1980年共生产103 700台，全部由香港东明贸易公司转销中东地区。1985年生产出口吊扇的厂家一下增加到桂洲风扇一厂、北滘南方电器厂、陈村华英风扇厂等五家，出口风扇506 600台。更值得注意的是，北滘镇蚬华风扇厂1988年直接出口风扇创汇达3000万美元，1990—1991年出口额为11 000万美元。20世纪80年代中后期，美国每年进口2000万台风扇，其中20%是顺德县生产的。

顺德一直是工业资源相对贫乏的地区，因而顺德产业发展的一条经验即"无中生有"。有人戏言，乐从之所以能在短短四十多年时间，一跃成为中国商贸重镇——不长森林，这里诞生了世界最大的家具市场；不产矿石，这里孕育了中国最大的钢铁市场；不产石油，这里形成了华南最大的塑料市场——就是因为"无中生有"的成功。

在龙江，3000多家家具企业生产所用的木材来自世界各地，亚洲国际家具材料交易中心每年的成交额上千亿元，成为亚洲最大的家具材料交易集散地；在乐从，来自世界各地尤其是中东与印度的客商，常年云集于此，他们穿梭于各个家具市场，将最钟情的家具发往自己的国家，为了工作需要，当地政府专门组建了一个外商服务协会。

仅仅经过改革开放的前20年，顺德就走过了西方发达国家近百年工业化的漫漫长途，从无到有、从小到大、从弱到强，在人口红利、消费需求、出口拉动这三驾马车的拉动下，顺德迅速完成了从农业县到工业市、从农村到城市化、从计划经济到市场经济的三大跨越。

即便历经多年，历史也会永远铭记这一天。在邓小平南方谈话半年之后，1992年8月10日，美的电器股份有限公司在深圳成功上市，意气风发的何享健与一批创业者此时此刻可能也没有想到，美的电器是中国最早走上资本市场的民营企业之一。

1978年顺德县出口不足1亿元人民币，经过40多年的改革开放，2022年顺德制造出口总额高达2269亿多元。40年时间，增长了2200多倍，这是时代的成功，更是顺德制造的伟力。

将顺德工厂建到全球去

这是最好的时代，也是狂飙突进的岁月。

全新的历史，从这一天开始了。

2001年11月10日，卡塔尔多哈喜来登酒店萨尔瓦会议大厅金碧辉煌，座无虚席。世界贸易组织第四届部长级会议审议并通过关于中国加入世界贸易组织的决定。

一个月之后，2001年12月11日，中国正式加入世贸组织，成为其第143个成员，拿到了这一张融入世界经济体系的“门票”。

从1986年开始，中国为复关和加入世贸组织做出了不懈努力，充分表明了中国深化改革、扩大开放的决心和信心。

这是中国的胜利，更是世界贸易自由化的胜利。

加入世贸组织，是中国对外开放和世界经济全球化进程中具有里程碑意义的大事。成为世贸组织新成员，对我国改革开放和经济发展产生重要而深远的影响，开启了我国对外开放事业一个新的阶段。

当这一消息传来，顺德企业家沸腾了，足迹早已踏遍世界各地的他们，对此期待已久，也憋得太久。毕竟，推开这一扇与世界接轨的大门，用了太久太久的时间，纠结、拉锯、斗争、合作，在这15年的时间里反复轮回，令国民尤其是让企业感慨不已。

在不断加大国内市场产能布局的同时，嗅觉敏锐的顺德企业家已经意识到：中国的大门一旦打开，就不可能再关闭，而经过改革开放20多年的历程，顺德企业在国内份额难以再有太大的增长，只有练就在大海中与竞争对手近距离对话甚至搏击的能力，才能真正体现中国企业的实力；只有放眼世界各地，配置全球的要素资源，才能实现做强做大的目标，才能将中国制造出来的优质产品与全球人民共享。中国成功加入世界贸易组织，参与构建全球产业链网络体系，顺德企业将开眼向洋的勇气与自信发挥得淋漓尽致。

“买全球，卖全球”的改变，从这一刻开始了，一个更大的世界，打开了顺商的心界。

美的电器是顺德企业全球化的先行者。2007年1月16日上午，美的集团首个海外生产基地——投资2500万美元建设的美的越南工业园正式投产，主要生产电饭煲、电磁炉、电水壶等小家电产品。

这是当时中国在越南的最大投资项目。美的越南基地位于胡志明市，拥有年产500万—800万台小家电的制造能力，到2010年将实现1亿美元的年销售规模。美的越南基地的建设投产，标志着美的集团国际化战略迈出了重要的一步，美的以越南基地作为战略据点，将产品辐射整个东南亚。

从此，美的工厂的全球化步伐越来越快，仅仅10多年时间，美的就在越南、白俄罗斯、巴西、阿根廷、印度、泰国等地建立起了18个生产基地，这些基地遍及欧洲、美洲、非洲、东南亚等地，2025年的海外市场的销售目标将高达400亿美元。

从“卖全球”到“全球造”，美的集团并不是顺德的孤例，而是代表了一个庞大的群体，它们自身的顽强、智慧与成功，成了中国企业走出去的代表。

在离美的集团螺旋形的现代化总部仅仅10公里的地方，一家装备机械企业，也将一只铿锵有力的大脚，踏上了遥远而神秘的非洲大陆。

作为全球第二大陶瓷机械生产企业，科达制造将自己的设备销往非洲的同时，又发现了另外一个巨大的机会。

非洲，面积约3020万平方公里，占全球总陆地面积的20.4%，是世界第二大洲，同时也是人口第二大洲（2021年总人口约12.8亿），这是目前全球人口平均年龄最小、增长最快的陆地，是未来全球最值得期待的绿地。有机构预测，到2050年，非洲大陆的总人口将达到35亿人。与此同时，非洲经济已经迈开腾飞的步伐，国家治理和选举制度也正在朝着稳定与成熟的方向发展……这里有如20世纪80年代改革开放之初的中国，巨大的市场、巨量的商机等待中国企业去发掘，这一片广袤无垠的土地，等着勇敢的顺德人去开拓。

边程，科达制造的董事长，这位身材魁梧、思维敏锐、勇往直前的企业家，已经将陶瓷机械做到了全球第二位。而面对非洲这个迅速升腾的市场，单纯卖机械，对他来说显然是浪费了机会。将陶瓷机械加入自己的生产线，实现建筑陶瓷全价值链的贯通与融合，这带来的将是产业发展的多维升值效应。这一想法，与多年深耕对非贸易且力图实施以贸带工、以工促贸、工贸一体经营战略的广州森大集团一拍即合。

中国建陶行业的老板中，有一大部分是景德镇陶瓷学院的学生，因此，这个学校一度被称为“中国建筑陶瓷的黄埔军校”，科达制造的创始股东也有相当一部分是该校毕业生，从陶机到陶砖，这种跨度，对科达制造来说易如反掌。

一个做制造，一个强销售，科达制造与广州森大的结合，是情理之中也是优势互补。

肯尼亚位于非洲东部，600多年前，郑和下西洋曾抵达肯尼亚的蒙巴萨。600多年后，中国提出“一带一路”倡议，蒙内铁路开通，中肯两国进一步联通。

紧跟国家的步伐，2016年2月，广东科达洁能股份有限公司与广州森大集团达成合作，双方在非洲肯尼亚、加纳、坦桑尼亚合建陶瓷工厂。科达（肯尼亚）陶瓷作为首个合作项目，选址于邻近内罗毕的卡贾多郡。

历时8个月，科达（肯尼亚）陶瓷终于在2016年11月28日顺利投产，并创造了当年投资、当年盈利的“奇迹”。

时至今日，科达（肯尼亚）陶瓷总经理李瑞钦对投产当天的情景仍历历在目。“第一条生产线一天只能产28 000平方米瓷砖，在第一批砖出炉之前，就已经有经销商排着队等着提货。瓷砖刚出产线，还冒着热气就被一车一车拉走。”

因产品供不应求，2018年该公司又完成第二期项目扩产，将日生产量提高到了6万平方米，非洲本地员工1100多人，产品在当地占有率高达70%以上。

从0到1的成功，极大鼓舞了科达，增强了士气，提升了信心。截至2022年底，科达制造已在肯尼亚、加纳、坦桑尼亚、塞内加尔、赞比亚五国运营陶瓷厂，共计建成14条生产线，建筑陶瓷产量合计达到1亿平方米。

不唯如此，科达制造已经在非洲多个国家发展了3500多个建材销售网点。2021年其非洲建材业务营收23.45亿元，同比增长31.05%；净利润达8.19亿元，同比增长100.21%。科达制造还在2021年启动了加纳四期、喀麦隆、科特迪瓦项目的投建工作，开展了南美洲建筑陶瓷项目的调研，未来建筑陶瓷业务规模将继续保持高速增长。

打造非洲最大的建材集团，进而将产业延伸到卫浴、玻璃等基建必需品，从非洲到南美，今天已成为科达最为响亮的一句口号，作为“一带一路”的探路先锋，这是科达的雄心，也是科达的目标。

美的、科达成功的背后，是更多顺德企业加快向洋出海的步伐，顺商的足迹已经踏遍了世界的每个角落，顺德品牌、全球制造已经成为一个生动而形象的中国样本，而这一样本，踏准了中国加入世贸组织的节奏，击中了贸易全球化的鼓点，也正是在这20年时间里，中国成为世界第二大经济体、世界第一大贸易国、全球第二大消费市场……2021年，中国对外贸易取得了亮眼的成绩，同比大涨21.4%，达到39.1万亿元人民币。

今天，海信家电在全球有29个工业园区和生产基地、20所研发机构，其中工业园区覆盖南美（墨西哥）、中东欧（斯洛文尼亚、塞尔维亚、捷克）、非洲（南非）等地区。

大自然家居分别在巴西、印尼、柬埔寨等国建有4个木材加工厂和20多个原材料联营基地，足迹遍布东南亚、南美和非洲等地。

中国联塑海外生产基地分布于美国、印尼、马来西亚等国家，并即将在柬埔寨、缅甸、菲律宾、斯里兰卡等国建立生产基地。

2021年底，面对海外出口的迅猛增长，顺德家居五金行业的老板们个个都笑逐颜开，东泰、图特、天斯、星徽等企业都认为：从短期来看，2021年的收获得益于中国外贸的稳健增长；长远来看，中国成功入世，才是顺商立足顺德、融入全球的时代转折点。

刮起全球并购风

2017年，佛山的资深媒体人、新闻评论家龙建刚，曾经在微信上发过这样一段精彩的描述：

4月25日中午，德国汉诺威。当区邦敏（时任顺德区委书记）、方洪波一行到汉诺威展览馆巡视库卡展厅的时候，何享健默默地跟在后面。看见库卡CEO亲自给区邦敏解说，双方热情交流的场面，以及区邦敏大气从容、出语不凡，方洪波英语流利、一副国际范的样子，何享健笑得非常灿烂。我请老人走到前面来，他微笑地谢绝了。何享健说：“年轻人干得这么好，是顺德的福啊。”区邦敏将何享健介绍给库卡高层：“这是我非常尊敬的老人，一个了不起的企业家。没有他，就没有今天的美的，也就没有美的和库卡的故事……”库卡高层闻言随即起立致敬。在汉诺威展览中心，库卡准备了一个简单的午餐，就是一道蔬菜和甜品，何享健吃完后问道："这就是午饭啦？"可爱老头的一番话，引来全场一片欢笑……

何享健、方洪波是坐自己的飞机从中国飞来德国的。看着佛山企业老板的飞机在异国机场上出现，不禁感慨万千：以前听说国外大老板乘专机来中国，觉得威风八面，没想到今天也看见佛山老板的飞机在德国自由飞翔……世界在变，中国真的不一样了。

精彩的文字，自豪的神态，作为此次活动的随行者，龙建刚此时此刻有激动、有感慨，更有作为一名中国人发自心底的骄傲。

而引发这一描述的事实是，2017年1月，美的集团以折合292亿元人民币的价格，拿下了德国上市的机器人及智能自动化公司库卡集团总计94.55%股权。库卡是世界机器人四大家族之一，是一家创办于1898年的百年企业，这家曾被时任德国总理默克尔视为"德国工业的未来"的企业，一度被德国人认为是德国工业4.0的代表企业。

消息一经传出，中国人沸腾了，中国企业界沸腾了，而在德国，更多的人震惊了：美的是谁？放在过去，中国企业并购欧美企业的标的，基本上是濒临倒闭的企业，而这一案例，完全颠覆了世界对中国企业的印象，证明了中国企业家的眼光、魄力与实力。

从美的对库卡发起要约收购那一天起，德国国内舆论就沸腾了，这一影响中德合作、写入中国企业并购案例库、作为中国资本成功出海的大戏，最终如何得到德国政府的放行，其中细节，也许只有美的集团董事长方洪波才知情。

事实上，在美的集团长达半个世纪的发展史上，收并购一直是美的做大做强的重要路径。

纵观全球的工业史与金融史，世界级的企业都是"买大"的。

加快企业全球化的进程，打造世界级的企业，这是顺商的新目标，而巧用资本的力量，以收并购的形式优化资源配置、开拓市场空间、调整产业结构、提升技术实力、放大品牌影响，这是全球企业的通行做法。通过收并购，实现四两拨千斤的奇迹，拼的是实力，用的是巧劲。

数据显示，美的集团作为顺德收并购的先锋企业，仅仅1999年到

2022年的短短20多年时间，并购案例就多达20多宗，涉及全球近10个国家的收购标的。2016年，美的先后将以色列高创公司、日本东芝白电、意大利克来沃、德国库卡四家企业收入囊中。即便面对世纪疫情，美的集团也先后控股合康新能、万东医疗等三家国内上市公司。

放眼顺德全区，这样的案例更是不胜枚举，顺德企业老板疾风骤雨的“买买买”模式早已开启。如果说过去顺德企业“买全球”，买的是原料与设备，今天的顺商“买全球”，买的更多是技术、市场与人才，将一家家海外企业成建制地买在手里，考验他们的不仅是胃口，更是跨国际、跨语言、跨文化的强大消化能力。

“装备制造业是需要时间沉淀的行业，要追赶欧洲、日本的技术，单靠自己的研发力量，路途很遥远。如果企业有相当的财力和管理能力，以海外并购的方式实现弯道超车，是快速发展的必由之路。”伊之密董事总经理甄荣辉说。

2011年，伊之密将美国的百年企业HPM收入囊中，打开了进入美国市场的大门，科达制造1.35亿收购意大利唯高60%股权，大自然家居拟以1 866.2万欧元收购波兰复合地板制造商……

2020年开始的新冠肺炎疫情，给全世界带来了前所未有的冲击，叠加中美贸易争端、全球供应链危机……有人戏言：当今世界唯一的确定性就是不确定。面对百年变局、世纪疫情，尤其令人关注的是，顺德乃至中国企业家如何穿越周期、应对危机?

“没有什么更好的年代，也没有更坏的年代，只有更新的年代。时代的变迁导致行业发生颠覆性的变化，每一次大变局、大危机就像大海里面一次大的浪潮，浪潮过去，高下立现。在大时代里面，没有一条道路是平坦的，也没有一条道路是一成不变的，伟大企业必须经历周期的洗礼与轮回。”2022年方洪波在股东大会上，对变局、危机的理解与信心，正是代表顺商在坎坷中奔跑、在挫折中奋起的强大力量。

事实上，对顺商而言，危机与其说是一次巨大的冲击，不如说是一个极为难得的机遇。机遇面前，顺商不是唉声叹气，而是踔厉奋发，他们用一个个成功的跨国并购，证明了顺德企业的智慧、雄心与实力。

2021年，一向在资本市场偏于保守的格兰仕突然爆发，宣布成功控股世界家电大牌——惠而浦旗下的国内上市公司惠而浦中国，同时宣布已成为日本百年家电品牌——象印的最大股东。

一只曾经打盹的雄狮，一旦醒转，它所爆发出来的能量，足以威震山岳。

也就是在这一年，海信家电宣布收购世界车用压缩机与汽车空调巨头企业——日本三电。这一收购，展现着海信家电致力成为世界汽车空调行业前三强的产业雄心。

以资本的强大之力，瞄准世界范围的最好标的，凭借改革开放几十年来磨炼而成的判断力、执行力，整合全球产业资源，撬动世界的发展动能，勇于进取的顺德企业家，不会放过一个个理想的目标。

汇聚全球最强大脑

可以说，全球化的第一个阶段是以商品与物质的全球流动为特征的制造业全球化，而伴随着科学技术的全面发展与生产力水平的大幅提升，知识与技术要素的作用愈加突显，尤其是2008年全球金融危机之后，世界经济面临前所未有的危机，大型企业特别是全球化特征明显的企业开始反思并着手开辟全新的增长曲线。

当以知识为基础的创新经济成为企业发展的主要驱动力时，经济全球化便步入了全新的发展阶段，即创新全球化的阶段。步入这一阶段，人、技术、资本的作用方式发生了重大变化，在制造业全球化的过程中，人的作用是生产者，那么在创新全球化过程中，人的作用更多体现为创新者；在制造业全球化过程中，知识与技术只是传统增长函数中的一个参数，而到了创新全球化中，创新研究成为独立的经济行为，知识与技术成为产品本身。

正是这样，一种以技术、资本与产业链连接为特征的商业模式正成为企业增长的第一动力。

而在这股动力的背后，需要人才的强大支撑。这是一场前所未有的全球化人才之战，顺德企业、顺德企业家如何选择和面对？顶尖人才的争夺，普通人才的较量，演变为一场无时不在、无处不在的隐秘战争。它代表了人才理念、人才政策、环境和土壤形成的凝聚力的比拼。

在这一没有硝烟的创新之战中，格局决定结局，思路决定出路。

放眼全球创新版图，在全球创新资源最为集中的区域，以顺德企业资本的力量，配置全球的创新资源，在全球布局研发机构、创新中心，实现人才、技术的在地化，成为一种不可阻挡的潮流，也是顺德企业全新的战略布局。

太平洋东岸，美国“硅谷之心”圣何塞市，顺德美的集团研发中心与苹果、谷歌等高科技巨头比邻而立；欧洲德国亚琛，260多个研发机构、高等学府汇聚，顺德企业伊之密的研发中心早已入驻；回到亚洲，日本东京周边的工业重镇新川崎市，海信容声的三个海外研发中心之一设立于此……

打开世界地图，从日本到以色列，从北美到欧洲，由顺德企业设立的研发中心有如点点繁星。通过一块大屏，连线万里之外的顺德总部进行技术研讨已是常事，不同的语言碰撞新的思维火花，源源不断地催生出新的技术和产品。

从品牌“出海”到研发“出海”，从生产和营销的全球化到创新全球化，“顺德智造”的国际化战略进一步提速。

所有这些，折射出顺德全球研发版图的扩大，是“顺德智造”吸引全球优秀人才、聚集更多技术资源的创新雄心与追求。

2020年3月18日下午3时，海信家电集团研发中心视频会议室内，大屏幕上的中英对照演示文稿快速翻着页，海信家电研发中心副总经理朱嘉伟正与屏幕另一边的欧洲同事、大洋洲同事展开热烈讨论。这样的跨洋对话是工作的常态，“光是与欧洲研发中心的对接，平均每周至少一个会”。

欧洲研发中心，是海信家电在海外的三个研发中心之一。早在2013年，海信家电就在美国设立了第一个研发基地。“当时是因为海外电视机与国内频率不同，所以派出第一批工程测试师。”朱嘉伟回忆。

一开始海外研发中心的设立是为提供产品售后服务，此后，品牌“出海”带来的商机，海外工厂设立带来的生产和技术问题，使研发中心的作用越发重要。朱嘉伟说，这时的海外研发中心承担着快速收集市场新动态、用户感受，与国外研究机构共同攻关，对海外生产基地提供技术支持等重要功能。

研发“出海”，全球布点，海信家电并不是特例，而是顺德企业家一种全新思维、宏大战略的代表。随着顺德企业生产、贸易在海外的攻城略地，打下根基的顺德企业早已不满足于仅靠国内的研发资源进行创新升级。

这不是一家企业，而是一个雄心勃勃的群体；这不是偶发行为，而是顺德企业家的集体行动。美的集团作为顺德乃至中国最大的制造业企业之一，一直是其中的引领者和佼佼者。

美国硅谷未来技术中心办公大楼落成，迁入路易斯维尔研发中心，成立日本研究所、欧洲研发和创新中心，入驻新加坡……自2015年在美国成立第一个研发中心以来，美的集团在全球12个国家设有35个研发中心，形成“2+4+N”全球化研发网络。通过整合研发中心当地资源，加速技术研究，实现本土化开发，美的建立了全球的研发规模优势。目前，美的拥有研发人员超1.8万人，其中外籍资深专家超过500人。

从2018年开始，美的集团每年在研发上的投入超过100亿元，这种超强的投入，得到的回报是超强的研发成果，仅以2022年为例，美国商业专利数据库（IFI Claims）发布2022年度全球250强专利领导者榜单，美的集团以64 895个有效专利家族持有量排在全球第七名、中国企业第一名，而这些研发成果，正在成为美的作为世界500强企业进一步提升竞争力的核心引擎。

当前，伊之密的模压成型装备业务覆盖70多个国家，布局了5个海外技术服务中心，其中德国亚琛的研发中心聚焦增材制造、高分子材料特殊工艺应用等研究领域，每年研发投入超过1200万元。

在美国，顺德家电企业小熊家电建设了HOMEDICS-小熊生活电器技术合作部，针对生活电器进行研发；新宝电器也在全球设立了联合创新技术孵化中心，聚焦小家电行业的全球创新技术……

短短几年间，趁新一轮技术革命风起云涌之时，顺德企业正不断“杀入”创新腹地，吸取人才、技术等优质的创新资源，扩大全球研发版图。

研发的全球布局、人才的全球配置，催生了大量领先技术，国际高端市场大门随之敲开。

自2020年开工以来，海信容声（广东）冰箱有限公司所有车间生产线一直快速运转。其美国研发中心推出的带直冷制冰技术的冰箱，一面市就收到美国最大连锁电器超市下的一万台订单。“现在完全是订单追着生产跑，忙不过来。”朱嘉伟说。

直冷制冰技术最早是海信容声设于美国的研发中心找准的突破口，通过与韩国公司的联合，与顺德总部的研发联动，打破了三星、LG等企业在制冰机领域的垄断地位。

2018年收购斯洛文尼亚高端家电制造商Gorenje后，海信将欧洲研发中心迁到该国，并从以出口为主的海信容声（广东）冰箱有限公司派出一批技术人员，与欧洲研发人员共同进行工业设计和技术合作。两年间，不仅盘活了Gorenje这一品牌，还以有竞争力的产品进一步扩大了海信容声在欧洲高端家电市场的份额。

由此可见，海外研发中心的设立是顺德企业全球化战略的重要一环。

世界陶瓷机械行业龙头企业科达制造也在谋划。继2021年完成对意大利企业唯高100%股权收购后，科达制造与唯高在意大利共同设立了研发院，推动大产量、低成本、定制化的中国制式与意大利智能化制式的结合，使产品智能制造水平能够对标意大利，持续提升科达制造进军欧洲、服务欧洲市场的能力，构建中高端市场的核心竞争力。

“面对世界新一轮科技革命和产业变革，企业要确保产业链、供应链安全稳定，要加大开放的力度，利用全球创新资源，同时要重视核心零部件的研发，谁掌握了行业核心零部件，谁就掌握了行业的话语权。”科达制造总经理杨学先说。

的确，海外研发中心正是顺德企业远眺的重要窗口。与苹果、谷歌做“邻居”，能获取人工智能发展最新动态；靠近日本东京，新川崎市能汇聚顶尖科研资源；在全球前沿塑料加工技术研发腹地德国亚琛，能及时了解橡塑前沿材料及工艺发展趋势……集全球“最强大脑”，凝聚创新驱动的强大力量，实现企业的迭代跨越，顺德企业“创新全球化”的浪潮，必将进一步反哺国内的研发，形成国内与海外互相补充、互相促进的正向循环，使得顺德企业向更高、更新、更强的目标奋勇前进。

在顺德大良的五沙工业园，伊之密全球创新中心拔地而起，未来伊之密将通过产品开发及创新平台建设等多维度来加强技术创新，该全球创新中心将与德国研发中心联动，成为伊之密参与国际竞争的创新引擎。

德胜河上奔腾不息，但它终究要汇入大海，百川归海、四海为家，这是一种不可阻挡的历史规律，也是不可逆转的时代潮流。

在中国经济全球化的浪潮中，顺德企业家不仅是一股重要的推动力，也是一个独特的群体，从制造全球化到创新全球化，顺德企业正在积蓄起一往无前的力量。

第七章　爱如山海

有一种爱，跨越千山万水，让无数的人们摆脱了贫困，改变了命运，走向了自强。

有一种爱，洒遍角角落落，让无数的地域走出了困厄，迎接了光明，走出了大山。

因为爱，所以爱；因为善，所以善。历经时代的风雨，在挫折与挑战中先行一步的顺商饮水思源、富而思进。他们，用企业责任与慈善大爱，托起了一座光耀中国、影响全球的爱之丰碑。

大道之行，顺德力量。从李兆基、郑裕彤到何享健、杨国强，从宋明时期到当代顺德，从全球乡亲到中国版图，从头部企业到小微公司，从捐款捐物到慈善信托，从大灾大难到社区慈善……顺德企业与企业家的善举数不胜数，无处不在。

作为顺德这一座情动中国的大爱之城的中坚力量，顺商的慈善观念与行为，在时间长河中一脉相承、生生不息，散发出不同的时代光彩。他们的行善积德、普济百姓的朴素思想，彰显了岭南特色，体现了顺商慈善的家国情怀与全球视野，贯穿了顺德从站起来、富起来、善起来到扶起来的慈善扶贫之路。

穷则独善其身，达则兼济天下。随着经济的发展、时代的进步与观念的变革，一代代顺商，正在将他们的慷慨、他们的善心，汇聚成一个城市、一个群体对人类命运共同体的集体思考、一致行动。顺商，用慈善的力量，来表达对家国、对世界的深情厚爱，表达“树高千尺不忘本，人若辉煌须报恩”的反哺之心，表达对自己“从哪里来，要到哪里去”的终极思考。

回馈、关爱、责任与道义，他们笃定，这是最好的方式，也是最好的感召。

世事沧桑，勾画出清晰的时代脉络，涓滴之水，凝聚成宽广的时间之河。

风从海外来

时间，翻回到20世纪80年代，改革开放的大潮，已经波及港澳，进而影响到了世界的每一个角落。

这是一个时代的开始，也是长年孤悬海外、思乡心切的乡亲，开始了回报家乡的动人时刻。

顺德是我国著名的侨乡，拥有超过50万的港澳台及海外乡亲，分布在世界五大洲56个国家和地区，有记载的顺德华侨华人历史已有300多年。

明朝以来，顺德先民漂洋过海，在异国他乡谋生、创业、发展、生根。顺德人凭着坚忍不拔的创业精神、灵活精明的经营头脑，为居住国的建设和发展做出了卓越贡献，部分人更成为当地政界、商界的翘楚。

300年来，顺德华侨华人虽远离故乡，但始终乡情不忘、乡音未改，他们纷纷成立海外顺德社团，和衷共济、互相帮扶，为推动顺德与世界各国的交流发挥了积极作用；在家乡危难困顿之时，更是尽心尽力、倾囊相助、引智引资，为顺德经济社会发展做出了巨大贡献。

早期顺德华侨华人和港澳同胞的捐款多用于修路筑桥、赈灾济贫及赠医施药。

早在清光绪年间，良教沙华侨在国外设立同益救济会，家乡有灾必赈。1938年为赈济县内饥荒，同益救济会发动邑人募捐，获美洲和东南亚各埠邑侨响应，共得善款10余万港元，购米回乡平粜。从1915年至1962年，同益救济会对家乡历次水灾都及时捐款救济。1947年顺德遭受特大水灾，海外乡亲闻讯纷纷进行筹款，当年捐款赈灾的有马来亚吡功顺德会馆、特立尼达和多巴哥（千里达）三邑会馆的顺德乡亲。

新中国成立初期，马达加斯加侨领陈福胜为家乡修桥整路，赠送运输车辆，参加华侨投资，积极支持家乡的生产建设。

顺德华侨华人和港澳同胞向来热心在家乡兴办教育，乐从各乡早有华侨捐资办学的优良风范。1947年，新加坡华侨岑叶良兴办葛岸明新小学。此外，还有南非华侨办良教沙庆源小学；危地马拉华侨办平步义成小学、大墩滘川小学，并置田作校产；南非华侨回乡开办小布小学，并按时汇返经费。

改革开放给顺德带来了巨大的变化，激发了顺德华侨华人和港澳同胞的爱国爱乡热情。他们慷慨解囊，纷纷为家乡捐资兴办公益项目，捐赠面覆盖区、镇（街道），涵盖了教育、文化、体育、卫生、敬老、慈幼等各个方面。

李兆基、郑裕彤、梁銶琚、周君令、周君廉、周君任、伍宜孙等就是其中的佼佼者。截至2019年12月，顺德共接受华侨华人和港澳同胞捐赠逾23.9亿元人民币。

今天，李兆基中学、郑裕彤中学、梁銶琚中学、冯派普医院……以华人华侨命名的学校、医院遍布顺德，成为光耀珠三角的一大景观。到过顺德的很多外地人，看到这一个个学校、医院，误以为是一座座私立学校、私立医院，殊不知这是遍布全球的顺德海外华人情系桑梓、心怀故土的有力表达，这是善的结晶、爱的奉献，就像一首首悠远绵长的歌曲，时刻在诉说他们对家乡永远的思念。

很多人都以为，能够捐资回家乡办福利事业的旅外乡亲，一定是巨商或富豪。的确，对顺德捐赠和投资最多的有郑裕彤、李兆基、梁銶琚、翁祐等在香港赫赫有名的富豪，但同时也有一大批靠小本经营甚至是靠一双手辛勤劳动来谋生，但热心奉献家乡的乡亲，他们的事迹往往更令人感动。

杏坛光华村的港澳乡亲潘祥，原顺德市第一批荣誉市民。改革开放以后他屡捐巨资回光华，支持建设中学、修桥整路、疏通河涌等多项公益事业。按照常理，他肯定是个富有的大资本家。当年顺德县县长吕根访问香港，带队去探望并向这位热心乡亲致谢，当小车在他的店铺前停下时，大家看到了令人惊讶的一幕：一间不到20平方米的残旧店铺只有潘祥一个人，老板是他，工人也是他，真是一人小店，经营柚木地板。

他们，对家乡极为慷慨，对自己却无比吝啬，他们用艰辛创业、勤俭生活、回报家国的善举，书写了感天动地的传奇故事。

2017年5月，一位企业家、慈善家的离世，牵动了300万顺德人的心。加拿大籍华侨何杰文先生，龙江的乡亲们都亲切地叫他“何伯”，他是佛山市荣誉市民、广东省慈善之星、中国好人。其离世的消息传来，让人感到无比的沉重和悲痛。

“小货郎”“四五六公司老板”“加拿大华侨”“顺德区荣誉市民”“佛山市荣誉市民”“广东十大慈善人物”“广东省慈善之星”“中国好人”，回顾其一生，这些不同阶段的关键词，勾勒出了他并不平凡的人生。

何杰文于1918年出生，祖籍顺德，父亲是伦教人，母亲是龙江人。他前半生艰辛坎坷，6岁在龙江读书，13岁到广州帮工，16岁随父迁移香港谋生，后移居加拿大。最为艰难的时期，在香港，他曾作为货郎，靠一对竹篓、一条扁担，走街串巷，经营自己的人生。

从小百货买卖到成立誉满港粤的“四五六铁价百货公司”，从流动小贩到香港家喻户晓的百货业巨子，从白手起家至事业成功，何杰文始终秉承“诚信”和“事在人为”的信条。吃苦耐劳、不畏艰辛的何杰文，既有老一辈顺德人勇于拼搏、开拓进取的创业精神，更有诚信经营、义利天下的顺商精神。“只要企业家们自己勤奋、肯干，就会有收获，有所作为。”何杰文说。

他创造财富，却不眷恋财富，全部回馈社会；他闯荡天下，但始终心系桑梓，饮水思源回报家乡。“我希望把赚到的钱用来做慈善，而不是放回口袋里。”这一句话，何杰文说到做到了。

不顾高龄，何杰文在近80岁的时候，毅然放弃国外优越的侨居生活回到家乡。他自1995年回家乡，为龙江建设奔波了20多年，投资建厂，兴医办学，助老扶困，一直在慈善事业的路上亲力亲为。他在龙江投资超3亿元创建中侨电器有限公司，出资860多万元扩建龙江敬老院，捐资600万元建设紫云公园，捐资5600多万元建设龙江新医院，还捐助原龙江中心小学、锦屏中学、集北老人活动中心和乐从水藤公园等福利项目，捐赠累计近1亿元人民币……

深厚绵长的群众基础，华人华侨的慈善大爱，书写了一段可歌可泣的慈善篇章，历史定格在这动人的一刻。

20世纪90年代，顺德市决定筹建顺德人自己的大学——顺德大学，消息传遍全球，海外华人华侨群情振奋。2000年，在顺德举行的慈善万人行活动上，一队特殊的人群引人注目，他们有的从港澳归来，有的甚至不远万里，坐了十几个小时的飞机，从北美、非洲赶回来，只为表达对家乡教育的一份支持，贡献一份力量。一时之间，海外华人与港澳乡亲捐款总额高达2亿多元。

洒向中国的都是爱

回顾这一段历史，正是他们，为顺德的发展贡献了一份特殊的力量。在改革开放之初的顺德，他们，托起了发展的基石，为顺德的腾飞注入了强大的物质与精神力量。

人多力量大，榜样的力量是无穷的。正是海外华人与港澳乡亲的奉献与大爱，点燃了顺德人人慈善的文化自觉与道德追求，激荡起人文关怀的丰沛情感，开始了全城慈善机构、慈善体系、慈善事业的建构之路。

当然，在蔚为大观的顺德慈善事业当中，因大富而大善的顺商，更是这一群体当中的中坚力量。他们以博大的胸襟，以“舍”与“得”的终极关怀，铸就了顺德慈善事业的中流砥柱。

没有最高，只有更高，先富起来的顺德，正在从富裕之区向大爱之城演进，这些商界领袖频频演绎出慈善公益的“惊天”之举。

“股神”巴菲特曾说：“慈善已经不仅仅是慈善，也是财富管理的方法。财富管理的方法不仅是方法，也体现对财富的理解和智慧。”将慈善作为事业，将公益化为追求，李兆基、郑裕彤、何享健、杨国强……他们，成了中国乃至世界级的慈善家。

作为香港比肩李嘉诚的顶级巨富之一，李兆基同时也是一个情动香江乃至全国的大慈善家，他的善德懿行伴随着他长达几十年的商业活动，这位从未正规上过学的商业巨子，家国情怀是他最动人、最长久的力量。

1978年，十一届三中全会作出了实行改革开放的伟大决策，李兆基当年即捐资180万港币，支持顺德建设华侨中学。

1982年，李兆基又捐款500万元成立“培华教育基金会”。

数十年来，李兆基通过“李兆基基金”提供奖学金及直接捐献，鼎力支持香港、内地及海外的学校发展，至今已给香港九间大学捐款，而李兆基历年对全球教育的捐献更数以十亿港元计。

在李兆基的慈善历程当中，内地教育事业是他最长情的关爱，从1994年开始，他捐资建设了家乡顺德的李兆基中学，先后为复旦大学、北京大学、清华大学捐资6亿元，支持建设教学大楼、研发中心，成立教育基金。

赈灾救急也是李兆基最动人的善举。2008年，距离香港2200多公里的四川汶川，发生了一场至今令人难忘的天灾。5月12日14时28分4秒，汶川发生8.0级地震。短短2分钟，近7万人死亡，4万人受伤，2万人失踪，全国共有4624万人卷入这场灾难，直接经济损失高达8451亿！

国家有难，匹夫有责，感同身受的李兆基先后捐资达4.3亿元，支持赈灾重建。不仅如此，他还在公司的股东大会上霸气宣布：“任何前往灾区协助的医生、志愿者，我（李兆基）负担所有机票、住宿和一切相关费用！”

2020年，一场世纪疫情波及全球，此时已届90高龄的李兆基看在眼里，急在心里，武汉疫情发生之后，他最早捐助了几千万元的抗疫资金与物资。

香港疫情日甚一日之时，李兆基又率先行动，先后出借位于元朗、新田的4块地皮，面积达125万平方英尺（约合11.61万平方米），用于建设隔离设施、方舱医院。

而同为香港超级富豪的郑裕彤，与他的同乡李兆基一样，也是一位心怀家国的慈善家，在教育培训、医疗卫生、社区发展等方面做出了巨大贡献，他的高风亮节、厚德仁爱，同样成为顺商当中的典范。

郑裕彤为自己的家乡顺德捐资助建了顺德华侨中学、顺德职业技术学院、顺德区郑裕彤中学、伦教医院、伦教康乐服务中心、伦教中学、顺德体育中心、伦教敬老院、郑敬诒职业技术学校、培教小学……粗略估计，郑裕彤为顺德公益慈善事业捐资高达2亿元。

从家乡到全国，郑裕彤家族、周大福慈善基金会先后为清华大学捐建了郑裕彤医学楼等一系列设施，金额也高达2亿元。2022年4月，周大福珠宝集团为北京体育大学教育基金会捐出1.2亿元，用于设立“郑家纯体育冠军培养基金”。

不能说李兆基、郑裕彤的慈善之举深深影响了家乡的何享健、杨国强，但至少他们的行动，给后辈树立起了光辉的榜样，榜样的力量是无穷的，以至于杨国强在赚到人生的第一个200万元的时候，毅然决然地拿出了当时个人财富的一半，委托羊城晚报设立了以母亲名字命名的助学金——仲明助学金，并持续资助了2000多名孩子。

“我不忍看天地之间仍有可塑之才因贫穷而隐失于草莽，为胸有珠玑者不因贫穷而失学，不因贫穷而失志，方有办学事教之念。”位于顺德北滘镇的国华纪念中学的石碑上，镌刻着杨国强创办的全国第一所慈善中学的初心。

国华纪念中学，是由碧桂园集团创始人、董事会主席杨国强和联席主席杨惠妍于2002年捐资2.6亿元，依法兴办的全国第一所纯慈善、全免费、全寄宿民办高级中学，主要招收家庭生活贫困、学习成绩优异的初中毕业生。

岁月芳华，春风化雨。不知不觉中，国华纪念中学已经走过整整20个年头。

创办至今，国华纪念中学共接收了3260名处于辍学边缘的学生。截至2020年，在校学生494人，已毕业2582人，硕士803人，博士141人，出国深造108人。学生从入学开始，直至大学本科或硕士、博士毕业，学习、生活等一切费用全部由国华纪念中学承担，目前总投入已超过6亿元。

杨国强表示："立校办学的目的，是让年轻俊彦从拥有知识开始，继而拥有高尚的品格和灵魂，以建设国家和回报社会为终点。我真诚希望每一个走出国华纪念中学的学生，铭记本校'滴水之恩，涌泉相报'的价值观，既受助于社会，当以奉献社会为终生追求。"

值得注意的是，碧桂园集团及杨国强所创立的国强公益基金会不仅创办了国华纪念中学，还开办了广东碧桂园职业学院、临夏国强职业技术学校，并对中西部农村扶贫对象提供免费技能培训和就业岗位。

与此同时，碧桂园集团、国强公益基金会还在甘肃东乡族自治县捐赠建设龙泉学校，在河北对11所学校开展"3+3"教育扶贫行动，并在北京大学、清华大学、浙江大学、中山大学、香港科技大学、北京师范大学、暨南大学、贵州大学、深圳大学等国内多所大学捐赠设立专项基金，用于设立奖助学金、引进高端人才、资助科学研究等。

其中，2018年国强公益基金会向清华大学捐赠的22亿元，是我国高校历史上规模最大的一笔捐款。

北滘镇，这个被称为"宇宙最牛小镇"地方，改革开放以来，诞生了美的、碧桂园两家世界五百强，创始人何享健、杨国强发奋图强、筚路蓝缕，创造了一镇双雄、比翼齐飞的历史奇迹。在杨国强将慈善作为毕生追求的同时，美的创始人何享健同样成为中国企业家慈善的代表人物，他的巨大贡献、对慈善路径与模式的探索，在中国慈善史上同样书写上浓墨重彩的一笔。

何享健于2013年成立和的慈善基金会，主要支持精准扶贫与乡村振兴工作，并开启医疗健康、艺术基金等战略领域。基金会在和的慈善体系的平台上形成跨界合作效应，推动建立一个立体、可持续的现代公益慈善体系，总捐赠价值高达165亿元。

2021年胡润以“家族：向上向善的力量”为主题的排行榜评选出全球世纪慈善家，何享健家族名列中国十亿美金级慈善家第四位，仅次于马化腾、马云、李嘉诚。在胡润的慈善排行榜上，何享健家族更是榜单上的常客，而其旗下的和的慈善基金会，与杨国强辖下的国强基金会一起，常年双双出现在中国十大慈善基金会的榜单当中。

何享健是一位传奇人物。关于他，有许多故事，有太多传说。美的创始人、商界巨子、家电巨头等一系列称呼、符号的背后，慈善家应该是他最中意的一个头衔。

慈悲为怀，厚德载物。何享健2012年卸任美的集团董事长之后，慈善成了他新的追求、新的事业，从企业家到慈善家的转变，使他屡屡在中国慈善事业中掀起令人叹为观止的风浪。

1亿股美的集团股权和20亿元现金的多元组合、“慈善信托＋基金会＋现金”的立体构成、全国资金规模最大的慈善信托……2017年7月25日上午，何享健在家乡顺德发布60亿元慈善捐赠计划，数额之大引起社会各界强烈关注，而其可持续慈善体系的构建，被业界专家誉为中国现代公益慈善事业的标杆。

从早期通过企业、个人进行捐赠，到建立专业化的平台，到系统、持续的慈善基金会运营，再到宣布60亿元永续慈善的规划，何享健探索将商业理念注入公益慈善事业，在根植本土的同时兼具国际视野，以实现系统和可持续地推动家族慈善的传承与发展。

一览何享健的“慈善清单”，可以发现一条清晰的主线：厚重的乡土情怀。他以行善的方式，表达着对家乡的爱之切、情之深。其心可鉴，其情可明。

何享健并不把他的财富积累完全归因于个人的努力拼搏。在他看来，个人财富积累除了自己和美的人的拼搏努力之外，离不开改革开放，得益于国家发展和政府支持。

何享健之子、和的慈善基金会主席何剑锋说过：价值观才是最好的传承，美德才是最大的财富，我们不仅追求做成功的企业家，我们也能成为优秀的慈善家。

不止于物质财富，更在于精神财富；不止于财富追求，更重于价值传承。一个企业家的财富观、价值观，是其思想境界、胸襟情怀的光芒显现。总有一些企业家，他们留下的不只是令人炫目的财富数字，还有打动人心的价值观，例如善心、感恩、美德等。国家、时代、社会的馈赠，他们念兹在兹，予以回报。

在佛山，美的集团长期位列顺德上市企业的市值首位；在中国，美的成为中国制造新的名片；在全球，美的成功跻身世界500强。何享健带领美的抵达行业、企业的高峰，这一次，他更以慈善的名义，抵达了精神的高峰。何享健创造的财富并没有停留于经济领域，他的行善之心、崇善之举，已超越其巨量的物质财富，累积起更为宝贵和持久的精神财富，如和风细雨，润物无声，滋养着城市和人们的灵魂。

然而，何享健的慈善之举远远不止于此，他把对慈善的思考与追求，看得比生命更重要，从一座高峰到另一座高峰，何享健在慈善之路上不断攀登，不断刷新自己的纪录。

2020年8月21日，年近八旬的何享健宣布，美的控股出资100亿元，在顺德建设一所非营利性的国际医院。

这一震动中国的慈善之举，与福耀玻璃创始人曹德旺的善举可谓不分伯仲。

2021年5月4日，由福耀玻璃工业集团股份有限公司董事长曹德旺创办的河仁慈善基金会决定出资100亿元，投入筹建福耀科技大学。

一个建医院，一个建大学，数字一样，项目不同。这两个分别投入100亿元的慈善项目，必将镌刻在中国慈善事业发展历史的丰碑上，何享健与曹德旺，作为中国企业家慈善的双子星，以创纪录的数字和行动，闪耀着不可磨灭的人性之光。

危难时刻显担当

从1998年长江流域的特大洪水，到2008年的汶川大地震；从2020年的武汉疫情，到2021年的郑州水灾；从四川凉山到甘肃东乡……应对大灾大难，助力脱贫攻坚，先富起来的顺商，与灾区、疫区的心紧紧联系在一起。心怀家国，情系灾区，他们总是第一时间响应、第一时间捐资捐物，尽己所能，慷慨解囊，该出手时即出手。顺商，总是在最艰难的时刻，谱写出一曲曲催人奋进的进行曲，爆发出赈灾助困的正能量。

1998年，一场特大洪水席卷南中国，在全国人民众志成城抗击洪水之际，美的当即捐出160万元用于救灾。

2003年，一次突如其来的“非典”疫情袭击中国，美的捐款150万元。

随着业务规模的不断壮大发展，美的集团及何享健捐款捐物、驰援中国的数字在急剧地跳升。

2020年，一场世纪疫情开始在全球蔓延，武汉处于疫情的风暴眼，这座英雄的城市承受了巨大的苦难。这个时刻，顺德企业也正在承受停工停产的巨大打击，但是一方有难、八方支援，急人之所急，想人之所想，顺德企业家以更大的胸怀，展现更大的格局，他们率先挺身而出，用最快的决策、最快的速度，将支持抗疫的一批批物资与一笔笔巨款送往武汉。在这场没有硝烟的战争当中，因为他们，顺德与武汉，同呼吸，共命运，手挽手，肩并肩，坚定地站在一起。

家是最小国，国是最大家。顺德企业家们深知：没有国，哪有家？没有改革开放的时代，哪里有我们今天的财富？

2020年1月24日，除夕夜，碧桂园集团通过国强公益基金会紧急捐赠1亿元人民币，设立首期抗击新冠肺炎疫情基金。随后，碧桂园又宣布再捐1个亿，使其抗疫基金高达2亿元。

2020年1月26日，美的集团决定向湖北捐赠1亿元人民币，指定用于采购紧急医疗物资。

2020年2月1日，格兰仕集团捐赠10万台总价值1亿元的光波微波炉，用于支持全国医务人员和防疫工作者。

2020年2月17日，由美的集团采购的40辆全新负压救护车，穿越2000公里风雪，从辽宁沈阳抵达湖北武汉。这是美的集团驰援湖北省140辆负压救护车的其中一批。

时间就是生命，面对世纪疫情，顺德企业展现出了强大的动员能力，利用全球供应链，面向全球采购抗疫物质，克服机场封锁、航班停运的重重困难，将一批批来之不易的抗疫必需品，从世界各地发往武汉。

2020年2月1日起，美的集团充分发挥全球布局的平台与渠道，在全球“海淘”抗疫物资。一周之内，300万只从世界各地发来的口罩被送往武汉。

2月22日，一架中国南方航空的飞机从澳大利亚的悉尼机场腾空而起，直飞中国武汉，而机上装载的10万件防护服，则是当时最为紧缺的抗疫物质。这些物资，是碧桂园集团驻澳大利亚的员工想方设法、争分夺秒采购而来的。

在大企业彰显大情怀、大担当、大力量之时，一批中小企业同样万众一心、众志成城，面对世纪疫情，他们，一样站在中国抗疫的前线。

在顺德，在中国，人们需要铭记这样一位老企业家——

武汉疫情出现之后，一位在顺德北滘镇开厂的老企业家心急如焚、夜不能寐，他马上联系上了北滘镇政府。

2020年1月30日上午，72岁的佛山市顺德区赛恩特实业有限公司董事长杨义贵向北滘慈善会捐赠了200万元，定向用于支持武汉新冠肺炎疫情的防控工作。

“武汉是我读大学的地方，华中科技大学是我的母校，现在那里有难了，我尽力驰援义不容辞。”对于武汉，杨义贵饱含深情，当天的捐赠仪式现场，他回忆起当年负笈求学的岁月，颇为激动。“恩师有情、同学有情，山山水水、花草树木皆有情。今天，我曾经奋斗过的地方有困难了，恩师和同学们有困难了，我当尽力驰援、责无旁贷、义不容辞。”

这就是一位耄耋老人、一位老共产党员、一位老企业家的情怀与担当，他，代表了顺德成千上万的中小企业家。

贫困，是世界性难题。反贫困，是全人类最大的挑战。党的十八大以来，以习近平同志为核心的党中央把贫困人口脱贫作为全面建成小康社会的底线任务和标志性指标，举全党全国全社会之力，采取超常规的举措，全面打响脱贫攻坚战。

2018年8月，中共中央、国务院发布《关于打赢脱贫攻坚战三年行动的指导意见》，提出用三年时间，实现全国整体脱贫的时间表与路线图。

这是号角，这是一场决定中国命运的关键之战，也是一场世界规模最大、力度最强的脱贫攻坚战。

而这场攻坚战的背后，则是严峻的现实。尽管中国改革开放过去40多年，但是直到2020年初，中国还有551万农村贫困人口、52个贫困县。这些贫困县、贫困人口，都是难中之难、贫中之贫。这些贫困县分布在桂、川、贵、云、甘、宁、新7省区，贫困程度深、自然条件差、致贫原因复杂，都是几轮攻坚仍没有攻下来的“山头”。

大国号召，企业责任。碧桂园集团闻声而动、尽锐出战，跨越千山万水，20余人的扶贫队伍来到了离顺德约2000公里之遥的甘肃省东乡族自治县。

这里群山万壑，一片黄土高坡，在这个被称为“贫中之贫、苦中之苦”的地方，碧桂园的扶贫工作队开始了艰难而顽强的扶贫之路。

有人说：这几年，有两件事情，必将写入历史，影响一生，那就是同心抗疫的战场、扶贫攻坚的现场。媒体人如果缺席，这不仅是几年当中的缺失，也必定是一生当中的遗憾。

2021年11月，笔者来到甘肃省东乡族自治县，亲眼见证了碧桂园集团扶贫工作队三年来的巨大成效，深深感受到了碧桂园为东乡的扶贫攻坚所付出的艰苦卓绝的努力。

在洮河西岸的达板镇拱北滩村里，由国强公益基金会、碧桂园集团投资3亿元建设的甘肃国强职业技术学院，对家庭经济困难的学生免除一切费用，点燃了东乡族自治县许多贫困孩子的梦想，帮助他们掌握就业技能，早日脱贫。

而位于大山之巅的龙泉学校的孩子们也同样享受到碧桂园教育扶贫的福利。碧桂园斥资1700万元新建与整修学校，让学校面貌焕然一新，成为东乡族自治县办学条件最好的乡村学校。

2022年1月22日，碧桂园产业振兴东乡养殖共建示范基地分红仪式顺利举行。这是合作社成立以来的第三次分红，本次25户社员共获得80 000元分红，三次累计为社员分红190 000余元。

自从当地农户加入合作社，分红逐次上升，这极大地缓解了当地农户的经济压力，给他们带来一丝丝生活的希望。

在扶贫和乡村振兴的事业上，碧桂园展现出一家头部企业的眼光、格局和能力，以自身的创新思维、丰厚的商业资源和领先的商业理念，用产业之力探索出东乡长久性产业化经营的新路径。

在结对帮扶过程中，工作队挖掘出东乡羊、土豆、刺绣这“东乡三宝”特色资源，通过探索推进产业扶贫、消费扶贫、教育扶贫等多元化、立体式的扶贫模式，碧桂园为东乡的脱贫攻坚做出了巨大贡献。

当然，作为一家有责任、有使命、敢担当的顺德企业，碧桂园在中国14亿人整体奔小康这一彪炳史册的历史奇迹当中的作为，远远不止于此。

事实上，碧桂园的扶贫事业已经持续20多年，党的十八大以来，碧桂园更是把扶贫上升为集团主业，从2018年开始，碧桂园与广东英德、江西兴国、甘肃东乡等全国9省（区）14县（市）开展结对帮扶，组建近200人的专职扶贫队伍。时至今日，碧桂园集团的帮扶项目覆盖范围已拓展至全国16省（区）57县（市）。

2021年2月25日这一天，对于碧桂园创始人杨国强而言是个特别的日子，他参加了在北京召开的全国脱贫攻坚总结表彰大会，捧回了“全国脱贫攻坚先进个人”这份殊荣。

此时此刻，杨国强百感交集：“非常感激，感谢党和政府给予碧桂园机会，让我们有幸参与脱贫攻坚这项伟大的事业。我曾经一贫如洗，是国家给了我助学金，让我读完高中，是党和国家的改革开放好政策，让我有机会服务社会。滴水之恩当涌泉相报，我永远都充满感恩，回报社会也是应尽的责任。我和我的企业会继续参与乡村振兴，尽我们的能力把工作做好，不辜负党和政府的信任。”

2020年上半年，中国慈善公益研究院院长王振耀动情地说：每每中国面对天灾人祸，中国人民承受巨大的苦难之时，总是一些人挺身而出，他们挺起了慈善与仁爱的脊梁，在扶贫赈灾当中发挥了关键时刻的关键作用，顺德企业家感动中国、影响深远。

大爱无疆，大美无言。以利他主义的价值观，以上善若水的人生观，以家国情怀的世界观，顺商，作为中国商帮中的重要一支，他们用慈善在中国乃至世界赢得了尊重、升华了道德。

这是心的呼唤，也是爱的奉献，这是人间的春风，这是生命的源泉……富而思进、富而思责、富而思义的代代顺商，在慈善之路上开始了一场永不停歇的接力跑，他们在世界商业文明的舞台上表现得越来越精彩，他们的每一次亮相或登场，必将迎来有如潮水一般的掌声。

第八章　资本风云

对仅有806平方公里的顺德而言，这是一个划时代的突破。

2020年7月28日，南方报业传媒集团官方新闻客户端南方+发出了报道《牛！顺德上市企业市值总额突破1万亿》。

文章这样写道：

从今天起，佛山顺德有了一个新头衔：上市企业市值万亿级城市。

截至7月28日中国股市收盘，顺德境内外上市企业总市值达到10 066亿元。

美的集团、碧桂园集团两家世界500强及其关联企业，中国联塑、新宝电器、小熊电器、海信家电、科顺防水等百亿级市值企业，科达制造、星徽精密、万和电气、云米科技等一批细分行业龙头，共同完成万亿顺德的版图。

业绩是万亿市值的坚实支撑。2019年，顺德上市公司合计实现营收9382亿元，营收增长17.5%，归母净利润增长32.5%，年末总市值达8838亿元。同时，顺德全区生产总值达3523亿元。2020年上半年，顺德一批企业在疫情影响下加速成长、增资扩产，上市企业也累计达到29家。

根据2019年数据，顺德的证券化率（证券总市值/地区生产总值）达到251%，超过珠海、芜湖等生产总值和上市企业数量相近的区域，还超过了一些总市值相近的省会城市乃至直辖市，客观反映出证券市场在顺德经济体系中的重要地位。顺德上市企业不仅市值高，而且市场化程度高、从

资本市场获取发展资源的能力强大。

这篇报道发出之后，中国证监会的官网立即进行了转载。以当时的29家上市公司，撑起了过万亿的市值，这不能不说是一个重要的里程碑，也是顺商在中国第一只股票上市后的30年里，在资本市场里交上的一张漂亮答卷。

虽然中国的股市总是跌宕起伏，但是在“以市值论英雄”的年代，2020年顺德这一数据，确实已经令人瞠目结舌，令人叹服不已。顺德上市公司的数量不多，但是质量却成了全国的榜样。

2020年苏州的上市公司总数高达145家，但总市值仅为12 600多亿元。中国最牛县级市——江苏江阴，这个顺德经济发展的“欢喜冤家”，当年上市公司的数量高达48家，但总市值为3000多亿元……

兴于制造，也成于制造，低调务实的顺商，过去被人贴上了“优点是务实，缺点是太务实”这种笑中带骂的标签，随着时代的进步、思维的转换、社会的变革，识时谋变的顺德企业家，早已撕掉了只懂务实、不会务虚的标签，左手制造、右手资本，顺德企业家用制造业累积起来的资本，在资本市场以四两拨千斤的杠杆效应，再次实现了跨越发展之路上的动力变革，在全国及全球范围内构建起“产业+资本”的庞大产业版图。

老子《道德经》第八章云：上善若水。水善利万物而不争，处众人之所恶，故几于道。居善地，心善渊，与善仁，言善信，政善治，事善能，动善时。夫唯不争，故无尤。

老子《道德经》又说：天下莫柔弱于水，而攻坚强者莫之能胜。

身在一座水边之城，顺商从小识水、亲水，在水环境中生养与成长，养成了水利万物却无坚不摧的商业性格，看似柔弱似水，却屡屡能以柔弱胜刚强，以四两拨千斤，生而不有，为而不恃，功成不居，这是顺商世代由水浸染而成的博大胸怀、强大韧性与商业智慧。

汪洋大海上，露出来的只是顺德制造的冰山一角，而顺商的财富版图，更多隐藏于深不可测的波涛之下，资本市场的顺德板块若隐若现，散发出迷人而神秘的力量。

一年八家的历史纪录

2020年年底，这是一个欢庆的时刻，也是一个盘点的机会。而这一年的惊喜，也让人倍感难得、倍感幸福。

2020年12月30日，根据中国证监会发布的第十八届发审委2020年第183次工作会议审议结果，广东顺控发展股份有限公司（以下简称“顺控发展”）IPO（首次公开募股）成功过会，该公司将成为顺德首家国资上市企业。随着顺控发展的过会，顺德全年新增上市（过会）公司8家，全区上市公司总数达36家。

这意味着，2020年佛山所有新增上市企业都来自顺德，一年8家企业过会，这一数字也创造了顺德的历史，这是一次巨大的飞跃，也是顺商越是艰险越向前的最好证明。

企业上市不仅是对企业管理、营收、创新等综合实力的验收，也是对区域竞争力、产业影响力的反映，还是构建区域现代化产业体系的重要杠杆。在点亮财富奇迹的同时，上市也是推动企业及产业加快发展的驱动力、加速器，上市与不上市，拉长时间来观察，带来的是企业发展速度与规模上的巨大差距，当然这种差距不仅体现在看得见的数据上，更体现在格局、思维、治理及创新等方面看不见的落差上。

上海的一栋巴洛克式建筑，曾经是中国第一家外商饭店——浦江饭店。1990年12月19日，改革开放以来中国大陆的第一家证券交易所——上海证券交易所，就在这栋大楼里的孔雀厅正式开业。

1989年11月，党的十三届五中全会作出《关于进一步治理整顿和深化改革的决定》，提出从1989年算起，用三年或更长一点时间，基本完成治理整顿的任务，继续深化改革和扩大对外开放。在此期间，改革开放在某些领域取得重大突破。其中，经济体制改革的标志性举措是证券交易所的建立。

1990年11月26日，经国务院授权、中国人民银行批准，上海证券交易所正式成立。12月19日，上海证券交易所在浦江饭店正式挂牌并开业。

上海证券交易所的成立是改革开放的重要成果，是中国经济金融体系从单一的间接融资体系走向间接融资与直接融资双轨并驾齐驱的突破性举措。

时代的春风，吹暖了中国企业家的心田，也唤醒了顺德企业家的双眼，历经改革开放10多年的发展，先行一步的顺德，已经迅速走完了初级工业化的道路，“村村点火、户户冒烟”的场景，描绘出杂乱无序当中的时代张力，也反映出创新创业所掀起的社会活力。

1992年初，邓小平来到了位于顺德的珠江冰箱厂，面对这一充满无限生机与活力的企业，邓小平连问三次“这是乡镇企业吗”，也正是在这里，他发出了“发展才是硬道理”的时代之音。

这一时代之音，指明了改革发展的大方向，中国这一艘大船从此扬帆起航，驶向海阔天空的深蓝海域。

当然，在顺德改革发展历程当中，不能不回望与记录一次石破天惊的改革——企业产权制度改革，这一场顶着“姓‘资’还是姓‘社’”的巨大压力的改革，让顺德卸下了“辉煌的成就，沉重的包袱”，走上了真正的市场经济之路，“风乍起，吹皱一池春水”，这是体制改革所释放出的活力与创造力，让一度身处顺德体制之困的乡镇企业家，解开了身上的桎梏，开始了“产业+资本”的扩张与发展之路。

有人说“要懂得钱为你工作，而不是你为钱工作”，其实早在20世纪90年代，顺德企业家就开始以锐利的眼光，搭上改革开放的快车，以敢为天下先的勇气，涌入资本市场。

1992年，杨国强承包了北滘镇建筑工程公司，从国有企业到私有化，杨国强走出了人生当中最为重要的一步。

一年以后，1993年11月，美的电器正式上市，这是顺德企业第一次正式踏进资本市场，美的也是中国第一批进行股份制改造的企业之一、第一家上市的乡镇企业。

1994年，万家乐股票在深圳证券交易所主板（A股）挂牌上市，股票代码000533。

当时代走到了今天，何享健、杨国强成为中国富豪榜上的常客，成为顺商的代表与灵魂，美的与碧桂园能成为世界500强企业，显然与他们对资本极强的敏锐和嗅觉有关，也与他们开放的观念、积极的举动密不可分，如果说制造业需要埋头苦干，那么资本运作则需要极强的布局能力、研究能力，产业和资本点石成金的魔力，带来的将是无可限量的发展空间、瞬间倍增的财富效应。

索罗斯说过：在资本市场获利，回报率只是一个符号，而构成这个符号的不只是智慧和实力，更重要的是勇气和信心。

张磊，中国资本市场最为成功的投资人之一，在《价值》一书中总结自己的投资经验：与伟大格局观者同行。张磊曾经重仓过美的集团这只股票，与其说他是投资了这一家中国资本市场的“常青树”，不如说是重仓了何享健、方洪波这两个具有伟大格局观的人。

掀起并购狂潮

在文学家的笔下，资本运作总是与嗜血的鳄鱼联系在一起，而在顺商的投资历史上，从小在水边成长的他们，总是以温润如水的面孔出现，以水的力量冲破一切阻力，扫除前进路上的一切障碍，因而远离血雨腥风的争夺，远离波诡云谲的权谋，在温情脉脉之中，顺商完成了一出出令人拍案的大戏。

而这一出出大戏，往往是顺商凭借资本优势，在整合行业资源、拓展市场份额、实现技术升级、加快外延发展、推进全球运营、提升经营规模的思维框架下进行的，通过收并购的手段，顺德企业在行业、国内及世界范围内掀起了一次次冲击波，开启了面向全球的“买买买”模式。

美的集团做强做大的历史，也是一部并购史。

早在20世纪90年代末，美的就开始通过并购来实现产业链的扩张。1998年，美的收购了安徽芜湖丽光空调厂，通过输出管理的方式，在当年实现了扭亏为盈，为美的挺进华东、辐射全国建立了一个重要的生产基地。同年，美的又收购了东芝万家乐制冷设备有限公司和东芝万家乐电机有限公司各40%的股份。随后又受让东芝持有的20%的股份，成功进入空调压缩机行业，时至今日，美的旗下的美芝公司一跃成为全球最大的空调压缩机生产企业。

进入新世纪的头十年，美的对外并购的步伐迈得更开。2004年，美的先后收购合肥荣事达、重庆通用、广州华凌，加速提升了制冷产业的实力，从而在白色家电领域打开局面。

2005年，美的又收购了江苏春花，为开拓吸尘器等清洁电器产品奠定了基础。

2008年，美的集团（当时的“美的电器”）以16.8亿元收购国内洗衣机龙头无锡小天鹅24.01%的股权，成为其第一大股东。2014年，美的同样以要约收购的方式，实现了对小天鹅的绝对控股。

到了2010年，从一家乡镇企业发家的美的总营收突破千亿大关，实现了10年增长10倍的大跨越。此后，美的开始将并购发展的重心从国内转到国外：当年收购了埃及Miraco公司，建立埃及的空调生产基地，以此辐射非洲、中东以及南欧；2011年又先后收购了全球最大暖通空调和冷冻设备供应商开利公司在巴西、阿根廷的三家工厂，加码在商用空调上的布局。

显然，美的的整个成长史都抓住了中国改革开放、产业升级的每一个关键转折点，选择进入的行业都是跟自己的主业相关的，无论是涉足上下游，还是同行业的并购。

2016年，经过5年的战略调整，拥有近700亿元现金流的美的加快了全球化布局的历程，一系列震惊全球的并购，助力美的再一次实现脱胎换骨式的新变革。

在先后收购了日本东芝白电、获得了对意大利中央空调企业克来沃（Clivet）绝对控股权后，一个堪称改写中国企业并购历史的案例，又一次惊动了中国、欧洲乃至全世界。

2016年12月30日，美的集团发布公告，宣布其对德国工业机器人巨头库卡集团发起的要约收购，已通过垄断审查的最后一环，满足了要约收购的全部交割条件，预计交割将于2017年1月上旬进行。按要约价计算，美的为本次收购斥资37亿欧元（约合292亿元人民币），美的在收购完成后持有库卡达94.55%的股份。

库卡是谁？它创办于1898年，总部位于德国南部城市奥格斯堡，是全球领先的机器人、自动化设备及解决方案的供应商。其与瑞士ABB、日本安川电机、日本发那科一起被称为“国际工业机器人四大家”，是德国致力于工业生产流程数字化的领军企业之一，在汉诺威工业展上，时任德国总理默克尔都为它竖起了大拇指。

尽管美的并购库卡之后，立即面临全球汽车产业投资的大寒潮，以汽车产业机器人为主的库卡，遇到了股价暴跌、业绩亏损的挫折，美的这一惊天并购，一度被媒体认为是中国企业海外并购的“滑铁卢”，被视为一个糟糕且失败的案例，但是拉长时间，从中国构建机器人产业的地位、突破核心技术与核心零部件“卡脖子”问题的高度来看，美的并购库卡不仅仅是自身打造第二条增长引擎的需要，更有国家层面的考量。

2020年，突如其来的新冠疫情，打乱了全球经济的节奏，在随之而来的经济寒冬中，美的并没有停下并购的脚步，反而加快了并购的步伐。

三年时间，一个个理想中的标的，又一次次成为美的眼中的猎物，逆势而上的背后，当然有着美的高达700亿元存量资金的支撑，有着方洪波提出的“要敢于进行颠覆性投资”的勇气，更重要的是，在疫情反复的冲击之下，潮水虽未退去，色彩斑斓的贝壳却已经俯拾皆是。

世界最有名的投资大师巴菲特说过：别人贪婪我恐惧，别人恐惧我贪婪。美的就是这样一家勇敢而精明的企业，在应对疫情冲击的同时，美的又一次嗅到了猎物身上的味道。

这三年，美的分别控股了合康新能、万东医疗、科陆电子三家上市公司，一举推进了在工业自动化、医疗器械、储能三大领域的战略布局。

顺德另一个商业巨子——杨国强，显然也不遑多让，这个比何享健小13岁，小时候经常背着书包从何家门前小路经过的人，同样在中国房地产、物业管理、国际教育领域，掀起了一次次行业飓风，进一步巩固与捍卫了“宇宙第一物业管理公司”的地位。

在杨国强的背后，其女儿杨惠妍展现出了神秘而又凌厉的杀伐之气，一系列收购的屡屡得手，让杨惠妍操盘的碧桂园服务与竞争对手迅速拉开了距离，也使得杨惠妍在世人面前展露出她本人的巨大胃口、商业禀赋。

2021年，全国物管行业并购交易总额达355.88亿元。其中，碧桂园服务以不超过100亿元收购富力物业，以现金代价72.25亿元收购蓝光嘉宝服务94.62%的股权，并以33亿元收购邻里乐等，增加潜在在管面积3.47亿平方米。

正是通过上市之后的融资，掀起数十次国内物管领域的收购大战，碧桂园服务最终捍卫了自己的江湖地位，实现了它的光荣与梦想，向着又一个“千亿级”企业的目标奋进。

每一次探囊取物、手到擒来的背后，是猎手们对时机的把握、对产业的前瞻，考验的是勇气、智慧与胆识，展现的是全局的视野、伟大的格局。

这种并购旋风，不仅仅停留在美的系与碧桂园系，而是早已内化为顺德企业的集体行为。

2011年，科达制造收购了恒力泰。这是科达制造在国内陶机行业一个强有力、且唯一的竞争对手，此次并购成为国内陶瓷装备领域最大的一笔资产重组，也让科达制造进一步巩固了自己的龙头地位。

2018年9月26日，科达制造宣布全面收购意大利的高端陶机研发与制造企业——意大利唯高，通过这一机会，科达得以深入欧洲市场。

伊之密同样是全球产业布局的又一先锋。2011年，美国第二大压铸机和注塑机生产品牌——拥有130年历史的HPM公司，决定要关闭塑料和压铸设备业务。伊之密用32.5万美元就买下了HPM的知识产权，包括HPM的品牌、渠道、供应链，还有各种注塑机、压铸机、液压机的全部专利技术。

而这一看似不够分量的收购，为今天伊之密开发出7000吨级的压铸机，站上世界汽车制造业产业变革的风口，提供了强大的技术储备，随后伊之密宣布与中国汽车压铸巨头——一汽压铸联合开发锁模力高达9000吨的世界级超大型压铸机，这将使伊之密又一次在这一领域站上世界之巅。

2021年，这是全球深陷疫情冲击的年份，但又是一个书写顺商历史的年份，越是危机，越是进击，顺德企业发起了一波凌厉的攻势。

除了美的与碧桂园，这一年，海信家电收购了日本三电控股株式会社，开始向汽车空调领域进军；就连一向倡导“苦行僧”文化、四十年坚持埋头苦干、一度宣称不上市的格兰仕，也一举打破了内部不成文的规矩，开始彰显资本的力量。

这一年格兰仕实现了对两家世界百年企业的控股与入股，一是控股美国的老牌家电惠而浦在中国上市的惠而浦（中国），二是成了日本象印——1918年创办的世界级电饭煲、保温瓶企业的最大单一股东。

尽管创办象印的市川家族对格兰仕增派外部董事以及增持股份的提议发起了反收购的“毒丸计划”，后续的结果如何，谁也无法预料，但可以确定的是，一旦执着而倔强的格兰仕打败了束缚自己长达几十年的心魔，就很难有力量阻挡它勇往直前的步伐。

席卷中国的风投力量

在顺德资本市场的历史上，一位依然充满力量的顺商，值得我们记忆与尊重，他对机会的捕捉、对大势的把握、出手的迅捷，让我们不得不佩服其资本运作的能力。

2020年11月，蚂蚁集团即将上市的消息，吸引了全球的目光，一旦上市，将产生巨大无比的财富效应。

也就在蚂蚁上市前一周，顺德万和集团的董事局主席卢础其在办公室接受笔者采访，平时深居简出、习惯风云变幻的他，依然精神矍铄，此时此刻难抑自己的兴奋之情。

2016年4月，在蚂蚁集团进行B轮融资时，万和集团就以21.6元/股的价格投资近4亿元，获得1850万股。

鲜为人知的是，万和集团做出这笔投资决定时，仅用了10多个小时。

2016年4月的一个下午，卢础其和往常一样打完乒乓球后，收到了一条来自香港的投资机构信息：蚂蚁集团发起B轮融资，估值600亿美元。

“投资机构告诉我，有5亿元人民币的认购额，但当时已经是下午6点，必须第二天9点之前回复投不投。”卢础其回忆，当时万和集团董事长卢楚隆和董事叶远璋都不在顺德，而且对方也没有提供任何可以尽调的资料。

最关键的是，当时距离蚂蚁集团完成首轮融资仅仅过去了9个月，估值便从450亿美元提高到了600亿美元，增加了三分之一。这在当时不少投资者看来是比较高的估值。

投还是不投？卢础其并没有过多犹豫，决定全部认购。“本来打算投资5亿元，不过种种原因，最后只有最高4亿元的额度，我以每股21.6元的价格，获得1850万股。”卢础其介绍，之所以果断出手，源自他对互联网金融前景的看好，还有对马云的了解。

蚂蚁金服的上市最终戛然而止，但卢础其的传奇故事，早在20世纪90年代便初露锋芒。

1996年，卢础其以600万元的代价，成为中国民生银行的发起人之一，而后，万和集团又成了顺德农商银行的第四大股东、上市公司鸿特精密的实控人。

“这么多年，万和通过资本市场赚的钱，比在制造业赚的钱还多，但我们一直对制造业不抛弃、不放弃，制造业还是我们的立足之本。”万和集团的高层说。

以资本的力量，通过股权与风险投资，实现产业的跨界与资本的超额回报，何享健、杨国强依然是庞大顺商军团当中的开路先锋，他们若隐若现的身影，越来越多地出现在资本运作——这一在确定与不确定之间穿梭的赛道上，勾画出越来越清晰的财富图谱，这张图谱充满力量，让人有了放飞想象的空间。

2022年5月31日，发自钛媒体的一篇文章在全国风传，这篇文章标题是“何氏帝国浮出水面”，开篇这样写道：

拿下科陆电子控股权后，何享健家族已经掌控7家A股上市公司，再加上海外并购的库卡集团，港股上市的美的置业。再加上身居易方达基金第一大股东之位，何氏家族已经构建起一个庞大的财富帝国。

退居二线后，日渐低调的何享健并没有真正闲下来，而是和儿子何剑锋一起，利用资本优势频频扫货，一个涵盖家电、地产、新能源、医疗、机器人、环保、金融等领域的资本版图蔚然呈现，且仍在不断扩张。

和所谓“无序扩张”的互联网资本不同，何氏家族的产业以美的集团的实业制造业为支撑，但其鞭梢已经远不止于制造业。

近年来，一家创投黑马在创投圈内十分火热，它用不到三年的时间获得综合年化收益率超过80%的战绩，从高瓴资本、红杉资本、腾讯投资等投资机构中杀出重围，成为创投界广受关注的新星。

这家创投公司三年内一共投资了60多家企业，其中已有9家企业成功IPO。快手、贝壳、安居客等已上市企业背后都有它的身影，其投资能力可见一斑，它就是碧桂园创投。

成立不到三年，就能和顶级投资机构相提并论，碧桂园创投又一次彰显出其创造奇迹的能力。

从做企业到投资本，这是碧桂园做出的巨大变革，资本市场没有早晚之分，作为后来者，凭着其作为“宇宙第一房企”的研究、布局、整合、运营的能力，碧桂园实现了超车。尽管需要跨越巨大的鸿沟，但对碧桂园来说，这一步一旦跨出去了，往往就会爆发出难以置信的威力。

“碧桂园作为世界500强，对商业的本质有着独到的理解和经验。我们站在产业的高度，带着这些理解和经验做投资，可以更清晰地透过表象抓住本质，也更能获得头部企业创始人的认同。”碧桂园创投管理合伙人代永波说。

以打造世界一流的产业资本为远景目标，凭借数十年深耕地产的强大经验，通过中国最大物业管理公司的场景落地能力，与集团主业产生

1+1>2的战略协同，不断向上下游产业链实现产业外延，这是碧桂园独具的优势。

在投资赛道的选择上，经过3年探索，碧桂园创投已形成清晰的“科技、健康、消费、产业链”四大核心赛道，其中重点关注半导体、新能源、碳中和、人工智能、先进制造、医疗健康等行业的高潜力创新企业。

碧桂园创投虽然起步晚，但往往后发制人，超过一半的投资金额分布于先进制造、半导体、碳中和等硬科技领域，碧桂园创投投出了包括盛合晶微、长鑫存储、蓝箭航天、紫光展锐、壁仞科技、蓝晶微生物、追觅科技、万华禾香等在内的一大批科技创新型的硬科技企业。

就数量而言，碧桂园创投投资的企业超过90家，成功IPO的超10家，捕获了独角兽（估值10亿美金以上）26家、超级独角兽（估值100亿美金以上）8家。

有人说，顺商过于务实，太过保守，虽然这一个特殊而鲜明的商帮，在长达100多年的历史长河中，积累了无可计量的财富，也涌现出一批世界级的企业家，但是与浙商的张扬胆大、潮商的霸气进逼相比，顺商以稳健务实著称，不敢、不愿、不善富贵险中求。显然，这种评价自有客观的一面，但是谁又会想到，在以静水流深作为行商风格的顺商群体中，在中国风投这一个造富机器中，有一个顺德人却可谓中国风投史上的开山鼻祖，这就是香港恒隆集团董事长陈启宗。

早在20世纪90年代初，在中国内地根本不知风投为何物之时，年轻的陈启宗与弟弟陈乐宗一手创办了晨兴资本，经过20多年的衔枚疾行，晨兴资本一举成为中国创投圈的行业领袖。无论是投中早年的搜狐、携程、第九城市，还是后来的迅雷、字节跳动、小米，晨兴资本都创造了堪称创纪录的成功。

作为快手公司最早的天使投资机构，晨兴资本当时给快手投资了1000万，快手上市后，当年的1000万变成了2000亿。它仅用腾讯投资快手的一半的成本，就获得了和腾讯一样的回报。

其实在快手之前，作为小米公司最早的天使投资机构，陈启宗家族的晨兴资本对小米持股比例近20%。陈启宗通过投资小米获得了惊人的高达几百倍的回报。

这两笔投资赚到了2500亿元，可谓中国风投史上的巅峰之作，也与当年日本的孙正义投资阿里巴巴一样，创造了令人难以置信的神话。

然而，无论是美的系还是碧桂园系，它们只是顺商投资版图最大的一个色块而已，经过改革开放40多年的积累，顺德已经构筑了强大的资本实力，与明面上的案例相比，在人们的视野之外，从国内到国外，从华人圈到全球各个角落，还有一个个生动而具体的投资故事，若干年后，更会成为人们津津乐道的案例。

2017年，一位享誉美国科技界的技术狂人，正在美国硅谷的办公室里工作。从微软、思科到谷歌，一路走来，她都创造了华人在美国高科技公司的职位纪录。当有人告诉她，有一位名叫李家杰的人想见她，她的第一反应是：这人是谁，我怎么觉得好无聊。

她叫江朝晖，出生于广州，十岁到了国外读书，毕业后一直在硅谷工作。她曾任谷歌的首席技术官，以及思科全球企业网事业部全球副总裁、思科中国首席技术官，多年来长期在安全、存储、网络、虚拟化等领域从事研发工作。

“我一开始并不认识李家杰先生，但多次沟通之后被他关注科技，更关注地球和人类未来的情怀打动，最终被说服了。”江朝晖说。

2019年，北京海淀区内，一家叫作千兆跃的科技公司成立，江朝晖兼任首席执行官和首席技术官，而它背后的投资者、董事长就是李兆基的儿子李家杰。

“报效祖国！”全国政协常委、全国工商联副主席、香港恒基兆业地产集团主席、中华煤气公司主席李家杰用简短有力的语句，表达了自己投资芯片的初心。

李家杰，就是顺商世界里的杰出代表李兆基的儿子，今天，作为恒基兆业地产集团主席的他，正在用自己的努力，正在为一举打破“卡脖子”难题，为践行“芯片强国”的梦想而贡献力量。

左手实业，右手资本，生命不息，追梦不止。这是顺商走在财富之路上的两条腿，今天的顺商，在世纪疫情、百年变局刮起的惊涛骇浪面前，在不确定成为最大确定性的当下，在经济周期所掀起的巨大冲击中，依旧淡定从容，他们在承受痛苦之时，依然张开锐利的双眼，在最佳的时机，扑向最“心水”的目标。

“别人恐惧我贪婪，别人贪婪我恐惧”，顺德企业家在最艰难的时刻，用一系列大胆而迅即的行动，践行了巴菲特这一句风行世界的投资“金句”。

第九章　悲情英雄

“都已经过去了，贝壳凝结为岩石……都已经过去了吗？每一个故事都还活着。”2010年10月，中国最知名的财经作家之一吴晓波在泰国普吉岛的一家酒店里，为自己的成名之作《大败局》的十周年纪念版，写下了如此优美而沉重的诗句。

一切都已经过去，但一切都没有走远。秦池干涸、巨人轰塌、三株消失、飞龙折翅、南德神话破灭、亚细亚的断壁残垣……在《大败局》中，一个个让无数企业家警醒的故事，成为长久让人喟叹的谈资，其中，就有顺德企业的故事，这就是科龙集团一度由兴而衰的历史。

千古兴亡多少事？悠悠，不尽长江滚滚流。然而，逝去的是流水，留传的是故事。成功，固然是人类永恒的追求，失败，则沉积为成功路上的养料，吴晓波用他从事财经报道10多年的功底，为中国企业失败学开辟出一块处女地。从此，一个个失败的企业案例，在他的显微镜下，显得无比生动、如此惊心。

任何道路，都不可能永远一马平川，开路者都将面临一次次坎坷的考验、一次次危机的倒逼。“如果你面对的是一家在几年乃至几十年的经营历程中一帆风顺，从来就没有遭遇挫折与失败的企业，那么，要么它是一个上帝格外呵护的异类，要么它根本就是一个自欺欺人的泡沫。”吴晓波说。

“幸福的家庭是相似的，不幸的家庭各有各的不幸。”顺商，在长达两三百年的历史长河中，经历了太多的挫败，人们总是习惯于用艳羡的眼光，欣赏聚光灯下的成功者，而顺商同样用自己征战沙场铩羽而归的惨痛经历，为我们提供踏平坎坷再出发的动力。

书写它们，不是要以幸灾乐祸的心态，宣扬成王败寇的功利思维，也不是要展现它们走向没落的惨痛经历，而是要以平常心看待企业的生与死，但不管成与败、生与死，我们依然要为他们致以热烈的掌声，为它们的曾经，亦为他们的悲壮。

今天的选择的三个故事，一度是芸芸顺商当中的成功典型，而今天却成了顺德企业失败学中的经典案例。

记住它们，就记住了顺商在中国商业文明史上，曾经的奋争、挫折与失败。

他们踩过的坑，摔过的跤，亦给了源源不断的后来者更多的教训。

伟雄的冬天

改革开放40周年，对于这一家企业来说，本来是一个欢喜的时刻。但是这一家企业，已经等不到全公司举杯共庆的那一天了，一个让顺德人备感惊愕的消息，像一只黑天鹅翩然而至，一场危机提前一年到来了。

在创业39年之际，总部位于佛山市顺德区的广东伟雄集团正面临最艰难的时刻，旗下多家子公司陷入破产漩涡：2018年8月，伟雄集团总部厂房被珠海市中级人民法院拍卖后流拍，广东正野电器有限公司发布停产结业公告；9月，佛山市中级人民法院先后发布公告，佛山高明顾地塑料有限公司、广东松本电工电器有限公司被申请破产清算……

我们不能揣测，看到这样的消息，此时已经74岁，居住在大良一个别墅区的林伟雄是怎样的心情，面对此情此景，也许他会老泪纵横：没想到，这一切来得太快了，太快了。

往事并不如烟。39年的时光，一切恍如昨日。伟雄集团的高光时刻，只有中老年人才会留下极为深刻的记忆。1999年，从踏入顺德那一天起，笔者就感觉到伟雄集团一度与顺德的美的、科龙、格兰仕等一批头部企业一起，在这里有强烈的存在感。

无论是政府文件还是政府部门的大会小会，无论是企业的活动还是协会的宴会，总是少不了关于伟雄集团的表述，少不了林伟雄的出现，仿佛没有他的出现，会议会降格，宴会会变味。林伟雄似乎也享受这种聚光灯下的感觉，一如他的名字，意气风发、顾盼自雄的作风，彰显出这家企业在顺德的江湖地位。

即便在女儿接班掌权之后，在一年一度顺德迎国庆的各界人士茶话会上，林伟雄也总是会偕同女儿林超群如约而至，力图为留学归来、根基未稳的女儿打通顺德的人脉网。

从一家草根塑料厂发展成为年产值近百亿元的大型企业集团，伟雄集团的经营涉及塑胶新材料、塑胶管道、电工、照明等多个领域，并曾经因为同时拥有“顾地塑胶”“松本电工”“正野电器”“威利坚”“得亿”五大品牌，成就红极一时的“五子登科”的多品牌现象。

到底是什么原因让这个曾经的“明星企业”陷入重重危机？

• 危机突如其来

伟雄集团是顺德少有的以人名命名的企业，这家创业于1979年的大型企业集团，旗下有广东顾地塑胶有限公司（以下简称“广东顾地”）、广东松本电工电器有限公司（以下简称“松本电工”）、广东正野电器有限公司（以下简称“正野电器”）等全资或控股企业10多家，一度拥有员工5000多人，产品出口到全球30多个国家和地区，在广东、湖北、重庆等地拥有大型生产基地。

伟雄集团一直坚持多元化发展战略，先后创下了顾地、松本、正野、威利坚、得亿五大品牌，而这五大品牌，一度被洋洋自得的林伟雄称为“五子登科”。在20世纪八九十年代，一口气创下五大品牌，而且在国内具有相当知名度的企业，可谓少之又少。其中顾地塑胶专供排给水管、线管线槽、高档门窗行业；松本电工包括电工、智能、照明、板业四大类；正野电器则专注于换气扇、暖通设备、电梯。

然而，危机就像一台放大镜，将企业身上存在的各种问题暴露无遗。伟雄集团各个阵营风波四起，变故频发。

2018年8月15日，广东正野电器有限公司致全体员工的一则公告引起热议。该公告称由于经营前景不乐观，宣布从2018年8月15日起停产结业，并与全体员工解除劳动关系，员工工资计算至2018年8月15日。

不过在第二天，正野电器又发布《关于正野电器高明基地停产结业公告的声明》，解释前一天的结业公告所指的是正野电器公司位于高明的生产基地，主要是出于对运营成本的考虑，决定将其关闭，而一年前，正野电器已建成顺德生产基地并已顺利投入使用，正野电器决定将生产基地搬迁到物流发达的顺德。

上述声明还提出，正野电器成立专业的销售公司广东乐明居住宅科技有限公司全面运营与管理“正野”“松本”品牌。同一日，乐明居公司发表声明书指出，“松本”“正野”品牌已经退出市场纯属谣言，未来，乐明居公司还将加大新品开发力度，增加广告投入，努力发挥松本、正野品牌的整体优势。

一波未平一波又起。2018年8月18日，位于容桂街道环安路上的伟雄集团总部，包括厂房、办公楼、集体宿舍及公寓宿舍等资产被珠海市中级人民法院以5583万元的起拍价进行司法拍卖，但最终流拍。9月29日该标的物降价到以4466万元的起拍价被再次拍卖，又一次无人问津。

8月22日，佛山市中级人民法院发布的公告显示，法院已受理广东创富金属制造有限公司对佛山高明顾地塑料有限公司提出的破产申请。

9月4日，佛山市中级人民法院再发布公告，根据广东创富金属制造有限公司的申请于2018年7月20日裁定受理松本电工破产清算一案，并指定佛山市天启企业破产清算服务有限公司为松本电工管理人。

9月19日，顾地科技股份有限公司发布《关于股东持有公司股份被申请强制执行的进展公告》，称收到广州市越秀区人民法院送达的执行裁定书，将被执行人广东顾地塑胶有限公司所持有的上市公司顾地科技股份有限公司19 456 000股股票的处置权移交佛山市中级人民法院。

作为顾地科技的股东，广东顾地塑胶有限公司持有该公司40 288 631股股份，占公司股份总数的6.75%。

此外，检索中国裁判文书网，可以发现近年来伟雄集团陷入了大量诉讼纠纷，发生在2018年的则大多为与银行产生的金融借款合同纠纷。

频频爆发的危机，已经将这一家垂死的企业冲上了无人光顾的沙滩，时至今日，在顺德乃至外人眼里消失多年的企业，早已消磨了伟大英雄的企业形象。

在这一座以制造业为主的城市里，伟雄集团的新闻，甚至连市民茶余饭后的谈资都够不上了。

家庭矛盾引发的“血案”

在车水马龙的容桂大道旁，伟雄集团已矗立近30年。

这里建筑面积约27 792平方米，包括一栋6层高的厂房，三栋均为8层高的办公楼、宿舍楼、公寓宿舍等建筑物，大门处贴有“广东伟雄集团”和“佛山市顺德区松本照明有限公司”两个招牌，这里曾是伟雄集团总部和松本电工生产基地，最后却变成员工聚集讨薪的地方。

伟雄集团知情人介绍，该房产遭到司法拍卖的原因，是此前该公司将持有的顾地科技股权质押给银行融资，却遭遇股价大幅下跌。“质押的时候股价大概10多块，后来跌到5块多，需要拿出5000多万还给银行，但是拿不出来，因此银行起诉到法院要求拍卖厂房变现。”该知情人说。

事实上，反复大规模质押融资，正是导致广东顾地失去对顾地科技控股权的导火索。顾地科技于2012年在深交所中小板上市，虽然企业总部位于湖北鄂州，但原控股股东正是广东顾地，包括伟雄集团创始人林伟雄、邱丽娟夫妇，以及其子女林超群、林超明、林昌华、林昌盛4人等在内的林氏家族是公司实际控制人。

自上市后，广东顾地开始大规模质押融资，先后于2013年进行过5次股权质押，2014年进行过3次质押，2015年至2016年3月控股权易手前，广东顾地又对股权做了5次质押，始终处于借新还旧的紧张状态。

到了2016年4月26日，广东顾地将其持有公司的9599万股股份以11.38亿元卖给山西盛农投资有限公司时，套现已超过13亿元。这一交易也直接导致顾地科技第一大股东易帜，山西盛农以持股占比27.78%成为新的控股股东。

过度融资导致资金链断链，无疑是伟雄集团身陷困境的重要原因，而融得资金的去向，已不得而知。如此巨量的资金，如此庞大的家族企业，为何在不到10年的时间里，就走向破产的境地?

企业破产只是表象，家庭才是深刻的内因，林氏家族的重重矛盾才是企业危机四伏的“定时炸弹”。

实际上，2015年的一次股权交易中，林氏家族矛盾就已经见诸报端。彼时广东顾地与重庆涌瑞等三方分别签署股权转让协议，决定转让上市公司部分股份，交易总价8亿元。这三份协议，同样也暴露了林氏家族矛盾重重。但就在交割手续办理在即之时，广东顾地却突然自曝，林氏家族一家之主林伟雄不同意本次股份转让。

林伟雄向广东顾地发出的告知函则透露，邱丽娟和四个儿女曾在2014年和他对簿公堂，并在法院调解后向他承诺：对于家族企业中的上市公司，林氏家族要保留控股权和最大股东身份，否则必须经过他同意。

林氏家族曾闹到法院，似乎已经揭示林伟雄与妻子、儿女之间关系紧张。

有道是打江山容易守江山难，在激情燃烧的创业时代，林伟雄和夫人邱丽娟志同道合、砥砺奋进，迅速将企业推向了时代的高度，书写过古训中“家和万事兴”的传奇故事。

但随着财富的剧增、企业的壮大，林伟雄和邱丽娟的夫妻关系迅速恶化，一度势如水火，而邱丽娟又将从小远在加拿大成长求学的儿女，紧紧搂在了一起，形成一边倒的家庭统一战线，在家庭失势的林伟雄此时倍感孤立，企业的掌控权随之岌岌可危。

屋漏偏逢连夜雨，有一年林伟雄去四川九寨沟开全国订货会，一直有胃病的他，许是病急乱投医的心态作怪，听信当地一名导游的谎言，服用当地产的“朱砂莲”治病，结果反而大病一场。这一病持续好几年，使得沉疴已久的林伟雄元气大伤，虽然历经多年的努力，治好了病，但此时的林伟雄也因此蹉跎了岁月，错过了企业向上生长的黄金季节，步入花甲之年的他，面对妻子和儿女的殊死紧逼，只能步步退让。

“至少少赚了50个亿。”说起这一段经历，林伟雄常常悲从中来。

但是，江河日下的林伟雄，已经走到了覆水难收的境地，只能满怀悲苦地叹息，终究无法收拾汹涌而来的败象。

决裂的时刻终于到来了，2010年万般无奈的林伟雄，被前妻联合儿女“踢”下了企业董事长之位，从加拿大留学归来的大女儿林超群接掌伟雄集团，同时担任顾地科技、松本电工等多家企业的董事长。

作为伟雄集团的创始人与大股东，为何最终落得了彻底出局的境地？这里面究竟发生了什么？

一位跟随林伟雄多年的知情人道出了真相。原来在一家人和气生财的时候，林伟雄看到一家人如此和睦、如此团结，一时兴起，觉得反正随着年岁渐长，终归有一天自己的股份要让渡给妻儿，不如说做就做，于是他在自己心情最舒畅的时候，将自己的绝大部分股份让渡给了妻子与儿女，象征性地留了5%的股份给自己，而这一并不高明的举动，为林伟雄最后的出局留下了伏笔。

故事开了一个最好的头，但狗血的结局，却连精明过人的林伟雄都从来没想到。

是非成败转头空

伟雄集团陷入危机，让不少顺德人为之扼腕。成如容易却奇崛，一家企业的成功，需要经历多少艰辛，走过多少坎坷，而一旦走向衰败之路，则有如从悬崖上坠落，画出的是一条加速向下的直线，而不是一条抛物线。

靠着向亲友借来的3600元起家，将一个乡村塑料厂发展成全国知名的大型建材企业——一直以来，林伟雄的创业故事广为流传。而同时打造出五大品牌，且在2000年实现一年内有“顾地”“正野”“松本”三个商标被认定为广东省著名商标，伟雄集团成功的多品牌战略一度被视为业内典范。

林伟雄14岁小学毕业后，就跟伐木队进了山当了伐木工人。5年之后他回到了顺德，进入一家塑料厂当工人。又一个5年之后，他被任命为顺德塑料厂厂长。

1979年5月，林伟雄与当时的拖拉机手邱丽娟登记结婚。同月，他们用向亲友借来的3600元钱，开办了一家作坊式的工厂——顺德桂洲振华顾地塑料厂。

20世纪80年代，电灯进入中国家庭之后，电表的使用给林伟雄带来商机。那时为防偷电，电力部门给每个裸露的电表都安装上了铁皮或木制的电表箱，但这样要么成本太高，要么产品不耐用。为此林伟雄推出塑料电表箱，并以物美价廉、安装便捷等优势得到了供电部门的大力推广，迅速占领市场。

林伟雄曾表示，伟雄集团发展史上每一次重大的转型，都是从原来生产普通民用电表箱等简单的塑料制品，到研发出难燃PVC槽、管，替代了传统的钢线管、木线槽，带动了“以塑代钢”“以塑代木”的潮流。

此后，伟雄集团以“就地取材，近亲繁殖”的经营理念，发挥塑料生产的优势，围绕着一栋楼房所需的给排水、电气、照明、消防、暖通等多个产品，延伸建筑终端产品的产业链，生产出如排水管、开关插座、排气扇等产品，先后在1991年和1995年创建松本电工和正野电器。

松本电工的出现，打破了国内高档开关插座市场被洋货一统天下的局面，曾经创造了占有国内市场40%份额及珠三角工程市场70%份额的成绩。

高峰时期，伟雄集团旗下拥有全资或控股企业10多家，其中被称为“五子登科”的五大品牌“顾地塑胶”“松本电工”“正野电器”“威利坚”“得亿”，都是行业中响当当的牌子。

而只有小学文化的林伟雄也成为顺德商界一位“小学生做出大企业”的传奇人物，曾多次登上福布斯中国富豪榜。

然而，不过十年时间，这艘曾经的巨轮已经无力穿越风暴涅槃重生了，不知所踪的邱丽娟及其儿女失去了化险为夷的能力，这一家曾经辉煌的企业，一度攥指成拳的五大品牌，永远消失在历史的烟尘当中，随着南国的季风飘散一空。在顺德这个全国知名的制造业基地上，这家企业的兴衰，最终连顺德人茶余饭后的谈资也算不上了。

这一家企业的成与败、兴与衰，其实最适合拍一部情节丰满、故事完整的电视剧，它具备了企业艰难创业、豪门恩怨、情感纠纷、二代接班、资本运作等现代电视剧常见的要素，其故事之曲折离奇、情节之跌宕起伏，完全可以成为一部悬疑激荡的电视剧。不仅仅是伟雄一家，在中国乃至世界的商业史上，这样的案例比比皆是。

当然，伟雄集团的历史，也是一部企业经营的教科书，给企业家们留下了太多太多的教训。

家族企业，是历史最为悠久的企业形态。放眼全球，其平均寿命仅仅为25年左右，家族企业在生命周期上往往逃不出“富不过三代”的魔咒。据粗略统计，有30%的家族企业可以传到第二代手中，这其中，只有不到三分之二的企业能够传到第三代，而后，大约13%的企业能够传到第四代。

在中国，家族企业的成长，与改革开放的时代紧密相连。正所谓成也萧何，败也萧何，伟雄集团从辉煌到速朽，竟然只不过十年左右的时间，就像葡萄牙谚语“富裕农民、贵族儿子、穷孙子”说的那样，全球家族企业普遍面临的最严重的问题就是“富不过三代”。而伟雄集团却“富不过二代”，从“富二代”迅速成为“负二代”，其根本的原因就在于家族矛盾引发的一系列问题，正所谓“家和万事兴”，家是永远的港湾，也是事业的动力，家庭和谐与否、团结与否，往往从一开始就决定了家族企业的成败。

林伟雄无疑具有第一代企业家的个人能力、人格魅力。虽然文化水平不高，但他的商业敏感与触觉，他与生俱来的悟性，一度成就了伟雄集团，将企业带上了发展壮大的高速公路。而当功成名就、财富膨胀之时，他却无法维持夫妻和谐、子女孝顺，共同的愿景、共同的追求，立即被日甚一日的内斗所取代，家族关系的恶化，导致企业经营的决策失败、管理失能，家庭的分崩离析，成为企业最终走向彻底失败的导火索。

从海外归来的子女，长期缺少父亲情感的注入与呵护，亲情本来就淡薄，在母亲的煽动之下，整个家族愈加离心离德，而不谙亲情、地情与国情的“二代”仓促接班，更是将企业推向难以回头的快车道，带给企业的将是覆水难收的溃败。

其兴也勃焉，其亡也忽焉。至于企业最终的结局，或许从林伟雄子女接班的那天起就已经注定了。

但是这样的故事，在今天的中国，仍然在不断上演，“二代”能否接上班，能否接得住、干得好，实现中国企业发展的代际传承，已经成为改革开放四十多年之后，中国经济社会发展面临的重要课题。

神秘巨富的一地鸡毛

在顺商的世界里，他比李兆基、何享健、杨国强等人还要难以接近，还要神秘，以至于在顺德，他的形象总是飘忽不定，顺德人根本无法了解他的发家史，更难以完整捕捉他的所作所为。

他，总是留给外界一个大大的背影，仅有几次暴露在媒体的聚光灯下，也让媒体记者们一直难以揭开他的面纱。

而正是仅有的几次露面，给顺商、顺德乃至整个中国，留下了一个大得难以想象的惊叹号。

他就是李子豪，顺德日新发展有限公司的董事长。日新这个名字，到底是取自中国儒学经典《礼记·大学》中的“苟日新，日日新”，还是取自成语“日新月异”，这也是一个无从查证的难解之谜。

李子豪的出场，与当时中国钢铁产业高度相关，与不断高涨的铁矿石价格相关。

进入21世纪，中国一跃成为世界钢铁产量第一大国，而中国又是全球最大的铁矿石进口国。对全球铁矿石的高度依赖，成了悬在中国钢铁产业发展头上一块巨石，频频上涨的铁矿石价格，卡住了中国钢铁产业发展的脖子，受制于人的痛苦，在数据上体现得相当明显。

数据显示，从2003年开始，国内铁矿石供应缺口越来越大，铁矿石的进口规模也相应扩大，中国逐渐取代日本成为世界铁矿石的最大进口国。自2003年起，全球三大矿山接连四年把铁矿石价格抬高了18.6%、71.5%、19%和9.5%。更糟糕的是，在全球爆发金融危机的2008年，三大矿山更对中国“痛下杀手”。据统计，当年的粉矿价格上涨了79.88%，块矿价格上涨了96.5%，创造了有史以来最高的涨幅纪录。

涨涨涨，自然让三大矿山赚得盆满钵满，却也使中国钢企白白多付了7000亿的巨额费用。而根据日本《每日经济新闻》的报道，这些钱竟相当于这些企业利润总和的两倍之多，也相当于当年澳大利亚GDP的10%……

而这一切之后，一则惊动世界的新闻，在中国与澳大利亚之间掀起了轩然大波。

2009年的7月5日，异样的寂静笼罩了淮海中路300号香港新世界大厦51楼力拓上海办事处。

这天下午，几名不速之客突然造访，他们要找胡士泰。见到他后，这几人亮明了身份，告诉胡士泰因其涉嫌侵犯中国国家机密，上海市有关部门正式拘捕他。

胡士泰，澳大利亚力拓矿业集团中国贸易代表，被称为中国钢铁产业的历史罪人、和平时代的汉奸。这个北京大学的毕业生，加入澳大利亚籍后，代表力拓矿业公司，通过疯狂行贿，套取中国铁矿石贸易的谈判情报，使得中国钢铁行业损失高达7000亿人民币。

歌德说过：人不能孤独地生活，他需要社会。正是在大时代的大背景下，李子豪隆重出场了，而这一次出场，便惊动了世界。

一则石破天惊的新闻

2009年12月26日，顺德大良喜来登酒店。

工作忙碌的笔者，被一个语焉不详的电话邀请所惊动，凭多年训练而成的新闻敏感，感觉到一条“大鱼”已经浮出了水面，于是笔者赶到了这家酒店，也有了发表于《南方日报》头版的这一则新闻：

在顺德喜来登酒店不大的会议室里，12月26日，顺德日新发展有限公司宣称已经成功收购智利一座储量高达30亿吨的铁矿。其间，该公司与中国五金矿产进出口珠海公司签订了战略合作协议，双方约定，开采之后所有铁矿都将由中国五金矿产进出口珠海公司进口。

日新发展有限公司董事长李子豪透露，此项目总投资达150亿元人民币，此150亿元包含矿山投资和港口、铁路及航运费用，其中基础建设由大型央企参与投资兴建。“七年前日新就开始介入这个项目，日新自身在此项目的投入约10亿元，此10亿元完全是自有资金。”李子豪同时宣称，“此矿山的储量公开数据是30亿吨，但很有可能超过50亿吨，产能一旦完全释放，五年内相当于再造一个FMG（澳大利亚第三铁矿石出口商）。”

在中国钢铁产业所需铁矿石备受国外企业要挟的当前，在中国企业收购海外矿产屡屡受挫的今天，名不见经传的顺德日新发展有限公司何以能有如此石破天惊之举？

密谋7年的惊天并购？

26日下午，佛山市顺德日新发展有限公司、中国五金矿产进出口珠海公司与智利铁矿项目签约仪式显得有些简陋和草率，在顺德喜来登酒店，除参加会议的签约双方外，还有负责智利项目的香港顾问团队、中国远洋物流公司、广东发展银行、建设银行的代表，整个会议流程及嘉宾发言都显得非常简短。

主持人说，这次收购的矿产储量在世界排名前5位，也是广东省2009

年海外并购的第一大单。

日新发展有限公司董事长李子豪在发言当中，宣布该公司已经成功收购位于南美洲的智利特大型铁矿，远景储量高达30亿吨，矿石品位高达75%以上。他表示，这是顺德企业走出去的成功案例，也是公司从汽车行业跨入全球资源行业的巨大突破，公司对这一项目已经跟踪7年之久，筹备收购也长达3年时间。

“这次项目的成功，将搭建顺德企业走向世界的一个大平台，也会给所有的合作伙伴带来丰盛的收获，这一铁矿在储量、价格上占了绝对优势，日新公司将一步步实现项目的成功运作。”李子豪激动地宣称。

中国五金矿产进出口珠海公司总经理刘卫东在发言中表示，这次与日新公司签订长期战略合作协议，意味着中国诞生了一个巨大的新的矿石供应商，协议承诺，智利项目所产矿石将以低于国际市场20%—30%的价格，通过央企中国五金矿产进出口珠海公司的内销渠道，全面打入国内市场。

“这一项目如果能够实施，将在5年内，占到国内进口海外铁矿石10%左右的比例。”刘卫东表示。

顺德低调民企如何以小搏大?

日新公司收购的智利铁矿究竟位于何处?……记者们都有着太多太多的疑问。在采访当中，尽管记者想从中挖掘出一些有关惊天并购的细节，但是李子豪仅表示，并购的价格与具体地点，将在一周左右的时间内对外宣布，可以透露的是对于这一矿产，日新公司占据绝对控股地位，掌握70%的开采权，并购行为早前已经得到了广东省有关部门的批准，并将动用海外财团的资金来参与此次并购，并共同开采这一世界级的矿产资源。

“目前，合作团队正在做开发方案，如果顺德政府重视，我将会把交易平台放在顺德。这一铁矿年产量将达到5000万吨以上。”李子豪表示。

“我们签订的是战略合作协议，以后主要负责销售，当然我们也不排除与日新公司就开采方面进一步合作。”刘卫东说。

刘卫东表示，国内的大型国有企业在海外矿产的并购案中，之所以屡屡失败，就是因为动静太大，而日新公司此次属于潜水式的，不声张不高调，收购的不是成品，而是海外矿藏的开采权，这应是其成功的主要原因。“中国的铁矿石进口一定要实现多元、多国化，这对国家的钢铁产业绝对是一大好事，此次智利铁矿项目一旦开采到位，必将打破世界铁矿石的供应格局”。

记者留意到，如果按中国铁矿石进口到岸价每吨人民币700多元计，30亿吨的铁矿石，李子豪的日新公司占比70%的话，李子豪无疑将坐拥千亿财富，一旦真的成为现实，这必是顺德企业惊天财技的精彩演绎，也将缔造顺德新一代企业家的财富神话。

往事并不如烟，即便十多年之后，当年的场面依然清晰如昨。参加此次发布会的一位顺德副区长，全程一言不发，我知道对于这样一则新闻、对于这样一个突然冒出来的顺商，他无法判断，也不便发言，代表政府出席，最多只是一种姿态罢了。

无法真正证实的事情，谨言慎行可能是最好的表态。

而在这一则新闻的两个小标题中，笔者用了两个疑问号，代表了笔者对此将信将疑的态度。

果不其然，第二天，这一新闻纷纷占据了国内各大媒体的头版，这一则令国人扬眉吐气的新闻，不仅让中国钢铁产业界，也让国内的民众出了一口恶气，毕竟多年来“涨”声不断的事实，将我们压抑得太苦了。

中国的希望，托于李子豪，李子豪似乎成了一个救中国钢铁于水火的“时代英雄”。

确实，30亿吨，世界排名前5，投资150亿元，这些惊人的数据，足以“炸”响整个世界。

● 他是谁？他从哪里来？

李子豪的这一次出场，不能不让人急切地想了解他，因为他确实从来就没有入过芸芸顺商群，江湖上从来就缺少关于他的传说，普通市民中，更加没有人了解他的前世今生。

他确实是一个谜。

但是借助网上零星的报道，以及屈指可数的媒体采访，依然可以描画出其并不清晰的轮廓，尽管这不是工笔画，而是浮光掠影的大写意。

李子豪是广东顺德人，但是究竟是顺德何方人氏，现在难以查证。可以了解到的是，1980年李子豪高中毕业后，到部队当了一名雷达兵。

军营生涯，锻炼了李子豪颇为坚强的个性，喜爱钻研的他，对新鲜事物也始终保持一种好奇心，以至做出“胆大包天”的事情。改革开放的春风，率先吹遍了珠三角，地处珠三角腹地的顺德，一跃成为“广东四小虎”之一，一切都处于急速发展的上升期，“村村点火、户户冒烟”的历史盛景，无不让每一个躬逢其盛、身处其中的人怦然心动。

1987年，国门已经打开，李子豪回到家乡之后，就到了县里外贸部门工作，这一项注定与全世界打交道的工作，让他明白了什么叫贸易。购买、倒腾、转手……每一个环节，都在李子豪面前打开了令人炫目的世界。

1991年，与大多数广东人一样，雄心勃勃的李子豪决定自立门户，开始寻求更大的发展。这一年，由他任董事长的顺德日新发展公司成立了，专门做进口家电的代理。选择家电，显然与中国国民当时对洋品牌的迷恋有关，而其时经济的蓬勃增长，让大量的国人开始用家电改善自身的生活质量，催生出巨量的需求。

短短几年间，李子豪的生意就几乎在珠三角地区形成垄断。“生意做得很大。”李子豪说。但随着改革开放的深入，做进口家电代理的利润已经越来越小了，李子豪的发展思路开始转移，他把眼光放在了内地。

北京一个朋友告诉李子豪，应该到西部看看，那里资源多，发展空间大。于是，1997年底，李子豪来到了四川成都。

此时的李子豪不知道自己应该做什么，面对陌生的西部大地，他一片茫然。

最终他被带到一个叫成都红旗拖拉机厂的地方，这是一家濒临倒闭的企业，而成都当时到处都是这种情况的企业。“他们是想让我来解困，而我是想来发财的。”回想当年，李子豪为自己的矛盾幽默了一下。

但是李子豪最终还是接手了这个“烂摊子”。当拖拉机这个产品几乎没有销路的时候，红旗拖拉机厂又成立了一个“大地汽车厂”，利用技术优势，竟然敲敲打打生产出了越野车，不仅如此，在越野车的基础上还生产出国内第一台纯粹的天然气汽车。

显然，这是一个中国汽车产业的“黄金时代”，“装上四个轮子就可以卖钱”，是当时最形象的说法。虽然误打误撞，但敏锐的李子豪意识到，一个巨大的机会在他面前打开了一个缺口。

1998年6月，顺德日新发展有限公司与成都大地汽车制造厂合资成立新大地公司，李子豪入主新大地。

不懂汽车，就边干边学。李子豪决定从研制和生产压缩天然气汽车入手，并通过开发和完善天然气汽车项目配套工程，加快形成从整车到零部件、从生产科研到营销服务的经营体系，从而形成独具特色的汽车制造产业。

但是选准了入口，却没有走对方向，没有合资时代的红利，也没有资金、技术、政策的优势，靠贸易起家的李子豪却始终难以盘活沉疴已久的这一家转制国企，从他接手这一家企业那一天起，他就注定走上了一条无比坎坷的民企造车之路。

20世纪90年代末以来，波导、春兰、吉利、小鸭、比亚迪、美的、奥克斯、夏新等完成资本原始积累的民营企业，在看到汽车市场的巨大潜力和丰厚回报后，开始大规模进入汽车制造领域。一时间，风起云涌。

其时，作为顺商最具代表性的人物之一的何享健，一度成为这场造车热潮中的先锋。2003年美的集团通过收购云南客车厂、云南航天神州汽车、湖南省三湘客车集团等企业，从客车领域进军汽车业。

之后，美的又在昆明和长沙新建了两大客车生产基地，一度具备万辆客车整车和专用底盘制造能力。

彼时，美的定下了3至5年内成为国内领先的客车生产企业的宏伟目标。

2008年，由于经营不善，美的宣布暂停造车项目，两大生产基地易主。其中，美的三湘客车公司生产基地被湖南长沙市政府以1.08亿元接手，美的长沙汽车生产基地被比亚迪1.08亿元接手，美的的汽车梦宣告失败。

几乎同一时期，李子豪也力图申请进口越野车，来支持他的汽车改造计划，当时的四川省发展计划委员会大力支持，但却因为始终拿不到国家层面的批文，进口汽车零部件进不了国门。

不能进口就改装。李子豪调整计划，提出对成都出租车进行天然气改装，政府对这个计划论证了一年之久才通过。至今，成都几乎所有的出租汽车及少量公交车已成功改造为以压缩天然气为燃料。而且，随着天然气燃料汽车在国内众多城市的推广，新大地改装的汽车越来越多，一汽、上汽及东风的一些新车，也开始交给新大地改装。“成都的空气清新了，天也更蓝了，这是我的贡献！”李子豪说。但整车制造仍然是李子豪的一个梦。

从2001年开始，新大地引进韩国双龙MUSSO（魔兽）越野车的车型和全套技术进行研制和生产，但由于一直没有“准生证”，国产的MUSSO始终无法在全国范围内销售。

直到2001年底，经过重组的成都新大地从韩国引进了全套焊装模具，国产的MUSSO终于有了合法的身份。同时，新大地开始研制自己的品牌越野车型“源动力”。当时新大地的目标是“以技术引领明天，做中国SUV（运动型多用途汽车）第一品牌”。

一波未平，一波又起。2004年韩国双龙汽车被上汽集团收购了，双龙与新大地的合作被按下了暂停键；2005年上汽正式接管了双龙，双龙方面以新大地母公司不具备生产条件为由，退出与新大地的合作。

几度风雨，几番春秋。不断“突围”、不断折腾的李子豪，造车之路越走越窄，曾几何时，他一度将大地汽车的生产资质出租给了浙江的众泰汽车，但随着国家层面的政策出台，出租汽车生产资质的大门，最终也重重关上了。

2018年4月28日，佛山市顺德日新发展有限公司退出了新大地汽车公司，替代它的是扬州绿洲健身俱乐部有限公司。

然而，仅仅四年后，2022年4月5日至6日，成都新大地汽车有限责任公司（新大地汽车公司）管理人在淘宝网阿里拍卖网络平台上，对该公司位于四川省成都市温江区的厂房、职工宿舍以及土地进行公开拍卖，起拍价4394.26万元，监督单位为成都市温江区人民法院。

6名买家入场，经过69次出价，新大地的资产最终以5934.26万元拍出。

● 折戟沉沙身在何方?

在宣布大手笔收购世界级的智利铁矿之后，很多媒体才第一次见到李子豪，但对于顺德日新发展有限公司这一家神秘的企业，却始终知之甚少。

经过寻找，在顺德大良国际商业城的二楼，记者们终于推开了这一家公司的大门。

大良国际商业城，从出世那一天起，就陷入了长达20年左右的纠纷中，直到今天，这个紧靠国道的商业城，依然是一个不折不扣的“烂摊子”。简朴得近乎寒酸的日新公司与惊天收购的新闻形成巨大的反差，令记者们都难以相信自己的眼睛。

此后，这一智利铁矿收购案的后续，却根本没有按正常的逻辑与情节去演绎。

2011年，面对国内的巨大非议，李子豪邀请了当地电视台的一名摄影记者随同飞往遥远的智利，意图证明这一次收购的真实性，而这名记者也给笔者发来了他本人在智利现场的所见所闻：

2011年10月31日，由李子豪带领的一行7人考察团踏上了前往智利的希望之旅。智利一个遥远又神秘的国度，对于我国来说几乎是在地球的另一面，在这近40小时的旅途中，大家不断谈论着接下来如何开采、如何运输、如何资本运作，仿佛一时间新顺德首富即将诞生。

在智利首都圣地亚哥休息2天后，团队踏上了前往矿区的艰苦旅程。前往矿区必须乘坐越野车开行十几个小时，到达矿区的那一刻，大家都被眼前的景色所震撼，绵延不断的矿山高低起伏，时而显现棕红色时而显现金黄色，就像一座座金山矗立在眼前。矿区位于智利首都的北部省份，由于常年干旱无雨，几乎寸草不生，自然环境的恶劣程度不亚于沙漠，但由于矿石的品相较好，非常适合钢铁的提炼，就连一同前往的专家都为之描绘出炫丽的前景。2小时很快过去了，下午地表温度接近50摄氏度，大家依依不舍地回到了住地。激情过后，现实总是无比的残酷，冷静过后，一系列后续需要解决的问题被大家一一提出。矿区离海运港口有300多公里，这里交通设施落后，所谓的国家高速公路几乎是双向两车道，铁路运输更无从谈起，但最让人忧虑的是这里的工人一周工作时间不超过20小时，且效率低下，很难用国内的认知来理解这里的一切。

短短的十五天旅程很快就结束了，回到国内，一系列关于顺德企业家收购海外矿山、前景无限的新闻铺天盖地，在当时哪怕直到今天都是爆炸性的新闻，因为这是打破国际垄断的唯一途径。

胡士泰被抓并被判刑十年之后，过去一直“涨涨涨”的气焰得到了遏制，中国进口铁矿石的价格虽然有所回落，但也绝不是断崖式下降，随着中国钢铁产业与全球三大矿山谈判模式的变革，过去那种恶性涨价的竞争氛围一度得到了缓和。

这一个石破天惊的收购案，最终死于何年何月，是什么原因导致了李子豪以失败而告终，所有媒体上找不到只言片语。

因为铁矿石是一种强周期的大宗商品，或者因为矿石高位回落，供需矛盾迅速得到缓解……显然，这些似是而非的解释，难以服人，因为时至今日，中国钢铁产业依然高度依赖进口矿石，铁矿依然是制约中国钢铁产业发展的重要因素。

从某种程度上来说，从召开新闻发布会的那一天起，故事的结尾或许就已经注定了。以今天的眼光来看，当时这一新闻确实娱乐了国民，但败给了时光。

李子豪可谓顺商当中的“豪哥”，出手非常豪横，眼界宽，格局大，充满了改变历史与现实的雄心，其两次大手笔的出手，一次瞄准当时在中国极为火热的汽车产业，一次力图改变中国钢铁产业受困于人的现实。这两次出手，充分展现了他本人的豪情壮志。

在这两个项目的运作过程中，李子豪也付出了巨大的努力，历经了种种力图打破僵局的艰辛，但最终落得个折戟沉沙的局面，确实令人唏嘘，这种有着强烈悲怆意味的结局，谁也想不到，李子豪自己可能也想不明白。

但必须指出的是，在以制造业起家的顺德，务实进取是最可宝贵的性格，以做制造业的路径去拓展自身的财富之途，是顺商们取得成功的关键。

李子豪以贸易起家，他没有真正从事过制造业，也没有开过工厂，他缺乏大多数顺商们普遍具有的制造业基因，当他以贸易商的身份、以贸易商的思维去做汽车生产、去经营矿山时，这种大幅度的跨界，对他本人就是一种巨大的挑战。在两件大事上，李子豪最后都落得了一地鸡毛，留下了一个无言的结局，已经充分证明了这一点。

已经踏入暮年的李子豪，如今身在何处，会否依然壮心不已，只有等到他突然出现在众人与媒体的眼前才能知晓，他也许又会释放出另一个令人惊愕的信息。

钢铁大王的没落

在中国南方，有一个独特而神奇的存在——乐从，因制造业的兴起，借势改革开放的东风，珠三角制造业走上了飞速发展的快车道，但是地处佛山市顺德区的乐从镇，却走上了以商贸业为主的另类之路。

走进乐从，一股浓得化不开的商业气息扑面而来，面积达几百万平方米的商铺，争先恐后地展示它们最为华丽的面孔，这里有着绵延十公里的家具商贸长廊、号称世界最大的家具市场，这里也有着中国最大的钢铁集散市场。

“不长森林，这里有着世界最大的家具市场；不产矿石，这里有着中国最大的钢铁市场；不产石油，这里有着华南最大的塑料市场。”乐从人最为自豪的一句话，形象地道出了乐从“无中生有”的奇迹。

商场如战场，在这个巨大的市场里，每天都在演绎着群雄逐鹿的商业故事。繁盛的市场，带来了巨大的诱惑，人称“钢铁大王”的陈礼豪一直是一个被人仰望的成功人士，他创办的顺德第一家以商贸为主业的上市公司——欧浦钢网（后改为欧浦智网），赚足了太多的眼球。

如果说企业上市是欧浦最为高光的时刻，那么之后的这几年，欧浦智网反反复复“折腾”，最后退市的命运，则留下了太多足以令人警醒的教训。

“其兴也勃焉，其亡也忽焉”，欧浦与陈礼豪，在顺德以稳健务实经营著称的商战史上，又写下了另外一个版本的故事。

● 铺就人生进阶之路

2020年5月5日，ST欧浦发布公告，公司控制人之一陈礼豪被证监会下达调查通知书，并因涉嫌违反证券法律法规而被立案调查。中兴华会计师事务所介绍道，欧浦智网原董事长、总经理未经公司审批及授权，以公司名义对外进行了16宗违规大额担保，负债预计高达9.72亿元。

一年之后，2021年7月，ST欧浦被深圳证券交易所终止上市并摘牌。

欧浦智网，是一家集智能化物流、钢铁、家具、供应链金融为一体的综合服务提供商，业务范围涉及钢铁、金融等行业。2014年，欧浦智网在深交所中小板上市，股价一度飙升至百元，市值也达到了178亿元，他的创始人陈礼豪一度位列佛山富豪榜第13位。

从辉煌到跌落，不过寥寥数年时间，欧浦智网到底发生了什么？

在顺德工作的20多年里，笔者与陈礼豪有过三次交集，这三次交集都发生于其事业发展的不同阶段，给笔者留下的印象各不相同。

2004年因为就大手笔投资华南钢铁交易市场一事而采访陈礼豪的机缘，笔者第一次走进了如日中天的企业家的办公室，较为杂乱的工业区里，车间里充斥着钢材加工产生的刺鼻气味，但谈起几公里开外正在建设当中的华南钢铁交易市场，不过40岁的陈礼豪眼中放光，浑身散发出一股年轻企业家志在千里的杀伐之气，这一刻，笔者为学历不高但是胆识过人的顺德企业家而深深叹服。

豪哥够豪，这是笔者对陈礼豪的第一印象。

投入5个亿，占地25万平方米，储钢量150万吨，年钢铁加工量240万吨的华南钢铁交易中心，是陈礼豪梦开始的地方，是他人生向上的最大阶梯。

乐从，作为珠三角的一个商贸大镇，奇迹般地孕育出一个称雄全国的钢铁市场，当时其钢铁年销售量超过1000万吨，销售额超100亿元，这一数字不仅在全国堪称第一，在整个东南亚也雄居榜首。而如此之大的销售量背后，交易模式却极为原始。

骑着单车做生意，推着板车拉货物，抬着杆秤称钢材，这是20世纪80年代乐从钢铁市场的真实写照。由于抓住了珠三角改革开放的大好机遇，抓住了珠三角制造业狂飙突进的市场需求，经过20多年的急剧膨胀，325国道乐从镇小布村路段自发形成了一个占地70万平方米、拥有600多家商户、经营几百种钢材的特大型钢铁市场。

但是随着信息时代的来临，大进大出的现代物流独领风骚，乐从如果一味固守传统，面对全国各地同类市场的激烈竞争，乐从钢铁市场的强势地位必将受到严峻挑战。

谁来改变这一延续20多年的格局？你不颠覆市场，就一定会被市场所颠覆，用今天流行的一句话说：当时代抛弃你时，连一句再见也不会说。

年富力强的陈礼豪，深深感受到了这一危机，作为土生土长的乐从人，纵横钢铁市场十几年的陈礼豪决定站出来，担任传统市场的颠覆者。“服务不提升，乐从的竞争力势必有所减弱，庞大的市场，必须要有完善的市场配套，传统的商贸模式，急需一次重大的变革。”不善言辞但目光敏锐的陈礼豪说。

于是，华南钢铁市场诞生了，这个集仓储、物流、信息、交易、配送与金融服务于一体的市场，一出世就以新物种的形象，极大冲击了乐从的市场格局，奠定了陈礼豪的江湖地位，也为他进一步推动企业上市搭好了框架，积累了素材，写好了故事。如果没有这一站在全国同类市场最前列的新模式、新业态，仅凭陈礼豪的两家钢材加工厂，显然这样的素材，是不可能得到资本市场的青睐的。

华南钢铁市场，铺就陈礼豪的人生进阶之路，它如烟花一般瞬间绽放出璀璨的光芒，引来同行业和当地人不约而同的举头仰望、不由自主的赞叹。

人生的机遇往往只有为数不多的几次，这一次，陈礼豪抓得非常准。

诚者信天下，诚信是顺商的底色，也是职业的操守，不能做到这一条，哪怕跨出人生成功的第一步，也是极为艰难的。回望陈礼豪的商业第一步，他同样是靠诚信赢得了市场，尽管最后的结局，又证明他又将这两个字远远地抛在了脑后。

陈礼豪1968年出生于乐从这片土地上。根据公开资料，他高中毕业之后当过电工、电器推销员。陈礼豪开始涉足钢铁业是在1993年，当时他经营了乐从乡镇企业钢材贸易有限公司的一个营业部，即后来的顺德指日钢铁贸易有限公司，迈出了创业的第一步。当时，这个营业部只有三个人，陈礼豪和姐夫当老板，姐姐既当会计又当出纳。

20世纪90年代，是珠三角激情燃烧的岁月。

最好的时代，最好的年华，陈礼豪开始了自己的创业之路，珠三角尤其是顺德家电产业蓬勃生长，对钢材有了巨大的市场需求，这又是最好的时机。

尽管如此，陈礼豪的发家史依然颇为神秘。2002至2007年是乐从镇钢贸老板最怀念的黄金岁月，可谓日进斗金的“黄金五年”。

时至今日，乐从的钢贸圈经常谈起一个传说：2003、2004年的时候，欧浦老板陈礼豪和乐从另外一个钢贸大佬去俄罗斯进口板材，每个人一船10万吨。陈礼豪在海上漂了一个月，到码头卸货时，一吨钢涨了2000元；另一个老板，回程时船坏了，修了一个月的船，回来的时候一吨涨了3000元。那时，钢材不断地涨价，从每吨3000多元涨到6000多元。正是在对乐从很多钢贸大佬而言淌金流银的那五年，陈礼豪完成了原始资本积累。

2002年，陈礼豪和另外两家从事钢铁贸易的民营企业强强联合，成立了以钢铁深加工为主的顺德欧浦钢铁有限公司。

意气风发的陈礼豪不可能满足于此，在这个行业闯出一条新路、眼光敏锐的他意识到，自己的使命不是星辰就是大海，瞄准华南钢铁交易中心这一个新目标，他又一次踏上了新的征途。

● 寻找命运的拐点

“买钢材只要敲下电脑就可以下单，外省的客户可以线上交易，品种、规格、型材一目了然，根据交易数据，我们直接把产品送到采购地。”陈礼豪如数家珍。

高大巍峨的华南钢铁交易中心大厅里，现代化的仓储基地中，客户们产生的是一种从未享受过的梦幻感。从马路经济到现代超市，从钱货两讫到电子商务，从灰头土脸到一键成交，在乐从镇，华南钢铁交易中心的开张，炸开了传统钢铁交易模式的一个缺口。

有了颠覆行业的素材，有了更为华丽的包装，陈礼豪决定推动企业上市。2014年欧浦钢网在深圳证券交易所成功上市，此时的陈礼豪又一次迎来了人生的高光时刻，因为除了上海钢联之外，欧浦钢网应当是全国第二家同类型的上市企业。上市不久，陈礼豪聘请央企五矿发展股份有限公司的董事长姚子平担任操盘手，以期走出华南一隅，向华东大肆扩张，欧浦钢网开始了一系列让人眼花缭乱的收购，以实现其雄心勃勃的战略扩张。

上市第二年，陈礼豪已经不满足于做钢材生意了，他决定涉足物流、金融、家具甚至冷链行业，通过自身开发的电子商务平台，打通一切可能打通的产业。陈礼豪又将上市公司“欧浦钢网”改成“欧浦智网”，一字之变，彰显其高远的志向，在电子商务狂飙突进的年代里，“站在风口上，猪都能飞上天”，披上电子商务的外衣，沾上物联网、大数据、人工智能的概念，欧浦智网在资本市场一飞冲天，刮起阵阵旋风。

此时的陈礼豪决定开辟新的人生主航道。除了欧浦智网这一家上市公司，他开始向房地产行业发起冲击，通过乐从本地的几个项目小试牛刀之后，他决定走出乐从，开发外地的第一个项目——位于广东韶关市芙蓉嶂的欧浦御龙湾项目，项目所在地原本是一个矿坑，一度是这座城市难以启齿的疮疤，但是经过陈礼豪的高标准建设，这里马上化腐朽为神奇，摇身一变成为韶关高端地产的代名词。

这一项目推出之后，韶关顿时全城轰动，这也让陈礼豪兴奋不已，他看到了一条更加光明的大道。随后年富力强的他一鼓作气，大举向顺德周边地区进军，先后在高明区、南海区开发了好几个楼盘，均取得了较大成功，也获取了较大的收益。

其中，位于高明区杨和镇的欧浦花城项目，坐落在风景绝佳的佛山最高峰皂幕山下。欧浦花城占地约430亩，总建筑面积约60万平方米，总户数近3800户，涵盖了独栋、双拼、联排、多层和高层洋房、商铺等产品。项目汲取了意式庄园精华，把坡地美墅建筑群立于花、草、树、木、湖、水之上，和着山体“韵律”有节奏地起伏，在60万平方米的辽阔土地上，采用南北朝向经典设计，错拼布局，展现与众不同的欣赏角度。

欧浦智网与地产开发双向发力，陈礼豪犹如插上了两个有力的翅膀，他乘风而起，飞向更高更远的未来。这时的他，也成了乐从商会的会长，成了顺德区政协副主席，一如他的名字，一向为人低调但又颇为豪放的他，获得了外界给他的一片掌声。

悄无声息的陨落

福兮祸所伏，祸兮福所倚，命运的辩证法，无声无息地开始在陈礼豪身上上演。

大约是2018年上半年，一则消息开始在民间弥漫开来：陈礼豪被纪委留置，协助调查。

大约过了一个多月，陈礼豪在一个不知名的饭店请部分朋友吃饭，他当天兴致相当高，拿出珍藏多年的茅台酒，与朋友们开怀畅饮，几杯下肚，一种劫后重生的兴奋感，写在他平时不露声色的脸上。席间的他主动谈起自己被留置的半个月，那种不明不白、生不如死的感觉，在他看来一般人根本扛不住。

或许，事件的伏笔早在欧浦智网上市时就已埋下。

2014年，欧浦智网在深圳中小板上市，发行价格18.29元/股，上市首日市值近40亿元，2015年股价更是一度达到125.55元，市值达178.21亿元。

在招股书上，欧浦智网写道，募集资金是为了投向三个项目：钢铁仓储中心、加工中心以及电子商务中心，总投资达5.4亿元，三个项目将分别获得募资额2.91亿元、1.9亿元和5868万元。而在2017年底募投项目结项时，这三个项目全部发生了变更，且巧的是，最后获利的是陈礼豪家族的成员。

计划中的仓储中心和加工中心从筹建改为租赁，同时，上市公司又以3亿元溢价收购了欧浦小贷100%的股权，欧浦小贷由中基投资公司创立于2010年，中基投资公司的大股东正是陈礼豪和女儿陈倩盈，在欧浦小贷的股东名单上，陈礼豪外甥女金泳欣、欧浦智网职工代表监事吴佳怡都出现在其中。

在电子商务中心项目即将完工之际，欧浦智网对其进行了变更，所有募资回到原始账户，并以3.07亿元的协商价格，将其出售给了欧陆投资。但在支付了1.72亿元之后，欧陆投资剩余的股权转让价款至今都未付清。而欧陆投资，是广东顺钢钢铁贸易有限公司的全资公司，它的两个大股东，就是前边提到的金泳欣和吴佳怡。

这几个项目之间的交错，股东之间的变更，如果说直白一些，实际上就是两点：第一点是陈礼豪跟家属成立了多个上下游公司，这些上下游公司都跟上市公司欧浦智网有着利益往来，且多是有收无出，套取上市公司收益；第二点是陈礼豪还代表欧浦智网借钱给了自己的外甥女金泳欣，金泳欣再用这笔钱来收购陈礼豪的公司，做大了自己的业绩。

对于这样的多笔操作，投资人士杜坤维就曾对媒体评价，欧浦智网进行了多笔盲目关联交易，大股东通过溢价锁定了利益，后续出现的问题却由二级市场来承担。果不其然，欧浦智网3.7万户的股东付出了惨痛的代价。

2018年，欧浦智网的净利润暴跌，变成了-41.79亿元，要知道，从2014年至2017年，欧浦智网上市总共获得的净利润也只有7.21亿元。造成巨额亏损的原因就在于欧浦小贷资金无法回笼，仓库中没有仓单对应的货物，很多贸易客户都已经无法取得联系。这使得欧浦智网陷入债务逾期危机，账面价值2.3亿元的土地房产被查封，多个银行账户也被冻结。

危机存亡之秋，欧浦智网江河日下，2019年5月，欧浦智网股价跌破2元。

而在巨亏之下，陈礼豪于2019年4月25日提交了辞呈，申请辞去公司董事、总经理及董事会下属专门委员会委员职务。同年9月，陈礼豪和其女儿控股的中基投资——欧浦智网的大股东，申请了破产清算，欧浦智网跟陈礼豪家族间已无实质性关系。

2020年4月29日，中国证监会向陈礼豪下达了调查通知书，因陈礼豪涉嫌违反法律法规，根据《中华人民共和国证券法》的有关规定，中国证监会决定对其立案调查。

从此“钢铁大王”陈礼豪编织的光环消失在社会大众的视野之外，他何去何从已无人得知，健忘的社会很快又在时间的流逝中抹去了一切，一个关于“钢铁大王”的故事在如烟的过往中随风飘逝。

就笔者个人与陈礼豪本人的三次交往来看，以媒体人的眼光去审视，身姿俊朗的陈礼豪不乏顺商务实、聪明、低调的一面，也正是如此，他能以行业颠覆者的形象横空出世，并一度将公司推向了上市，即便在房地产业务板块，他同样在区域市场取得了成功。

但是，为什么是陈礼豪？陈礼豪为什么……我一直在思考这些问题。

2014年10月，日进斗金的乐从钢铁市场一夜“爆雷”，因联保联贷而产生债务危机，发生了轰动全国的乐从钢贸事件。受银行逼债的影响，一批老板纷纷跑路，个别老板跳河自杀……即便在这样全行业的危机当中，陈礼豪依然安然无恙，度过了最为艰难的岁月。

财经作家吴晓波在《大败局》一书中，对企业家失败的共同基因做了总结，其中之一是企业家普遍缺乏对规律与秩序的尊重：“他们中的相当一部分人以‘不按牌理出牌的人’为榜样。在他们的潜意识里，‘牌理’是为芸芸众生而设的，天才如我，岂为此限？于是天马行空、百无禁忌。岂不知，如果人人不按牌理出牌，那么还要牌理干什么？一个老是不按牌理出牌的人，还有谁愿意跟他出牌？”

众多家族企业掏空上市公司，使得上市公司负债累累，最后落得个无言的结局，这是谁都难以猜想的结果。

不管最初的动机如何，但是陈礼豪视规则如无物，视“牌理”如无物，没有敬畏，缺乏尊重，频频为个人私利挑战监管秩序，将上市之后的公众公司变成了进出自如的口袋，显然，这是“钢铁大王”最后走向没落的原因。

走过了草创时代，走进一个成熟的、健康的竞争生态圈，强化自己的道德修为，净化自己的市场意识，把自己关进一个制度的笼子里，让自己戴着规则的镣铐去跳舞，这是时代进步的必然要求，也是企业与时俱进的规制。

乐从钢铁市场诞生的一代枭雄，留下了一个长长的背影，也留下了一个值得悲叹的现实。

第十章　顺商精神

没有企业家，就不可能有企业，没有企业家的能力，就不可能有顺德的实力。企业家精神是顺德城市精神的集中体现，是“‘可怕’的顺德人”的可怕之处，是“敢闯敢干，敢为人先”的顺德城市精神内核。

低调，是顺德企业家的风格与气质。顺德企业家往往会衔枚疾进，追求“圣者无名，大者无形”，追求“大象无形，大音稀声”，这种低调的风格，是一种谦虚谨慎的风度、从容不迫的气度，是成熟后的一种儒雅、成功时的一种平静。

务实，是顺德企业家的本质与灵魂。空谈误国，实干兴邦。饱经沧桑的顺德，之所以能走出苦难，走向辉煌；改革开放四十多年，顺德之所以能够成为中国县域改革开放的一面旗帜，用短短几十年走过西方两三百年的发展历程，靠的不是空想清谈，而是实干苦干。

实业，顺德企业家的基业与基因。实业为本，制造为基。实业是顺德人的信仰、顺德人的基因，顺德就是“发展才是硬道理”的实践者、模范生。

不管时代风云如何变幻，顺德经济从来没有脱实向虚，虚拟经济从来不是顺德的主流，实实在在、没有泡沫的实体经济，才是抵御所有风险的压舱石，才是穿越时空、行稳致远的定心丸。

报国，是顺德企业家的责任与使命。创业、聚财是一种满足，散财、捐助是一种追求。饮水思源，富而思进，与祖国同行，与时代同步，每当国家面临大灾大难，每当国家推进新的发展战略，急公好义、慈善为怀的顺德企业家总是挺身而出，这是对国家、对民族的忠诚、担当与责任。

铸起城市精神的底座

顺德地域面积806平方公里，2022年区域生产总值4166亿元，工业产值突破10 000亿元，弹丸之地，却与一些西部省份的经济体量旗鼓相当，这个地方，诞生了两家世界500强企业，两个世界级产业，产生了41家上市公司，市值一度超过10 000亿元，这里，有3家千亿级企业、7家百亿级企业。顺德靠什么强?

顺德制造，中国骄傲，地处珠三角腹地的顺德，用改革开放四十多年的时间，一跃成为中国百强区综合实力之首。顺德为什么能?

习近平总书记视察广东时，对广东提出了“推动高质量发展”的工作要求，强调“要大力发展实体经济”，指出“实体经济是一国经济的立身之本、财富之源。先进制造业是实体经济的一个关键，经济发展任何时候都不能脱实向虚”。

作为改革开放的排头兵，中国县域经济的领头羊，顺德用实力说话、用能力证明了自己，靠的就是强大的实体经济。千磨万击还坚劲，任尔东西南北风，无论时代的风云如何变幻，无论经济的形势如何跌宕，顺德始终毫不动摇地坚持发展实体经济，始终将实体经济发展放在区域发展的首位，始终坚持工业强区的战略，将制造业发展置于区域经济发展的优先地位，正是这种倔强得可怕的坚持，制造业成为顺德领跑全国县域最为重要的核心竞争力。

顺商，从商业文明的历史深处走来

商，说文解字注解“从外知内也”。自古至今，中国商业的发展史，其实就是一部中国商帮文化的演进史。基于共同的亲情、乡情、地域、血脉与文化，有着共同的价值取向与思维习惯，出于和衷共济、互助共荣的商业愿景，商帮文化成为中国历史上一道特殊的区域经济景观，成为经济发展的主要动力与商业品牌。

从晋商、徽商、浙商到粤商、潮商、客商，不同商帮在不同的历史年代各领风骚、独步一时。大部分商帮都以省域、地域为界，而顺商则是中国县域经济当中的一支劲旅，有着独特的商业思维、鲜明的个性特点、和谐的商业圈层。

无论是在明清时期，还是进入改革开放年代，顺商精神薪火相传、生生不息，顺商的商业版图起于顺德，兴于粤港，成于中国，谋于全球，一个迅速壮大的商帮新势力在全球化时代里逆水行舟，展现出催人奋进的力量。

“一船蚕茧去，一船白银归”，描绘的是明清蚕桑时代的商业盛景。广州十三行里的顺德帮，在早期商业贸易当中风生水起，而一批批漂洋过海的顺德乡亲，更是将务实、勤苦、精明、和谐的顺德人性格带向世界各地，并在全球范围开枝散叶、茁壮成长，成为世界各个角落里的商界翘楚、华人领袖。李兆基、郑裕彤等一批商界典范，书写了顺德人在中华商业文明史上的传奇，构筑起超越时间与空间的财富帝国。

而改革开放四十多年里，顺德一跃成为中国县域经济的领头羊。从洗脚上田开始，用短短四十多年的时间，顺德成就了一批响彻全球的民族品牌与龙头企业，家用电器、装备机械领域已经形成世界级的产业集群，美的、碧桂园已经成为世界500强，在中国版图上，描绘出一个镇拥有两家世界500强的奇迹，杨国强、何享健等商业巨子，作为改革开放以来的企业家，成为福布斯财富榜上的常客。而面对全球经济低迷、中国产业转型的新常态，顺德企业开始从卖产品转向谋创新，聚天下英才而用之，聚全球资源而配置，以创新全球化的使命与责任，吹响了向世界级企业跃升的中国号角。

行稳致远的顺德企业家，胸怀家国大格局，放眼全球大视野，在挫折中奋起，在成功时疾进。一代又一代顺商身上凝聚的独特精神，成为这座城市的精神底座，绽放着迷人而耀眼的光华。

顺德，有着最适合企业家生长的气候与土壤。这里气候湿润，土地肥沃，作为岭南水乡，这是水陆文明交融联结的原点。向南，向东，不出100公里，顺德人即可沿着西江、北江，走向广阔的大海；向北，沿着京广铁路，顺德人就可以走遍祖国腹地的大好河山。

受区位条件的影响，受广府文化的浸染，虽然有黄萧养发动农民起义，但顺德人骨子里依然有着温柔敦厚的本性，他们勤奋好学、机敏聪慧，严酷的生活条件，逼迫他们不向自然低头、不向命运低头，总是在社会的缝隙中，努力寻找属于自己的一片天地，寻找属于自我的财富。

这是一片神奇的土地，不仅有着拼搏进取的人民，更有着奋发有为的企业家，他们，以独特的人格，以带着顺德标签的身份，通过拼搏进取、务实尚法、守正创新的路途，走向了改变自己也改变城市的星辰大海。

蚕桑文化是中华五千年文化的重要组成部分，可以说，理解了桑蚕文化，才能读懂中华文化。

蚕桑生产需要良好的气候条件。珠江三角洲背枕五岭，面临南海，处于经济交流的前沿。同时内陆交通沟汊纵横，河海相连，具备发达的内外水运条件。广东处于热带，桑树常绿不凋，每年养蚕能达七到八造，其产量远超其他地区只能春秋两造的现实。

到了19世纪末，自康熙年间起，由于外贸带来丰厚利润的刺激，广东掀起了一股“废稻树桑”的热潮，岭南养蚕缫丝业开始获得巨大发展。在经过数次“废稻树桑”热潮后，珠江三角洲尤其是顺德，自此桑基遍地，普遍形成自成一体的桑基鱼塘生产模式，构成稳固的商品生产基础，也形成高度专业化的丝绸产业发展体系。粤丝异军突起，逐渐支撑起广州口岸的丝绸外销，广东后来甚至一度超越江浙地区成为全国出口生丝最多的地区，粤丝取代来自江浙一带的湖丝，迅速成为中国丝绸对外贸易的主力军。

史料记载，顺德蚕桑业到了明代有了巨大的发展，珠三角成为广东也是国内最大的蚕桑生产基地。据原佛山地区编《珠江三角洲农业志

（二）》统计，明万历九年（1581年），顺德、南海、三水、高明等县课税鱼塘约16万亩，约合基塘40万亩，其中顺德、南海各10万亩，成为最早的基塘农业地区。

乾隆二十二年（1757年）到鸦片战争前夕，广州成为全国唯一一处对外通商口岸，大批外商抵达广东购买生丝。厚利所在，迅速使桑基鱼塘取代果基鱼塘，一部分稻田也改为桑基鱼塘。光绪年间《九江儒林乡志·经政略》指出，顺德龙山、龙江（原属南海）等"境内有桑塘无稻田"，"民多改业桑鱼，树艺之夫百不得一"，成为纯粹的桑基鱼塘之乡。

清末民初为广东丝织业的鼎盛时期，1922年全省桑蚕丝产量达8278吨，创广东历史纪录，丝织品产量2240万米（此记录至1973年才被打破）。

广东丝织业最著名的是顺德县。据统计，1925年，顺德全县桑地面积66.5万亩，占全县总耕地面积的70%，年产桑叶86.45万吨，产茧3.63万吨，饲养蚕种88.37万张，平均亩产桑1.33吨，茧54.6公斤。顺德拥有全省最大的茧市和最多的茧栈。20世纪20年代，顺德生丝输出量占全省80%以上，是广东乃至全国生丝第一县。

为适应近代化生产需要，不少女工相约独身，形成一个巨大"自梳女"群体。据粗略统计，从1881年至1911年，顺德140多家机器缫丝厂，累计约有8万女工，其中大部分是"自梳女"。这个特殊社会群体出现，反映了顺德丝织业之盛，这是其他地区无法比拟的。

繁盛的丝织业促进了金融的发展，19世纪中后期，顺德成为当时广东的金融中心。史料记载："广州市之银业多操纵在顺德人手中，掌握全省经济之权，换言之，顺德即广东银行。"从顺德出发，每天大量的生丝用船发往广州，而从广州外销的丝绸遍及海上丝路沿线国家和地区，16世纪起即已大量输入欧洲、美洲等地区。

顺德形成发达的金融体系，一度掌握广东的经济主导权，主要在于丝绸的利润一直可观。16—17世纪，荷兰人从南方沿海贩运丝绸到日本，就能获得数倍之利。根据西班牙人的记述，17—18世纪，广州丝绸从马尼拉贩运到拉美，通常有1—3倍利润，最高时可获10倍之利。

民国初期，顺德容奇为中国南方丝业的中枢，各地蚕茧80%集中在容奇茧市交易。此外，大良、勒流、乐从、龙江、陈村和龙山也是茧市交易场所。全县共有丝厂135家、茧市21家、丝市10家、茧栈184间、蚕种市24家和茧壳市1家。

如果说当时的广州是广东最大的丝绸出口市场，那么顺德则是广东最大的蚕茧交易市场，顺德的市场辐射力一度达至整个珠江三角洲西岸。正是广州与顺德两个分工协作的市场体系，使得顺商在历史上创造了难得的辉煌。

站在顺德商业形成与发展的历史路线图上，可以发现，顺德商业文明史达到了起步即巅峰的时代高度，而正是顺德蚕桑产业之于广东经济尤其是出口贸易的江湖地位，使得顺德在这一产业的发展历程当中，培养出中国第一批开眼向洋、初步掌握近代贸易规则的顺德商业群体。生产、贸易、金融行业的相辅相成，则进一步培养了顺德人的商业思维与经营智慧，为一代代顺德人累积起极为厚重的历史底蕴，锻炼出在商海之中自由搏击、勤勉奋发的群体品格。

在发展实体经济的过程中，薛广森、梁培基广泛采用集股方式，成功地将股份制合作引进了顺德，使现代企业组织方式广为人知。而岑国华还参与银号等金融业务，推动现代金融业的转型发展，为广东探索金融业与实业的融合发展做出了有益尝试。

如今，在大良的德胜河边，矗立着一座废弃的巨大工厂，斑驳的外表，流逝着时光的碎影，面对终日奔流不息的商船，正在无声诉说着它昔日的辉煌。

这是兴建于1934年的顺德糖厂。作为中国第一家机械化甘蔗制糖厂，顺德糖厂从投产到全面停产，走过了整整68个春秋，是中国制糖业最高水平与技术的代表，被誉为“中国甘蔗制糖之父”。

1949年新中国成立，顺德迎来改天换地的历史时期。社会主义改造完成后，顺德的轻工业乘势而起，1974年，顺德二轻局直接管理和辅导21家工厂企业、7个专业公司、1个车队，覆盖塑料、缝纫、电器五金、支农、木器家具等五大产业。

龙江甘竹滩口，一座始建于20世纪70年代的老发电站，虽饱经沧桑，但依旧闪耀着岁月的光辉。

50年前，顺德人化水害为水利，历经3年4个月，累计近万人参与建设，克服了技术难度大、物资短缺、工程危险性高等难题，建成了当时全国发电水位最低的潮水发电站，并获得1978年的全国科学大会奖状。今天，甘竹滩水电站被誉为顺德科技创新的原点，代表着顺德人从来不认输、不认命的拼搏与创新精神。

透过顺德产业发展史的匆匆掠影，我们可以发现，从明清时期到今天，顺德一直坚守着发展实业、累积财富的思维，在不到两百年的工商业发展史上，书写着独特且具有个性的商业文明。从商业文明的历史深处，可以洞见今天的顺德精神不是凭空而来的，而是厚重的地域文化、机敏的集体人格、奋发的城市精神积淀而成的。这种精神如薪火般代代相传、生生不息，随着改革开放的春天到来，顺商迸发出巨大的活力、能力与竞争力，在市场经济的大潮中成为时代闯将、商海先锋。

● 不找市长找市场

改革开放以来，不沿边、不沿海、非特区的顺德，缺乏资源、设备、技术、人才，但顺德的工业为何能在短时间内迅速崛起？纵观顺德制造的发展历程，从产业壮大到创新突围，政企之间的良性互动贯穿其中，双方敏锐的商业眼光和强烈的市场意识是其成功的核心要素。

明清时期，从龙江、九江的桑园围出发，顺德创造桑基鱼塘的种养模式，也开启了市场经济的萌芽。

偏居中国一隅，远离权力中心的顺德，不可能形成政商勾结、亦官亦商的畸形商业生态，这种环境培养了顺德人开眼向洋的敏锐眼光、开放胸怀。以此为发端，顺德人开始了长达两三百年的实业之路，并一举成就了“南国丝都”“岭南壮县”的威名。向市场找饭吃的这种意识，进一步进化成顺德人的商业规则，他们遵纪守法、勤奋拼搏，迅速打开了属于顺德人自己的一片天地。

“不找市长找市场”，20世纪90年代初，顺德以震惊全国的方式，大刀阔斧地完成了企业产权制度改革，当时的顺德市市长冯润胜在回答记者提问的时候，用了这样一句最为经典的话语，生动概括了顺德政府与市场的关系。深入顺德人骨髓的市场经济意识，正是顺德产业风风火火闯世界的前提。而以此为基底，顺德人凭借聪明才智，开发出无数市场急需、适销对路的创新产品，不断满足市场的需要，满足人们对美好生活的追求，这正是顺德企业与生俱来的嗅觉与敏锐。

机遇，总是偏爱有准备的头脑。

改革开放之初，大批居住港澳的顺德乡亲回乡，带的礼品多是电风扇等家用电器。时代的潮水，冲击着当时国人改善生活的强大欲望，顺德人敏锐地发现了这一商机，开创了全国工业产品的诸多“第一”。1984年，裕华电风扇厂通过拆解模仿香港的小型风扇，试制出首台国产鸿运扇，次年便位列广东省乡镇企业榜首，产值超过1亿元。

与此同时，看到中国百姓对电冰箱的巨大需求，潘宁带领一帮工人，手工敲打出了珠江冰箱厂的第一台双门式电冰箱，从此为企业发展打开了一片无比宽广的天空。珠江冰箱厂一跃成为中国当时最大的冰箱厂，以至于1992年邓小平到珠江冰箱厂，看到非常现代化的厂房时，连问三次：“这是乡镇企业吗？”

随着人民生活水平不断提升，杏坛铁工厂看准了市场对杀菌消毒器具的潜在需求，在副厂长罗小甲的组织下，经梁冠智等技术小组全体人员300多个日夜的努力，1988年5月，全球第一台电子消毒碗柜成功面世。4个月后，消毒柜通过广东省第二轻工业厅技术鉴定。同年11月，杏坛铁工厂正式更名为康宝电器厂。

为了打开销路，罗小甲通过当时华南最大百货公司广州南方大厦的市场渠道进行销售，到了1993年，康宝已经发展到年产100万台、产值3亿元的规模，跨入了高速发展的新阶段。

1992年，格兰仕创始人梁庆德在广州参加一个家电展销会，看到日本微波炉展台被围得水泄不通。“微波炉在欧美普及率已经高达80%，而国内才刚刚起步，大有文章可做！”梁庆德马上嗅到其中的商机。

于是，他毅然放下已经做得风生水起的进出口羽绒生意，咬咬牙花500万从日本引进了一条微波炉生产线。到了1998年，格兰仕微波炉以450万台的年产销规模，成为中国家电行业第一个“世界冠军”。

市场需要什么，顺德就生产什么。以市场为导向，通过“干中学”，顺德在生产领域探索出了从模仿到改进，再到创新的技术内生增长之路，成就了乡镇企业的“遍地开花”。而经过改革开放40多年的奋力成长，今天的顺德，已经涌现出了美的、格兰仕、科达制造、海信家电、新宝电器等一批世界级的企业，从国内到国外，它们以全球视野寻找世界市场、挖掘世界机遇，在地球上发现更宽更广的蓝海。

在600多年前，郑和率船队从中国出发，经东南亚、跨印度洋后抵达“慢八撒”，即今天的肯尼亚第二大城市蒙巴萨，贸易由此繁荣，非洲东海岸成为古代海上丝绸之路上的“瓷器海岸”。而如今，中国陶瓷在这个东非国家正以一种新的形式重焕生机。

如今，距离肯尼亚首都内罗毕70多公里，一家由广东科达制造股份有限公司与广州森大集团合资建立的中国陶瓷工厂——特福陶瓷每天都将成箱的瓷砖送进肯尼亚的千家万户，这是目前东非最大的陶瓷企业，每天产量高达30 000多平方米，牢牢占据当地陶瓷市场70%的以上份额。

深受国家“一带一路”倡议的感召，作为一家在顺德诞生的世界级陶瓷机械制造企业，科达制造在非洲发现了一片“新大陆”。随着经济的迅猛增长，非洲对建筑陶瓷的需求越来越大，而本地建厂、本土销售无疑是最为经济的模式，科达制造发现了这一巨大商机，从2016年开始与广州森大集团合作，在非洲大陆开疆拓土，经过5年的艰苦奋斗，今天的科达制造已在非洲的加纳、塞内加尔、肯尼亚、坦桑尼亚等国家建立起了5家陶瓷企业，成为中国企业闯非洲的开路先锋。

“60年代用北滘人，70年代用顺德人，80年代用广东人，90年代用中国人，21世纪用全世界的人才。”这不仅是美的集团家喻户晓的用人观，也是顺德通过市场配置“资源”的最生动写照。

顺德人有一句口头禅：“借别人的脑袋发自己的财。”但在1978年，顺德有职称的科技人员只有1400多人，占全县人口的0.15%。在一个既缺乏大型国企，又没有本土高校，既非特区，也不是省会城市的县域，人才从哪里来？

答案是想尽一切办法，招人、挖人、借人、调人。改革开放初期，技术人才奇缺，顺德就到广州用车把工程师接到顺德，利用“星期六工程师”攻关企业技术难题。

1988年，国家人才政策尚未“松绑”，还处于大学生“统包分配”的年代，顺德已经成为湖北省外第一个到华中理工大学（现华中科技大学）“打广告牌”招聘人才的县。同一年，上海暴发甲肝疫情，就在许多外地人“谈沪色变”时，顺德却毫不犹豫走进上海交大揽才，在当地轰动一时。

到了1991年，在乡镇企业还是大学生心中的“泥饭碗”时，美的就宣布面向全国重金招聘人才，并从华南理工大学成功招收到全国乡镇企业第一个博士生。

40多年来，正是因为充分尊重市场的力量，有效市场与有为政府相互促进、相互补位，顺德才成为无数胸怀野心的青年人追逐梦想的热土，守正出奇的顺德企业家才能在市场经济的大海中自由搏击，才能行稳致远。

追求长期主义的胜利

流不争先，争的是滔滔不绝。从事任何工作和事业，只要着眼于长远，躬耕于价值，就一定能够经受住时间的考验，找到迎接挑战的端绪。

道固远，笃行可至；事虽巨，坚为必成。成功没有捷径，有的只是苦难与坚守。走上创业之路，从事制造业，这注定是一条荆棘满地的痛苦之路，它与投机无缘，与近利无关。如果说投资金融、房地产，钱是一元一元地赚，那么从事制造业，钱只能一分一分地挣。不投机，不冒险，稳健经营，实业为本，耐得住寂寞，守得住定力，将实业当成一辈子的事业，这是顺德人的性格，更是强大无比的地域精神。

亚洲最大的私募基金——高瓴资本的创始人、中国最成功的投资人之一张磊在《价值》一书中指出：于个人而言，长期主义是一种清醒；于企业和企业家而言，长期主义是一种格局；于社会而言，长期主义是一种热忱。

1968年，何享健创立北滘街道塑料生产组，从这一天起，他就走上了一条艰辛的长期主义之路，没有超越时代的坚守，没有超出常人的韧性，没有静观风云的定力，美的集团不可能沐浴长达53年的岁月洗礼，登上世界500强的高峰。

斯蒂芬·茨威格在《人类群星闪耀时》中说："一个人生命中最大的幸运，莫过于他在人生中途，即在他年富力强的时候，发现了自己的人生使命。"

走过创新成长的漫漫长途，美的集团总裁方洪波在集团2020年年会上的发言令人深思："我深信，美的最好的时代还在前方。因为经历过，所以相信。今天所有的美的人相信什么，未来的美的就是什么。我们都要带着心中的梦想走远路，哪怕不是壮阔历史里迸发的烟花，也肯定是自己故事里独特的光芒！"

罗振宇在2019年跨年演讲中说："普通人的努力，在长期主义的复利下，会积累成奇迹。"只有把时间拉长，我们才能在一个不确定的世界里，得到确定的答案。

在中国制造业重镇佛山，两家世界500强企业都在顺德，年产值超千亿的三家企业都在顺德，年产值超百亿的企业绝大多数在顺德，2020年佛山共9家企业上市过会，其中8家在顺德……如此之多的企业在顺德成长为国内乃至世界级的头部，秘诀就在于坚持长期主义。

不管风吹浪打，守得云开雾散。即便在最艰难的时刻，在不确定性骤然增加的时代，始终以不抛弃不放弃的态度，通过几十年的坚守，做时间的朋友，种时间的玫瑰，坚持长期主义，走远路，正是顺商精神的价值所在、追求所在、成就所在。不走捷径，不抄近路，坚持一辈子只做一件事，用自己的生命去成就事业，以专业专注做精做透，凭借强大的韧性，彰显企业与事业的价值，这不是一条孤独的道路，而是千千万万顺商人共同的价值观、人生观。

在广东锻压机床厂，一个耄耋老人每天准时出现在企业的门口，这一行动他已坚持了60多年。从只有19个人的小作坊到华南最大的压力机械企业，从1958年到今天，已经年届90岁的企业董事长陈伟德依然奔走在企业经营的一线，每天早上五点半，他就会准时出现在工厂门口，广东锻压机床厂已经与他的生命紧密相连。陈伟德，把生命活成了企业的精神图腾，这就是一位老共产党员、顺德在职时间最长的企业家长达一辈子的坚持。

如果说，20世纪八九十年代，是企业最好的创业时代，那么进入21世纪，面对国内国际环境的突变，面对百年未有之大变局，面对亚洲金融风暴、全球金融危机、新冠肺炎疫情的冲击，在这个黑天鹅、灰犀牛横行世界的境遇中，在如此不确定的时代里，顺德企业总是于危机中育新机、于变局中开新局，顺德的企业家依然用坚持长期主义的态度，对抗突如其来的风雨洗礼。

近几年，一位颇为神秘的新人出现在格兰仕的各种场合中，从幕后走向舞台，颇显稚嫩的他正在快速走向成熟，从实习生到副董事长，梁惠强这个名字被更多的人所认识，原来他是格兰仕现任董事长梁昭贤的儿子、格兰仕第三代。从创始人梁庆德、到“顺二代”梁昭贤再到“顺三代”梁惠强，这一家一直咬定家电不放松的企业，整整走过了40多年。一个企业，三代坚守，将企业作为家族基业传承的血脉，这是格兰仕这一家企业的选择，而正是因为有家族三代的定力、坚韧与顽强，今天的格兰仕正在实现从做微波炉到做芯片、从做制造到用资本的自我超越。

“做百年企业”“从优秀到卓越”，在格兰仕顺德厂区的墙上，这两行字，不仅适用于格兰仕，更是一代接着一代干，驰而不息、久久为功的顺德箴言。

变革创新求生存

2005年，著名作家托马斯·弗里德曼在远赴东方旅行后，用一种无可置疑的语气宣称：“世界是平的。”他认为，在科技、互联网等几大动力驱动下，世界逐渐被碾平，全球信息流、供应链、渠道，正在用一种平坦化的方式，呈现在每个利益相关体面前，空间的界限正逐渐缩小甚至被打破。

如果以15世纪末新航路开辟带来的地理大发现作为起点，经济全球化已经走过了500多年。20世纪90年代开始，新一轮经济全球化风起云涌，成为世界发展最重要的动力源。

从“地球是圆的”，到“世界是平的”，在经济全球化的版本迭代中，世界经济达到了前所未有的深度融合，成为一个你中有我、我中有你、不可分割的有机整体。

正是这样，在中国企业出海的漫漫征途上，可以说，20世纪八九十年代，初级产品的出口是当时中国企业海外贸易的主导形式，而进入21世纪，随着知识经济的到来，创新成为企业发展的第一动力，创新力决定了中国企业在全球市场的竞争力。构建全球化的创新体系，配置连接世界的创新资源，寻找创新全球化的最优解，实现从国内创新到全球创新、从低端制造业向高端制造业的伟大跨越，成为中国也是顺德企业不懈的追求与宏远的使命。

美的集团创始人何享健曾说：“在美的，唯一不变的就是变，美的成功的核心是创新。不变就是死路一条，只有不断变革才有生存空间。”

创新求变，成就了顺德企业的辉煌，而在今天，创新驱动，正成为顺德企业在创新全球化背景下至死不渝的信仰。2020年年底，顺德区公布了2020年科技创新全球化先进企业名单，新宝电器、伊之密、科达制造等8家企业上榜。

从2019年美的集团被授予“科技创新全球化标杆企业”称号，到2020年8家企业获评科技创新全球化先进企业，折射出顺德全球研发版图的扩大，彰显着“顺德智造”吸引全球优秀人才、聚集更多技术资源的创新雄心与追求。

当前，全球科技创新空前密集活跃。作为制造业强区，顺德一直努力下好创新驱动的先手棋，以企业为主体，大力推动科技创新。

有人说，20世纪八九十年代，顺德产业的发展主要是“以港为师，追寻欧美”。那么进入21世纪，顺德的战略已经改变：要全力支持骨干企业走创新全球化之路，以海外并购或直接投资等方式整合全球创新资源；与国内外高校、科研院所合作建设高水平研发机构，承担智能制造试点示范项目，实施国家重大产业科技创新项目；牵头制定行业标准，打造核心竞争力强、示范作用大的航母型企业军团，全面点燃中小企业科技创新的“星星之火”。

从顺德走向世界，从跨国制造到全球技术合作，从“要我创新”到“我要创新”，一张全球研发版图展现出的是企业的创新动力迸发，亦是“顺德智造”的再起航。

创新全球化，这是顺德推动实现区域经济动力变革、质量变革、效率变革的新路径。集全球人才，创巅峰技术，谋全球运营，这是顺商的战略新主张。

而这种思维的转变，当然是基于全球化时代的创新需求，在全球第四次工业革命的前夜，从国内走向世界，加快创新驱动的力度与速度，这是顺德企业的大格局、大视野，而这种格局与视野的变化，正是顺德企业应势而谋、顺势而为的必然。

沧海横流，方显英雄本色。伟大的企业历经磨难，在外部波涛汹涌的浪潮之中，它们奋力研判水势，调整航向，虽然经历惊涛骇浪的冲击，但顺德企业总是屹立于浪潮之巅。时代的变化转瞬即逝，在无数次的变化之中，有一些东西却又未曾改变，变的是战略、是打法，不变的是精神、是基因。

面对波谲云诡的外部环境，企业需要敏锐的战略眼光及强大的魄力。做时代的企业、常青的企业、伟大的企业，就需要拥抱变化、推动变革，正如美的集团创始人何享健所说的“唯一不变的就是变”，面对不确定的时代，以变革推动组织、管理、运营、研发的转型升级，推动新业态、新模式、新技术的加速成型，成为顺德企业对抗变局、领先中国甚至全球的终极手段。

2011年，一路高歌猛进的美的集团年销售额突破1100亿元，超越海尔成为国内家电“一哥”指日可待，但在这个时候，集团总裁方洪波却急踩刹车，前所未有地裁员、关厂，宣布不再投资新工厂、将高达16万名员工裁减到10万名以内……

“美的不行了”“美的正在经历一次巨大危机”，美的如此激进的举动，引起了外界甚至媒体的一片惊呼。美的何去何从，集团董事长方洪波只能逆风而行，在他眼里，此时的美的是成就辉煌、包袱沉重，增收不增利、重资产、弱创新……这一切，意味着盛名之下，其实难副，只有壮士断腕，才能自我革命，美的发起了一场前所未有的结构性改革。

“今天说起来云淡风轻，但做减法的过程却无比艰难。”方洪波说，退一步是为了进两步，经历了巨大变革之痛，美的超越时代，超前实现了浴火重生，今天的美的已经成为世界上最大的家电生产企业。最关键的是，美的“将钱投在了看不见的地方”，大力实施创新驱动，以数字化、智能化为变革的两翼，以每年在创新研发上投入百亿元的力度，美的在成为现代科技企业的道路上疾速转型。

优点是务实，缺点是太务实

习近平总书记指出，实现中华民族伟大复兴是一项光荣而艰巨的事业，需要一代又一代中国人共同为之努力。空谈误国，实干兴邦。

顺德人不喜欢坐而论道，不喜欢夸夸其谈，他们崇尚眼见为实、落袋为安，他们习惯“扮猪吃老虎”，却从不惹是生非，而是以柔弱胜刚强，以低调求发展。用结果说话，用企业证明，这是顺商与生俱来的性格，在国内的重要论坛上，在各种级别的媒体上，总是很难找到顺商的身影，这不是矫情，也不是冷漠，而是一种行为准则、处世风格，久而久之，低调务实，成为贴在顺商身上不可磨灭的标签。

“优点为务实，缺点是太务实”，外界对顺德人的一句戏语，其实非常精准地刻画了顺商的性格，一如“‘可怕’的顺德人”。

● 识做　搞掂　坚嘢

20世纪90年代，顺德在全国率先掀起企业产权制度改革的浪潮，这一项石破天惊的改革，在当时引起了巨大争议，也面临巨大压力，顺德人将邓小平提出的“不争论”引申为“不争论、不埋怨、不停步”，以此表达进一步坚定攻坚克难、推进改革的决心。

而顺德当年这种决心，也已内化为顺商的集体人格与行为准则，任何时候不争论、不埋怨、不停步，“识做、搞掂、坚嘢”（会做、做成事、做出好产品），这一句口头禅，与其说这是顺德人的特性，不如说这种特性在顺商的身上，有着最为集中的体现。

只做现实当中的行动派，少做理想当中的演说家。“讷于言而敏于行”的企业家，其低调作风已经深深楔入个性与行为当中，这种“只干少说，干了也不说”的性格，与顺德的地域文化极为相关。顺德河网密布，河涌纵横，属于典型的岭南水乡，顺德深得水的调性、水的气质，崇尚以水为财，主张和而不争。这种为人做事的要求与修为，深受老子《道德经》的影响，在老子这一本影响世界的书中，水是他最为欣赏、最为推崇的一种事物，“上善若水，水利万物而不争，处众人之所恶，故几于道”，“天下莫柔弱于水，而能攻坚强着莫之能胜，以其无以易之”。水无为而无不为，无形而无不行，处无为之事，行不言之为，从小在水乡文化里浸润的顺德企业家，追求水的谦卑、宽容、博大与坚韧，骨子里就有着水的以柔弱胜刚强的性格与气质。

经过50多年的艰苦奋斗，美的集团成为世界500强企业，其创始人何享健几十年来一直倡导的企业文化就是“静水流深”——企业表面上一定要风平浪静，但是水底下一定要积蓄着可以冲决一切的力量。奔腾不息的河流，虽有汹涌的外表，但却没有深度，没有内涵；静静的潭水，虽看似柔弱，但却深不可测。无论美的集团怎么做，无论时代怎么做，“静水流深”作为企业文化与管理箴言，直到今天依然没有变。

在这个低调的群体中，杨国强就是代表，他对身边人的工作要求就是“不能让他出现在媒体上”，这种低调体现在2021年全国脱贫攻坚总结表彰大会上获得“全国脱贫攻坚先进个人”称号的高光时刻，也体现在连续20多年坚持为贫困学子发放“仲明助学金”的幕后行动上。

1997年，在珠三角房地产业初出茅庐的杨国强找到羊城晚报总编辑，委托该报代为管理他捐出的“仲明助学金”。当时杨国强的个人财富保有两三百万，他愿意每年出资100万，资助广州高校的贫困学子，但他还有一个态度极其坚决的要求——“绝对不能宣传出资人的名字”。

从此，每年秋天，报社都会收到一笔100万元善款，从2006年起，这笔善款翻倍至200万元，每年仲明助学金颁发活动中，羊城晚报领导都向受助大学生讲述助学金的故事，宣读捐资人给大学生写的一封信。杨国强只有一次出现在现场，那是在中山大学，他悄悄坐在会场一角，开心地看着大学生们，没有人认识他。截至2020年，仲明助学金累计捐赠4100万元，12 000名贫困学子接受了资助。

杨国强这种低调做人、务实为本的个性，在其女儿杨惠妍身上体现得更为突出。迄今为止，媒体很少捕捉到她的正面照片。但这并没有妨碍碧桂园一度成为中国最大的房地产企业，并没有妨碍碧桂园在教育、物业管理、机器人、现代农业等相关多元领域的开疆拓土。

低调为表，务实为里，这是顺商的集体性格。美的集团创始人何享健无数次婉拒媒体的采访，甚至有央媒从北京飞过来采访，摄像机都已经架好了，但最后时刻，他又以适当的理由回避了采访。这一种个性同样显现在格兰仕创始人梁庆德身上，有媒体为采访他，曾经联系沟通一个多月，最后无功而返。

在顺德，有一大批“隐形冠军”，他们的公司在细分市场声名远扬，但是在社会公众眼里，他们却低调得“可怕”。

4月12日，广东莱尔科技在上海成功上市，顺德又多了一家上市公司。即便在顺德人眼里，这一家企业也是一个神秘的代号。它的老板作为地地道道的顺德本土民营企业家，特别低调务实、敢闯敢干，把一家本来平淡无奇的家族小企业，打造成为新材料领域的高科技公司。

上海证券交易所，莱尔科技上市敲钟的现场，一个细节引起了人们的注意：上台致辞的是满口普通话的董事长范小平，而真正的老板、公司实际控制人伍仲乾却坐在台下。

在这个历史性时刻，他并没有出现在聚光灯下，而是静静地坐在台下，表情平静。伍仲乾这种表现实在太“顺德”，就是这样一个土生土长的顺德杏坛人，喜欢埋头做事，很少显山露水，互联网上几乎找不到他的资讯。像莱尔科技这样的“隐形冠军”，在这座城市还有很多。

海川智能、富信科技、科顺股份、德美化工……虽然顺德这些上市公司是细分领域的冠军企业，但除了因上市公司治理需要进行信息披露之外，即便是顺德本地也很少有人知道这些公司的实控人姓甚名谁，这就是顺德人的低调。这种作风，也是顺德人在大变局时代的一种生存哲学与战略思维，与浙商的大开大合、徽商的吃苦耐劳不同，顺德人的低调与隐忍，使得他们屡屡能够穿越时代变局，最终成为人生长跑当中的“剩者”与胜者。

● 实业才是事业

2021年4月20日，广东顺越机械设备租赁有限公司的总经理刘先生在佛山市顺德区行政服务中心东座领到了营业执照正副本和“创业大礼包”。至此，顺德区第30万户市场主体正式诞生。

顺德区市场安全监督局数据显示，2021年一季度，顺德区新设立市场主体就超过1.9万户，较上年同期增长97.01%。截至2021年4月20日，顺德区登记注册各类市场主体共30.03万户，较去年同期增长15.69%。其中，个体工商户16.42万户，同比增长17.87%；各类企业13.61万户（其中民营企业约12.41万户），同比增长13.23%。相当于每10个顺德人中，就有一名“老板”。

老板，顺德最活跃最具创造力的群体；企业家，拉动经济的擎天柱。

“顺德县按集体经济为主、工业企业为主、骨干企业为主的‘三个为主’方针，走出了一条经济持续、高速发展之路。1991年，其社会经济综合实力不仅跃居四县市（指‘广东四小虎’）之首，成为广东上缴中央财政最多的县，位列全国十大财政上缴县前列，而且建立起一个后劲甚大，具有八十年代科学技术水平的工业体系。全县乡镇企业达3500多家，不少企业规模在国内同行业中居于榜首。其中年产值超亿元的就有18家，规模最大者年产值近十亿元。区区一个县，竟创造出数以百计的国优部优名牌产品。”1992年1月，时任新华社社长穆青在其新闻名作《风帆起珠江》里，用充满感情的笔触写道。

心无旁骛做实业，自力更生闯未来。顺德，作为改革开放中涌现出来的县域经济优等生，之所以能够在四十多年的发展历程中稳得住、走得远，关键就是坚持实业为基、制造为本，坚持发展才是硬道理，将实业作为自己毕生坚持的事业，无论风吹浪打，无论风狂雨骤，顺德总是在茫茫大海中劈波斩浪。

一部顺德民营经济的发展史，既是一部草根经济的茁壮成长史，更是一部民营经济由“铺天盖地”到“顶天立地”的嬗变史。

在这里，民营经济撑起了顺德经济的大厦，民营企业家是顺德经济的中流砥柱，但他们的出身却极其低微。“没有花香，没有树高，我是一棵无人知道的小草”，20世纪80年代风靡中国的一首歌《小草》，正是顺德老板草根出身的最好写照。

出身草根，没有关系，没有资源，三分天注定、七分靠打拼，“讷于言而敏于行”的顺德企业家都是白手起家，才一步步成就了今天的规模、成就了今天的竞争力。何享健、杨国强、梁庆德……这一串闪光的名单当中，没有一个是靠投机靠关系发达的企业家，只有一连串用奋斗做大的企业家。

“希望社会因我们的存在而更加美好”，这是碧桂园的企业口号，从

20世纪90年代用到了今天。碧桂园之所以能够一度成为中国销售额第一的房地产企业，首先靠的是创始人杨国强的务实与拼搏，这位17岁之前从来没有穿过鞋的老板出身寒门，其成功的秘诀没有别的，正是他挂在嘴边的朴素的一句话："我从来没有想过做什么首富，我只是踏踏实实地每天工作而已。"

1992年1月29日，在珠江冰箱厂，邓小平提出了"发展才是硬道理"这一深远影响中国的论断。

东方风来满眼春。邓小平南方谈话，给了顺德极大的改革动力，顺德政府力排众议，解开了旷日持久的关于"姓'资'还是姓'社'"的死结，在全国率先实施企业产权制度改革，基本建立起了市场经济的框架，打开了一直套在实体经济上的种种枷锁，走上了自由生长的奋飞之路。顺德企业由此获得了巨大的成长空间，开始了从规模经济、品牌产品到全球市场的三大跨越。

中国第一家乡镇企业改组而成的上市公司、中国县域最早的大部制改革、全国首创村级工业园改造10种模式……顺德历史上有不少敢饮"头啖汤"、敢为天下先的首创。

中国经济是靠实体经济起家的，也要靠实体经济走向未来。实体经济是中国经济的基本盘、压舱石。纵观顺德发展的伟大历程，正是始终咬定实业不动摇，顺德才实现了从经济领域单兵突进到全领域万马奔腾的深化。

进入21世纪，顺德制造业更是如虎添翼，以产品领先、全球运营的路径迅速做大做强，聚全球创新，做全球运营，大力向数字化、智能化跃进，这是顺德制造业在新时代的方法论与世界观，顺德正在涌现越来越多的世界级产业、世界级企业。

中国制造，顺德样本。作为广东省高质量发展机制体制改革创新实验区，顺德就是一个坚持实体经济发展毫不动摇、实现高质量发展的县域样本，在房地产、虚拟经济等阵阵风潮的吹袭下，顺德始终对实体经济不抛弃、不放弃。

初心不改，信念如磐，这一条路是艰辛的路，这一条路是奋进的路，顺德终将在实体经济高质量发展的道路上走向更远的未来。

● 慈善大爱　感动中国

发财致富，成为改革开放以来中国最大的社会心态、国人最大的梦想追求，发财驱动劳动、驱动创新、驱动管理……发财带来的巨大自我驱动与社会驱动的结果就是个人致富、社会繁荣、经济发展，作为一座以制造业为主导的城市，顺德这一片神奇的土地，集聚了巨量的民间财富，在各种类型的中国富豪排行榜上，顺德企业家的数量与财富总量长期高居榜单的前列。

“在巨富中死去，是一种耻辱。”被誉为美国慈善事业之父的卡耐基有这样一句名言。

财富给了顺德人快乐与自由、尊敬与权力，但是财富从来不是香车美女，从来不是美酒佳肴，顺德企业家深知，自己只是社会财富的管理人，作为先富起来的一代人，以什么样的财富观、什么样的财富管理，实现人生更大的价值、更大的追求，这是顺德企业家的财富哲学。

像一滴水融入另一滴水，像一束光包裹另一束光，在顺德这个从不缺爱的城市里，水的涌流，光的拥抱，总是让人泪流，让世人为之动容。

2020年8月21日，一则新闻又一次刷屏顺德，点亮中国。年近八旬的美的集团创始人何享健宣布：在家乡顺德，美的控股投资100亿元，建设一所非营利性的和祐国际医院。“建医院不是为了名和利，而是社会责任感，也是一种家乡情怀。”不追求轰动效应，不讲究华丽包装，何享健朴实的话语，正是他对这座城市最真实的表达、最真挚的情感。

一座高水平的国际化医院，对顺德吸引全球一流人才，营造国际化一流营商环境的意义不言而喻。今天的何享健，已经完全不需要靠巨大的财富来吸引眼球，但他的善行义举，却总是令世人瞩目。金额越来越大的慈善项目，让人们在惊呼它的价值的同时，也一次次对这位耄耋老人肃然起敬。

富而不忘乡梓，达则兼济天下。顺德的企业家们，已经实现了从中国企业家到慈善家的跨越。而更多的顺德慈善组织，更多的善长仁翁，早已汇聚成了这座城市最为温暖的力量。在温暖社会、照见他人的同时，他们自己也被慈善带来的快乐所感染、所包围，这种爱心的循环，吸引越来越多的人投身慈善，汇成一股奔腾不息的洪流。

荷兰画家凡·高说过："爱之花盛开的地方，生命才能欣欣向荣。"如果说制造是灵魂，美食是名片，那么慈善已经成为顺德的信仰。人之初，性本善，这是顺德赤子对人类初心的定义。

孟子的"仁者爱人"，是儒家思想仁义观的直观表达，而当国家与民族有需要时，顺德企业家、顺德民间所涌现出来的大爱精神，表现出了一种最宝贵的历史传承。这种传承就如何享健投建的医院名称一样，和善中国，护佑苍生，其所彰显的格局与情怀，早已超越了财富积累的追求，演变成了这座城市超越物质的另一种境界、另一层标高。

谁也不会忘记，2002年，杨国强和女儿杨惠妍创办了全国第一所纯慈善、全免费的普通高中。学校以"用知识改变命运"为宗旨，20年来支持来自全国各地的3000多名寒门学子实现了人生梦想，成了国家栋梁。

谁也不会忘记，2008年举世震惊的汶川地震，顺德人感同身受、爱动四川。是杨国强，将2000名震区孩子接到了广东学习一年；是顺德人，将水磨镇建设成了灾后的新家园。

谁也不会忘记，2017年，何享健宣布捐资60亿元，成立全国金额最大的慈善基金会之一，建立了一个架构完整、理念先进的和的慈善体系。

谁也不会忘记，富起来的顺德，从20世纪90年代初，就肩负起扶贫攻坚的神圣使命，从清远到湛江，从广东到新疆，从林芝到凉山，扶贫干部的双脚踏遍了对口地区的千山万水。

谁也不会忘记，突如其来的疫情，冲击着全世界的生产生活，顺德人有力出力、有钱出力，汇成了一股势不可挡的善的洪流。和的基金会紧急拿出高达2亿元的和衷共济扶持资金，为3600多家小微企业带来了光明，而源源不断驰援武汉的爱心物资，一次次唱响了爱的奉献。

践行“滴水之恩当涌泉相报”的价值观，奉行“既受助于社会，当以奉献社会为终生追求”（碧桂园创始人杨国强语）的人生观，这是一种企业精神的升华，更是一种对社会责任的担当。

家是最小国，国是最大家。在企业上缴大量税收、创造大量就业机会的同时，顺德企业家实业报国的另一种方式，就是以慈善作为财富的最大出口、最大使命与最大责任，以达则兼济天下的家国情怀，倾力实施扶贫济困。北京师范大学公益研究院院长王振耀说：“每当国家与民族遭遇大灾大难的时候，顺德总有一批企业家、总有一群人急国家与人民之所急，积极践行社会责任，积极实施扶贫济困，他们的行为感天动地，他们的德行让人叹服不已。”

上善若水，大爱无疆。20世纪80年代的顺德，诞生了一大批由海外乡亲捐建的学校与医院，顺德海外侨胞们的家国情怀，让饱经沧桑的顺德率先沐浴到了爱的温暖、善的关怀。从此，经历了从“站起来”到“富起来”伟大变迁的顺德，开始“善起来”的更大跨越。

“仓廪实而知礼节，衣食足而知荣辱”，在顺德，从政府到企业，从企业家到平民百姓，慈善是发自内心的召唤，激发出强大的爱之力。今天的顺德，建立起了覆盖每个社会肌体、每个社会细胞的慈善组织，500多个遍布顺德的慈善会、福利会，成了慈善顺德的中坚力量。而和的慈善基金会、国强基金会，作为中国企业最大的两个慈善基金会，在慈善事业发展模式上的创新探索，更是中国慈善与世界接轨的风向标。

因为爱，所以爱，爱如山，善似海。企业家的人格在升华，市民的心灵在净化，城市的精神在升级，这是顺德的福音，更是这座城市奋进的动力。

企业传承，精神不熄

改革开放以来的四十年，给顺德人创造了巨大的致富机会，构建起了巨量的民间财富，这是历史的馈赠，更是顺德的奇迹。历史是人创造的，顺德人屡屡刷新历史，从苦难走向辉煌，关键是有顺德“创一代”筚路蓝缕、艰苦奋斗，用他们那一代人的激情与热血，唱响了属于他们时代的青春之歌。

但是从年轻走向老年是万古不变的规律，是人，总会有老去的这一天，是人，总会有精神不济、力有不逮的这一天。随着产业变革、技术变革与互联网时代的加速演进，新观念、新技术、新业态、新模式纷至沓来，如何在变化的环境中保持企业的长期发展，保持精神的传承、血脉的贯通、基因的表达，在传承中发展，在发展中成长，打造百年企业，这是每一个“顺一代”企业家走到今天，必须要考虑的严峻课题。

江山代有才人出，各领风骚数百年。今天的顺德，越来越多的“顺二代”企业家从幕后走向前台，他们正在用特殊的背景、宽广的视野、现代的管理，正在为顺德家族企业的财富传承与企业成长贡献新生力。他们，正在扛起属于他们这一代人的使命与责任。

• 企业传承的另类表达

将企业传承给自己的子女还是职业经理人，这是每个企业家最难做的选择题，考验第一代企业家的眼光、魄力、视野。

2012年，有一个事件，改变了中国企业家的观念，刷新了人们的认知。

这一年，美的集团的创始人何享健做出一个“大胆”的决定——让出美的集团董事长的位置，由职业经理人方洪波担任董事长。这一位置的变化，标志着中国家电业界传奇人物何享健从此退隐江湖，美的新一代掌门人方洪波从此成为美的集团的舵手，引领这一世界家电航母驶向更为深远的蓝海。

为什么是职业经理人方洪波，为什么不是何享健的儿子何剑峰？媒体在惊呼，人们在疑问。

这一“引爆”中国的决定，源自何享健包容开放的性格、周密细致的安排、深邃长远的思考，而这一决定，也打破了长期困扰中国企业界“子承父业”的思维怪圈。

将所有权与经营权的边界划清楚，只要是有利于企业发展、能够传承企业薪火的人，就一定给机会、给空间，而且是最大的空间、最大的舞台，这是何享健的格局观、人才观。何享健为公司治理所做出的一个富有远见的选择，更是中国企业传承的一个极为生动的案例。

精神源自美的，低调源自何享健，近三十年的坚守，方洪波不负重托，凭借其超强的能力，用企业高速的成长，证明了自己，回报了世界。从美的出发，超越美的，这是方洪波用自己非凡的胆识，用号称“中国打工皇帝”的专业、专注，给世界创造的惊喜。

今天的美的集团，作为上市公司，市值已经超过5000亿元，通过发力数字化与智能化两条赛道，年过半百的美的实现了自我超越、迅速成长，目前已经成为世界上最大的家电制造业企业。方洪波以“我们，走远路”的长期主义，书写了美的在全球化时代的全新篇章。

而曾是中国最大的房地产企业的碧桂园做出了同样的选择。杨国强宣布由女儿杨惠妍继承财富的同时，从中建五局请来了莫斌担任集团总裁，由莫斌扛起了企业发展的重担。经过多年的超常规发展，莫斌作为中国房地产业最有能力的职业经理人之一，以多年的不懈努力，在杨国强的支持与信任中，将碧桂园这一个巨型企业推上了中国最大地产公司的宝座，成就了跻身世界500强的梦想。在中国房地产业步入“白银时代”之时，碧桂园又开始了新的长征，将业务拓展到了现代农业、机器人等领域，引领企业发展的新一轮动力变革、效率变革。

杨国强抓战略，莫斌强管理；杨国强谋长远，莫斌抓执行。老板与职业经理人“双剑合璧”，爆发出惊人的成长力，而这也诉说了另外一个极为特殊的中国家族企业传承与发展的传奇故事。

无论是完全交棒职业经理人，还是采取折中的方式，这都是“顺一代”的战略选择、基于企业自身发展的思考。这是顺德企业家的大格局、大情怀，在企业传承的具体实践中，展现出“顺一代”的智慧。面临危机时，顺德企业能够化危为机、行稳致远，最终能逆风而行、实现新的成长，关键就是其掌舵者能够始终把握航向，使其穿越时代的风风雨雨，奔向新的征途，迎接在新时代的星辰大海。

走向舞台中央的“顺二代”

习近平总书记指出，建成社会主义现代化强国，实现中华民族伟大复兴，是一场接力跑，我们要一棒接着一棒跑下去，每一代人都要为下一代跑出一个好成绩。

2019年2月19日，顺德区第十三届党代会第四次会议上极为特殊、也极为难得的一张照片，迅速通过朋友圈，在很多人的手机上“刷屏”。

平时在公众场合极少露面的碧桂园集团副总裁杨惠妍，与盈峰集团董事长何剑峰、格兰仕集团总裁梁昭贤第一次同时走上同一个领奖台，在媒体的闪光灯下，留下了非常珍贵的一张合照。

这一天，顺德区委、区政府向杨惠妍、何剑锋、梁昭贤三人授予“顺德区新时代创业先锋”称号，希望他们发挥带头作用，锐意进取，为推动企业发展和经济建设再立新功，担起更大的社会责任，传承和发扬顺德企业家的精神，共同开创顺德高质量发展的新局面。

杨惠妍是碧桂园创始人杨国强的二女儿，毕业于美国俄亥俄州立大学，2005年加入碧桂园担任采购部经理，目前作为碧桂园集团执行董事及联席主席，主要负责整体采购监督、企业资源管理。她是让碧桂园由工厂模式逐渐向个性化生产转变、从家族企业向现代企业转变的关键人物。

何剑锋是美的集团创始人何享健之子，美的集团股东之一。1994年，何剑锋在顺德创办现代实业公司（2002年更名为“盈峰集团”），开始了自己的创业之路。2008年，盈峰转型为投资型企业，何剑锋在资本市场表现突出，如今，盈峰集团拥有“盈峰环境”“百纳千成”两家上市公司，产业横跨多个领域。

梁昭贤是格兰仕创始人梁庆德的儿子，1991年起接手格兰仕。他促使格兰仕微波炉、烤箱等产品旺销全球近200个国家和地区，实现全球产销规模第一。2000年梁昭贤出任格兰仕集团执行总裁。2005年，格兰仕启动全球最大空调专业制造基地。2017年，梁昭贤力促将格兰仕整体投资重心回流到顺德，并通过向芯片产业进军，打造工业4.0示范工厂，以资本市场做强产业，引领中国家电业从并跑向领跑的超越。

2021年5月7日，惠而浦（中国）有限公司发布一系列公告，宣布广东格兰仕家用电器有限公司要约收购交割完成，聘用梁惠强为公司总裁，作为格兰仕的“顺三代”，梁惠强自此从幕后走到了聚光灯下。能否让此前沉沦多年的惠而浦走上高速发展之路，能否将这一源自美国的百年品牌，发展成家喻户晓的国民品牌，这是世界名校毕业的“95后”、“顺三代”梁惠强面临的最大挑战。他以超越同龄人的成熟，扛起一个上市公司的大旗。在竞争最为激烈的家电市场上，他能否乘风破浪，交出一份令人惊艳的答卷，顺德在关注，时代在考验。

在这里，我们同样要向万和集团的创始人卢础其致敬，他与兄弟、徒弟四人在20世纪90年代创办了万和集团。经过坚忍不拔的努力，今天的万和电气已经成为中国热水器行业的单打冠军，万和集团已经成为年产值超百亿元的大型企业。今天，他们的年轻一代已经走上管理岗位，卢宇聪从父亲卢础其手中接过接力棒，成为企业的新一代领军人物。

今天的万和，机器人在车间里运作，电子商务成为营销的主力，站在新的历史起点上，万和已是一个时代的企业。智能化升级装备、数据化改革服务、精细化拥抱电商、多元化产业扩张、国际化进程加速……不同于父辈的沉稳与内敛，年轻一代的操盘思路更与时俱进，在行动上也更大胆、更果断，面对新技术、新模式、新业态带来的机遇与挑战，他们以更积极的姿态拥抱变革、创新变革。

人生代代无穷已，江月年年只相似。杨惠妍、何剑峰、梁昭贤、卢宇聪、谢嘉辉……他们身上都有一个共同的标签：顺二代。

2015年发布的《顺德青年企业家成长调研报告》显示，在顺德青年企业家协会的300多位会员中，26—35岁的青年企业家已占16.6%，而且六成为“顺二代”，平均年龄仅为32岁，“顺二代”已在顺德经济舞台上逐渐崭露头角；73%的“顺二代”和89%的职业经理人拥有大学及以上学历，两者中都有四成有留学经历。

他们是“顺二代”当中的时代先锋，在不同的行业、各自的领域做出了不同凡响的贡献。他们是基业长青的扛鼎者，也是精神传承的火炬手，既有着低调务实的一面，又有着面向全球的视野、高出前辈的学历、超出常人的睿智。他们身上自带光环，有来自家族强有力的基础，但是又承担着家族重托、社会聚焦的压力，这是一种家族财富传承的责任，更是超越父母、回报社会的使命。

当时代的接力棒交到了“顺二代”的手中，“富不过三代”的世界魔咒，能否由他们来打破？他们用什么样的速度，跑出让人刮目相看的成绩？道阻且长，行则将至，这时代之问，需要由他们用一生还有下一代来回答。

现代管理学之父彼得·德鲁克在思考为什么美国经济可以持续繁荣这么多年时，得到一个结论：美国整个社会诞生了一种人，这种人叫企业家。

经济的迅速发展，可以使城市变得强大；城市精神的成功建设，则必将使城市变得伟大。历经沧海桑田，穿越时代变幻，企业家精神始终是顺德的精神内核，也是这个城市最值得守护、珍视与弘扬的“源代码”。

晨曦初露中出现的全新的“城市世纪”，呼唤着“城市精神”的建设。新的时代在行色匆匆中步履坚定地到来！而我们的城市的生命力、创造力和凝聚力也从来没有如此充沛旺盛，从来没有如此令人振奋。进入新时代，顺德企业家低调务实、实业报国的精神，依然是推动顺德高质量发展的最强动力。

于危机中育先机，于变局中开新局，顺德企业家精神在风雨中成长，在淬火中闪亮，这是城市的荣光，更是顺德精神焕发时代光彩的历史起点。

郑裕彤：从顺德走出的黄金一代
李兆基：从金铺掌柜到亚洲股神
何享健：非凡岁月的时代先锋
杨国强：苦难辉煌的商业巨子
陈启宗：时代大潮上的真儒商
梁庆德：三代人叩问基业长青的秘诀
卢础其：大器晚成创大业
邓颖忠：无常世界　无我人生
边程：陶机大王的世界观
方洪波：从一介书生到铁血掌门
佘建彬：只身闯荡世界丛林的勇士
郑志刚：光耀香江的『创三代』
龚武：闯非洲，风景这边独好
李一峰：中国家电『熊』出没
陈小平：这样的家你们想要吗
余方文：细分市场闯出新赛道
杨义贵：不息生命中的斗士

下篇

郑裕彤：从顺德走出的黄金一代

也许，我们应当永远铭记香港商业史上的这一天。

2016年9月29日，香港顶级富豪郑裕彤逝世，享年91岁。10月13日，是郑裕彤出殡的日子，这一天，不仅是许多港人的悲恸之日，更引人注目的是，香港豪门大佬几乎全体出动，拜祭这位生前人缘超好的超级富豪。

作为香港新世界发展、周大福珠宝的创始人，郑裕彤用他一生的时间，构建起了横跨珠宝、地产、博彩、酒店等多元产业的全球商业帝国。他常年位居全球华人十大富豪之列，郑氏家族也持续多年雄居香港四大家族之一。

当天参与扶灵的有全国政协副主席董建华、香港特别行政区行政长官梁振英、中央政府驻港联络办主任张晓明、长江实业地产有限公司主席李嘉诚、恒基兆业地产有限公司主席李兆基、万雅珠宝有限公司主席冼为坚、廖创兴企业有限公司董事总经理廖烈智。

在送别的人群当中，也有来自郑裕彤一辈子魂牵梦萦的故土——广东顺德的地方领导，代表老家300万父老乡亲，与德高望重的郑裕彤做最后的告别。

无论是在香港和内地的政商两界，还是在普通百姓的心目中，这位可敬可爱的“彤叔”，值得他们以这种方式，表达自己最深情的怀念。

显然，如此多的政治人物、超级富豪为郑裕彤送别，不仅仅是因为他本人的财富，更是因为他在香港和内地政商两界极强的人格魅力、超高的社会地位、深厚的影响力。

时光回到战火纷飞的年代，这位从顺德走出的贫寒子弟，用他极具睿智的思维、强悍骁勇的行动，成就了足以影响中华商业及全球经济的传奇伟业，成为顺商当中穿越两个时代的成功领袖。

大胆而不鲁莽，激进而不冒进，他触过礁，搁过浅，几经惊涛骇浪，往往又能转危为安，最终总能驶向理想的彼岸。

与绵里藏针、以柔克刚的大部分顺商不一样，以商界猛人著称、被港人誉为“鲨胆彤”的郑裕彤，以极为另类的形象，树立起了芸芸顺商当中的另一座丰碑。

斯人已逝，风范长存。郑裕彤生前骁勇顽强、逝后备极哀荣的传奇一生，值得我们用心去追寻。

从学徒到珠宝大王

1925年8月26日，郑裕彤出生于顺德县伦教镇的一户贫寒家庭。其父郑敬诒，是广州绸缎庄的一名伙计。

在该店伙计当中，有一个名叫周至元的大伙计，稍长郑敬诒几岁，两人情同手足，是患难之交。

郑与周两人的太太几乎同时怀上孩子，二人决定指腹为婚：如果一个生仔，一个生女，两家就结为亲家，不管谁落魄、谁发达，永远是亲家。

几年之后，周至元举家迁往澳门，在澳门开了一家金铺，而其如何从伙计摇身一变成为金铺老板，则是一个难解之谜。

相比之下，郑敬诒的发展不如人意，他辞工回到顺德老家。

七七事变后，中国东部大片国土沦陷于日军的铁蹄之下。1938年10月，日军在广东惠阳县登陆，并攻陷广州。数月之内，广州百万市民逃出城区，与广州近在咫尺的顺德同样深受影响。

风雨如晦，日月无光，看不到任何希望的郑裕彤，被父亲送到广东人心目中理想的避难之所——澳门，成了周至元金铺的一名学徒，这一年他不到15岁。

扫地、抹灰、倒垃圾、洗厕所……这是郑裕彤每天必做的早课，做完这一切之后，店里的其他员工才来开铺做生意。

当然，给大伙计打下手，也是郑裕彤的必修课，送账单，对票据，跑工场取货，勤快聪明的他，只想多学一点东西。

这期间，有两件事，让郑裕彤的老板、后来的岳父周至元，对这个年轻人暗暗称赞。

有一天，在去码头为老板接亲戚的过程中，郑裕彤将无意中碰到的一位南洋侨商拉至店内兑换黄金，此后拉客成为郑裕彤的主要工作。

这项工作是对胆量与交际能力的极大锻炼。过去，顺德人大多不善言辞，以讷讷寡言著称，这也是众多顺商一直不敢在公众场合高谈阔论的原因之一。而这一段经历，为日后郑裕彤善于察言观色，在香港乃至全球的商业舞台上长袖善舞的能力打下了坚实的基础。

另一件事，则让周至元更加高看这位年轻人。曾经有连续几天时间，郑裕彤不见人影，原来他日日外出“睇铺”，在竞争对手的铺头里，郑裕彤将对方的货品款式、营商之道、走货总量暗记于心……研究对手，成就自己，周至元金铺不断提升商铺的竞争能力，渐渐在澳门强手如林的金铺中脱颖而出。

在短短三年的学徒期里，郑裕彤就熟稔金铺的全部业务，并一举荣升为金铺总管。

18岁那年，郑裕彤与周至元的女儿周翠英喜结连理，成为终身伴侣。

1946年，周至元决定开疆拓土，派女婿郑裕彤到香港开设分行，店址选在当时最为繁华的皇后大道中。自此，周大福走上了通往世界珠宝产业一大品牌的腾飞之路。

知己知彼，百战不殆。郑裕彤成功在香港复制在澳门练就的特长。1994年，郑裕彤接受《资本》杂志采访时回忆道：“来到香港后，我每天只有5个钟留在铺内，别人都说我躲懒，其实我只是奇怪隔邻店子生意为什么这么好。”

经过近10年苦心经营，1956年，周大福的规模日益扩大，先后在九龙旅游区及铜锣湾商业区开设了分行。

而此时周至元年事已高，三个子女又无意接班，于是他将大部分股份授予郑裕彤，而郑裕彤则以多年积蓄结合日后分期付款的形式承接岳父的股份。

这一安排，成了郑裕彤事业的转折点，拥有了周大福的主导权之后，他得以自由施展商业天赋，三件标志性事件，助力郑裕彤一举变革整个行业生态，奠定了其香港珠宝大王的王位。

1960年，郑裕彤突破传统金铺的资本结构模式，以全新的现代经营理念，组建周大福珠宝有限公司，为忠诚干事的骨干员工，配以数量不等的股份，以“金手铐”的方式，锁定最优秀的人才。在公司内部，郑裕彤要求将传统金铺的“掌管”“账房”“伙计”改为“经理”“财务”与“练习生”。

更令周大福影响同行、轰动全港的是，在一片反对声中，郑裕彤剑走偏锋，推出了时至今天依然被称为“坚嘢”（形容货真价实）的“九九九九金”（纯度99.99%）。

拥有半个多世纪历史的香港金银交易市场，当时黄金交易的成色一律为99%，郑裕彤推出的“九九九九金”，可谓颠覆了整个行业的游戏规则，引发了业界的连锁反应，在一片斥责声中，周大福因金品“九”多款多，装饰豪华，服务一流，成功实现了后来居上的逆袭，在“金铺多过米铺”的竞争环境之下，牢牢掌握了行业的主导权。

而更加震动港岛，让周大福冲上行业头部的是，郑裕彤运用几乎不可能的方式，成功获得了全世界都在争抢的钻石牌照，成功奠定他不可撼动的香港珠宝大王的江湖地位。

20世纪60年代的香港，作为东方之珠，正在迅速崛起为世界级的自由贸易港，1961年，赴港游客高达22万人次，一个庞大的消费群体正在源源不断地涌向国际购物港。

眼光敏锐的郑裕彤意识到，黄金的增值作用极为有限。“钻石恒久远，一颗永流传”，作为爱情的信物、消费升级的产物，比黄金更为稀缺的钻石，必将成为未来消费的热点，这一极具投资价值的品种，成为郑裕彤下一个志在必得的猎物。

但是，要获得一张世界通行的钻石经营牌照，简直比登天还难。

钻石原石的主产地是南非，年产钻石500万—1000万克拉。南非有一间垄断钻石经营的戴比尔公司，控制了全球八成的钻石。戴比尔对世界各地的客户采取分配的形式，共发出500张特许经营牌照，客户只能凭借牌照购买一定量的钻石，没有牌照，有钱也没办法。

戴比尔牌照吓退了全球大批珠宝商。然而，突然有一天，周大福珠宝再次让同行刮目相看——周大福摆出了自己加工的钻石饰品，老板郑裕彤称，他手里拥有的戴比尔牌照不是一两张，而是十多张。

原来郑裕彤打听到，南非的约翰内斯堡有一间陷入财务危机的钻石加工厂，该厂拥有十多张戴比尔牌照，大喜过望的郑裕彤一举斥巨资将这一间工厂收归己有。通过此次收购，郑裕彤成了全港最大的钻石大王。

左珠宝，右地产

黄金与钻石，成为郑氏珠宝帝国的一体两翼，拉动其财富呈几何级数增长。伴随20世纪七八十年代的香港经济腾飞，周大福用连锁经营的方式，在香港建立了自己庞大的销售网络。

随着改革开放的推进，香港与内地经贸往来越来越多。1988年，郑裕彤回到自己的家乡顺德伦教，办起了金饰加工厂，该厂后来发展成为国内最大的钻石加工厂，承接来料加工业务，这是香港珠宝业首次进入内地设厂。因为这一家工厂，顺德也成为国内最大的原钻进口地，而这，与当年郑裕彤在南非的收购项目息息相关。

1998年，周大福进军内地零售市场，在北京开设了第一家专卖店。

当时内地珠宝业还很不规范，周大福店铺首次引进集品牌理念、人才培训、市场推广等于一体的“港式经营”模式，店员统一制服，店内明码标价，货品陈设也漂亮时尚，当时在北京轰动一时。

此后，随着内地经济的迅速发展，从北上广深到四五线城市，从城市到乡村，周大福的业务进入了高速增长期。

在内地，从1998年的第一家店到2010年的第1000家店，周大福用了12年；而从1000家到2021年的5000家，只用了11年，周大福开店的增速令人惊叹。

而这5000家店有约30%在内地乡镇，“这在过去是不可想象的”，周大福珠宝集团董事总经理黄绍基还记得20世纪90年代初他到内地做市场调研，不少乡村都贫穷破旧，而今农村面貌焕然一新，农民收入普遍提高，消费能力也水涨船高。从销售数据看，“乡镇的增长率比一二线城市还要快”。

经过90多年的发展，周大福珠宝集团已成为集原料采购、生产设计、零售服务于一体的综合性企业，周大福也成为受全球消费者认可的珠宝首饰品牌。

郑裕彤的雄心远不止于此，永不满足的他，瞄准了一个更为巨大的时代机遇。

在香港这个寸土寸金的弹丸之地，可谓是谁拥有地产，谁就拥有财富，地产成为当时最为强劲的造富机器，香港房地产业带来的财富效应，成为冲击财富之巅的一条捷径。从珠宝大王到地产巨子，最后能跻身香港“四大家族”，房地产业在郑裕彤的财富结构中可谓厥功至伟。

郑裕彤说过：“在我一生的事业当中，最感兴趣的有两方面，一是珠宝，二是地产。”

平心而论，相较于胡应湘、李嘉诚、李兆基、郭得胜等人，郑裕彤在香港的地产巨子当中，是入局较早，但又觉醒较晚的一位。

1952年，出于为自己营造“安乐窝”的想法，郑裕彤首试牛刀，建成了蓝塘别墅，后又在铜锣湾盖成了香港大厦。从此，郑裕彤将地产作为公司的第二赛道。

整个20世纪50年代，香港人口持续增长，经济长期繁荣，地产行业的发展掀起一波高潮，炒地炒楼之风日趋炽热，几乎到了疯狂的地步。

郑裕彤此时却隔岸观火，保持难得的冷静，选择做一个“淡友”，这种态度，其实并不是源于他对地产盛衰周期的把握，而是因为他日后所说的：“我那时哪懂得那么多，我倒是听过过去的老先生讲过盛极必衰、否极泰来的道理，就像天热得不行，接下来就是一场狂风暴雨，我年轻时见过的炒金就是这样，因此我劝我的朋友不要搏尽，凡事不宜过头。”

1965年1月，明德银号发生存户挤提事件，迅速引发全港挤提风潮，带来金融行业巨大危机，造成数百家企业倒闭。一度红火的地产迅速转冷，那些孤注一掷、赌博式的炒家全被套牢、全军覆没。这一场风波当中，不少亿万富翁财空身退，从此在香港商界销声匿迹。

“别人恐惧我贪婪”，出于对香港及全球经济的长期信心，郑裕彤该出手时就出手，开始展现出“鲨胆猛人”的凶悍一面，大量收购廉价市区地盘，数量达20个。1968年，成为郑裕彤储备土地最多的一年，他已踌躇满志，准备在这一赛道上大干一场。

1970年，香港地产强劲复苏，地价扶摇直上，郑裕彤因此赚得盆满钵满。也就是这一年，他与何善衡、何添、郭得胜等人成立新世界发展有限公司，郑裕彤亲任总经理。天时地利人和，新世界开始了腾飞之路。

郑裕彤在新世界策划建造的两大标杆之作，为自己在香港地产发展史上树立了两块丰碑，一举名震地产行业，奠定其“华资地产五虎将”的江湖地位。

1970年，郑裕彤做了一笔令人咋舌的交易，新世界斥资1.31亿元，协议购入太古洋行蓝烟囱地块，整幅地皮约20万平方英尺（约18 580平方米），地价创下九龙地皮交易最高纪录。

雄心勃勃的郑裕彤请来了法国的建筑师、美国的结构师，他的目标是打造一座面向维多利亚港的世界级建筑。

“很多时候我都爱到那个地盘视察，独自逗留好久才离去，因为将来竣工后，这个发展中心就会拥有两间酒店、几万尺购物中心、几千个商业单位。”谈起这个项目，郑裕彤总是陷入心驰神往的想象中，整个脸庞总是被一种热烈的光彩所照耀。

1978年，新世界中心第一期落成，同座的新世界酒店开始投用。两年之后，另一座酒店——丽晶酒店投入营业，该酒店曾被评为全球15家最负盛名酒店之一，跻身世界十大盈利酒店之列。

新世界中心的落成，为郑裕彤带来了巨大的声誉，也为他带来了丰盈而稳定的租金收入，还打造出一个擅长营造大型豪华建筑的豪华团队。

如果说，新世界中心是一座丰碑，那么香港国际会议展览中心的落成，再度书写了郑裕彤在地产行业的辉煌。

进入20世纪80年代，香港政府计划兴建一座永久性的会展场所，以适应强劲发展的对外贸易的需要。

然而恰恰在此时，有关中国要收回香港主权的传言极度流行，1983年9月，中英谈判进展并不顺利，香港未来何去何从？一时之间，香港信心危机大爆发，股市陷入低潮，抛售港币风潮愈演愈烈，市民如潮水一般抢购食品。

此时此刻，没有发展商愿意与香港贸易发展局（简称香港贸发局）共同开发国际会展中心。

精于把握时局、善于瞬即出手的郑裕彤，在香港鸡飞狗跳之际，再次展现其“鲨胆”之风，他主动提出：愿与贸发局共商发展大计。

1986年10月，英国女皇伊丽莎白二世在香港高层官员的陪同下，浩浩荡荡直赴香港国际会展中心的工地，为奠基盛典铲下了第一锹土。

3年9个月之后，也即1989年11月25日，英国王储查尔斯偕王妃戴安娜在成千上万香港市民的注目下，为新落成的香港国际会展中心揭幕。

该建筑耗资27亿港币，展览中心正面采用巨型玻璃幕墙，8层楼高，创下了当时香港之最，被评为20世纪80年代香港最具代表性五大杰出建筑之一。

香港国际会展中心作为香港地产行业的时代巅峰之作，使郑裕彤又一次迎来人生高光时刻，也带来了五年回本的丰厚回报。更重要的是，这一建筑因其特殊的功能作用，成为重要历史时刻、重大事件的重要见证。

1997年6月30日午夜至7月1日凌晨，香港会议展览中心新翼灯火辉煌，举世瞩目的中英两国政府香港政权交接仪式在这里隆重举行，这一天，香港国际会议展览中心成了举世瞩目的焦点，这一传奇的建筑，永远载入了中国历史重大进程的史册。

巩固了珠宝与地产两大产业的江湖地位之后，郑裕彤又将目光投向了博彩业。

澳门博彩业的兴起，让他看到这个纸醉金迷的行业，可谓是“钱”途无量。有道是“以赌谋善善非善，设局迷人人非人”，遍布港岛的麻雀馆（即麻将馆）及官办的香港赛马会，更是让港民乐此不疲、如痴如狂，每年的投注额呈几何级数增长。

香港另一富豪何鸿燊，以其横扫澳门的胆识与谋略，在博彩业做得风生水起，生意极为火爆，成为称雄称霸的一代“赌王”。

放眼世界版图，经过精心研究，1978年，郑裕彤、何鸿燊一举投资5000万美元，在伊朗建成了西亚最大的现代化跑马场，经营期限30年。一时之间，阿拉伯国家的豪客纷至沓来，个个一掷千金，马场天天“爆棚”。但是仅仅几个月后，伊朗就发生了“伊斯兰革命”，马场经营受到重大冲击……

尽管出师不利，首次投资博彩业即以失败告终，但是在1982年，在何鸿燊的暗中帮助下，郑裕彤一举取得了澳门娱乐公司13%的股权，澳门博彩业从此进入何鸿燊、霍英东、郑裕彤三巨头时代，三个人同心同气、心念一致，人称“澳门赌商铁三角”。

自此之后，郑裕彤将博彩业的触须伸向了大半个地球，他数次赴澳大利亚竞投赌牌，又在越南兴建酒店式赌场，还挥师北美，大举兴建浩大的跑马场。虽然博彩业稳赚不赔，可赌场牌照不易到手，郑裕彤屡投屡败，但他从不气馁。1992年，新世界集团联合其他合作伙伴，投得了加拿大英属哥伦比亚的赛马经营权。

紧跟中国发展的步伐

从1985年开始，郑裕彤以惊人的胆识，大举向海外扩张，从亚洲到北美，从北美到澳洲，处处留下他的足迹，树起一座座令人瞩目的城市地标，构建起了布局全球的商业版图，一个横跨世界的产业构想一步步成了现实。

然而，对郑裕彤的海外扩张，香港人众说纷纭，有人羡慕郑氏的强烈进取之心，也有人说他与其说是投资，不如说是“走资”，这是为离开香港做准备。

面对这一切，郑裕彤总是一笑了之，他深知，正在走向改革开放的中国内地，才是他最大的依靠、最大的市场、最好的舞台。

郑裕彤在接受《资本》杂志专访时说过：“在香港做生意，如果你不信中国政府，倒不如不做生意，你若是不信中国政府，你信谁？”

新中国成立后，郑裕彤与同乡李兆基在何贤（澳门特区首任行政长官何厚铧之父）的引领下，怀着忐忑之心踏上了回乡的路途，回到家乡，他受到了当时顺德县长黎子流的热情接待。性格开朗、热情务实的黎子流，给他留下了极为深刻的印象。

在霍英东投资建设中国第一家中外合作的五星级宾馆之后，郑裕彤联手“内地投资大王”胡应湘建设的中国大酒店在1985年正式营业，拉开了新世界集团大举进军内地的时代大幕。

然而到了20世纪80年代末，香港各路商家掀起了一波“迁册走资”高潮。

与这些谈虎色变、草木皆兵的“迁册派”相比，郑裕彤可谓风雨不动安如山，这个外界眼中的“鲨胆老衬”（胆大的傻子），此时表现出强大的定力，雷厉风行的他，只要是看好的目标，就会全力争取，绝不拖泥带水，这种作风与格局，也得到了中国内地的热烈回应。

1990年6月29日，香港新世界集团一口气在广州签下了广州北环高速公路、广州珠江发电厂、广州房地产三个大项目，投资总额4亿美元，这一投资，在当时整个世界杯葛中国大陆的背景下，可谓是雪中送炭。

但郑裕彤的投资绝不止于广东，他在上海、北京、武汉等城市大举攻城略地。1993年6月中旬，郑裕彤在武汉大笔一挥，一口气签下了包括机场、桥梁、工业技改、房地产在内的8个项目的投资合同。

更为大胆的是，2014年，经过长达5年的建设，投资100亿之巨的广州第一、世界第七高楼周大福广州金融中心正式落成，这座被称为“广州东塔”的摩天大楼，雄踞广州珠江之滨，成为城市发展的象征。

成功的高度取决于目标的高度，而目标的制定取决于企业家的胆识。从此之后，周大福在天津建成了当时长江以北最高楼、高达530米的周大福天津金融中心，在武汉建成了周大福武汉金融中心，一时之间，三座世界级的摩天大楼，成就了郑裕彤所能企及的城市高度、城市地标，全情彰显了顺商领袖极为大胆的投资作风，展现了超人胆识与惊人能量。

稻盛和夫说过：没有人一生下来就具备高尚的人格和卓越的见识，在人生的历程中，依靠自己坚强的意志和不懈努力，才能塑造高尚的人格。

纵观郑裕彤的传奇人生，可谓正是他的大格局，促使他成就大企业，做成大事业。

国内优秀的投资人张磊认为：凡盛衰，在格局。格局大，则虽远亦至；格局小，则虽近亦阻。

显然，郑裕彤纵横商场几十年，虽然有过挫折、有过坎坷，但总体上一路顺风顺水，从一个小学徒成为商界领袖，以极为优秀的品质，成就了事业的高度。而这正说明了，只有以长期主义的坚持，以乐观主义的心态，才能抵达更远的远方。

李兆基：从金铺掌柜到亚洲股神

顺德大良街道，有两所名校的校名，与一个世界级的企业家和他背后的名门望族紧密地联系在一起，这就是李介甫小学与李兆基中学，琅琅书声中，悠悠岁月里，这里走出来的数以万计的莘莘学子，承托着顺德李氏家族回报家乡、泽被后世的厚望。

李兆基作为一度与李嘉诚比肩而立的香江巨富，书写了一代大商极富传奇的人物故事，更重要的是，他的修为与德行，更是走出顺德、流布中国，以厚重的家国情怀赢得了世界的尊重。在香港，“四叔”不只代表他在家中的排行，更是代表了香港几百万人对李兆基的人格魅力发自内心的钦敬；而“地产大王”“投资名灯”“亚洲股神”“亚洲首富”等一系列的称谓，更是浓缩了这位纵横能源、金融、地产、酒店等多元领域的传奇人物在事业上所获得的伟大成就。

作为一名世界级的企业家，在香港，这位世纪老人，似乎是一个“神”一样的存在，而在他的家乡顺德，虽然时代更迭、岁月流转，但李兆基同样留下了深深的印记。

李兆基的传奇，不仅仅属于20世纪，成功跨越激情燃烧的岁月。今天的李氏家庭，在中国企业家的财富版图与精神传承上，依然在不断刷新着财富纪录，这个家族在香江，以刻苦耐劳、勤奋拼搏、开拓进取、灵活应变、自强不息的狮子山精神，成为一种文化象征，就像奔腾不息的大江大河，日夜传唱着永不停息的顺商之歌。

天赋异禀的顺德仔

虽然在顺德大良生活的时间并不长，但旧时在家乡的经历，给李兆基留下了不可磨灭的记忆。

顺德大良的碧鉴路，旧称碧鉴街，清咸丰年间，这段位于大良河碧鉴河段边上的地方，已设有碧鉴大墟市。民国初年，全国掀起轰轰烈烈的“拆城墙、修马路”的大风潮，顺德亦受此影响。1921年，民国时期的县长周之贞拆城墙，修筑马路，改建县政府。

1930年，大良碧鉴路竣工验收，从顺德档案馆收藏的当年竣工的老照片来看，碧鉴路（当时叫碧鉴街）的两侧都是欧式风格的骑楼式建筑。在民国时期，碧鉴路一带金铺、钱庄、商行林立，其中，李兆基父亲经营的宝华金铺、梁銶琚的父亲梁式芝所经营的银号钱庄，都开在这条街道。

李兆基出生时，父亲李介甫已拥有天宝荣金铺和永生银号两间门店，经营着黄金、汇兑、外币买卖生意。刚一懂事，李兆基就被送进私塾接受教育，熟读四书五经，并对念古书产生浓厚兴趣。李兆基10岁时，父亲还礼聘国立中山大学文学系教授梁惠民先生做了李兆基的新老师。梁惠民先生发现李兆基勤于思考，于是常结合课程提出一些问题，启迪他的思维。

有一次，在教授完“知止而后有定，定而后能静，静而后能安，安而后能虑，虑而后能得”后，梁先生要求李兆基结合现实生活去理解这番道理。很快，少年李兆基就结合他大量接触的金铺生意给出一个老道的答案：“比方说，一个人只有一块钱做生意，那就只能买进一块钱的货。赚了固然开心，万一蚀了也就算了。要知道适可而‘止’，才不至彷徨无主，从而身心镇‘定’，才不受邪恶念头侵袭，便可明心见性，思想宁‘静’，自然气定神闲，理得心‘安’，这时从容处事，更能周详考‘虑’，且可策划将来事业发展，自然成就可‘得’。”梁惠民先生听了以后感慨不已。

李兆基从6岁开始，就被父亲安排进家里的商铺学习做生意。母亲本来有点担心儿子年纪太小，不能应付那些年长的伙计，但李兆基没过多久就成了父亲的得力助手，而且聪明机智，拥有极好的心算能力。

在金铺行业，有一句“打金偷金、打银偷银”的俗语。李兆基进入店铺后，发现自己家的金铺也存在这个问题。他想把这个消息告诉父亲，让父亲采取措施，但铸金匠又是奇缺的人才，得罪不起，他担心铸金匠因此离开会影响金铺的生意。进退两难中，他决定自己学习铸金技术，不再受制于人。

到12岁时，李兆基已熟练掌握了看金、化金、熔金的核心技术及知识，并很快出任天宝荣金铺的头柜，成为顺德无人不知的神童和黄金奇才，其鉴别黄金的眼光和炼制黄金的技术都令人称赞不已。他也从中明白一个道理：靠人不如靠己，当老板，要有过硬的本领才行。

抗战期间，国民政府中央银行的大洋纸买卖依然活跃，因为人们都认为它到停战之日仍能使用。也是这个原因，大家都只喜欢保留完整、平直和光洁的纸币，因为这样到停战之日才不至坏损。这样一来，残币、脏币在交易时的价值就下跌三到四成。因为家中同时兼营纸币买卖，所以，这个问题也引起李兆基的注意。

之后，他从洗衣中得到灵感，发明出一个旧币换新颜的办法：将旧纸币泡在水里，用漂白粉洗去污渍，再涂上一层蛋白，使它变得硬朗，然后风干熨平。他以六至七折将残币、脏币收来，悄悄清洁整理一番后，却以十足价钱兑换了出去，不但赚到不低的利润，还额外得出做生意的道理：无论何时何地想要货物畅销，都得好好包装。

李介甫在广州湾也有生意，需要频频来往照应。看到儿子已能独掌大局之后，他干脆将顺德的两间店铺全都交给李兆基经营。15岁担当重任的李兆基也不负厚望，将生意经营得红红火火。解放战争时期，货币极度贬值，虽然李兆基经营有方，将铺面管理得井井有条，但眼见市道江河日下，父亲还是希望他另谋他路，找寻更能施展才华的天地。

1948年，已经做了4年掌柜、得到充分磨炼的李兆基，带着1000元只身去了香港，20岁的李兆基，正值血气方刚的年纪，在李兆基的面前，香港打开了一片充满无限想象的天空。

纵横捭阖地产业

当时的香港中环文咸东街，足足有二三十间金铺银店，专营黄金买卖、外币找换、汇兑等生意，业务性质跟李介甫在顺德的永生银号没有分别。

初抵香港，李兆基利用他熟悉货币兑换业务的优势，在几间银铺挂单，从事买卖外汇和黄金的生意。其时正值解放战争之际，不少内地财主跑到香港，外汇兑换业务及黄金买卖生意十分兴隆。李兆基与何贤等人合作，在这场黄金大战中大赚了一笔，为其后来事业的发展奠下基石。

新中国成立以后，英国很快承认了新中国的地位，并建立外交关系。李兆基意识到香港将成为中国通向世界的桥梁，于是转行做五金生意和进出口贸易，生意十分顺手。

当时，香港人口激增，工商业开始发展，政府和市场上的房屋兴建计划，已不能满足日益增长的需求。早就认为实物比货币更为保值的李兆基，决定向实业（地产）进军。后来李兆基回忆当年生活时曾说："我七八岁时已常到父亲的铺头吃饭，自小对生意耳濡目染，后来在银庄的工作，令我深深体会到无论法币、伪币、金圆券等，都会随着政治的变迁，在一夜之间变成废纸，我领悟到持有实物才是保值的最佳办法。"

1958年，李兆基和冯景禧、郭得胜等八人合股组成永业公司，开始涉足地产生意。公司开办后，他们一改过去地产业经营方式，面向广大中下层市民，推出"分层出售、十年分期付款"的方式，生意十分火爆，所建楼宇均销售一空。

1963年，李兆基与郭得胜、冯景禧三人又将永业重组，成立了"新鸿基企业有限公司"。由年长而且拥有40%股份的郭得胜出任集团主席，年纪最小，拥有30%股份的李兆基则出任副主席兼总经理。

作为总经理，李兆基主要负责三件事：一是建楼的图纸设计，二是买入土地，三是楼宇销售。对这三件事情，他事必躬亲，并借此练出一身的本领。李兆基过目即能判断出图纸设计是否存有不当之处，令手下著名大学出身的规划设计师都自叹不如。其买地功夫也很了得。一次，得知皇后大道中励晶大厦旧地业主郑宗枢有意将地皮出让，并已口头答应卖给别人时，李兆基赶紧追问："谁跟郑宗枢相熟？"左右人等都无法作答。有人说郑宗枢第二天就要在律师楼签订买卖合约了，李兆基听了，点点头说："那就是说我还有今晚这一夜的时间。"果然，他经过多方打探后找到了办法，在凌晨打电话找到了一位与郑宗枢相熟的朋友。没几天，他便得到了那块地皮。在此后的岁月中，他始终保持这种认定目标、锲而不舍的精神。

李兆基获取土地的办法也与众不同。

据《华商韬略》报道，在香港，恒基兆业很少参加政府的土地拍卖，但总有办法买到地盘，而且质优价廉。这主要在于李兆基有两大法宝。

第一是购入"乙种换地权益书"。当年，香港政府征收新界的农用地供发展之用，是先用换地权益书向农民们分批收地，等政府有可建房屋土地集中拨付时才与其交换。这让很多希望立即套现的农民在政府换地令之前，拿着换地权益书无计可施。李兆基就以现金购入他们持有的换地权益书，既受欢迎，又价钱便宜。等政府一宣布开发计划，他买得的大量权益书就会变成可发展的地皮。

第二种购地办法，则是庞大的系统工程——旧楼改建，即买下黄金地带的旧楼，在旧地盖新楼。这种办法一举多得，发展商得利、市容焕新、旧业主套现、政府增加税收，但却十分辛苦，因为单独收购一个小物业（如一个住户）并不能支持一个地产项目的发展计划，所以恒基兆业还练出一个绝活——并楼。通过向某个目标地盘上的多个业主收购物业，凑零为整，得来土地。为了收到旧楼，他多方撒网，除面向本地业主外，还到在港留有物业的侨民移居地找楼买。并楼极其艰辛复杂，一个业主不卖就会满盘皆输，但恒基兆业却对此情有独钟，几十年来，并楼无数。李兆基与此有关的另外一句名言——"寸土必争"，也传播四方。

在销售上，李兆基也大胆创新。当时香港的物业大都是整栋出售，大量中等收入群体对此望洋兴叹，于是，他创造出一个分层销售和分期购买

（按揭）的办法建楼卖楼，结果大受欢迎。很短时间内，新鸿基企业就在地产界崭露头角，获利颇丰。李兆基、郭得胜、冯景禧也被业界冠以“三剑侠”的美名。李兆基所始创的分期购买方式，更在此后被广泛采用，帮助香港市民安居置业。

1972年新鸿基地产股票正式上市，合作了十余年的“三剑客”也于此时分手了。李兆基分得约值五千万港元的地盘和物业，他又用这些物业于1972年底和胡宝星合作，组建了永泰建业有限公司。胡宝星任董事局主席，李兆基为副主席。1973年初，恰值香港股市牛气冲天之时，李兆基趁机将永泰公司上市，每股1元的股票一下子涨至1元7角，李兆基大捞了一把。之后，香港股市因世界经济衰退而大崩盘，地产业也随之陷入低谷。李兆基此时手里握着巨额现金，他看准机会，大举压价购进土地和旧楼。

1975年，香港股市开始复苏。李兆基成立了自己的公司——恒基兆业有限公司。公司成立之后，李兆基有意将恒基兆业上市。他选择了一个最便利的方法——买壳上市，即收购一家小型上市公司，然后将之改造后上市。李兆基的目光瞄向他与人合股的永泰建业公司。他以物业换取了永泰1900万股的新股，成为最大股东，取代胡宝星出任永泰董事局主席。李兆基接手永泰后，他又将面向广大市民的经营方法注入永泰，使永泰发展良好，股价也随之上涨，由原先每股不足一元涨至1976年初的每股三到四元。

在李兆基经营下，永泰生意蒸蒸日上，盈利迅速增长。至1979年，由于盈利增加一倍多，李兆基决定派送新股，这样永泰股数逾亿股，市值已达9亿多元，拥有20余个楼盘。按香港法律规定，一家上市公司的股票，私人不能拥有超过75%。李兆基在永泰已拥有70%的股权。他的目的，还是使作为永泰母公司的恒基兆业早日直接上市。

恒基兆业成立之初，仅有股本1.5亿元，楼盘20个。但几年之后，它的地盘激增至逾百个。在寸土寸金的香港，要源源不断地取得足够的土地来建房绝非易事。李兆基以其独到的眼光和方式来为自己增加土地储备。他采取的方法是收购旧楼，然后拆建出售。这些旧楼由于绝大部分在市区，故发展潜力十分惊人。

李兆基长年在欧美的中文报刊上刊登广告，收购香港的旧楼。这一招方便了华侨，也使李兆基在没有竞争对手的情况下取得最优化的效益。在收购了一层旧楼后，他会陆续买下全楼，然后再逐渐买下周围楼宇。在收购后期时，即使价格较高，他也会买下。因为即使如此也比官地竞投合算。李兆基以工业化方式经营地产业。他将土地视为原料，将楼宇视为制成品，源源不断地收买土地和不断生产出成品，这使恒基兆业博得港人口中的“楼宇制造工厂”的名声。

1981年6月，在香港股市的又一波狂潮中，李兆基成功地推动恒基兆业上市，一举集资十亿港币，充实了自己的实力。成功度过20世纪80年代初中期的低潮期，李兆基和他的恒基兆业又上一层楼。

1983和1984年，香港陷入经济萧条，许多公司冷冷清清，李兆基正好在前期的市场畅旺中，将恒基兆业分拆出的恒基兆业地产有限公司于1981年7月23日上市，不但有大量的楼盘在建，而且与20多家银行有借贷关系。正是银行、建筑商们给予的信任，以及薄利多销策略带动的大量购买，使他平稳度过了从商以来最大的考验。1988年，恒基兆业地产公司全面收购了永泰建业，将之改名为恒基兆业发展有限公司，简称恒基发展。与此同时，恒基发展又宣布发行12亿新股。

至此，李兆基精心设计的收购战终于获得了完满的结局。李兆基的借壳上市、以小博大的收购战术，至今仍是股市收购战中的成功范例，成为香港的经济学课堂经常引用的著名例证。

李兆基也一举跃入香港十大富豪榜。香港地产界权威人士在评判李嘉诚、郭得胜、郑裕彤、李兆基四人的产业时，曾有这样的评语：长江实业雄才大略；新鸿基地产稳健有为；新世界发展勇气逼人；恒基兆业则眼光远大，先声夺人。

大举进军内地

俗语说，识时务者为俊杰。成功的企业家，往往练就了宽广的视野、超凡的远见，并总是在别人犹豫不决、举棋不定时，以出其不意的决断力与执行力，抢占一般人看不见的机遇。

1978年，中国改革开放的号角已经吹响，李兆基、郑裕彤等一批身处港澳的顺商以敏感之心，感受到了一个改变中国的时代正在到来，于是，先知先觉的他们，勇敢地踏上了“杀”回内地的脚步。

春江水暖鸭先知，试水从邻近香港的广州开始了。李兆基与胡应湘、冯景禧、郑裕彤等联袂投资广州中国大酒店。其后，他更是大举投资内地，投资额达上百亿元。1996年元月，北京恒基中心封顶，该项目总投资达33亿元，建筑面积达28万余平方米，坐落于长安街上，成为京华又一美景。到1996年时，恒基（中国）已在内地拥有22项项目，资产估值137亿港元。

1990年以后，恒基兆业又结合香港及内地的经济形势，在两地参与大量商业楼宇项目和众多大型地标性项目的兴建，如当时世界耗资金额最大的私营发展项目——香港国际金融中心。同时，恒基兆业还迎合普通市民日益强劲的购买能力和消费需求，将住宅的品质全面提高，不断在大型高密度地盘上增加会所和康乐设施，以进军高档物业市场。李兆基继续在新的时代，紧紧把握住市场的趋势，领先发展。

1993年2月，李兆基与郑裕彤、何鸿燊以14.9亿港元收购加拿大Westcoast Peboleam公司。1994年8月，李兆基出售加拿大物业百福轩（总楼面积1.63万平方米），市值1.6亿美元。

恒基地产于1992年大量投资中国内地房地产，截至1993年6月，在内地供集团发展的地盘共有20个，总楼面积逾185.8万平方米，分布于北京、上海、广州和深圳等地，其购入成本低于集团总资产的10%。1993年下半年，恒基地产再分别购入广州和北京东城的两幅地皮。

李兆基原计划将这些内地投资分拆上市，但未能成事，部分原因是恒基中国缺少3年业绩，未符合上市规则，故此，恒基地产转而发行可换股债券（债券可兑换成日后上市的恒基中国股份），集资4.6亿美元。恒基与新鸿基地产、新世界发展联合投资65亿元人民币，投资武汉江滩填平工程，改造涡轮机厂、重型机厂，重建武汉中山路、武汉饭店；与九龙仓签意向书计划投资上海静安区商品房；又与新鸿基地产、新世界发展等组基金至少1亿美元投资武汉国企。

从20世纪90年代开始，恒基兆业进入黄金时代。1997年，李兆基更实现了一个历史性的大突破，让恒基兆业成为首个在日本上市的香港公司。致力地产业务的同时，李兆基还致力多元化经营。从20世纪70年代中期开始，他先后收购了中华煤气、香港小轮以及美丽华酒店集团的控股权。到1996年，中华煤气的用户发展至近120万户，股东溢利也从1亿500万元增长到19亿4600万元。此外，香港小轮和美丽华酒店等企业也取得了新发展。

在这期间，李兆基还把事业向海外拓展，在新加坡、加拿大等地参与投资，并获得丰厚回报。

经过多年发展的李兆基，已成为香港地产业界中举足轻重的显要人物。他是香港恒基兆业地产及香港中华煤气公司主席，共计持有恒基兆业59.87%、东亚银行2.5%、新鸿基公司12%、星洲新达城市发展10%的股份。此外，李兆基通过恒基兆业地产持有恒基发展71.8%、中华煤气29.7%、油麻地小轮32.6%和广州洛溪新城25%的股份。1996年，恒基兆业地产总市值达123.30亿美元，资产总值为679.45亿港元，营业额111.71亿港元，在香港上市公司中位居前列。

成就“亚洲股神”

2000年以后，李兆基逐步将企业经营交给下一代及专业人士打理，但依然为自己的企业王国运筹帷幄。2004年12月15日，李兆基宣布成立兆基财经企业公司，专门管理家族分散在全球高达65亿美元的投资。

兆基财经企业公司成立以来，李兆基在投资领域的表现格外引人注目，可谓业绩彪炳。他先后斥巨资大量购买在香港上市的内地央企股票，中国网通、中国人寿、中国财险、中国电力、中石油、中海集运、平安保险、交通银行、中远控股、神华能源、建设银行等众多企业都得到他的垂青和巨资投入。

2003年12月，中国人寿在香港和纽约上市，李嘉诚、李兆基和郑裕彤分别内部认购2亿美元、2亿美元和1亿美元。一年之后，禁售期结束，三人皆获利50%，李嘉诚和郑裕彤选择离场。

此时已经76岁的李兆基做出了令人吃惊的举动，不但没有退出，反而拿出500亿现金，成立私人投资基金——兆基财经，宣告进入股票市场，专业炒股。

2006年12月，兆基财经在成立2周年之际公布了自己的业绩——盈利翻倍。而这些盈利全部来自持有的6只中资股：中国人寿、交通银行、中国银行、工商银行、玖龙纸业以及中海石油化学。

以2006年12月2日的收市价为准，中国人寿招股价3.59元，收市价18.02元，大涨401.9%；玖龙纸业招股价3.40元，收市价11.28元，大涨231.7%；交通银行招股价2.50元，收市价7.340元，大涨193.6%；中海石油化学招股价1.90元，收市价3.110元，涨了63.7%；工商银行招股价3.07元，收市价4.030元，涨了31.3%；中国银行招股价2.95元，收市价3.830元，涨了29.8%。

这6只股票中，除了2006年3月买入的玖龙纸业外，其他5只全部为央企大户。

尝到甜头的李兆基，只要有大型中资股、国企股在港上市，便积极行动，指挥自己的兆基财经，买买买！

很快，李兆基的战利品迅速增加，平安保险、中海集运、蒙牛乳业、中电国际、中国网通、中兴通讯、建设银行、招商银行、碧桂园……处处都留下了李兆基的足迹。

有人说，这是因为李兆基抓住了大陆发展的好时机，没有多少真正的技术含量。

2007年，李兆基真正展示了他的实力——预测香港股市。

2007年6月，李兆基呼吁投资者在恒生指数达22 000点便要“小心点”，减持手上的股票。股民表示不解，因为这个时候的香港股市非常火热，飙升势头极为迅猛。

果然，到了2007年8月，美国次贷危机爆发，香港股市应声坠落，一举跌破20 000点。

这个时候，李兆基又发声了：机会来了，赶紧入市，年底能破25 000点。结果仅仅一个月之后，港股便收复失地。

2007年10月，李兆基建议投资者抛售美国和日本股票，加注中资股票，并预测2008年恒指能突破30 000点。

当年11月初，这一预测提前完成目标。

11月18日，李兆基到山顶票区投票，对着媒体记者又再发话：内地可能于未来数日再推出宏观经济调控措施，数天内港股将会有波动，跌幅较大，投资者要“好小心，好小心”。

果然，恒生指数11月19日下跌1136点。

那些年，很多香港股民跟着李兆基的“指引”，在投资上赚了不少，所以大家将他奉为“股市带头大哥”，并称其为“亚洲股神”“香港巴菲特”。

对此，李兆基表示自己比美国的股神巴菲特更好：“人家传授投资经验，要收钱的，我都是免费公开说，大家都受用。”

当然，这一江湖地位的形成，并不是因为李兆基的运气好，就跟搞企业一样，对股票投资，李兆基是认真的。

根据香港媒体对他本人和秘书的采访，李兆基在决定介入资本市场时，平均每周至少拜访专业财经人士和金融投资家一次，每次都拿着小本子一丝不苟地记录下来，对不明白或不确定的地方，下次与其他财经人士交流的时候，他会再次请教核实。

慢慢地，李兆基形成了自己独特的投资理念，这便是大家熟悉的他所透露的“五条秘诀”：

第一条是选国家，各国当中当然以中国好，看淡美国。

第二条是选行业，首选保险、能源、地产、银行四大行业。

第三条是选公司，要选行业的龙头股，龙头股升得差不多便选找龙尾股。

第四条是转本位，根据各币种政府的政策和经济情况，选择本位币的转换。

第五条是沽空一只持有一只，你看好一个国家、一个行业，同时看淡一个国家、一个行业，便可以从中取利。

“股神巴菲特有样好，就是买股都作长线投资。我买新股，都是长线投资。”李兆基如是说。

投资界的大神、专家甚多，为什么李兆基能得到股民的尊重和认可?

有一个投资客说：“四叔说的对不对不重要，关键是他的精神作用，他挽回了公众的投资热忱、对市场的信心，这个事港交所、证监会、恒指红筹、指标股都没能做到。只有他，亚洲股神做到了。”

一个78岁的老人成功“转行”，把兆基财经企业公司的500亿资产变成1200亿元，荣膺“亚洲股神”。曾几何时，这位“亚洲股神”最讨厌炒股票，他曾以恒基集团主席身份批评1997年内地公司在香港上市的红筹股炒得过热。他所言非虚，当时受追捧的红筹股，绝大部分没有盈利支持，乱炒一通，最后接火棒的还是一众散户。十年后的今天，李兆基却看准机会，转而善用香港国际金融中心这个平台，让云集于此数以万计的全球金融专才，将他拥有的巨额财富，变成更巨额的财富。

回首中国企业发展的百年历史，可以发现，在企业经营与财富增值的跌宕起伏中，不少企业家借助天时地利而一夜暴富，更多的企业家则因为时代巨变在顷刻之间樯倾楫摧，眼见他起高楼，眼见他宴宾客，眼见他楼塌了……残酷的商场中，多少悲欢离合，多少成败得失，时代的大潮送来了巨大的机会，也卷走了海量的财富。企业家的攻守道，是一门永远需要参悟的功课。

虽然李兆基于91岁高龄时退隐江湖，将庞大的商业帝国交给了两个儿子，但他依然在中国富豪榜头部。1996年，李兆基以127亿美元的个人资产被《福布斯》评为亚洲首富，在世界富豪榜上排名第4位。1997年，他蝉联世界富豪排行榜第4位，这至今仍是华人在世界富豪排行榜中最高的名次。

岁月流转，27年之后，根据2023年3月23日胡润研究院发布的“2023胡润全球富豪榜”，李兆基以1550亿元人民币的财富位列榜单第59位，并且是世界房地产首富。

保持财富的永续增长，对每一个企业家都是难以达到的目标，但是作为中国富豪榜上的常青树，李兆基却创造了很多企业家梦想当中的神话。

对比曾缔造了中国最大地产公司——碧桂园的杨国强，虽然两位老乡神交已久，但是恒基兆业历经几十年的风雨，依然站在行业之巅，而20世纪90年代创业的碧桂园，在登顶之后便骤然下滑，两位顺商、两条道路、两种命运，无言的结局，留给中国企业家的是两个经典的案例，带来的是关于企业生存与发展的永恒话题。

何享健：非凡岁月的时代先锋

他是顺商领袖、中国改革开放的时代先锋，历经54年的时代沧桑，将美的推上了世界500强的舞台，他常年居于中国家族富豪榜单的前10位。

他是中国企业责任的典型，把慈善大爱当成了自己最大的使命与愿景。

他是中国企业家乡绅精神的标杆，以回报家乡、治理乡村的行动，推动社会进步、乡村振兴。

然而，当全国各地的企业家纷纷向这一位充满大智慧、大情怀、大使命的企业家学习经营之道时，却怎么也学不会、怎么也学不了。这是为什么呢?

这位企业家就是美的集团的创始人——何享健。作为顺商精神的集大成者，顺商的灵魂与标志，无论经历多少时代风浪、经济周期，他总是云淡风轻、游刃有余，一次次穿行在变幻莫测的风口浪尖，一次次成为时代的胜者、企业的王者。

更重要的是，在不同的历史时代，他总是会找到适合自己的身份、身上肩负的责任。在不断的身份转换当中，演绎自己睿智的人生。

因而，与其说何享健是一位企业家，不如说他是一位我们心目中的“人生赢家”。虽然这是一个俗气的称谓，但他作为一位80岁高龄的老人，在快速演进的时代，依然能够充满活力，依然拥有大格局，进而能够将财富当成事业追求。能同时拥有财富与健康的双赢，成为理想人生当中的常青树的人，在中国企业家当中可谓凤毛麟角，而何享健却是其中不可多得的一位。

这样开篇，并不是要书写一个“高大全”的圣人，而是因为何享健的人生历程、经营之道、格局视野、战略眼光，确实能够超越太多太多的人，他能达到的人生高度，非一般人所能企及，他所创造或正在创造的事业，在一次次转轨当中不断被放大，因而这样的故事，是如此的迷人，如此的动人。

一位美的置业的高层，曾是一个西部省份的区域总裁，当他要离开该地回归总部时，当地的煤老板极力动员他加盟，但他一律婉拒，他说回归美的置业总部，不仅仅是因为钱，而是因为何老板，因为美的强大的组织力量，这种人格的魅力、文化的召唤，事实上远远比金钱更重要。

笔者所认识的“美的系”，不管是主动辞职还是被动离职，从来都对这一家企业、这一位企业家，充满自豪与尊重，充满感恩与爱戴。将商业追求与道德追求结合得如此完美，绝非一般人能做到。

金杯银杯，不如老百姓的口碑。拥有如此口碑的人，值得每一个人去探寻他人生的足迹。

在夹缝中奋争

虽然那是一个理想不灭的时代，但是新中国成立以来将近20年的社会主义建设，到头来依然没有解决温饱问题。

曾经，中国人民满腔热情地推翻了三座大山，当家做了主人，走上了社会主义的康庄大道。可是与天斗、与地斗、与人斗，蓦然回首，人们绝望地发现：自己还是这么穷。

广东顺德，虽然气候温润，曾经物阜民丰，一度顶着“岭南壮县”“南国丝都”的威名，但当时代推进到了1968年，贫穷却成了它的代名词，吃不饱、穿不暖成了百姓们的日常。

当时的顺德农村究竟穷到什么程度？《顺德县志》记载，广东省委和顺德县委组织联合调查组对顺德大晚大队作农村经济现状的调查，结果显示：农村人均收入，20世纪50年代是108元，60年代为135元，到1977年才达到150元。20多年来平均每年增加不到2元钱。

城镇人口又是如何呢？《顺德县志》记载，全民所有制职工的人均收入，1950年是557元，1978年是613元。28年来平均每年也只增加了2元。

三年困难时期更是让人不堪回首：1960年顺德出现饥荒，全县饿死9585人，占当时全县人口的1.75%。死亡原因主要是粮食短缺、营养不良、连年苦战、积劳成疾。

在如此严峻的情景下，人们苦苦地思考：我们的出路，到底在哪里？

1968年，26岁的何享健，正是血气方刚的美好年华。此时的他，已经是一名街道的干部，他不甘一眼就能看到头的人生，也不甘生命就此步步沉沦，放手一搏，或许还能改变自己的命运。

穷则思变，找不到活儿就生产自救。无奈之下的何享健只得带领23位“蠢蠢欲动”的居民掏尽腰包凑齐5000元，用竹木与沥青纸手工搭建了一间只有20多平方米的小作坊，行政上隶属于顺德县北滘街道办，生产皮球、玻璃瓶（管）、塑料盖等各式各样的小玩意。

何享健创业这一年的1月18日，《关于进一步打击反革命经济主义和投机倒把活动的通知》发布，通知中要求“坚决取缔无证商贩和无证个体手工业户。农村人民公社、生产大队、生产队和社员，一律不准经营商业”。

那是一个特殊的年代，是一个对各地农村来说，从公社到社员“一律不准经营商业”的年代，更是一个无人敢触碰国家政策的年代。

但就是在这样一个年代里，放眼全国，跟何享健一样的“农村能人”也纷纷开始了逆境求生。

同样是在1968年，江苏省华西村村支书吴仁宝发现了一个大问题——华西村人口比1961年建村时增加了142倍，而土地面积仅仅增加了2倍。

于是，他也做了一个艰难的决定：带领村民偷偷办五金厂。当时全村人拼死拼活，农业总产值才24万元，而20个人办的小五金厂，三年后就达到了24万元的产值。

后一年的一天，24岁的鲁冠球把全部家底——1150元钱盘点好，连同账本、印章全部交给大队，然后领回来一块公社大队农机修配厂的牌子，搞起了集体工业。这就是日后世界汽车零部件巨头万向集团最初的样子。

由此，40多年后依然枝叶繁茂的企业界三棵“常青树”都几乎在同一时刻鬼使神差般入了局。

放下锄头，拿起榔头，洗脚上田的农民，在大健（村民给何享健起的外号）的带领下，凭借落后的管理、原始的工具，开启了艰难的发展之路。由于设备过于原始，压瓶盖的设备常常产生巨大反弹力，将工人打得鼻青脸肿，工伤更是家常便饭。

但令人难过的是，订单批量很小，小作坊也经常青黄不接。何享健不得不背着样品，拿着街道开的介绍信走南闯北。因为少得可怜的交通费用，何享健常常节衣缩食，甚至有时就睡在火车站的候车室里，饿了就冲一碗红糖水补充营养、聊以充饥。

即便如此，在经济需求总量极其低下的年代，塑料瓶盖的市场实在太小了，何享健根本就养不活自己的员工，由此发财致富更是痴人说梦，他后来又转产汽车的刹车阀，但同样难有起色。

时代催生英雄人物。缺乏天时地利，显然不可能创造出超越时代的奇迹，反反复复折腾10年之久，何享健的这个街道生产组充其量只能混个温饱。

等风来，这是何享健发自心底的呼唤。

风乍起，吹皱一池春水。1978年12月18日，党的十一届三中全会召开，这是伟大的历史转折点，开启了中国改革开放的历史征程，时代的春风立即吹遍了中国的山山水水。而就在会议召开前的20多天，即这年的11月24日晚上，安徽凤阳县小岗生产队的18位衣衫褴褛、面黄肌瘦的村民，借助昏黄的油灯，在一张契约上按下了血红的手印，他们集体起誓：宁愿坐牢杀头，也要分田到户搞包干。

就在这一年，鲁冠球的工厂已经扩张到了400号人，年产值300万元，厂门口挂着“宁围农机厂”“宁围轴承厂”“宁围万向节厂”等五块牌子。

但是此刻的何享健，还是找不到奋斗的方向，企业向何处去？他一度陷入无边的迷茫。

有人说，何享健是新中国最早开眼向洋的企业家之一，最早在1978年、最迟不晚于1980年，何享健已经踏出国门，用新奇的眼光打量这个世界。

1979到1980年间，由于电力不足，很多地方缺电，他决定生产发电机，但发电机没那么容易生产。

他又派人去深圳宝安，打算收购二手汽车回来。按照他的设想，要用前店后厂的方式做汽车生意，就跟现在的二手车交易那样，前面是展厅，后面是维修车间。

但这次他没有得到地方直属领导的支持，希望又落空了。

眼看工厂许久开不了工，就要倒闭了，何享健只得像当地很多工厂一样，做了一个稳妥的选择——生产电风扇。

顺德很多居民往返港澳，带回来的礼品大多是电风扇，这是很容易上马的工业产品，同时也是改革开放之后，中国老百姓梦想当中的刚需品。

尽管没有什么工业基础，但先知先觉的顺德人以港为师，将电风扇拆解、仿制，再消化、创新，风扇厂也如雨后春笋冒了出来，裕华、南方等风扇厂闻名全国。一时之间，生产电风扇在急速工业化的顺德蔚然成风，“一把扇，闯世界”，风扇成了顺德人打天下的第一个拳头产品。

跟风也是一种最简单易行的策略，为了让企业活下去，何享健也只得硬着头皮跟那些早就在电风扇领域摸爬滚打、已具备相当规模的大厂竞争。

刚开始，何享健跟其他当地企业的路径基本一样——为国有企业做代工，接国有企业不愿意做、赚钱少的业务。

他亲自跑到广州，跟当时的远东风扇厂搭上了线，提出让对方提供配件，北滘生产组给他们做加工的要求，就这样为企业续上了命。

熟悉了风扇生产的流程后，何享健萌发了自创品牌的想法：与其为他人做加工装配，不如在外面买些配件加上现有的零件，自己生产整台风扇产品。

随后，工厂买了100套零件回来，开始手工组装金属电风扇。

1980年11月的一天，入冬后的北滘镇有些寒冷，在北滘公社电器厂里，工人们聚集在一台40厘米台扇前，风扇吹出的第一缕风，竟然让当时的工人们备感温暖，因为这是希望之风、未来之风啊！

这一台风扇被命名为“明珠牌”，这是被何享健寄予无限希望的“掌上明珠”。

乘着时代的东风，何享健的小厂很快赚到了这一桶金。可惜好景不长，到了1982年——这一年堪称我国电风扇行业的“灾难年”，当时吃惯了计划经济“大锅饭”的国内企业尚不熟悉市场规律，很多机电厂家一哄而上转产风扇，导致全国电风扇严重供过于求。为图生存，各路诸侯展开了激烈竞争。一场混战过后，只剩下一地鸡毛，全国3000多家电风扇厂十之八九遭市场淘汰，仅存300多家。

在当中国的风扇企业一哄而上，整个市场陷入一片红海之时，何享健决定不走寻常路，他一反常态，大力拓展国外市场，这一做法，让企业打开了一片辽阔的蓝海，再次赢得了机会。

1984年1月，邓小平首次来到深圳，为特区的争论一锤定音：“深圳的发展和经验证明，我们建立经济特区的政策是正确的。”这被认为是对改革开放路线的坚定支持。

与此同时，乡镇企业也迎来了发展大潮，国务院正式发出通知，将社队企业改称为“乡镇企业”。作为一个新的、独立的企业形态，乡镇企业第一次浮出了水面。

但是，无论如何，做风扇绝非长久之计，何享健又开始寻找新的发展之机。一切的改变从1985年开始，正是这一次转变，改变了何享健的人生之路，也一举奠定他在中国家电产业的江湖地位。

这一年，何享健来到了当时的世界家电王国——日本。在这里，他看到了一个令人惊奇的现象：日本几乎家家户户都装有空调。他大胆设想，假以时日，中国经济发展起来，老百姓的刚需一旦被激活，这一景象必将出现在中国。在全世界人口最多的国家，这将是一个多么庞大的市场啊，与冰箱、电视等一家一台的配置相比，空调市场必将是一个无数倍的量级。

何享健终于发现了一个新大陆，它是如此迷人、如此令人倾倒。

但上马空调谈何容易？最关键的是，空调是一种高耗能产品，在电力严重短缺的当时，空调产业属于国家限制发展的对象。

更重要的是，空调产业的技术门槛比较高，对于毫无技术储备的企业来说，这是一次大胆的冒险。

机会永远垂青有准备的人。在拿不到批文的现实当中，“借鸡生蛋”是最好的办法。就在这一年，广州航海仪器厂的一条空调生产线即将下马，何享健立即跑到广州，不仅将生产线全部买了下来，还获得了广州方面对生产技术的免费支持。

这一转型，使其企业在空调这一产业的大道上阔步前进，空调，成为其企业安身立命之本、壮大发展之基。

走向自由之路

时间来到20世纪90年代。即便改革开放的政策已高歌猛进十多年之久，一场猝不及防的“倒春寒”，让中国走在了经济“向左走”还是“向右走”的历史关头。

在意识形态领域，两种不同的声音隔空交锋，姓“资”还是姓“社”的争论甚嚣尘上，让生意日隆的企业家们嗅到了一股惶惶不安的气息。

一边是火焰，一边是海水。乡镇企业辉煌的光环下，也暗藏着危机。

一直以来，乡镇企业是集体性质，全体乡民、镇民、村民是企业的主人，但实际上由于产权不清，缺少制约机制，更谈不上基于价值的企业文化，大家都不关心乡镇企业的发展，乡镇政府常把乡镇企业视为附庸和小金库，甚至占用其生产资金。

这也让很多乡镇企业家如芒在背，体制上的枷锁，始终如一把悬于头顶的达摩克利斯之剑。

建立现代企业制度，实行股份制改造，或许是一条解决之道，虽然不懂现代企业制度的理论，商业洞察力惊人的何享健却坚定了自己的想法。这种想法也源自现实的掣肘与碰撞。

一次次的经历，让何享健决心突破这一切。在当时，为了充分激发人才的积极性，何享健决定为管理人员大幅调薪，但是加薪方案递到了镇委书记那里，却碰到了一个钉子。

何享健回忆："我去跟镇党委书记商量，递了个方案给他。"对方很坦率地告诉他：不同意。理由是："镇里机关的拿多少钱，教书的拿多少钱，你一个保卫科长工资比我公安局长的还高？绝对不可能。"

遭到对方拒绝是何享健在出发之前就预料到的，他耐心地给书记讲道理："企业竞争需要留住人才，需要调动员工的积极性，需要有市场化的激励机制，薪酬上调势在必行。"然而书记始终不肯开这个口，谈话也不了了之。

建立现代企业管理制度，股改上市是关键一步。1992年底，国务院决定选择少数上海、深圳以外的优质股份公司到上海、深圳两家证券交易所上市，公开发行股票。

广东省有六个指标，很多企业都在观望、推脱，感觉到变革正在发生的何享健反而主动请缨，争取把美的作为股份制产权改革的"试验田"。

作为第一批吃螃蟹的人，世事难料，前途未卜，但不吃就永远尝不到味道。

1993年11月，美的迎来了企业发展史上的重大转折点，美的电器在深圳成功上市，成了中国第一家上市的乡镇企业。这一次上市，不仅加速了直接融资，推动了企业成长，更关键的是，提升了公司治理的透明度、规范化，迅速拉开了与乡镇企业治理水平的距离，通过与世界接轨的形式，开启了企业发展的新征程，实现了时代的新跨越。

纵观历史，上市是美的发展史上的一大步。但就在何享健铆足劲准备大干一场之时，一场悄无声息的危机，像一只巨兽向美的靠近。

1994年，美的步步为营，主营业务实现了60%的增长。

1995年，何享健再接再厉，推行管理层高达20多万元的年薪制，打了鸡血一样的激励，让美的上下士气大振，企业经营势如破竹。

然而，历史有惯性，但更多的是不可忖度的风险。

1996年，美的空调突然从行业前三退到第七位，高歌猛进的美的，被当头一棒打得晕头转向。

1997年，美的的销售收入在1996年突破25亿大关之后，一路掉头下滑，跌到20亿元左右，降幅之大，令人忧心忡忡。

“美的不行了”“美的全面亏损”，一时之间谣言四起，人心惶惶。“1993年上市以后到1996年这几年非常痛苦、非常辛苦，企业发展到了最艰难的时候。”

如何力挽狂澜？企业发展何去何从？何享健将病因归咎于美的大企业病。

美的一直以来奉行的是集权管理体制和垂直管理模式，中央集权导致的决策权过分集中，让何享健分身乏术，作为最高决策者，每天伏案劳形，日常总是“看不完的文件，签不完的字”。

作为新中国第一代开眼向洋的企业家，何享健认为日本企业管理模式不是学习的榜样，而美国之所以能成为世界第一大经济体，关键在于有一批世界级的企业，有一种处于世界前沿的先进管理模式，这种模式源自美国通用公司。被称为美国历史上最成功、最伟大CEO的杰克·韦尔奇创造的事业部制，让何享健找到了药方。

何享健力排众议、大刀阔斧，在美的内部启动事业部制，按产品种类，一举将企业分为空调、风扇、厨具、电机、压缩机五大事业部。

为了推进此次组织变革，1998年，何享健亲自操刀制定了美的《分权手册》，这是一本厚达70多页，被称为划分职业经理人和责任边界的“基本法”。

事业部改革之后，美的总部不再是利润的唯一把关者。事业部成为真正的经营实体，即独立运作的公司，职业经理人为了实现总部的经营指标可以“组阁”，担负产品研发、生产、销售重任，以市场为风向标，在自身的组织结构中达成经营目标。

这种“集权有道、分权有序、授权有章、用权有度”的管理模式，极大增强了企业的积极性、凝聚力与竞争力，一批精明强悍的职业经理人，成为冲锋陷阵的主力军，他们所向披靡，推动美的战车攻无不克。

1998年，经过一年的适应与调整，美的的销售额一举突破50亿元。如果说从1997年至1998年，美的发展还算迅猛的话，那么自1999年开始，美的便一步跨入了一路狂奔的时代。1999年，美的的销售额为80亿元；2000年，美的向百亿发起了冲击，最后数字定格在105亿元。

仅仅4年时间，美的便完成了从30亿元到100亿元的几连跳，创下如此耀眼的战绩，这就是事业部制带来的惊人一跃，此时谁还会质疑这一次奇迹般的变革呢?

奇迹的创造者是人，是人才，何享健极其重视人才的作用，在他为数不多的金句当中，人才占有的分量最重。他说过：“60年代用北滘人，70年代用顺德人，80年代用广东人，90年代用中国人，21世纪用全世界的人才。”他还说过：“宁可放过一百万的生意，不能放过一个有用的人才。”寥寥数语，何享健的人才观可见一斑。

从20世纪80年代开始，急需人才支撑的美的，开始从广州引进“星期六工程师”，为美的在最关键的时间发挥了关键作用，也开创了中国柔性引才模式的先河。

1991年，华南理工大学热能工程专业博士马军，毅然来到了当时的乡镇企业——美的。一个博士不进国企而进民企，这一现象引起了媒体的一片惊呼，据说何享健亲自开车将马博士接到了工厂，而马军研发的技术，当年就为美的带来了上亿元的订单。

1992年，来自中国第二汽车制造厂的方洪波不远千里，风尘仆仆来到北滘，担任《美的报》内刊编辑。20年之后，何享健将美的家电董事长的位置交给了方洪波，开了中国职业经理人接班的时代先河，10年过去了，方洪波将这家千亿级企业带到了3000亿的能级，使它成功跻身世界500强行列。

随着企业的发展，何享健意识到，人才是第一资本，再也不能只靠当初创业打天下的23位创始村民，美的的车轮需要更高学历、更有水平的管理层来拉动。然而，一边是企业的发展，另一边是创业者们兄弟般的感情，当二者只能取其一时，何享健以一个极富传奇色彩的“杯酒释兵权”的故事，做出了“能者上，庸者下”的选择。

这天，何享健让秘书搬来了一台电脑，创业者们个个面面相觑，何享健面容严肃，指着电脑说：“你们谁能打开这部电脑，我提他一级。”

结果可想而知。在电脑还属于高科技的时代，洗脚上田的农民们自然跟不上时代的步伐，他们不能成为企业的绊脚石，后浪取代前浪，这是残酷的现实，也是理性的选择。

在这些退出企业的创业者们当中，还有何享健的夫人梁凤钗，从1968年开始，她就一直活跃在美的的仓库中，作为仓库管理员，她始终任劳任怨，干着最苦最累的活，为了避免让何享健给人留下任人唯亲的印象，直至退休，她还是一个仓管员。

不仅如此，虽然身为何夫人，但她从来没有享受特权的想法，始终保持隐忍低调的作风。有一次，一位新来的大学毕业生有眼不识泰山，对发错货的这位“大姐”劈头盖脸地批评，但梁凤钗一直没有回嘴，反而态度诚恳地认了错。

周公吐哺，天下归心。天下英才奔赴美的、听令于何享健，吸引他们的固然有超越一般水平的薪酬，但更多的是何享健对人性的洞察、对人才的宽容、对人情的尊重。凭借无与伦比的人格魅力，何享健才能在时代大潮下笑到最后。

而这，恰恰是大老板以德服人、德沛天下的经典案例。

静水流深的力量

作为在岭南水乡长大的汉子，何享健在企业经营中时时展现洞烛先机的商业天赋，又始终倡导“静水流深”的经营哲学。

水，善利万物而不争；水，以柔弱胜刚强。生而不有，为而不恃，流水不争先，争的是滔滔不绝，这种老子《道德经》里的哲学思想，这种基因，天然地楔入何享健的血脉里，融入企业的经营当中。

在商战片中，商业竞争往往会刮起血雨腥风，抑或有钩心斗角，而在美的长达50多年的发展历程当中，虽然水下可能暗流涌动，但水面上总是风平浪静。静水流深，不仅是美的的价值观，也是何享健的世界观、人生观。

更重要的是，作为一名优秀的战略预测者，他总是以超越常人的时局把握力，做出超前的战略行动。

何享健这种低调隐忍、以柔克刚的生存哲学，在美的电器实行MBO（Management Buy-Outs，管理层收购）的成功当中就有出彩的表现。

随着企业的迅猛发展，何享健一直有一块心病，那就是企业产权不明晰。所有权与经营权的背离，最终会使企业家无所适从，体制上的掣肘，甚至可能带来折戟沉沙的结局。在美的的发展历程中，政府虽然没有投入过一分钱，但却一度牢牢掌握第一大股东的地位。

在中国改革开放以来的企业发展史上，明晰企业产权一直是创始人的追求与梦想，中国第一代企业家大多数都坚持选择MBO的模式，但结局往往是悲剧，先驱成为“先烈”：李经纬的健力宝、潘宁的科龙、陶建幸的春兰、倪润峰的长虹……失败的名单太长太长，结局充满辛酸与悲情。

同城的另一家大企业——科龙集团的结局令人唏嘘，当时的政府没有选择“创业英雄”潘宁，而是将橄榄枝伸向了“野蛮人”顾雏军，最终书写出一曲悲歌。中国知名财经作家吴晓波在《大败局2》中的描述是“科龙，一条被刻意屠杀的龙”。著名经济学家周其仁为此摇头慨叹：可惜了，科龙。

在发生这么多悲剧的背景下，何享健却笑到了最后。2001年2月20日，粤美的发出一则公告：原第一大股东顺德市美的控股有限公司将其所持有的粤美的法人股72 430 331股转让给顺德市美托投资有限公司。持股22.19%的美托投资公司顺利成为粤美的的国内第一大股东。

这是一次里程碑式的胜利。争取了近10年的MBO获得成功，让何享健的事业步入了巅峰，成为国内第一个顺利完成MBO的上市企业，何享健因而被称为“中国的MBO教父”。

回首美的的成功、科龙的悲剧，一位科龙的原高层说了这样一句话：何享健处世圆融，与政府关系始终不错，而潘宁欠缺的可能就是这一点。同在一个城市，却有两种结局，这是性格决定命运的最好注脚。

自此之后，美的的发展一路长虹，在海阔天空的舞台上自由翱翔。壮大起来的美的，又开始了产业整合、多元扩张的全球化之路。

开展收购扩张之前，美的的优势主要集中在空调和小家电领域，在白色家电的另两大领域——冰箱和洗衣机方面，美的几为空白。

2004年10月，美的斥资2.34亿港元，成为华凌第一控股股东。华凌当时拥有300万台冰箱和200万台空调的产能。

完成收购后，美的进入了冰箱行业，空调产能也得到扩张。

这一年11月，美的又收购了荣事达50.5%的股权，正式入主荣事达，2005年7月又再增持24.5%的股权。美的冰箱产能由此得到扩张，同时切入了洗衣机业。

2008年，美的又斥资16.8亿元控股小天鹅，自此全面布局空调、冰箱、洗衣机。

美的可以在采购、制造和销售等各个环节实现产业协同，降低采购和流通成本，扩大企业的利润空间。这个布局的妙处在于“空冰洗”这三类产品的销售淡旺季为互补关系。夏秋两季是空调销售旺季，冬春两季是洗衣机销售旺季。这样能保证美的一年四季均有旺季，利于快速回笼资金，提升资金周转率。

当很多海外并购的企业铩羽而归时，美的却把国内并购的品牌搞活了，人们不得不感慨何享健的战略洞察力。

何享健的国际化之路来得晚一些，他选择TCL创始人李东生式的道路——从越南起步，2006年在越南建立了第一个境外基地。此后又在泰国、俄罗斯等地设厂，并在埃及、巴西、阿根廷等地进行了一系列并购。

2017年，美的集团宣布完成了对世界机器人四大家族之一、德国百年企业——库卡集团的收购，这一收购震惊了世界。

通过自身发展、外部并购，美的构建起了一个多元化、全品类、强品牌的世界级综合性白色家电集团。作为中国家电的代表企业，在世界家电产业体系当中，经历改革开放四十余年的风雨沧桑，以美的为代表的中国家电军团，在世界舞台上贡献着来自东方国度的强大力量。

必须承认，美的在长达50多年的发展历程当中，绝不是一帆风顺、势不可挡的，征途漫漫，美的也曾经付出过代价，收获过教训。

作为一名极富产业洞察力的企业家，进入21世纪，何享健早已发现了中国汽车产业爆发的时代之机。

2003年，中国汽车产业的变革年，产业突然爆发，国内掀起了一股跨界造车之风，这股风，像极了20年后的今天。

从美的到比亚迪、新飞、奥克斯、格林柯尔、宁波华翔、三一重工，甚至五粮液集团等均杀入了造车领域。

作为这场造车热潮中的先锋，通过收购云南客车厂、云南航天神州汽车，以及湖南省三湘客车集团等企业，美的决心从客车领域进军汽车产业。

之后，美的又在昆明和长沙新建了两大客车生产基地，一度具备万辆客车整车和专用底盘制造能力。

彼时，美的定下了三至五年内成为国内领先的客车生产企业的宏伟目标。

时间拨到2008年，美的造车功败垂成，美的的汽车梦到了梦醒时分。虽然项目失败了，但何享健没有错失这个巨大的机会，并与比亚迪、长城汽车同时切入汽车产业，这从另外一个角度证明了何享健的战略洞察力，但是由于人才缺乏，美的最终无法跨入一个全新的赛道。

率领美的冲上了全新的时代高度之后，2012年8月，何享健宣布，将美的集团董事长之位交给方洪波，这样的安排，一举打破了“子承父业”的历史传统，创造了中国职业经理人制度的经典范例。何享健的胸怀格局、高风亮节，在这一举动当中再度刷新了高度。

大爱之路上的奔跑

卸任美的集团董事长之后，做大做强美的系的非上市板块——美的控股集团，又成为何享健全新的人生追求，并且他有更多时间追逐自己的人生两大爱好——品红酒与打高尔夫。同时，何享健将慈善事业当成了自己最大的使命与追求。伴随着企业一直成长的慈善行动，在他退出美的集团之后，开始向新的高度发起冲击，探索与世界先进慈善运作机制接轨的中国式慈善文化的创新之路，驱动何享健攀登人生的另一座高峰，到达另一重境界。

穷则独善其身，达则兼济天下。秉承道家思想，又践行儒家文化的何享健，以回报社会、回馈家国的强烈责任感，在慈善之路上一路奔跑，他谨记美国慈善事业创始人卡耐基的一句名言：在巨富中死去，是一种耻辱。

在新时代的中国慈善史上，应当会书写何享健讲述的两个动人瞬间。

2017年7月25日，何享健在佛山顺德区公布60亿元慈善捐赠计划。何享健捐出其持有的1亿股美的集团股票和20亿元现金，注入其担任荣誉主席的广东省和的慈善基金会，用以支持在佛山乃至全省、全国精准扶贫等多个领域的公益慈善事业发展。

2020年11月13日，位于佛山顺德北滘的和祐国际医院举行盛大的奠基仪式。何享健旗下的美的控股总投入100亿元，引入海内外专家和一流设备，高标准建设非营利性、国际化医院，为顺德乃至粤港澳大湾区市民提供优质服务，打造中国智慧医疗的全新样板。

在高调从事慈善事业的背后，何享健个人依然保持低调谦和的作风，但是他对社会、对中国做出的巨大贡献，已经载入了中国改革开放的宏伟史册，他作为顺商领袖的光辉形象，已经定格在中国商业人物的群像中。

2018年12月18日，在人民大会堂举行的庆祝改革开放40周年大会上，来自顺德的美的集团创始人何享健作为“乡镇企业改组上市的先行者”，被党中央、国务院授予“改革先锋”称号。

外界看似极其“神秘”的何享健，在多年跟随他的老部下、美的学院前院长黄治国看来并不神秘，只不过像中国战略咨询家王志纲在《邓公的遗产》中所归纳的，他的商业智慧、经营之道、人生格局，无非是常识、人性、规律。但就是如此简单的6字箴言，放眼中国，却很少有企业家能真正做到。

而在另一位美的集团曾经的高层眼里，何享健直到今天，依然保持着极强的敏锐性、好奇心与学习力，他虽然不可能像方洪波一样博览群书，但他善于在与人的访谈中，汲取别人的智慧与思想，在满世界跑的长途当中，发现商业机会，拓宽格局视野，作为一名不断扬弃、不断试错的创业者，何享健依然充满了活力。

谜一样的何享健，不一样的企业家。无论如何，他身上的光芒，始终难掩他强大的人格魅力、睿智的商业思维，以及对时局的洞察、对人性的尊重。

显然，要读透何享健这一本厚重的人生大书，绝非一日之功，而要践行其商业智慧，恐怕需要经过极为艰辛的修行。

杨国强：苦难辉煌的商业巨子

改革开放40多年的历史，绘就了一幅波澜壮阔、气势恢宏的历史画卷，谱写了一曲感天动地、气壮山河的奋斗赞歌。

是改革开放，改写了当代中国的前途命运，也改变了千千万万中国人的前途命运，在这段历史河流当中，顺应时代的潮流，抓住历史机遇，把握发展大势的人，总能实现人生的逆转，走向人生的巅峰。

从来没有这样一段历史，涌现出如此之多的时代英雄，书写出如此之多的人生故事。在中国改革开放的县域先锋——顺德尤其如此。

茨威格在《人类群星闪耀时》中写道：一个真正具有历史意义的时刻——一个人类群星闪耀时刻出现以前，必然会有漫长的岁月无谓地流逝而去。改革开放的大时代，是改变顺德无数企业家命运的开始，而很多人即便等待一生，也未必会迎来创造人生奇迹的那一刻。

在当代顺德，杨国强与何享健，虽然年龄差了12岁，但他们在各自的领域，以终其一生的锐意进取、奋发有为，创造了两家世界500强企业的时代伟业，成为顺商当中的双子星座，闪耀在历史的夜空，释放出迷人而耀眼的光芒。

从一个17岁之前从来没有穿过鞋的贫穷少年，到一个一度登顶中国首富、创造“宇宙最大地产企业”的商业巨子，到一个兼济全国、爱如山海的慈善家……杨国强用超越常人的人生跨度、事业高度、人格温度，创造了一个不可思议的时代传奇。

2021年，一场堪称史上烈度最强的地产调控，叠加世纪疫情、百年变局带来的冲击，又一次让杨国强处于风口浪尖，能否以最大的智慧、最强的定力，走过挖坑就能赚钱的岁月，跨越这一次经济周期的风风雨雨，这是在他的人生当中，比以往任何时候更为严峻的挑战。

顶风冒雨的碧桂园将走向何方？杨国强又将如何应对？

改革开放，让中国从富起来到强起来，杨国强的名字，也暗合了这一段壮阔的历史，但如果能让碧桂园在这一轮周期当中成功实现从富起来到强起来的跨越，或许，这又将书写杨国强更为传奇的人生。

放牛娃也有春天

杨国强，1955年出生，广东顺德北滘镇人。

顺德如今是中国最具经济活力，也是培育出最多大企业的地方之一。但在杨国强成长的岁月里，这里和全国其他地方一样穷得叮当响。

杨国强出生时，上边已经有两个姐姐和三个哥哥。后来杨国强的哥哥杨国华写道："弟弟的出世并没有给这个贫困的家庭带来快乐，那意味着家里又多了一张要填的嘴。"杨国强在回忆过去的生活时曾说过："我是一无所有的农民出身，25岁前的贫穷不可想象。"

"18岁以前，我连鞋子都没得穿。当时，每天要走2个小时上学，走得脚都裂开了，有1厘米深、5厘米长左右的伤口。那个时候，走到中学门口，我还会在附近的小河里把脚洗干净，再走进校门。那时寒冬，两条腿浸泡在河水里，被冻得通红。"

"18岁以前，家里没有给过我一分零花钱。记得有十年的时间，我还要承担所有家务，做饭、打扫卫生、洗碗……那个时候真的很苦啊！但回头想想，磨难也是成功的'肥料'。"

没鞋，没袜子，也能凑合过日子，可是没房子住却是个大问题。好在杨国强有个当老师的哥哥，就这样，他勉强挤在哥哥的宿舍里，在"不知道明天会怎样”的情况下，算是度过了青春期。

“年轻时，生活很苦，我每天都很用心地干活。那个年代，除了睡觉以外，我将所有时间都投入生活的奋斗中，种田，割稻，做了整整六年，还有骑自行车到广州卖菜……一直以来，我保持着节俭的习惯，30多年前在日本机场，连瓶20元的可乐也舍不得买。只有节俭，你才有机会去理财，寻找好的机会。”几十年之后，杨国强如此深情地回忆这一段刻骨铭心的历史。

杨国强至今记得清清楚楚：“十二三岁时的冬天，我没用手而是用膝盖顶开大门。我哥哥在大厅里坐，正好看到，把我骂得狗血淋头，说这是很无礼的行为，我们是书香世家，不应该这样。”

念书后，为了节省 7 分钱饭钱，杨国强中午放学要走一个小时回家吃饭。尽管这样，到高中时，由于交不起每学期 7 块钱的学费，他不得不提出退学。老师找到家里来，对杨父说，这孩子是念书的材料，应该让他继续念书。无奈杨家实在没钱，后来还是学校免了学费，并给了两块钱助学金，杨国强才又回到学堂。

虽然家境贫穷，没有一分零花钱，但杨国强自小就酷爱读书。当年他有位同样爱书成癖的发小，两人都得以免交学费，领助学金。“文革”期间的新华书店没有几本书卖，他俩为了读书，就用手里的助学金，结伴跑到废品收购站买了一大堆废旧书，“那么高的一摞”，杨国强比画着，大约有半个人高。几十年前的事，他记忆犹新。“然后一人一本轮流挑，挑完了两人分头看，看完再换着看，剩下实在没用的再拿回去当废品卖。”书的类型，碰上什么是什么，天文、地理、自然、人文……

这种爱读书、爱学习的习惯，一直延续到了今天。甚至坐在马桶上，杨国强也会习惯性地拿起书，在顺德新华书店的个人购书纪录上，杨国强常年居于购书榜的榜首，每年新华书店都会用汽车往他家里送书。

18岁读完中学后，杨国强开始一边放牛种地，一边做建筑工人。他深知房子对于中国老百姓的重要性，决定在这个领域学习和发展自己。

1978年，杨国强进入顺德县第二建筑公司。从施工员到泥瓦匠，再到建筑队队长，每个岗位他都兢兢业业。为了多赚钱，搭偏房、修猪圈的工程他都忙得不亦乐乎。为了赶工期，有四五年的春节他都是在工地上过的。“除了睡觉、吃饭、去洗手间，全部时间都是在努力做事情。”

杨国强有个哥哥叫杨国华，当时在顺德县第二建筑公司做负责人。就这样，做了几年泥瓦匠之后，在亲人的帮助下，24岁的杨国强进了北滘公社房管所担任施工员。

杨国强踏出的人生第一步，对他来说，是至关重要的一步。作家柳青的《创业史》中有一句话引人深思：“人生的道路虽然漫长，但紧要处常常只有几步，特别是当人年轻的时候。”显然，杨国强走对了人生的第一步，这足以影响他的一生。

这一步，与中国改革开放的大时代完全同步；这一步，是中国房地产业从起步到狂飙突进的一步，踏准了时代的节奏，英雄人物的出场才有了最华丽的背景。

哥哥杨国华对这个弟弟很是照顾，不但教他成本核算等技术活，也教他提升人际交往方面的能力，帮他建立人脉。

杨国强对自己的领路人大哥也是感激尊敬，后将其在2002年捐资兴办的学校命名为“国华纪念中学”。不过，此时杨国华已辞世多年。

从底层做起，杨国强脑子活，能吃苦，善于学习，外加做事追求极致的精神，在哥哥照顾下，两年后就做了包工头。

1984年末，时任北滘镇党委书记冯润胜找到杨国强，希望由他来组建北滘建筑工程队。当时杨国强已因包揽工程又省又好而在镇上小有名气，其承揽的最大工程是顺德碧江中学的建设。

与冯润胜的谈话，让杨国强放弃了继续当“包工头”的念头。他决定进入北滘经济开发公司，组建北滘建筑工程队。

到1989年，顺德县北滘建筑施工队、顺德第二建筑公司第二工程队都被合并组建为顺德北滘建筑有限公司，杨国强成为公司法定代表人兼总经理。

虽然实际上还是一个“包工头”，但在乡民的眼中，杨国强从此成了“Boss杨”。

对于杨国强来说，做包工头赚第一桶金只是开始，最重要的转折点发生于1992年。

1992年，中国在掀起改革浪潮的同时，也迎来了房地产热。数据显示，1992年全国房地产开发投资比1991年同期增长了117%。

一个狂热的时代开始了。

也正是在这个时候，杨国强开始了自己的房地产之路。

1992年1月，顺德北滘镇经济发展总公司和另外两家公司合资注册了三和物业发展有限公司，打算联合开发位于碧江村、三桂村的项目，并将拟开发地块称为“碧桂开发区”。

随后，三和公司正式将即将开发的住宅区命名为“碧桂园”。根据现在可查的记录，“碧桂园”这一名字第一次正式出现，是在1992年3月15日三和公司第二次董事会上。

向死而生的奇迹

杨国强负责的北滘建筑公司接手的这块地位置很偏僻，位于顺德和番禺交界之处，一共1000多亩，可以说是“前不着村，后不着店”，在这种鸟不拉屎的地带，要创造一个当时的大盘奇迹，难度之大，可想而知。

北滘建筑公司是隶属于北滘经济发展公司的。此时，杨国强作为经济发展公司方面的代表，担任了该项目开发公司总经理，主持项目的开发建设和日常行政管理工作。

对于这样一个身份，杨国强深深感恩政府的信任、时代的机遇，但是更大的机遇还在后面。1993年，顺德掀起了一度在全国引起轩然大波的企业产权制度改革，这一次改革，让无数像杨国强这样吃“官家饭”的企业家，从此走上了“下海”之路，当了自己的主人，杨国强、何享健、梁庆德、陈伟德等人莫不如是。先行一步的他们，成为顺德经济社会发展的中坚力量。

政府放开了权力的手，企业家迈开了市场的腿，他们——这一批赢在起跑线的英雄，打开了自由的天空。

同年9月，顺德北滘镇政府与杨国强等五位董事签署第一份转制协议，北滘建筑工程公司顺利转制为私有私营。

万万没想到，房子还没有盖完，眼看就要开盘回笼资金，一只“黑天鹅”突然降临，踌躇满志的杨国强遭遇了当头一棒，形势逆转之快，谁也没想到。

就在1992年，全国的在建工程点规模从1991年的9000亿元，一下跃升到了22 000亿元，而1993年的前5个月，全国固定资产投资同比增长69%，这是一个热得发烫的数字。

与此同时，过热的经济造成了严重的通货膨胀，1993年上半年全国居民生活费用价格指数较上年同期增长12.5%，城镇增幅高达17.4%。

果然，宏观调控开启了，中央调控地产过热的“国16条”横空出世，给狂热的房地产狠狠地泼了一盆冷水。

银根缩紧，楼市泡沫破裂，也让顺德碧桂园的销售陷入冰点，第一期开盘后只卖出去3栋。银行不能给三和公司提供贷款，投资过亿的大项目看样子要砸在手里，成为当时顺德最大的“烂尾楼”。

最好的开局，迎来最大的考验，从一片虚火到急转直下，不过一年时间，杨国强一时手足无措。

此时，已经垫资盖了4000栋别墅的杨国强向三和公司讨要此前垫付的工程费，可三和根本就拿不出。

最终，双方协商的结果是，由杨国强销售已盖好的别墅，以销售款核销工程费。

仓促之中，杨国强就这样从“造房子的人”变成了“卖房子的人”。

屋漏偏逢连夜雨。没多久，又发生了一件大事。1994年6月起，因为销售情况不好，顺德碧桂园的两大股东接连选择退出，股份全部转让给了北滘经济发展公司。

作为当时的项目总经理，出于对项目前景的看好，杨国强下定决心：

接管碧桂园。1994年底，三和公司正式更名为“碧桂园物业发展有限公司”。

随后杨国强和四个搭档利用三和原公司股东缺乏操盘信心的弱点，逼其摊牌，仅以8000万元的代价就拿下了碧桂园物业发展有限公司。其中，杨国强占六成，其余4人各占一成。

杨国强终于开始了自己的房地产事业，正式完成了从建筑承包商到开发商的转变。这是一次身份的转变，也是人生的转型，但是转型不转场，杨国强一辈子也没有脱离工程建设领域，只不过将产业链从建筑规划设计、工程建设、地产开发到物业管理全线打通，用顺德人的话来说：一条甘蔗从头吃到尾。凡是能产生利润的环节，就不放过任何一个铜板，世界零售巨头沃尔玛坚持薄利多销，以“农村包围城市”的商业模式，在杨国强的推崇下复制到了碧桂园，并一举成就了“中国地产界的沃尔玛”。

这种模式，也成就了碧桂园跃升为中国地产第一企的核心竞争力。

拿下了碧桂园物业发展公司，杨国强接下的无异于一个烫手山芋。一筹莫展之际，一个人物在合适的地点、恰当的时间出现了，这就是新华社广东分社前记者、中国策划大师王志纲。

杨国强的本意，是想让王志纲写一篇“大文章”，王志纲到了碧桂园之后，沿着死火的楼盘，看到苍凉的荒地，他始终一言不发。

在碧桂园售楼部的小会议室，当着杨国强的面，王志纲说，这个事情不是一篇文章可以搞好的，就房地产搞房地产肯定死火，跳出房地产才能开发房地产，房地产不等于钢筋加水泥，品牌的背后是文化，地产也要用文化的方式去运作。

山路不通走水路，楼盘不活先办学。杨国强一下子被点醒了。

杨国强完全被王志纲的奇妙想法所折服，很快在顺德碧桂园别墅区附近兴建了一所国际学校，并联系上北京景山学校，将这所国际学校建成为北京景山学校的广东分校。中国最早的学区房概念由此诞生。

“地产+教育”的创新模式轰动一时，吸引了大量旅居顺德的外地商人及当地富豪，学校首期报名就突破1300人。杨国强还向每人收取30万元的教育储备金，一下子带来了3亿元的资金。

碧桂园学校成了广东乃至全国贵族学校的龙头，正是借助这风靡一时的轰动效应，碧桂园内的别墅很快销售一空。

从此，杨国强手下的碧桂园开始稳步发展。1995年，碧桂园将酒店式服务模式引入住宅物业管理，这是房地产商第一次提出将酒店式服务引入社区。那句著名的“碧桂园，给您一个五星级的家”从此成了碧桂园最为响亮的品牌口号，一直流传至今。

受大环境影响，随后几年，碧桂园旗下项目销售仍处于不温不火的状态。

1998年，金融大鳄索罗斯接连重创多国市场，世界贸易增长放慢，全球经济形势急剧变化，亚洲金融危机迅速蔓延全球。

在此背景下，中央高层必须找到“解药”，以应对全球金融环境恶化造成的恶果。

目光落在了房地产行业上。

这一年，中国城市化率仅30%，与发达国家相差甚远，甚至不及许多发展中国家。加快城市化便顺理成章地成为激活中国内需的重要措施。1998年后，国家陆续取消福利分房，叫停“集资建房”，大池养大鱼，这就给众多房企留出了足够大的生存空间。杨国强精准踩中了中国城镇化大步前进的节奏，富裕起来的中国人，当时的梦想是一套洋房，而最大的梦想是一套别墅，既然在一线城市的黄金地段，不可能拿到成片的大规模土地，精明的杨国强决定避开与竞争对手在一线城市的拼杀。到三四线城市去，到中国广袤的县域去，成了杨国强日后成为中国地产界“三四线之王”的底层逻辑。

已经初具规模的碧桂园低调进入广州，杨国强第一次提出了“用生产商品的方式来盖房子”。

杨国强曾这样定义碧桂园：大规模、快速生产、价廉物美的房屋工厂。换言之就是“低成本土地、规模化生产、快速销售”。后来碧桂园一直在按照此模式开发，特别是在三四线城市快速扩张。

在碧桂园的大事记中，2001年开发的碧桂园凤凰城被视为这一模式的经典之作。该项目圈地10 000亩，从规划、设计、建筑施工到装饰、物业管理，都是碧桂园自己负责，几百台吊车同时操作，几千套房同时拔地而起。

2002年五一黄金周，碧桂园凤凰城首期开盘即销售7.5亿元。以每平方米2800元的均价推出带装修的房子，创下一分钟卖出十栋房子的惊人纪录，业界称“像卖白菜一样卖房”。

2002年凤凰城破土开工，当凤凰城呈现在世人面前时，媒体用“一夜之间横空出世的新城”来形容凤凰城建设之快、规模之大的震撼。20年后的今天，凤凰城已成为南中国首席人居大盘，15万业主的幸福居所，提升了广州的居住品质，被业界誉为“教科书式神盘”。

凤凰城的成功对碧桂园产生了里程碑式的影响，一个拥有15万业主的万亩大城，重新定义了别墅生活，成为全国城市发展与地产配套结合的经典之作。

天下武功，唯快不破。凤凰城的极大成功，让杨国强信心十足，他开足马力，决定攻城略地，以最快的速度开辟更多的战场，在最好的时代，打造更多的超级大盘。

碧桂园开始快速复制这一“神话”：华南碧桂园、均安碧桂园、花城碧桂园、荔城碧桂园。2004年，碧桂园在高明、鹤山、江门、清远、南沙等地纷纷落子。

伴随着一个个楼盘的成功，碧桂园收获了一种长期的、别人无法拷贝的核心能力。杨国强将这种能力叫作商业模式，这种商业模式就是以独特的文化、组织体系和平台为支撑，实现高效建房、高效营销，实现资产高效周转。直到2013年碧桂园销售额突破千亿元，杨国强才真正长舒了一口气，他在内部讲：“我们的商业模式很独特，别人想学也学不来了。”

偏安一隅不是杨国强的个性，作为一匹极为彪悍的黑马，全国的版图，才是他一路狂奔的草场。

杨国强的要求是：未来在中国每一个有人口支撑的县城，都要有碧桂园的项目。甚至是，一个县城如果卖出去3套房，就要有一套房是碧桂园的。

也就是这个大胆的决定，让碧桂园有了成为千亿帝国的可能性。

2006年的国庆节，碧桂园走出广东的第一个楼盘——长沙威尼斯开盘，再度创造了“洛阳纸贵”、全城空巷的销售奇迹。气势如虹的碧桂园迅速向全国扩张，将红旗插遍全国，成了杨国强此时的梦想。

碧桂园就像一列高铁，在同样高速发展的中国房地产市场，扮演着冲锋者的角色，车外人不时担心，车内人却视疾速掠过的窗外残影为风景。“我们要的就是‘奇葩’。”

站上巅峰再转型

2007年1月31日，碧桂园已有27个项目，在建项目及土地储备超过1800万平方米，按照当时的开发速度，可供未来5年或以上的发展需要，这给了投资者巨大的信心。

2007年4月20日，碧桂园赴港上市成功，股票代码02007.HK，杨国强女儿杨惠妍立刻以160亿美元的身家，成为中国福布斯排行榜上最年轻的女首富，当时集团董事会以及高管队伍大多都来自家族人员或者创始人团队。

企业成功上市，打开了海外融资的大门，碧桂园加快了异地扩张的步伐，但随后数年时间，也最多徘徊在行业前十位而已。

突破发生在2011年前后。当万科、保利、融创等在一二线城市杀得烽烟四起时，碧桂园却独自坚定开启三四线城市的拓荒之路。

这个重要的选择将决定碧桂园未来的发展方向以及江湖地位。

现在回头看，这一抉择无疑是正确的。但当时，在三四线攻城略地的碧桂园和恒大，是业内名副其实的少数派，一度被专家和媒体质疑“头脑过热”。

与走城市“深耕”路线的万科不同，碧桂园采取了区域“轮耕”的策略，即要求全国城市和项目的数量要同步扩张，并通过管理变革、跟投落地、产业链一体化等措施，保障项目的运营效率，最终带动销售的上涨。

当时有个夸张的说法：“哪怕每平方米只赚一百元，碧桂园也可以做；如果喜马拉雅山上有机会，碧桂园都可以去。”

至2013年底，碧桂园进入的地级市达80个，项目总数168个，首次跻身中国房地产的千亿军团。随后在2015至2017年间，虽然遭遇行业下行，碧桂园却不惜大举融资、逆势而上，加大了拿地力度。

2013年春天的一个下午，碧桂园控股有限公司董事局主席杨国强与中国平安保险集团董事长马明哲之间有一场简短对话。那时，没有人能预测，这场对话将怎样改变碧桂园之后的命运。

在高尔夫球场上，那时58岁的杨国强问了同龄的中国最大的保险公司创始人马明哲一个关于管理的问题，杨国强问：“你管理平安万亿资产，有什么秘方？”马明哲说：“我能有什么秘方，就是用优秀的人。我这里有很多年薪千万的人。”

回去后，如梦初醒的杨国强，对时任碧桂园人力资源总经理彭志斌说：“我给你30个亿，你去给我找300个人来。”

在这场对话发生之前，2010年，中建五局总经理莫斌已经接受杨国强邀请，加入碧桂园任总裁。2013年，中海集团董事朱荣斌加入碧桂园，任执行董事及联席总裁；2014年，拥有中海、中建职业经历的吴建斌，出任碧桂园首席财务官；2016年结束时，来自中建的刘森峰，成为碧桂园第一位年收入过亿元的区域总裁。

号称“碧桂园三斌”的加持，让碧桂园如虎添翼。随后，雄心勃勃的碧桂园越来越激进，顺势启动“未来领袖”计划，面向全球顶尖高校招聘超千名博士生，初始年薪40万—60万元，一时之间，一批世界名校的学霸毕业生风涌而至，天下英才的奔赴，推动碧桂园这一驾马车一路奔驰，人才是第一资源的道理，在这里展现得淋漓尽致。

在整体学历并不算高的中国地产界，碧桂园成为中国博士数量最多的企业。

2016年，碧桂园以销售额3088.4亿元跻身中国房企三甲，仅次于恒大的3733.7亿元与万科的3647.7亿元。

再战一年，碧桂园又在2017年底实现了质的突破，销售额跃居克而瑞排行榜全国第一。碧桂园集团首次跻身《财富》世界500强，位居第467名。此后，该集团经营业绩连续多年保持稳健增长势头。在2016年至2021年间，碧桂园的营收从1530.9亿元增长至5230.6亿元，涨幅达241.6%。该集团在世界500强榜单中的排名也拾级而上，六年间名次提升到了329位。

当时，一些同行在北上广深陷调控的困局，苦苦等待政策重启，而碧桂园却在三四线高歌猛进，幸运地规避了资金和时间的双重浪费。

随着业务体量的扩大，碧桂园在2010年完成了“集团—区域—项目”的三级管控模式的搭建，充分赋予区域自主权，释放了地方的活力。截至2018年底，碧桂园完成全国31个省（自治区、直辖市）的布局，内地项目总数达到历史性的2148个。

统计显示，2018年，中国的常住人口城镇化率达到59.58%，离发达国家的80%还存在差距，而城镇化率每提高一个百分点，就有近1400万人从农村转入城镇，释放衣食住行等巨大的消费需求。

后来也有人说，走“小城镇的发展路线”，避开在大城市的激烈竞争，是碧桂园从国际巨头沃尔玛的创业故事中偷学的灵感。但是无论如何，从一家区域房企成长为全国龙头，碧桂园确实因为杨国强大胆的扩张策略以及独到的眼光和判断，才充分把握住中国城镇化进程的历史性机遇。

“对人好，对社会好”，杨国强开会时，总是语重心长地说这一句话。“希望社会因为我们的存在而变得更加美好”，来自杨国强的企业愿景，烙在绿意盎然的碧桂园总部大楼的墙上，它是如此醒目，时时敲打着碧桂园10多万员工的心。

从一个农民，到一个世界级的企业家，从当年学校为他免除的2块钱学费，到一度成为中国首富，杨国强深知，这一切得益于自己的勤奋与智慧，更得益于时代的机遇、国家的眷顾。怀着回报社会、兼济天下的感恩之心，从1997年设立“仲明奖学金”开始，杨国强就开始了长达20多年的慈善长跑，其所设立的广东国强公益基金会，常年位居中国十大慈善基金会之列。在福布斯中国发布的中国慈善榜，碧桂园创始人、集团董事会主席杨国强及其家族连续多年进入榜单前10位。20多年来，杨国强在教育、扶贫等事业上捐助的善款超过100亿元。

“我曾经一贫如洗，是国家给了我助学金，让我读完高中，是党和国家改革开放的好政策，让我有机会服务社会，回报社会是应尽的责任。”杨国强说。

即便作为“宇宙最大房地产企业”的董事会主席，在最辉煌的时候，杨国强也一直保持低调谦虚的个性，不张扬，不称霸，财大不气粗，功高不自傲，始终以一颗敬畏之心面对瞬息万变的市场。

建筑业是传统的劳动密集型产业，被称为“基建狂魔”的中国，充分利用“60后”“70后”的人口红利，成长为全球最大的建筑市场，但这种红利正在加速消失。国家统计局的数据显示，中国建筑工人数量自2014年达到6109万顶峰之后，以平均每年超过100万人的数量在减少，到2021年底下降到5164万人，7年减少了近1000万。

面对行业的痛点与堵点，在建筑行业干了一辈子的杨国强比谁都想改变甚至颠覆这一现状，在狂飙20年后，随着中国房地产业进入白银时代，开辟碧桂园的第二、第三成长赛道，实现碧桂园的动力变革，成为杨国强的方向、责任与使命。

2018年9月8日，佛山市顺德区政府与碧桂园集团全资子公司——广东博智林机器人公司（简称“博智林机器人”）举行签约仪式，宣布占地10平方公里、总计划投入800亿元的碧桂园机器人谷项目的正式落地，引进上万名全球顶尖机器人研发人员。在碧桂园登上房地产行业之巅之后，杨国强宣布碧桂园全面进军机器人产业，以机器人革命，引领世界智能建造时代的到来，这是又一个万亿级的市场，杨国强看得比谁都清楚：智能建造，不仅能改变中国，还能颠覆世界。

经过四年时间的刻苦研发，截至2022年8月，博智林机器人公司已经成为世界最大的建筑机器研发基地，已有31款建筑机器人投入商业化应用，服务覆盖29个省份超600个项目，累计交付超1500台，累计应用施工超1000万平方米。

10秒烹饪一个汉堡，30秒制作一杯冰激凌……2021年底，北京冬奥会主媒体中心，一家位于地下的无人智慧餐厅成了中外媒体的网红打卡地，处处展示着来自中国的“科技范”。

在这家占地面积5400平方米，可以同时容纳1700余人用餐的无人智慧餐厅里，没有一位人工大厨。相反的，120台制餐机器人在这里24小时待命，以满足顾客们各不相同的用餐需求。

餐厅现场，多种多样的美食从起锅、炒制到调味、装盘的全部环节都由机器人自动完成，最后通过餐厅上方的机械轨道自动传送到对应的餐桌位置，菜品“从天而降”，完成无接触制作和配送。

这一面向全球，在冬奥会大放异彩的冬奥会餐饮神器，让来自全世界的运动员与媒体记者惊呼中国智造的魅力，而这一系统的研发者——千玺机器人集团，就是杨国强旗下的全资子公司，作为新技术、新生态、新模式的探索者，壮心不已的杨国强力图改变世界餐饮行业的竞争格局，表达他以科技变革传统的雄心壮志。

“40年前我是种田的，40年后的今天我还是回去种田。”在碧桂园2018年度工作会议上，在碧桂园登顶中国地产王座之后，农民出身的杨国强，又一次坚定而执着地听从自己内心的召唤：从哪里来，又回到哪里去。只不过这一次“当农民”，是要构建现代农业的产业体系，是要打造碧桂园面向未来的第三驾马车，背负的是更大的使命，展现的是更为宏阔的视野。

在《梦想中的碧桂园农业》一文中，杨国强曾深情地写道：“我们梦想，农业成为真正的高科技产业，全世界农民不用再面朝黄土背朝天，全人类不再为粮食问题发愁！”

杨国强挖来了中国最有名的农业专家、华大基因农业板块副总裁梅永红，操盘碧桂园的现代农业板块，从此以后，一系列令人眼花缭乱的农业新闻，全链条、一体化的布局，以最快的速度，将碧桂园农业这几个大字写在中国甚至世界的大地上。

2020年10月11日，北大荒建三江-碧桂园无人化农场项目在黑龙江建三江七星农场举办农机无人驾驶作业现场演示会，该项目是全球首个超万亩无人化农场试验示范项目，也是针对主粮作物的规模极大、参加试验示范的农机设备极多、作业环节项目极全、无人化技术先进、农机田间作业无人化程度极高的一个无人化农场项目。

2021年11月23日，由碧桂园自主研发生产的无人驾驶联合收获机在佛山市三水区南山镇碧桂园三水万亩智慧农业园亮相演示。

2022年8月10日，碧桂园集团皓耘科技现代农业机械过渡工厂举行开工仪式，用于生产公司研发的国内领先的大马力重型拖拉机、大喂入量收获机以及配套农机具，整个现代农业机械生产项目计划总投资50亿元。

仅仅在国内布局，绝非杨国强的抱负，他摊开世界地图，以全球视野，寻找自己的标的，打造一个全球化、世界级的现代农业体系，才是杨国强不忘初心、回到原点的使命。

早在2019年，杨国强就带领副总裁梅永红赴俄罗斯的远东地区考察，希望在俄罗斯广袤无垠的土地上播下碧桂园的第一粒种子。

2019年12月，碧桂园农业与马达加斯加共和国农业、畜牧业和渔业部，中国国家杂交水稻工程技术研究中心，共同签订了三方农业合作框架协议。根据这一合作协议，碧桂园农业将与中国国家杂交水稻工程技术研究中心合作，杂交水稻将有望在马达加斯加共和国形成产业化发展，使该国的粮食产量更上一层楼……

从地产到智能建造，再到现代农业，年近古稀的杨国强依然燃烧着不灭的产业理想，仍然保持一颗求知而年轻的心，在他奋斗一生的领域，书写更为传奇的商业故事，创新更多造福人类的商业模式，这是他永远的星辰大海。

陈启宗：时代大潮上的真儒商

顺商，在芸芸众商之中，是一个讷言敏行、大音稀声、低调含蓄、闷声发财的群体。他们的行事风格、个性特质极为鲜明，并以此独立高蹈于中国的商帮文化，成为一个不可忽视的存在。

无论是李兆基、郑裕彤还是何享健、杨国强，他们虽然文化程度不高，或白手起家，或从店员起步，但无不凭借自己敏锐的商业思维、超群的商业智慧，创造了一个个足以影响华人圈、波及全世界的商业版图，创造了个人事业的奇迹，也书写了历史与时代的传奇。

但是在顺商的世界里，也有一个“真性情、真敢言”的人，在商界中被称为“具有鲁迅遗风的商界领袖”，他眼观时代大势，又稳健务实、左右互搏，纵横地产与创投两界几十年，在别人总是幻想跑得比兔子还要快的时候，这位崇尚乌龟精神的企业家，凭着锲而不舍、久久为功的耐力与韧性，奇迹般地在香港与内地取得了巨大的成功。

更可贵的是，这是一位有着留学背景的国际化企业家，无论是逆境还是顺境，无论是风雨交加还是风和日丽，在时代大潮的冲击甚至危机当中，他领航的企业总能洞烛先机，安然穿越风口浪尖，驶向一个个成功的彼岸。

很多人不认识陈启宗，但一定在遍及中国一二线城市的恒隆广场徜徉过。恒隆广场作为中国最成功的商业地标，仅每年的租金就超过了上百亿，这种回报极为稳定的利润，超过了国内年销售上千亿的住宅地产，而恒隆广场的背后，就站着一个商业地产之父——陈启宗。

陈启宗，作为极具商业智慧，又在公共场合“炮声隆隆”的一介儒商，不仅是一位成功的企业家，更是一位杰出的社会企业家，他用自己的行为树立了当代企业家的典范，彰显了独一无二的人格魅力。

受命于危难之际

与李兆基、郑裕彤等商界领袖从“小学徒”起家的传统路径不同，陈启宗一出生，就是一个标准的“富二代”，其父陈曾熙，早已是香港一名成功的企业家。

1937年，陈曾熙东渡日本留学，开始学习土木工程。在日本的这段时间，陈曾熙认识到了中西方建筑存在许多差异，意识到中国建筑业有许多不足之处，于是便有意地将这些差异记录下来，以期能够为中国的建筑业添砖添瓦。

陈曾熙没想到的是，他在异国他乡竟漂泊了8年有余。1945年日本宣布无条件投降后，他才有机会回到祖国。然而陈曾熙的满心期待又因为种种原因落空，他只得先与弟弟陈曾寿前往加里曼丹岛发展，直到国内环境稳定后，他才回到香港发展。

1960年，陈曾熙创办了恒隆集团，这是他带领集团迈出去的第一步。集团成立后，陈曾熙在香港购买了一块地，名为九龙荔园后山头。然而不久后，香港政府便要在这块地上建一所医院，也就是今日的玛嘉烈医院。

以钱购地需要耗费大量资金，政府部门便与陈曾熙以地易地，用何文田山那块地与他进行交换。何文田山比九龙荔园地价要高上许多，拿到地后，陈曾熙便着手动工，在那里建造了恒信苑。没想到恒信苑一炮而红，恒隆集团瞬即发展成为香港大型地产开发商之一，这种起步即巅峰的操作，创造了当时企业发展的一个神话。

恒隆地产的迅速起步，有一个大的时代背景，那就是进入工业化时代，香港经济的再度繁荣，而与之相伴的是香港地产的数度调整。

二战结束后，港英政府接管的香港，已是一座千疮百孔、伤痕累累的废墟之城。1945年至1952年这7年，是战后香港经济恢复时期，随着内地居民涌入，特别是1949年前后内地富豪的大批迁入，香港不仅成为财富的集聚地，人口也迅速膨胀。1945年香港人口仅60多万，到1950年则激增至200万人，地产及商业的需求也快速扩大，并带动地价、房租的急速上涨。

今天恒隆中心一带的铜锣湾地块，在陈曾熙创办恒隆的第二年，年初每层卖5000元，到该年年底，一下子跃升至42 000元。与此同时，楼宇月租与商铺的租金也是水涨船高。

成为香港大型地产商后，恒隆开始在港铁沿线建造多个地产项目。1972年10月21日，恒隆地产开始在香港联交所上市。上市后，恒隆在香港开展多元化的地产业务。

恒隆地产上市的第二年，也就是1973年，是香港地产周期的一个高峰，然而过度投机炒作之下，香港股市遭遇大规模股灾。20世纪70年代中期，恒隆曾一度“沉寂”，但是到了80年代，创始人陈曾熙带领恒隆集团再度崛起，成为香港十大富豪之一，身家已高达40亿元。但是天有不测风云，1986年陈曾熙却突然因病去世，更令人意想不到的是，陈曾熙没有把财产分配给妻儿，而是干脆利落地把全部资产交给信托基金会，同时把恒隆集团交给陈启宗的叔叔陈曾焘主理，这才“心愿已了”地离开人世。

陈启宗回忆说：“先父去世时我们三兄弟没有拿到一分钱，从我这辈人开始，我就从来没有拥有过恒隆。”

陈启宗生于顺德，中学毕业后，家境优越的陈启宗被送往美国继续深造。在美国南加州大学读书期间，他颇有些“不务正业”，没有一门心思读书，有空就去看橄榄球比赛，参加聚会，去教会做义工。

对陈启宗的“不务正业”，陈曾熙非常担心，怕他玩野了，回来后会继续地不务正业下去。两代人在理念、价值观上的冲突在所难免，权衡之后陈启宗没有回香港接手恒隆。“我父亲是个性很强的人，我也是。我知道回来跟他做生意，一定会有冲突，所以为了维系良好的父子关系，我在美国待了十几年，从来没有想过回来，直到他生病去世了，我才回来。”

虽然在美国十多年，但陈启宗绝非浪荡公子，父亲不让他接手恒隆，他决定自主创业，做出一番成绩证明自己的能力。

在美国，他与毕业于哈佛大学医学院的弟弟陈乐宗创办了晨兴资本，专注投资初创及成长型科技公司，同时经过周密考察，陈启宗代理了当时在美国最火的一本杂志《福布斯》，并将其推向中国内地市场，此举取得了巨大成功。

晨兴资本抓住了时代的先机，在中国互联网时代大爆发的机遇当中，创造了一系列堪称教科书式的案例，一举成为创投圈的行业领袖。

1991年，陈曾焘退任，陈启宗接任恒隆集团主席，并将出租型物业调整为恒隆发展的重点。

陈启宗接手之时，恒隆集团还没有从两次投资失败的阴影中走出来。在香港地产的黄金二十年里，恒隆地产却接连走错了两步。第一步是在20世纪70年代，恒隆行事过于保守，在本应大肆扩张拿地之时却步不前，缩手缩脚。第二步是在20世纪80年代，恒隆又过于急躁，迫于上一次过于保守的压力开始大肆冒进，疯狂出手拿地，却不料被1983年和1984年的大跌打得元气大伤，集团经营也陷入进退维谷的境地。陈启宗接手的就是这样一个没落中的大企业。

此时此刻的陈启宗，可谓“受任于败军之际，奉命于危难之间”，领航这一艘行将倾覆的大船，他将何去何从？

打到内地去

1992年1月18日至2月21日，88岁高龄的邓小平先后到武昌、深圳、珠海等地视察。

1992年2月20日至22日，短短3天时间，香港多家报纸、电视台和外国驻港新闻机构，发出数百篇有关邓小平出行的稿件。香港和世界的媒体为什么如此关注邓小平的一次出行呢？

随着苏联解体、东欧剧变，社会主义在世界范围内的实践陷入低潮。国内有人对社会主义前途缺乏信心，对改革开放产生怀疑，提出姓“社”还是姓“资”的疑问。中国究竟向何处去？作为中国改革开放的总设计师，邓小平的一举一动，自然牵动着世界的目光。

东方风来满眼春。邓小平发表了著名的南方谈话，它犹如一股强劲的东风，从理论上深刻回答了长期困扰和束缚人们思想的许多重大问题，驱散了人们思想上的迷雾。它是把改革开放和现代化建设推进到新阶段的又一个解放思想、实事求是的宣言书，引领中国改革开放迎来又一个明媚的春天。

对企业家而言，这显然也是一个重大的转折点、一个重要的市场信号，当一个时代开启之时，敏感的企业家、敏锐的资本总是会闻风而动。走出香港天地宽，陈启宗决定先行一步，振兴企业的使命，不容许他有半点迟疑。

1992年，陈启宗决定挥师北上，进军内地市场。

陈启宗将进军内地的第一站选在上海。“当时我发现：第一，广州有太多的港商，太热，一块地可以同时卖给三个人，然后慢慢再看谁出的价格高，市场很乱；北京那时太冷，你来就来，不来就算了；上海则是刚好——别人以为我是说天气刚好，其实我不是这个意思，是社会的风气，是政府的态度。”

1992年，进军国内市场的元年，陈启宗毫不犹豫地拿下徐家汇和虹口区等四块共五公顷的建设用地。之后，恒隆广场和港汇广场先后建成，这两个项目，是恒隆集团里程碑式的产品，一举成为当时公认的上海城市地标。最关键的是，即便30多年过去了，这两个项目依旧是恒隆集团的“利润奶牛”。

1993年，陈启宗拿下静安区波特曼香格里拉酒店以东的三公顷土地。

2004年，恒隆集团在上海的项目已经成为集团最牛气的利润增长点。

2006年，恒隆集团收入的30%来自上海的项目。

对于当时处于弱势的恒隆集团而言，大举北上，无异于棋行险招，但这绝不是一次赌局，恒隆事后取得了巨大的成功。谈及这一切，陈启宗说："我们刚到上海的时候那里根本没有甲等写字楼，一栋也没有。我们去盖四栋甲等写字楼，最小的一栋是63 000平方米，最大的一栋是90 000平方米，胆子很大。但是我们认定一件事，就是中国的发展会越来越好，上海的发展也会越来越好。所以事后回头看，我们是比较幸运的。""全世界增长速度最快的一个市场就在我们旁边。中国内地市场快速地增长，那是百年一遇的。上次在人类历史上出现这样的事是在19世纪末、20世纪初的美国。我们要是不能从中得益，不能怪任何人，只能怪自己。国家对香港人礼遇有加，例如CEPA（《内地与香港关于建立更紧密经贸关系的安排》）……真是好处都给你。有人问我对香港的看法，对香港前景怎么看，我说没有理由不好。"

高明的水手，永远懂得风浪的险恶，能预判危机的到来。善于把握时代大势的陈启宗，不仅敢于先行先试，更善于先知先觉。

"1994年3月以后，我们差不多就没有买过地，升得太高，它会掉下来。"受金融危机影响，香港地产暴跌，许多地产大亨一夜之间负债累累。陈启宗成功地避开这场经济浩劫，不仅从1994年开始没拿地，还在1997年地产业的巅峰时期出售了多项物业，回报颇丰。

巴菲特说过："别人贪婪我恐惧，别人恐惧我贪婪。"楼市高烧之时，陈启宗决定蛰伏不动，而当恐慌袭来，陈启宗决定逆风而行，这是一种人性的对抗，更是静若处子、动如脱兔的智慧。正是这种对市场波动的准确把握，让恒隆成功逃过了亚洲金融危机刮起的飓风，也让他抓住了下一波机遇，陈启宗因而获得了"节奏大师"的美誉。

1997年香港回归，许多人对香港的未来持观望态度，此时的陈启宗反而信心满满。"外国人以为香港1997年以后经济没有以往那么好，是回归的问题，那是不理解情况的人在乱说话。回归对香港经济是正面的影响，不是负面的影响。当时就有个决定，金融危机是不是永远不能翻身？我们不这么认为，所以在1999年和2000年，我就大举买地。那几年，根本没有人跟我们竞争。”经济危机的余威还未散尽，陈启宗又张开了猎人一般的眼睛。1998年，又一个巨大的机会来临，陈启宗买下的土地，创造了单个项目最为赚钱的纪录，如位于香港的“君临天下”，一个项目就为恒隆赚到了200亿港元。

1998年7月，国务院发布《关于进一步深化城镇住房制度改革加快住房建设的通知》，宣布从当年下半年开始全面停止住房实物分配，实行住房分配货币化，这又是一次重大的转折点，一场房地产业的狂欢拉开序幕。

此后6年时间，房地产商的胃口大幅膨胀，没有最高、只有更高，高负债、高周转的模式，以豪赌上规模的野心，使得地产市场的狼性文化盛行一时。而作为被批“大撤退”“边缘化”的港资地产，此时陈启宗的恒隆却又沉默了。

时间到了2005年，沉寂四年的陈启宗，开始在内地二线城市的商业地产上排兵布阵，在济南、沈阳等城市买了大量土地，在风风火火干了两年之后，嗅觉敏锐的陈启宗又一次闻到了不同寻常的味道，他再度归于沉寂。

这一次沉寂，又一次让恒隆成功逃过一劫。2008年又一轮金融危机席卷全球，哀鸿遍野之时，陈启宗却躲在“防空洞”里，笑看潮起潮落。

陈启宗说：“没有熊市，何来英雄？英雄就是别人都死掉，你活下来。只有在熊市来临时，才能买到便宜的土地。这样下来，才会成功。做生意要心如止水，安静得像睡着了，但内心是灵敏的。该动的时候，要动若脱兔，重拳出击。”

“只选好的，只做对的”，是陈启宗不断对外强调的恒隆理念。此后几十年，陈启宗一直坚守这个策略：只投顶级地段，只做顶级持有型物业。

至今，仅在内地，恒隆就已在上海、沈阳、济南、无锡、天津、大连、昆明、武汉、杭州布局，总投资超过千亿元，发展了近10个以恒隆广场“66”品牌命名的商业综合体。

到2022年6月30日，恒隆地产总资产为2157.31亿港元，总负债为686.85亿港元，资产负债率仅为31.84%。其中，仅在内地的投资就超过1300亿港元。

恒隆一直被视为香港营运最佳的公司之一。在香港董事学会对港上市公司治理的研究中，恒隆是位列十佳企业的唯一地产公司。多年来，陈启宗还有一项自豪的业绩——恒隆是香港最精简高效的企业之一，其人效利润连续多年为同行最高，如2010年，恒隆的纯利润超过230亿港元，每名员工平均创利约1000万港元。

扛起“公共”的担子

不仅在商业地产行业取得惊人的成功，作为顺商的“另类”，陈启宗还可谓左右逢源，他左手地产，右手资本，他与弟弟携手创办的晨兴资本，一举成为创投圈的行业领袖。无论是早年的搜狐、携程、第九城市，还是后来的迅雷、字节跳动、小米，晨兴资本都创造了堪称神话般的成功。

作为快手公司最早的天使投资机构，晨兴资本当时给快手投资了1000万，快手上市后，当年的1000万变成了2000亿。晨兴资本仅用不到腾讯一半的成本，就获得了和腾讯一样的回报。

不仅如此，晨兴资本还是小米公司最早的天使投资机构，持股比例近20%。陈启宗通过投资小米获得惊人的几百倍的回报。

这两笔投资赚到了2500亿，超过了李嘉诚的总身家，堪称投资经典，如此高的投资回报率和当年孙正义投资阿里巴巴的回报率有得一拼。

当然，被称为“中国地产界最清醒的人”，陈启宗的“角色”远不至此。与闷声发大财的顺商不同的是，他从来没有放弃发出自己的主张，在商业圈层里，他是一名少见的具有现代化、国际化背景的企业家，他扛起社会公共责任，用自己的思想、语言及行动，践行社会公共领域的使命，树立了极为另类的社会形象。

一年一度的致股东函，陈启宗执掌恒隆多少年，他就亲笔写了多少年，在长达上万甚至两万字的股东函里，他总是会从全球的视野出发，表达从商几十年的智慧与远见，研判时代大势，分析风云变幻……流畅的文笔，睿智的语言，分享的是一个商业巨子高度的理性、深刻的洞察力。

作为一名从不惧怕聚光灯的企业家，心直口快的陈启宗，常常因为言辞犀利、敢于直言而给自己惹麻烦，他震惊四座的“重炮”，一次次让人瞠目结舌。一向耿直的陈启宗，面对一些不好的事情总是先发制人，不管是面对媒体的采访，还是自己演讲，总是可以一鸣惊人。他批判美国所谓的自由主义，他鞭挞国民的劣根性，他讽刺欧美国家所崇拜的富人社会……

陈启宗在面对一些不合时宜的现象时，经常毫不避讳地发表自己的言论。他在北京万达索菲特大酒店参加一场商业论坛，台下的几百位嘉宾或交头接耳，或窃窃私语，或互相交换名片。作为第三个出场的嘉宾，陈启宗快步走向讲台并斥责台下坐着的几百位嘉宾：“中国人要学外国人的精神，而不只是知识、技术。我们把我们自己好的东西扔掉了，西方好的东西也没学到，变成莫名其妙的一帮人。不要在国际场合，也不要在关起门来的自己的地方丢脸。我觉得非常羞耻。”

事后，在接受《中国慈善家》杂志采访时陈启宗直言：“我们中国是礼仪之邦，现在却无礼失仪。我坐在下面听别人演讲的时候，旁边人跟我聊天，我是非常不自在的。三千年来的礼仪之邦变成了这个样子。”

虽然那段话是劝诫，但在此次会议后，舆论渐渐发酵为“陈启宗以中国人为耻”，泥沙俱下的言论也给他带来了一场不小的公关危机。

敢说敢做，陈启宗决不忌惮别人的眼光，也决不向情绪化的批评低头，他的大视野、大格局，事实上不可能被所有人看懂。

2014年美国哈佛大学收到了建校378年以来最大的一笔捐款，金额高达3.5亿美元，而这一笔巨款的捐赠人就是陈启宗。

基于这一则新闻，一些打着“爱国”旗号的人对陈启宗发出了强烈的批判，直斥他“吃里爬外”，称这是“背信弃义”之举。

但陈启宗表示，这次捐款与爱不爱国完全无关，他之所以选择给哈佛大学捐款，是因为哈佛大学是一所全球顶级的高校，捐款的目的是推动哈佛培养更多世界级的人才，以攻克目前人类面临的诸多难题。

其实，陈启宗对内地绝非一毛不拔，而是一腔热血，默默在内地做了大量不为人知的慈善项目。大爱无疆、上善若水，他的慈善事业早已超越时代、跨越国界。

早在1994年，陈启宗就为北京故宫重建建福宫捐资2亿元，不仅出钱，他还出力，在全球范围内寻找建筑大师参与该项目。养心殿修复工作因为2.2亿元的资金缺口几乎停滞，陈启宗毫不犹豫地又捐了1.4亿。

而在助学方面，陈启宗也一直在闷头做实事。从1996年开始，陈启宗名下的晨兴基金会就在内地的清华大学、北京大学、复旦大学、上海交大、同济大学五所学校设立了助学基金，用来帮助家庭经济有困难的学生完成学业梦想。

陈启宗也曾表示：“我们并不是没有参与内地慈善事业，只是较少向外透露。捐钱是做慈善中最简单的东西，相比于捐钱，在内地做慈善，付出的更多的是精力。”

2020年初，在武汉暴发新冠疫情后，陈启宗第一时间捐出了1000万元人民币。

有智慧，有视野，善于审时度势，长于穿越周期，在商业领域取得巨大成功，成就了家族复兴的一番伟业，在互联网经济时代又创造投资奇迹的陈启宗，在社会公共领域又是古道热肠，他有如一本尤其耐读的立体大书，承载着人性的多面，性格特质呈现得非常丰富、立体。

而这，正是这一个特立独行的顺商，最值得尊敬又最值得学习的地方。

梁庆德：三代人叩问基业长青的秘诀

从20世纪80年代的中国第一台双门双温冰箱、全球第一台消毒柜，到20世纪90年代的国内第一条陶瓷生产整厂整线工程，再到如今的中国第一台空间路由器、全球第一台商用电路巡检设备上天……

在顺德工业发展馆“创新之巅”板块，近30件开创“中国第一”的顺德制造展品，见证了顺德一脉相传的创新力量，见证了顺德制造从领先到跨越的辉煌。

长江后浪推前浪，江山代有才人出。一家家企业迅猛崛起的背后，是一大批优秀的企业家不畏艰险、挥斥方遒，更是一代接着一代干，每一代人承担着各自的责任与使命，始终不忘来时路，面对挑战再奋楫。

一代又一代的企业家，用充满力量感、战斗力的接力跑，成就了企业做大做强的梦想，用穿越风雨、感恩时代的奋斗史，书写了砥砺前行的传奇。

对企业家而言，从开始办企业这一天起，他们就注定冲向一场没有退路的战斗。企业发展史，就是一部催人奋进的创业史，也是一首铿锵有力的战地诗，更是一曲荡气回肠的正气歌。

在顺德，有这样一个家庭，用三代人的坚守、三代人的执着，几十年如一日，以制造业这个被称为“天下最辛苦的行业”为根基，以“咬定青山不放松”的意志，以“不破楼兰终不还”的拼搏，以“行百里者半九十”的清醒，始终奔走在中国企业创新跃变的漫漫征途上。

这就是格兰仕集团梁家三代的传奇故事，而故事的主角总是在历史的不经意之处，以低调的姿态，出现在人们的视野当中。

一些细节看似不经意，其实是一个时代绝妙的开篇。

2020年4月28日，格兰仕集团在顺德总部的工业4.0示范基地举行投产仪式。格兰仕董事长兼总裁梁昭贤大胆地提出要“再造一个格兰仕”。

作为格兰仕第三代“接班人”，梁昭贤的儿子梁惠强走向前台，担任此次工业4.0项目的“总指挥”。

岁月无情，梁门有幸，这是一个令人动容的场景。42年前，梁昭贤的父亲梁庆德在一块滩涂地上创业，三代人接力谱写了从珠三角“金凤凰”到世界微波炉大王再向科技企业转型的商业传奇。而他们身上所展现的，正是芸芸顺商身上共有的一种精神，这种精神历久弥坚，在漫长而飞逝的时光中，释放出熠熠动人的光芒。

“我希望若干年后，顺德乡亲对我和你有客观的评价。德叔（梁庆德）的儿子是能行的，贤哥（梁昭贤）的儿子是能行的，因为我们在顺德一定行。”梁昭贤说。

贤哥说完，台下掌声雷动。

这一幕意味着梁家第三代掌门人，正式从幕后走向前台，当时代的接力棒交到梁惠强手里，人们依然会习惯性地投以热切的目光。他，一位从美国回来的“海归”，会将格兰仕这一艘中国乃至世界家电业界的巨轮驶向何方？

格兰仕3万多名员工在关注，300多万顺德乡亲在聚焦，中国家电行业在期盼。

大龄青年的疯狂梦

凡是过往，皆为序章。

细滘河是连接顺德容桂与中山东凤的一条河。就在芳草萋萋的河岸上，1978年9月，格兰仕集团创始人梁庆德带领23人开启了他们的创业征程，把厂房建在了河边的荒滩上，几乎“一穷二白”。但就是在这样的环境中，格兰仕从一个乡镇羽绒厂起步，发展成为世界级的综合性白色家电集团。

此时的梁庆德，已经41岁，人到中年的他，毅然决然踏上创业之路，也许是他先知先觉，提前感受到了春天即将到来，闻到了万物正在复苏的气息。体制的坚冰在乍暖还寒的初春，已经发出碎裂的声音，梁庆德决定放手一搏，属于他的时间确实已经不多了。

创业艰难百战多，这条路，注定是一条无法回头的艰辛之路。“在创业的过程中格兰仕是一穷二白的。桂洲的工交办只给了一枚公章，别的就靠自己，烧焊这种活也要自己干，眼睛烧红了就用自来水敷敷眼睛。”那时候梁昭贤还只有十几岁，经常在工厂里给大家帮忙，对此记忆犹新。

经过5年的努力，这家羽绒制品厂得以存活下来，走上了发展的快车道。创业者们似乎到了可以松口气的阶段。但就在这时，他们迎来了一个抉择：要不要响应号召，转型做附加值更高的轻纺产业，为国家争创更多外汇？

格兰仕顺应了时代的要求，时代也给了格兰仕丰厚的回报。从羽绒到轻纺的转型，带来了格兰仕的一次腾飞。技术上，轻纺产业作为当时的高新技术产业，让格兰仕有了新一层的突破；利润上，格兰仕因为年创外汇达几百万美元，被誉为“珠三角的金凤凰”。

沿着这一条金光大道走下去，显然前面是一片坦途，而对人到中年的梁庆德而言，时间已经不允许他去折腾。然而命运的转机，却在不经意间到来了，梁庆德又一次面对一道非此即彼的选择题。

1992年梁庆德第一次踏上了日本的土地，一台神奇的家电，立即点燃了他转型发展的火苗。

这种轻便、无烟、快捷的小家电，能够帮人们摆脱烧菜做饭烟熏火燎的困扰，而更令人梁庆德震惊的是，这小小的微波炉，竟然被日本人卖出了几千元一台的天价，而当时中国人均月收入不到500元。

当时，这种神奇的家电在欧美国家的家庭占有率高达80%，而在中国尚不足2%。未来微波炉一定会风行中国，一定会成为中国厨房的必备品——梁庆德眼前一亮，仿佛看到了一轮冉冉升起的朝阳，它是如此耀眼、如此诱人。在当时那个“一招鲜，吃遍天”的年代，不允许有丝毫的迟疑，更不可能去做长期的科学分析、市场调查。

也就是在这一年，邓小平来到了地处顺德的珠江冰箱厂，在这里，他发出了“发展才是硬道理”的时代之声。东方风来满眼春，一个春天的故事开始在神州大地唱响，在历史的纠结与矛盾当中，中国选择了一条正确之路、光明大道。

更令人怦然心动的是，邓小平在这里发出了“思想要解放一点，胆子要大一点，步子要快一点”的伟大号召。这让离珠江冰箱厂咫尺之遥的梁庆德心潮澎湃，他感觉到：一个大时代开始了。

历史的选择，让梁庆德决定再次放手一搏。而这一年，他已经54岁，在一般人早已准备退隐江湖、谋划退休之路的时候，梁庆德却雄心勃勃。

1992年6月，格兰仕做出了逐步退出轻纺产业、全力发展微波炉产业的决定，当时生产轻纺的所有资产高达8000万元，仅仅作价200多万元便处理完毕。虽然这一决定几乎遭到了所有同事的反对，但梁庆德并没有动摇。

他说：“人无法选择自己的出身背景，但人可以选择自己的道路，改变自己的命运。许多人失败并非不聪明，而是聪明反被聪明误，所以，我有几句不上台面的话——笨就笨得彻底，傻就傻得可爱，懂得选择，学会放弃，耐得住寂寞，经得起诱惑。自己要有主心骨，在产业里苦心修行，只要能守住企业的核心竞争力，格兰仕做50年的苦行僧都不怕。”

不懂技术，没有人才，此时的梁庆德何去何从？他远走上海，来到上海第二无线电厂，找到了总工程师陆荣发以及当时风头正劲的营销高手俞尧昌。从中国最大的城市上海挖人谈何容易，梁庆德凭的是无畏的勇气、满满的诚意与宏大的愿景，当陆荣发的家门第六次被敲响时，他被这一名“‘可怕’的顺德人”感动了。

在梁庆德看来，人是格兰仕的第一资本。格兰仕要做百年企业，没有任何经验，就必须找到有共同理想、有共同语言的人，这样干才会有力度，否则，合久必分，成也萧何，败也萧何。格兰仕能够有今天，关键是拥有人心，一种为企业尽心尽力、鞠躬尽瘁的忠心。

1993年，格兰仕微波炉生产线正式投产。由于产品没有知名度，起初无人问津。于是梁庆德亲自到上海设立办事处，每天和业务员一起把产品一台台扛进商场，向还没有使用微波炉概念的消费者一一讲解产品的用法和好处。然而一年下来，个个都累散架了，也只艰难地销售了约1万台，同行业有人嘲笑说梁庆德是盲人骑瞎马，不打也趴下。

没想到，梁庆德在厂区正中央竖起一块硕大的“耻辱牌”，把对手的攻击言词写在木板上挂上去，要求员工每天上班之前到牌前集合，默想两分钟。他动情地对全体员工说：“什么时候能摘下这些牌子就拜托大家了。”

知耻而后勇的做法，让格兰仕人群情激昂，大家为着同一个目标奋勇争先。1994年前五个月，格兰仕微波炉产销量突破3万台。当一块块“耻辱牌”被员工们亲手摘下来的时候，一场“灭顶之灾”却悄悄降临到他们的头上。

1994年6月，一场百年一遇的洪灾将格兰仕厂区淹成一片汪洋，所有的机器都被洪水淹没。这场洪水持续了十五天，几乎没人认为格兰仕有可能翻身。到处都有人在谈论，格兰仕不行了，发不出工资了。

生死存亡之时，梁庆德一下子急出了许多白头发。令人意想不到的是，他做出的第一个决定竟是借钱给每个员工发了三个月工资，并让他们自由选择——愿意留下的人就一起抗洪，不愿留下就先回去等工厂复工，公司发路费。此举大大地稳定了军心，所有员工都没走，大家都流着泪，自觉加入抗灾和重建工作中。

洪水没有冲垮格兰仕，经此一役，员工们“擦干眼泪，重建家园”的强大意志反而被激发了。为抢回失去的时间，水退后3天，格兰仕第一条生产线开工；3个月后，工厂全面恢复生产。那时候，员工一致要求实行两班倒，每天工作12个小时，机器24小时运转。还带着洪水污迹的销售员们，铆足了劲扑向各中心市场，那阵势把其他厂家的业务员给吓坏了，“这哪是销货呀，分明是在拼命”。年底，奇迹出现了——格兰仕微波炉年产销量突破10万台，跻身行业国内前三。更令梁庆德欣慰的是，“格兰仕精神”经过血与水的洗礼之后，得以延续下来。

然而，到了1996年，随着中国微波炉市场开始放量，世界家电跨国巨头看到了一个巨量市场的无穷商机，他们纷纷以各种形式，大力建设微波炉生产基地。各路巨头一哄而上，顷刻之间一片混战，面对“兵荒马乱”的格局，弱小的格兰仕如何守正出奇，与巨头们扳赢一次力量并不均衡的手腕？群雄混战的时代，呼唤振臂一呼的英雄。

此时，被称为格兰仕一员悍将与铁嘴的俞尧昌说服梁庆德，做出了迄今都足够载入中国家电发展史册的决定：格兰仕微波炉全线产品降价40%。

“长痛不如短痛，晚打不如早打，打一场轰轰烈烈‘摧毁产业投资价值’的价格战。”——这句豪言壮语擂响了微波炉价格战的第一声战鼓，俞尧昌独创的这一“价值摧毁理论”，发挥了清理门户的巨大作用。

“我们打的是价值战，而不是价格战。”格兰仕宣称，要将微波炉做到全球最大，“做绝、做烂、做穿，在单一产品形成不可超越的绝对优势，这叫作铆足力气一个拳头打人”。“为什么我们要这样做？就是要使这个产业没有投资价值。”

这一打法的效果确实威力无穷，打响价格战的第一年，格兰仕的国内市场份额超过了50%。

剑出奇招，招招制胜，格兰仕的“价值战”一打就是10年，10年时间里，让一个个竞争对手在微波炉产业中无利可图，最后黯然退出中国市场，格兰仕成了最后的王者。

从此，格兰仕走上了一条“降价—市场扩容—扩产—成本降低—再降价”的良性循环之路。

1998年5月，格兰仕微波炉创下高达73.5%的全国市场占有率，当年实现产销规模“全球第一”。

格兰仕的传奇故事和其所创造的奇迹，一度为世界所惊叹。日本产经新闻社的记者长谷川在《格兰仕家电王国的崛起》一文中写道：“八百年前，在蒙古草原上，有一群射雕英雄迅速崛起，以闪电的速度、旋风的铁蹄、铁血的纪律，像狼一样凶狠，东征西讨，以迅雷不及掩耳之势征服世界，建立起蒙古帝国……八百年后，在二万里外的珠三角小镇上，有一群新的成吉思汗崛起，他们也同样以闪电的速度、先进的理念、严谨的纪律和旺盛的企图心，征战全球，建立了日益扩大的家电版图，这就是令竞争对手无法安睡的格兰仕。”

向白色家电王国挺进

打虎亲兄弟，上阵父子兵。

梁庆德创业初始，其子梁昭贤大学还没毕业，就已经入厂实习，父亲的血性、意志、格局，深深地融入了梁昭贤的血液，作为“顺二代”中的长兄，梁昭贤能否成为一个成功的榜样？

当然，他也可以选择“躺平”，或者不必子承父业，像何享健的儿子何剑峰一样，自己另辟蹊径，打开另外一片天空。

一代人有一代人的长征，一代人有一代人的使命。在中国企业发展史上，褚时健、任正非、柳传志、张忠谋、宗庆后……一批批大器晚成的企业家，成了中国产业的砥柱，他们的精神与光芒，激励着无数的创业者义无反顾地踏上梦想之路。作为一家家族色彩颇为强烈的企业的接班人，梁昭贤勇敢地接过重担，不抛弃、不放弃，继续当一名家电产业的“苦行僧”，将家族的事业进行到底，这是他义不容辞的责任。

价格战并非格兰仕的独门绝技，在其发展历程当中，另外两件大事同样发挥了关键作用。

首先是格兰仕，趁全球其他竞争对手在微波炉产业无所眷恋之时，成功游说他们将生产交给其代工，以此集聚了全球微波炉产业的大部分产能，而这成功的一步，有力地推动格兰仕成为全球最大的微波炉生产基地。

其次是格兰仕成功掌握了微波炉的核心部件——磁控管的生产技术。1998年，当格兰仕微波炉做到产销规模世界第一时，被称为微波炉“心脏”的核心部件——磁控管的生产技术却还被发达国家牢牢控制。为了破解“缺芯”问题，将发展的命运掌握在自己手中，格兰仕下定决心，“砸锅卖铁”都要研发出自己的磁控管。

1999年，格兰仕立项自主研制磁控管，真诚感召一批国内专家和上游合作伙伴共同攻关。2001年，第一个格兰仕自主品牌磁控管正式装机投放市场，这一核心部件的重大突破，使格兰仕摆脱了核心技术受制于人的困境，磁控管成了“争气管”，自立自强自主的产业配套，让格兰仕始终将产业的命脉牢牢掌握在自己手里。

“金链银链不如产业链，核心技术必须牢牢掌握在自己手上。”这是梁昭贤最为清醒的认知。

然而，道路不可能一马平川，有时会有激流险滩，有时突现沟壑坎坷，人生与事业总是在蜿蜒曲折的道路当中，伸展自己向上的力量，挫折有时也是最好的老师。

2000年9月20日，格兰仕宣布进军空调业，并扬言要在3年内产量达到800万套，以一贯的薄利多销的策略，力争用3至5年使产销量达到全世界第一，并宣称把空调的市场价格砍掉一半。

格兰仕计划用5年的时间走完别人10年的路，用当时格兰仕执行总裁梁昭贤的话说：“做空调，别人是在拼搏，我们是在打滚；别人是在赌钱，我们是在赌命。”

然而，当时中国空调行业的格局已经定型，对格兰仕打破这种超稳定的产业格局，并复制其在微波炉上的成功模式的目标，只能用一句网络流行语来形容：梦想要有的，万一实现了呢？

然而，当时的形势不容乐观。一方面，以格力、美的、海尔“三剑客”为主的头部企业，发起了一浪高过一浪的市场攻势；另一方面大量的小品牌不断萎缩乃至退出江湖，在这种极为惨烈的大浪淘沙面前，格兰仕想要在夹缝当中杀出一条血路谈何容易？

60多岁的梁庆德已经没有了当年的血性，而当时血气方刚的梁昭贤认为，既然格兰仕微波炉已经走上世界之巅，那么依托自身构建的产业链优势，开展相关多元化业务，是格兰仕打破增长天花板的必然之举。

在拓展下一个赛道这一重大战略举措上，梁昭贤绝非一时冲动，在做彩电还是空调的问题上，格兰仕也经过了认真的思考。当时的彩电，显示屏依然严重依赖日韩，而从白色家电到黑色家电，跨度也不小，从产业链的自主自强来考虑，从微波炉到空调，这是最稳妥也最可能走向成功的一条通道。

从空调产业入手，创造另一个格兰仕奇迹，打造第二条成长曲线，这是梁昭贤的使命，也是他的责任，在这个赛道上一旦取得成功，他会成为家电行业的新一代枭雄，这种紧迫感、责任心，需要梁昭贤以在空调行业的突围来证明，这一切从格兰仕的雷霆行动开始了。

2003年12月19日，格兰仕中山空调基地奠基典礼在中山市黄圃镇隆重举行，被称为“价格屠夫”的格兰仕宣布，将分批投资20亿元在3000亩土地上，打造产能预计达到1200万台的世界最大的空调生产基地。

然而，无论多大的手笔，多狠的行动，格兰仕始终无法复制第二个微波炉产业，正所谓隔行如隔山，时代的际遇、产业的格局，决定了格兰仕难以再度创造出新的时代奇迹，一波又一波空调板块操盘手的离任，也让格兰仕的空调始终无法打破行业的坚冰。

自此之后，梁昭贤承受着巨大的压力，更为务实的格兰仕再度深耕生活电器，从微波炉到烤箱、微蒸烤一体机，从小家电到洗衣机、冰箱，以全品类、全渠道、多品牌的发展策略，以做一个、成一个的决心，格兰仕不断扩张自己的产业版图，向世界级的综合性白色家电产业集团发起一轮又一轮攻势。

以品质立身、营销见长、出口拉动的格兰仕，乘着2001年中国加入世界贸易组织的强劲东风，加速扬帆起航的步伐，构建起了面向全球的庞大销售网络，在日本、韩国等地，构建起了服务全球的研发机体与创新体系。经过梁昭贤多年的励精图治，格兰仕产品出口到了全球200多个国家和地区，格兰仕的产品，进入了全球数十亿家庭。

2020年注定是不平凡的一年，也是极具挑战的一年，这一年荣誉与挫折同在，笑容与泪水齐飞。面对全球变局、世纪疫情的冲击，经历过无数风浪的格兰仕沉着冷静，表现出了对抗压力、逆势而上的强劲韧性，体现出危急关头的强大社会责任感。

这一年，格兰仕爱心驰援、复工复产和科技转型三箭齐发，衔枚疾进。

1月23日，格兰仕率先挺身而出，将第一批500台光波炉、蒸烤机连夜送往武汉协和医院，此后在全国捐赠了10万台微波炉。

开春以后，面对复工复产的压力，格兰仕“胆大包天”，包了一架飞机，从广西南宁接回了自己的工人，梁昭贤宣布不裁减任何一个湖北人。在别人大幅裁员应对危机之时，这名有责任、有担当的顺德人，决定逆势而为，以超越常规的力度加速人才抄底，整个格兰仕集团扩招1.4万人，并毅然宣布不降薪，不裁员，用发展解决所有困难和挑战，这是何等的魄力、何等的担当!

“除了老婆孩子不能变，其他一切都要变。”从传统制造到科技企业，这一步成为新时代企业过坎的关键一步，梁昭贤以此表达自己的决心，向世界宣示企业的雄心。

2019年9月28日，格兰仕董事长梁昭贤、恒基兆业地产集团主席李家杰、曾任谷歌首席技术官的传奇博士江朝晖在格兰仕“超越制造”主题大会上首次同台亮相，开启了“科学家+企业家”的梦幻组合，多元联手投资超100亿元，共同打造开源芯片基地，格兰仕面向世界，吹响集结全球优势力量、向芯片产业进军的冲锋号。

道阻且长，行则将至。2020年，格兰仕以风雨无阻、只争朝夕的行动，加快科技转型的速度，工业4.0基地建成，“黑科技”GZ20问世，“中国芯”联盟布局，“新物种”A6发布……“再造一个科技格兰仕”，成为格兰仕在变局当中开新局、危机当中育新机的重大行动，这是格兰仕的梦想，也一个企业转型发展的重要变革。

格兰仕的行动，又一次突显了这一家企业突破“卡脖子”技术，为自己也为国家确保产业链安全性与稳定性的决心。2018年，面对中国高科技企业的强劲发展，美国以保护产业安全为由，对华为、中兴等一批中国企业实施芯片、操作系统的断供。此时此刻，研发属于中国的自主芯、争气芯刻不容缓，怀有强烈家国情怀、社会责任的格兰仕，又一次挺起了中国制造的脊梁。

勇敢地否定自我，以变革的力量，奔赴更宽广的星辰大海，这种勇气，梁昭贤有，当然还有一个若隐若现的新锐人物也有。

数智化与资本化的力量

“大家好，我是格兰仕的梁惠强，今天是第一次以正式身份参加328年会。”2019格兰仕328中国市场年会，集团副董事长梁惠强第二个上台发言。他此次公开亮相，宣告格兰仕“未来掌门人”正式登上舞台。

英俊沉稳的梁惠强一出场，当即吸引了外界的目光，梁家第三代走上前台的这一刻，人们不由感慨时间飞逝，不知不觉中，这一家与中国改革开放同岁的民族企业，已经历经了40余年的风雨沧桑，一代新人胜旧人，是历史规律使然，也当是家族对其的重托。

作为一家年过四十的企业，站在历史大拐弯处的格兰仕，又将走向哪里？对于一个有追求、有格局的企业而言，这是一个永远无法停步的终极追问，而这一问题，交给这个年轻的面孔去回答。

梁惠强，从小在香港读书，毕业于美国普林斯顿大学历史系，这位学霸级的“海归”一登场，便带来一股清新之气，在智能制造、资本市场、未来产业三个赛道上，梁惠强使出了属于自己、也令世界刮目相看的“三板斧”，拉开了格兰仕“洗心革面”、超越制造、面向未来的大幕。

格兰仕的老员工记忆犹新。曾经，年少时的梁惠强，由其父亲带着，无数次参加格兰仕高层的内部会议，这种枯燥的会议，往往一开就是几个小时，但小梁惠强总是异常专注，从不叫苦，也不溜号。

更让人印象深刻的是，2010年上海举办世界博览会，格兰仕是其中一个馆的赞助商，为了回馈赞助商，世博会为赞助商开了一个VIP通道。但是梁惠强去看世博会，坚持不走这一个绿色通道，而是与普通观众一起排长龙，当时有老员工没带小马扎，年轻的梁惠强便将自己的小马扎让给了老员工，尽管在烈日之下汗流浃背，但“小梁同学”毫无怨言。

2020年4月28日，格兰仕仅用50天时间，以革命加拼命的速度与力度建成的格兰仕工业4.0示范基地投产，这个基地设在格兰仕顺德总部5号楼内，4条智能生产线日夜不停地运转。每条生产线有17个机器人，单线最快每6.7秒就能下线一台微波炉腔体，生产效率是传统制造模式的9倍……这个基地的投产，是梁昭贤、梁惠强父子共同创造的又一项世界纪录，标志着格兰仕的数智化战略已经站在世界的前沿，成为“中国智造”高质量发展的又一标杆之作。

2019年9月，梁昭贤正式对外宣布切入芯片领域。

放眼全国，和梁昭贤做出同样跨界选择的企业家并不少。数据显示，2020年全国新增了超过6万家芯片企业，“造芯”正在成为中国产业界的一股热潮。

然而这是一场风险极高的新产业竞逐。在越来越多不同领域的人奔向造芯的同时，武汉千亿弘芯停摆、南京百亿德科码破产等事件，成了这股热潮下的阴影。

在这样的背景下，不少人难免对深耕传统家电、如今成为造芯梦想家之一的梁昭贤投去怀疑的眼光。

“我们明白这是很困难的事业，但不管多难，都要把项目做起来，这是背水一战。”梁昭贤说。

2020年1月，由格兰仕牵头，与赛昉和千兆跃共同投资的跃昉科技有限公司挂牌成立，格兰仕副董事长梁惠强被任命为跃昉科技首任董事长。

梁惠强曾经表示：2000年，格兰仕微波炉就曾受到国外供应商对核心零部件的限制，导致出现了交货不及时、断货的现象。因此，格兰仕开始坚定全产业链发展模式，坚持自主研发和自我核心配套，格兰仕如今大力投入芯片产业生态建设，是进一步为产业链强筋健骨，为将命运更牢固地掌握在自己手中，并为未来的可持续发展道路扫清阻碍。

与善于画蓝图、造概念的企业不同，低调务实的格兰仕很快就拿出了令人信服的成果：2020年，跃昉科技首款自主研发的芯片“BF-细滘”便实现量产和应用。这款40纳米的芯片，不仅耗电少，同时支持区块链技术，保障信息数据的安全性，可应用在六七个不同的场景。第二款芯片“NB-狮山”已于2021年12月流片成功。“这个芯片专门用在边缘计算的场景中，使用12纳米技术，含有四个非常强大的‘大脑’，每一个‘大脑’都可以跑64位计算、主频可高达2GHz。”

在自主造芯的道路上，格兰仕正在以前所未有的速度向前推进。

发展才是应对危机最好的武器，更让世界为之一惊的动作还在后头。

“我不排斥资本市场，这是一个必然趋势，但是有一个时间问题，我们第一个要思考的，是把现有的条件和资源最大化，到了一定时候，我们会适当借助资本市场的力量，打造全新的竞争优势。”面对笔者的提问，梁昭贤表示。

格兰仕何时走上资本市场？这是媒体人经常问的一个问题，这一行业诞生了一个个上市公司，早已具备实力的格兰仕却一直没有踏出这一步，是不想、不敢还是不愿？格兰仕何时走进资本市场，这是它一直以来留给外界的悬念。

梁昭贤的这一表态，很快就得到了印证，随着梁惠强的登场，格兰仕很快给出了答案，从过去的“价格屠夫”，到今天的“资本猎手”，格兰仕一举改变了它的形象。

2021年5月，格兰仕宣布斥资20.48亿元，要约收购惠而浦（中国）顺利完成，格兰仕成为上市公司惠而浦（中国）的控股股东，梁惠强成为上市公司的董事长。这一消息，意味着格兰仕向资本市场迈出了大胆而成功的第一步，这一跨越，书写了格兰仕的历史，当然也将改变格兰仕的未来，这意味着格兰仕在向双品牌、全品类、全渠道、全产业链的协同发力上，必将产生巨大的想象空间，也将进一步打破长期制约格兰仕发展的增长天花板。

惠而浦是一家诞生于美国的百年品牌，而象印则是出生于日本的百年企业，就是这样一家企业，成了格兰仕的又一个目标。

2021年10月，格兰仕宣布增持日本象印魔法瓶株式会社的股份至15.5%，成为日本象印最大单一股东。这是闪耀历史的一刻，作为世界家电强国的日本，越来越多的家电品牌最终落入中国企业之手，这一事件，与美的收购日本东芝、海信家电收购日本三电一起，成为中国家电强势崛起的标志性事件，也是中国成为世界家电强国的全新篇章。

有数据显示：家族企业能成功传到第二代的，只有三成；能传到第三代的也就一成多点；能传到第四代的，仅千分之一。

在2422家A股上市公司中，1394家为民营公司，其中共有684家为家族企业，占全部民营上市公司数量的比重接近一半，达到49%。

从地域分布来看，广东省以拥有142家A股家族企业在省份统计中名列第一。整体来看，A股家族企业大多集中在珠三角和长三角地区。

A股上市的所有家族企业中，一、二代同时任职的企业有276家，占比超四成；二代已正式接班担任董事长的有45家，占比仅7%；港股上市的内地家族企业二代接班董事长的比例仅有4.4%。

不可否认，放眼世界，近一两百年的历史上，交由家族后代经营的企业出现了很多成功的范例，实现了基金长青的家族梦想。比如国外银行业的巴林家族、罗斯柴尔德家族和摩根家族，汽车业的福特家族、阿涅利家族和丰田家族，另外还有洛克菲勒家族、古根海姆家族、斯伦贝谢家族和温德尔家族。

当创一代、创二代垂垂老矣，家族企业的接班问题，在中国正成为一个严峻的课题。

三代人的励精图治，三代人的接力奋斗。正青春的梁惠强，越来越接近格兰仕的一号主角，年轻的格兰仕再度焕发出超越自我的竞争力、影响力，“再造一个格兰仕”，不仅是梁昭贤的战略主张，更是激越而嘹亮的冲锋号，当这一家企业再度登顶时，又将书写更为精彩的传奇故事。

这个故事，又将为中国制造向中国智造跨越贡献新的示范、新的样本。

“不做一百强，誓做一百年”，这一句格兰仕最为响亮的口号，表达了这一家民族企业坚持长期主义的决心。

相信格兰仕，期待梁惠强。

卢础其：大器晚成创大业

38岁能干什么？38岁还有梦想吗？

在今天，有人可能失去了梦想、看不见未来，也许有人选择躺平，更有人提前感受到了中年危机。

在中国企业家的阵营当中，有一批特殊的企业家，在“出名要趁早”的现实面前，他们不甘命运的安排，不向年龄低头，在年富力强的时候，承担了自己的使命与责任，人到中年甚至晚年才创业，这种厚积薄发、大器晚成的企业家群体，成为中国奇特而又壮观的景象。

老骥伏枥，志在千里。烈士暮年，壮心不已。马云35岁创阿里，任正非43岁立华为，柳传志40岁建联想，宗庆后42岁创办娃哈哈，陶华碧49岁开卖老干妈，张忠谋56岁投资台积电，褚时健74岁种褚橙……这一个个企业家的成功背后，是他们的知识、技术、专业，更是毅力与意志的支撑，是对责任与使命的担当，他们用企业的体量与地位，创造了一个个奇迹，证明创业永不过时、年龄不是问题的道理。

惟其艰难，方显勇毅；惟其笃行，更显珍贵。在顺商的世界当中，也有一个大器晚成的企业家——万和创始人卢础其。38岁才找准人生方向的他，在中年走上了创业的漫漫征程。

1978年，卢础其乘着改革开放的春风，以出色的电工技术从事电视、音响、收音机等无线产品的维修，开启了以“匠心”服务社会的创业之路；1987年，师徒四人在不足40平方米的民宅里，开始丈量从中国制造到中国创造的距离；1992年，卢础其带领团队发明了中国第一台超薄型水控式全自动燃气热水器，一炮而红；1993年8月28日，创业团队正式成立万和。

四十余年匠心积淀，三十年品牌发展，万和已发展成为集产、研、销为一体的大型现代化企业集团，投资布局涉及家电、汽车配件、电线电缆、金融等多个领域。目前，万和集团在顺德、中山、高明、肇庆、合肥等地拥有十大生产制造基地，总占地面积近3000亩，年产能超过2000万台，年营业总收入突破150亿元。

集团旗下核心业务板块万和电气，于2011年上市，已发展成为国内热水器、厨房电器、热水系统的专业制造龙头企业和领先品牌，是工信部公布的第三批制造业单项冠军培育企业，万和家用燃气热水器是第七批制造业单项冠军产品，燃气采暖炉、燃气灶、吸油烟机、电热水器的市场占有率均处于行业前列，万和燃气热水器和燃气炉具的出口量连续多年在行业同类产品中名列前茅，万和燃气热水器市场综合占有率连续19年在行业位居第一。

从0到1，从小到大，从弱到强，从专业到多元，万和集团今天的成就，不仅书写了打虎亲兄弟的创业故事，也显示了卢础其过人的技术天赋、出色的机遇把握力、犀利的产业洞察力。

中国大器晚成的企业家的创业史，没有一个不是一本厚重的书、一曲传奇的歌。

曲折之路

1978年，改革开放的号角如同雨后春雷，震彻了中国南方的这片大地。

顺德桂洲镇的红旗乡，春天来得更早一些。因为全乡港澳乡亲较多，大约从1976年开始，先知先觉的村民便率先冲破禁区，倒卖国内急需的电视机、化肥甚至汽车等。“撑死胆大的，饿死胆小的”，一时之间，红旗乡“红旗”飘飘，被热烈而有点野蛮的发财欲望所笼罩。

年轻的卢础其属于“文化大革命”时期的老三届，高中只读了一年，两年之后才拿到毕业证，1968年，作为当时的“高学历人才”，他进入了桂洲石油气炉厂工作。

穷人的孩子早当家，卢础其亲历了家庭的艰辛，父亲是一个邮局的投递员，每天工作时间在10个小时以上，一人工作，养活全家8口人，这是多么苦涩的生活。

卢础其从参加工作的那一天起，就对技术有一种狂热的爱好，也展现了惊人的天赋，而这种天赋又与时代、市场在一个特殊的交叉点上嵌合在了一起。

他对无线电极为痴迷，把家里常年订阅的《无线电》杂志记得滚瓜烂熟，当时桂洲红旗大队的一些家庭拥有了从香港倒卖过来的电视、音响、收音机等无线电产品，但因为无人懂维修技术，一旦出了问题就无法解决。此时，有着电工技能的卢础其开始利用自己的特长，研究电视机、收音机等无线电产品的维修，为当地居民服务。在维修电器的时期，卢础其结交了很多朋友，随着业务量的扩大，他收下了六七个学徒，一起从事电视机、收音机等无线电产品的维修工作，同时收取一点点辛苦费，因为过硬的电器维修技术，他被誉为“桂洲一绝”。这一批徒弟当中，就有后来的万和创始团队成员叶远璋，他当时年仅15岁。

“我从开始收徒弟起，要求每个徒弟常备一本笔记本，严格要求他们养成记笔记的习惯，每天晚上必须看完央视的节目《电工原理》再吃饭。”卢础其说。

在改革开放的进程中，桂洲的一些“三来一补”企业开始兴起，一些首先致富的小企业主也因此引进了第一代数控机床用于生产，但是会操作这些数控机床的人太少，卢础其看准了这一机会，利用自己的技能首先接触到了这些设备。在桂洲石油气炉厂工作期间，卢础其被派往中山大学进修了系统软件设计，并逐步掌握了数控机床的操作以及模具设计，通过帮助一些小企业主操作、维护数控机床，在当时已经有较高水平的收入，并开始对外承接此类业务。

1985年，卢础其抓住市场需求迅速扩张的机会，以自己的积蓄从邻近顺德的江门市买回一台电脑控制的线切割机床，带着两个兄弟卢楚隆、卢楚鹏在家里生产模具，从事线切割业务，为众多小企业服务，积累了人脉，也开始走上致富之路，每个月的收入有了几何级数的提升。

1987年，有别于传统的煤油火石打火机，当时的一次性压电打火机生意特别火爆，而一次性压电打火机的核心部件就是高压脉冲变压器。如何在小小的打火机中打出一万伏以上的高压电火花，是一个技术难题。

也许是命运的眷顾，但首先是靠技术的领先和人脉的积累，卢础其遇到了机会。他常年帮桂洲最大的打火机厂的老板维修机器，一次该老板心急火燎地把卢础其请来，希望他帮忙修理一台无线塑料焊接机。原来，该老板遇到了生产难题，从广州请了一个高级工程师，但花了几天时间也修不好，他想碰碰运气，看卢础其能否解其燃眉之急。结果卢础其只用了短短两个小时即完成修理，这让老板对卢础其的技术极为钦佩。

没多久，一位香港的老板慕名而来，拿着一个日本产的打火机，希望卢础其能生产这个打火机的脉冲点火装置。卢础其殚精竭虑，甚至将初中学过的化学课本重新捡起来，又请来了当时顺德的“技术大拿”来协助攻关，但也没能解决技术难题。

最后，卢础其凭借一股不服输的劲头，对这个精美的打火机进行拆解，硬是用“反求工程”研制成功。但是产品研发出来了，桂洲打火机厂却总是生产不出来。不久，卢础其感觉到打火机业务是一个极大的商机，他决定让自己的兄弟卢楚隆、卢楚鹏稳住线切割业务，自己带着徒弟叶远璋外出开疆拓土，开办了城西电器厂。这一年，卢础其刚好38岁，如果说过往的一切都是最好的铺垫，那么这一次办厂则是他人生的重要转折点，从小作坊到工厂，这是一次重要的跨越，也是真正创业的开始。

城西电器厂生产的高压脉冲点火器，供应给了当时的桂洲打火机厂。于是，桂洲打火机厂靠这一系列可替代进口配件的产品，生产出质量和外观媲美进口产品、而价格只有其四分之一的打火机，这样的产品爆发出强大的竞争力，迅速占领国内市场，并赢得了国际市场的青睐。就凭借这样一个打火机行业当中的核心部件——高压脉冲点火器，卢础其与兄弟卢楚隆、卢楚鹏和徒弟叶远璋赚到了人生的第一桶金。

1989年，全球最大的打火机贸易商委托已经小有名气的城西电器厂为他们研发一款世界最先进超薄打火机的连续高压脉冲点火器，并提出了体积更小、能连续打火的需求，这是对高压脉冲变压器的一次重大技术革新。

“过去的打火机，按一次，只能啪的一声，打出一个火花，这个火花如果不能点燃打火机，就必须再按一次，这一次要求‘啪啪啪’，能打出连续多个火花，多个火花能够大幅度提升打火机的点火率。”卢础其描述。

为此，这个来自香港的厂商按国际惯例，主动付给了卢础其10万元的研发费用，要求他去组织技术攻关，经过很长时间的研究，最终卢础其组织人员拿下了这一技术。但是，因为制造上面临的一些困难，这一技术成果最终没有被香港厂商采用。

技术创新成果荒废在自己手里，卢础其心里很是不甘，他首先想到了这一技术可以应用在桂洲石油气炉厂生产的陶瓷石油炉上，随后进一步想到了这项技术还可以应用在燃气热水器上。为此，他找到了当时声名鹊起的万家乐热水器厂，去探讨这一技术的应用前景。当时万家乐热水器厂的技术副总很快就认同了这一创意，将这一连续高压脉冲点火器技术运用到燃气热水器产品上，城西电器厂由此成为万家乐热水器厂的核心配件供应商。

1991年，中国燃气热水器行业的高端市场还是日本货的天下，一台热水器的价格高达5000元以上，与中国人当年的平均收入和消费水平相比，这无异于天价。这种热水器极为先进的技术、极其丰厚的利润，对卢础其具有极大的诱惑力，卢础其跑了一趟广州华侨商店，咬咬牙一口气拉回了五六台热水器，与曾经桂洲石油气炉厂的同事、当时城西电器厂的总工程师拆开研究：为什么日本的热水器水阀一开，热水就“哗哗”地流出来了，而中国的产品要先点火，再开水阀才能用？

很快，卢础其经过研发试验，真的把这种水控式全自动点火装置研发出来了。但是由于当时万家乐的生产设备全部从国外进口，如果要上这个新产品，意味着要更换全部产线，巨大的代价，让万家乐无奈放弃。还有一个重要的原因是，当时万家乐的产品火爆中国，可谓财源滚滚，万家乐没有进行大改造的动力。

费尽心血、投入大量资金研发的技术不能投入使用，卢础其一时陷入了困境，在经过激烈的思想斗争后，他一咬牙，把万家乐弃置的水控式全自动点火装置拿来自己用，对当时普遍比较笨重的燃气热水器进行改进。

虽然历史没有假设，但试想一下，如果万家乐没有放弃这一技术，也许就没有今天的万和；如果当时万家乐买断了这一技术并雪藏起来，同样就没有这一项成就万和的独门绝技。冥冥之中，一个万家乐的挑战者就此诞生了。

然而，这一项技术要产业化，谈何容易？

卢础其找到了广州的一家模具厂，该厂的技术科长放话：这个模具集全中国的技术力量也搞不出来。

他又跑到南京机床厂，三顾茅庐请到了该厂在南京的门市部经理，希望得到设备支持……

功夫不负有心人，卢础其经过无数个日夜的煎熬与攻关，在成功将脉冲高压点火装置的尺寸缩小一半之后，最终研制出“超薄水控全自动”燃气热水器，这是中国人自己生产的第一台超薄型的全自动水控式燃气热水器。

以技术起家、凭创新吃饭，是顺德企业历经时代风雨、始终引领市场风向的动力源，但老板自身作为技术开发的主创人，最终屡屡以自创技术开启创业之路的并不多，作为顺商当中的“技术偏执狂”，卢础其是不可多得的一个。

技术就是动力，技术就是生命，这是卢础其一辈子最坚定的信条。

一飞冲天的万和

有了这一技术，卢础其决定再次创业。

作为创业团队当中的老大，卢础其可谓是一言九鼎——一方面因为他每做一次决策，都展现出了极大的成功率；另一方面，作为技术权威，他具有无可撼动的地位。

“没有人反对，事实上也不可能反对，因为我做的决策，成功率特别高。”

卢础其决定让卢楚隆等人按兵不动，他则出去开疆拓土，实施更为宏大的计划。

1992年，卢础其又与卢楚隆、卢楚鹏和徒弟叶远璋共同成立了桂洲热水器厂，全面进军燃气热水器整机领域。

1992年底，卢础其决心向品牌制造商转型，并创立了自己的品牌——“天天乐”。独力打天下的风险不言而喻，卢础其这时唯一凭借的就是中国燃气热水器历史上最重大的一次技术革新成果——水控全自动技术。这一技术的应用，绕开了当时的人工点火和电子点火阶段直接进入到水控点火阶段，让中国燃气热水器进入“水阀一开，热水即来”的时代，水控式全自动燃气热水器很快成为市场的主流。在此期间，为借助品牌的力量，他开始租借珠三角当时较有名气的“三角”牌，贴牌销售产品。在当时卖方市场下，他很快就在当年把销售收入提升到了几千万元的规模。

在这几年的创业过程中，从生产脉冲点火器到给品牌厂家做配件，再发展到生产燃气热水器整机，再到创立自己的品牌，乃至租借别人的品牌，卢础其通过不断克服困难，努力拓展发展空间，逐步完成了万和的原始积累。

然而，世上没有不透风的墙，卢础其另立门户的消息传到了万家乐高层的耳朵里，他们决定给卢础其来一个突然袭击：“我们能不能过来看看你搞的热水器？”卢础其放下电话之后，没有惊慌失措，而是指示副厂长马上派人搞乱整个生产车间，结果万家乐的三位老总来到现场之后，看到一片狼藉的生产车间，回去向总经理汇报：卢础其的工厂不成气候，不足为虑。

就这样，当时的中国热水器行业老大万家乐，第二次无意间错失了阻止卢础其做大的机会。

1993年，卢础其决心立足长远，重新创立一个长久经营品牌，为此把“天天乐”更名为“万和”，并在桂洲热水器厂的基础上组建了万和集团，用自身研制的中国第一台超薄式水控全自动燃气热水器，以迅雷不及掩耳之势向当时燃气热水器市场上的玉环、沈乐满、万家乐和神州这四大巨头展开攻势，揭开了中国燃气热水器发展史上的新篇章。

说起“万和”两字的来历，弟弟卢楚隆回忆，大哥卢础其特别喜欢“和”这个字，他们三兄弟和大哥卢础其的徒弟叶远璋四个人一起创业，就靠这个“和”字，团结得像一个人，大家不离不弃，齐心协力。卢础其也常感慨：“家和万事兴啊！”所以他希望品牌里面有一个“和”字。

一个“和”字，从此决定了这个企业的性格。

1993年8月28日至1994年8月28日，万和以每个月翻一番的惊人速度，销售额突破1.5亿元，一举进入行业前三强，万和改写了当时中国燃气热水器市场格局，开创了万家乐、神州、万和“三强争霸”的时代。

因为中国第一台超薄式水控全自动燃气热水器这一产品的发明，时任万和技术负责人的叶远璋获得了顺德区政府颁发的5万元科技创新奖励，但叶远璋把这5万元奖金全部捐给了自己的中学母校——桂洲中学。

1994年，万和首创超薄微电脑强排热水器，比行业推广强排领先五年，是名副其实的安全先锋。之后，万和作为后起之秀，一路高歌猛进。

1996年，万和扩军北上，开始了全国范围的征战。

也就是在20世纪90年代中后期，万家乐曾经的小配件商——万和，已经成了万家乐强有力的竞争对手，中国燃气具行业的这对“金角大王”和“银角大王”之间的战争似乎“硝烟弥漫”。从价格战，到市场份额之争，再到技术之争，双方就在顺德这个小城你来我往、互不相让。

1997年，生产燃气热水器的万家乐和万和几乎是同一时间拿出了不同机构颁发的“全国销售额第一”的证书。当时，双方互相指责对方发布的市场份额有水分。其实，这是因为不同机构的调查方式不同，其数据都不能覆盖当时的全国市场，因此并不好直接比较。

这一当时被媒体称为“两万”之争的战火，一直持续了至少10年。作为同城企业，这对相距不到10公里的“欢喜冤家”，在竞争当中比学赶超，谁也不低头，它们引领了中国燃气热水器行业以更超前的速度奔跑，隔岸观火的人们竟然嫌它们的战火烧得还不够旺。

1998年，万和一举成为行业的二强之一，并在成为燃气热水器行业龙头品牌时，开始进军灶具行业。

2000年，万和在全国率先推出集安全、方便、舒适、节能于一身的超薄强制平衡式热水器。

2002年4月，万家乐在广州突然宣布发起“春雷行动”，掀起大规模的降价风暴。万和针锋相对，发起了“六月革命”，以技术革命、质量革命、管理革命、服务革命、成本革命等提高核心竞争力，在燃气热水器市场全面突围，双方的价格战逐渐白热化。

2002年9月，万和燃气热水器以0.3%的微弱优势第一次成为行业销量第一品牌，同时，万和燃气热水器被评为“中国名牌”。

“两万”之争最终是万和占了上风，卢础其认为，其实早在1998年，万和就已经超越了万家乐。屡战屡胜的卢础其，以超前的战略、果断的作风、领先的技术，成功将自己的“老大哥”挑下马来，成就了中国燃气热水器之王。当年万家乐根本不在意的小不点，最后成为压制自己的最强对手。“两万”之争，演绎了中国热水器行业的一部精彩大戏，也一举奠定了万和的王者地位。

在深耕燃气热水器领域的同时，万和也开始介入厨房电器领域。2000年底，万和灶具国内项目上马。在短短一年中，万和灶具国内销售总量涨了四倍，销售额增长了318%，2002年，万和燃气灶一举拿下“广东省名牌产品”称号。

2002年底，万和启动新一轮“一个核心，两大创新，三大战略”的企业发展方略，其中“一个核心”指“专注于以燃气热水器和燃气灶具为主的燃气具事业”。

2002年12月25日，万和正式宣布成立厨具事业部，致力于打造国内最大的灶具研发制造中心。

到了2004年底，万和形成了拥有两个内销生产基地、四个出口生产基地，年总产能达300多万台，具有国际先进水平，占地总面积达60多万平方米的燃气灶具类产品生产基地群。

将治理一抓到底

在逐步稳固行业领先地位之后，万和又开始着手改善公司的治理。世纪之交时，卢础其就认为，万和如果要进一步发展，就必须改变这种家族式经营方式，实现家族所有、社会化经营。

早在1999年，卢础其提出了聘请职业经理人管理万和的想法。

第一个进入万和的职业经理人是原荣事达主管营销的副总经理李洪峰。这位当过大学教授、在科龙做过战略顾问的营销专家来到万和的任务是：对万和营销体系进行深层次的调整，此外对万和做一个长远的发展规划。李洪峰的到来让卢础其淡出了万和的日常管理，有很长一段时间他待在国外生活，弟弟卢楚隆也让出了营销负责人的位置。

但是，学院派的李洪峰来到万和的第一年，万和的业绩就开始下降，销售额从4亿多元下降到了3亿多元，而那时卢础其对李洪峰提出的要求却是年销售额达到10亿元。业绩与目标的差距，使李洪峰与卢础其最终分手。

李洪峰的离开，让卢础其又回到了万和经营管理的第一线，但李洪峰离开前留下的《万和中期发展战略规划》，却让卢础其陷入了两难境地：一面是万和的发展，另一面却是卢氏家族于万和的控制力，即企业控制权问题。经过一番周折与思考，卢础其想出了一个解决方法：推行事业部制，同时实行事业部股份化。这就是后来被称为“万和模式”的“核心控股+外部参股”管理方式的雏形。

2002年，万和成立了热水器、消毒柜、海外、厨具、生活电器、资本运营六大事业部，并在事业部内部试行了股份制改革。经过这样一个管理体制改革，万和很好地解决了激励机制、内部约束等问题，公司进入了一个快速发展的阶段。2002年，万和实现销售收入6亿多元，2004年快速增长到12亿元。

2005年，卢础其向管理层提出这样一个问题：5年后，市场上到底还能不能看到万和？为了回答这个问题，万和的“战略委员会”悄然成立。

这一年，卢础其的思想更加开放，用“外脑”的范围不再局限于职业经理人。他聘请了华南理工大学陈春花教授作为万和战略管理顾问。

这一年，按照制订的战略规划，万和砍掉了生活电器事业部，将热水器、消毒柜、厨具事业部合并成燃气具事业部，连同海外和资本运营事业部，组成三大事业部。在热水器方面，停掉了电热水器的生产经营。有限多元化转向战略聚焦后，万和的战略目标变得清晰，即成为“中国燃气具领导者，世界燃气具制造中心”。

彼得·德鲁克在谈到中国的管理体系时曾预言：“日本人的秘诀在于把现代企业变成一个家族；而中国人的秘诀是把家族企业变为现代企业——中国人正在发明自己的管理体系。”进入21世纪，国内民营企业管理开始普遍引入“泛家族制”概念。泛家族的管理制度使创业时期的“家族制”在企业做大以后仍具有较强大的生命力。一些规模较大、水平较高企业的老板严格限制家族成员在企业中担任管理要职——在一个更广泛的范围内用人，使公司不仅在股权架构上而且在治理结构上逐渐打破家族垄断管理，实现执行机构、董事会和股东会对“家族制”的全面突破。

万和也在管理模式上努力突破，让“家族企业”变成“企业家族”，并为此设计了“核心控股+外部参股”的模式。

“核心控股”中的“核心”就是四个原始股东：卢础其、卢楚隆、卢楚鹏、叶远璋。他们是整个模式里股份化的基础。四个原始股东在行使股权的时候必须是一个整体，每一个原始股东都没有单独行使自身股权的权利。原始股东在每个事业部中的整体控股必须达到50%以上。在四个原始股东之间的股权界定方面，卢楚隆、卢楚鹏、叶远璋三人的股权在7%—20%之间，基本相当，卢础其个人持有40%以上的股权，但不过半数。这样一来，对外他们是一个整体，但对内明确了责权利的关系，这是万和的特色，同样也是他们股份界定方式的基础。

滚滚长江东逝水，浪花淘尽英雄。创业英雄的万和第一代，终归会走完激情燃烧的岁月。2011年万和上市之后，卢础其等“创一代”皆将近花甲之年，二代传续迫在眉睫。如何搭建家族企业下一代的核心管理团队，成为摆在万和电气面前的重要问题。

卢础其决定让“创一代”的7名子女从海外回国之后，全部回到万和，采取赛马的机制，通过长期的多部门、大跨度的内部培养，从中发掘引领万和再腾飞的第二代领导集体，意在将万和的“打虎亲兄弟”创业模式复制到下一代。

2010年开始，卢宇聪、卢宇凡等人先后从加拿大、英国回国，进入万和工作。卢础其的儿子卢宇聪一开始从事家电进出口贸易的相关工作，后历任区域经理、市场部长、小家电事业部总经理、品牌部部长、总裁助理等职务。卢宇凡被卢础其破格提拔，升为上市公司副总裁。2022年，历练多时的卢宇聪于万和电气的董事会换届选举当中成功晋升公司董事长兼总裁，卢宇凡也同步进入公司董事会。

自此，在外人看来，万和电气已进入“和二代”全面接掌的时代。对比顺德另外两大家族——何享健家族、杨国强家族的家族传承，何享健可谓是“传贤不传子”，杨国强实施家族与职业经理人混合管理制，而此次卢础其极为保守而又传统的做法，让媒体与外界认为，万和是顺德企业当中最为家族化的企业。

一家在新时代依然如此家族化的企业，确实很难让人看好。

然而，家族化绝非卢础其的坚持，去家族化才是其最终的目标。事实上从1999年开始，在构建现代企业治理结构的道路上，卢础其就一直进行着激进大胆的探索与实践。“世界上的企业有三种死法，一种死于过度扩张，一种死于价格战，一种死于家族传承，中国企业的家族传承大部分搞得不好，欧洲百年企业的传承主要靠制度。”对此，卢础其有着极为清醒的认知。

然而，时间不到两个月，眼光长远、态度坚决的卢础其又一次做出了一个极具突破性的决定。2022年11月2日，卢础其召集了一次内部会议，他提出了一个大胆的计划：“创一代”要全部退出公司的内部管理，引进职业经理人担任万和电气的CEO。他放出狠话：“革命革到谁的头上都要服从，这件事我要亲自抓，一抓到底。”眼见老大的决心如此坚定，所有人都表示坚决支持。

2023年1月10日下午，万和电气公告称，公司董事长兼总裁卢宇聪辞去总裁职务，聘任赖育文为公司总裁，职业经理人再次接管万和的日常运营。

这一任命，再次彰显了卢础其去家族化的决心与意志，他深知，现代企业治理，一定是企业行稳致远的方向。顺应发展潮流与历史必然，这一家年产值超150亿元的多元化、综合性企业集团，才能在国际化、法治化、现代化之路上跑得更远。

“洞烛先机”，这一卢础其最为欣赏的格言，映照了他以技术为王、创新驱动的一生，他以自身四十多年的创业历程，彰显了超凡的眼光、敏锐的行动、坚决的意志，这才是引领企业发展一路向前的最好保证。

邓颖忠：无常世界　无我人生

他是一个商界传奇。

他不是顺德人，但他的一生与顺德难解难分，顺德成就了他的人生，他一辈子以顺德老板自居。

他从来不喜欢别人叫他企业家，作为企业创始人，他认为自己最多算是一个企业人。

他将企业做成了中国生活用纸的“纸茅”（意为“纸中茅台”），但从来不说自己一定要做第一，认为做第二也挺好。

他桀骜不驯，追求快意人生，他学历不高，总是出奇制胜……

他是一本书，呼应了中国改革开放四十多年的壮丽征程；他是一条河，淌过了中国制造业从站起来到强起来的悠悠岁月。

在中国，不计其数的人，在一个个漫不经心的动作当中，日复一日地消费着一个品牌的纸巾，纸币已经成为人们须臾不可分离的日常用品，而它的企业之父、品牌之父，很多人并不了解。

他就是中顺洁柔纸业股份有限公司——中国生活用纸行业第一梯队中唯一一家民族企业的创始人、战略委员会主席邓颖忠。

缘定顺德

邓颖忠的人生，踏准了中国历史上两个最为伟大的时间节点——新中国成立与改革开放，而他成长与创业的历程，又与中国经济最为发达的地区息息相关。他的人生浸透着时间与空间交汇叠合带来的强大基因、精神血脉，与时代共生，与国运同行。他，用一辈子的追求，见证了国家从站起来、富起来再到强起来的漫漫征途。

鸦岗村，番禺北面的江河交汇点，是珠江水系汇聚广州的前哨，也是中国古代中原地区进入南越腹地的水路交通门户，历经千百年洗礼，鸦岗从一隅荒芜变成土肥水美的沃野良田。

1951年，邓颖忠就出生这个南国水乡中。母亲出生于一个书香门第世家，与父亲一样也受过良好的高等教育，能说一口流利的英语，受五四爱国运动和西方民主思潮影响，思想进步。

在邓颖忠的记忆中，童年时，父亲是农场的技术员，工作十分认真踏实，每天穿一身粗布衣服，脸上很难见到一丝笑容。他为人正派耿直，公私分明，像一名严厉的法官，经常对邓颖忠说的一句话就是："人不管有多艰难，都不能怪罪别人，要从自己身上找原因，不要从别人身上找借口。严于律己，宽以待人，重要的是做好你自己。"邓颖忠从父亲朴实的话语里悟到了做人的道理。

父严母慈的岁月何其短暂？在这个艰苦温馨的家庭，变故突如其来。大约6岁时，邓颖忠就来到父亲工作的妙有农场生活、读书，谁也没有想到这是他与父亲一起经历的最后时光。一年以后，父亲突然离世，年幼的邓颖忠不得不和母亲搬回到老家鸦岗居住，他又回到鸦岗小学读书。

此时的邓颖忠上午上学、下午放牛，过着近乎半工半读的生活，在这种极为艰苦的岁月当中，邓颖忠从未抱怨命运的不公、社会的不义、环境的艰辛，而是将苦难当成自己最好的老师、最好的安排、最好的历练，锻造自身达观知命、顽强坚韧的性格。

童年不止有痛失父亲的泪水，有艰难岁月的酸楚，似乎更有冥冥中的注定。

“我经常开玩笑，我天生就是当董事长的料，而且是做卫生纸的董事长，为什么呢？我七八岁读书，读完第一课，我就将第一课撕掉擦屁股，一个学期下来，一本书全部撕完了，只剩下一头一尾，所以一定一辈子与纸有缘。”邓颖忠说。

20世纪70年代初，邓颖忠有幸成为广州第一批“农民工”的一员，工程队大队长正是当年的老相识。在这位大队长的带领下，农民们进城组成了广东省中医院土石方工程队，主要承担货物及建筑沙石搬运、填埋工程项目，由大队统一管理十七个小队做工，所得利润70%上交政府，30%为工程队所得。

聪明好学、悟性极高的邓颖忠很快就开始发挥他为人做事的长处，揽活接单，验收结算，邓颖忠一点就通。更重要的是，作为小队长，他负责的工地效率高、人心齐、质量好，引来其他工友纷纷投靠，大家都叫他“忠哥”。人心所向，自然归一，短时间内，17个小队的工友全部被他“收编”。

但是，邓颖忠觉得这种光鲜的生活并不是正道，于是毅然决然地辞掉了领导助理的美差，转到广州水泥厂做扎纸工、搬运工。

“我这人，不管在哪里都是领头的料。扎纸工只是我进厂的一个正式名分而已，而我的工作其实与扎纸没半毛钱关系。”实际上，聪明好学、头脑活络的邓颖忠担任的是纸厂的编外业务员，做业务、跑江湖，正中邓颖忠的下怀，在他眼里，神通广大、长袖善舞的业务员，充满了活力，彰显着能力。

环境与工种的变化，第一次打开了邓颖忠的视野，他像是一个不停张望跑动的猎手，在社会细微的动静中捕捉人生的机会。

在广州当“农民工”小队长时初试牛刀，凭借能力和智慧做到了大队长的位置，但这并不是邓颖忠想要的。他从一帮顺德业务员那里得知，跑业务每个月可拿到80多元工钱，而作为“农民工”大队长，每月的工钱还不到20元钱，于是心生去顺德发展的念头。

20世纪70年代初期的顺德，工业并不发达，主要以农业和水产养殖业为主，河网密布，从广州到顺德还要过好几道河，没有桥，主要靠渡船过河，咫尺天涯，此时的邓颖忠虽然没有去顺德发展，但顺德这个地名，始终对他有着强烈的诱惑力。

恰好在这个时候，邓颖忠听说大队号召有为的青年到煤矿去锻炼，提高觉悟，争当先进青年，他觉得机会来了。“只要表现好，就能改变自己的命运。另外，我喜欢外面的世界，走出鸦岗，也许就是广阔的天地，实现我大有作为的梦想。于是，我毫不犹豫地报了名。”

1973年初，邓颖忠这批矿工被分配到梅州兴宁四望嶂矿务局，这是当时广东最大的煤矿，矿工总数达三万多人，属第四批从本省抽调的下井工人，也许是上天的眷顾，邓颖忠成为这批人中唯一不用下井的水电工。

1974年初，兜了一圈后，邓颖忠又回到了鸦岗，从事水上船运的行当，每天早上将鸦岗新鲜出炉的农产品运送到广州人的餐桌上，晚上再将广州人厕所里的粪便偷偷地用船运回来，每次回到家里，身上臭烘烘的、脸上晒得脱一层皮。邓颖忠常常想：靠土地而忙碌的鸦岗人何时才能改变自己的命运？

1976年，新中国的三位领导人在同一年相继离世，整个中国沉浸在巨大的悲痛之中，人们忧心忡忡，中国的未来将向何方去？中国的希望在哪里？10月，党中央一举粉碎了“四人帮”，全国上下，一片欢呼。

“我第一次感受到国家安危与个人命运息息相关。拨乱反正，巨大的社会变革像一股热流在中国的大地上蔓延，新生事物开始走进我们的生活。我作为25岁的年轻人，已到了结婚成家的年龄，看到与我同龄的伙伴们一个个结婚生子，我开始认真考虑如何寻找自己的另一半。”

后来在邓颖忠大哥的张罗下，一位顺德的朋友答应帮邓颖忠介绍一位顺德容桂的女朋友，也许是命运的安排，也许是人生的追求，一个不经意的举动，改变了邓颖忠的一生。

从此，邓颖忠的人生与顺德紧紧地联系在了一起，一辈子难舍难分。如果说婚姻让邓颖忠找到了情感的归宿，那么顺德开启了邓颖忠传奇人生当中的转折点与突破口，正是在这片神奇的土地上，他打开了一片新的天空。

纸定一生

1978年12月18日至22日，党的第十一届三中全会在北京隆重召开，中国自此拉开了改革开放的伟大序幕。

当人人都一样一穷二白的时候，人们并没有发现钱有多重要，但当有一部分人挣的钱多了，生活也开始发生变化时，人们便发现钱很重要。生活的变化，意识的觉醒，在潜移默化地影响着中国社会。高考恢复了，知青开始返城，一大批知识分子又重新走上工作岗位。读过书的母亲也开始找出书报来读，她欣慰地告诉邓颖忠兄妹："孩子们！中国的社会形势要变了，你们要抓住机遇大胆去闯，只要敢闯就能过上好日子！"

机遇往往垂青有准备的人，1979年容奇镇一家村办纸厂经营困难，作为专门加工水泥纸袋的村办集体企业，长期人浮于事、效率低下、管理粗放，企业面临倒闭关门的境地，邓颖忠决定放手一搏，毅然承包下这一家濒临死亡的企业。

1979年，中国迎来改革开放最关键的第一年。

3月1日，经过近半年的准备筹划，在一阵"霹霹啪啪"的鞭炮声中，顺德容桂镇乐新纸厂正式开业了。虽然说是一家工厂，但员工只有五个人。

渡过了三个月的危险期，工厂便开始收到客户的第一笔回款。总经理邓颖忠也开始把主要精力和时间转移到销售上，凭着他和光静安长年积累的人脉关系和业务拓展经验，乐新纸厂先后与广州水泥厂、韶关水泥厂等多家国营厂家签订了长期供货合同。当年年底，工厂慢慢实现了满负荷运转，每月的出货量达万件，员工的工资从开始的每月30元上涨到每月50元，第一年的纯收入近万元。

1986年元旦过后，纸厂已成立七年，业务渐趋稳定，员工从最初的5人增加到26人，月生产销售水泥纸袋两万多件，增加烘干设备一套。为了感谢七年来员工对工厂的付出，邓颖忠特意安排财务在1月6日（周一）提前发放员工工资，并通知下午所有员工聚餐吃饭，大家工作热情高涨，超额完成了上午的生产任务。

正所谓福兮祸所伏，祸兮福所倚。举杯痛饮之后，一场大火将工厂付之一炬，尽管救下了一些设备，凝聚了工厂的人心，但这场突如其来的打击，让工厂陷入难以为继的困境。工厂虽然恢复了生产，但已经元气大伤，流动资金严重短缺……工厂何去何从？邓颖忠一时没有头绪。

最困难的时候，是他太太变卖了结婚时的金银首饰，勉强凑齐了工人的工资。

天无绝人之路，在一位贵人的推荐下，一位老板姚礼棠决定给邓颖忠的工厂投资20万。双方约定，前三年，由姚礼棠当纸厂老板，邓颖忠为他打工，工厂前三年的盈利全部归姚礼棠。

强大的支持，严格的约定，让企业很快起死回生，走上了欣欣向荣的发展道路，此时的邓颖忠志得意满，又乘势而上，新开了容奇乐新造纸厂，同时在中山胜龙也开了一家厂。三年时间，邓颖忠不仅用他的经营能力兑现了承诺，也第一次拥有了属于自己的桑塔纳轿车。

从来就闲不住的邓颖忠此时又像一个勤奋的业务员，频频跑南海、上广州、赴深圳，在工厂繁荣兴旺之时，他那敏锐的眼光，看到了市场与企业未来发展的危机。

正所谓一定要在阳光灿烂的时候修屋顶，企业发展最好的时间，也是勇敢变革的最佳时机。

危机意识，是一个优秀企业家最可宝贵的素质。“当你最好的时候，马上改革，不断地改革，自己的后代不一定能超越你，但中国一定会有人超越你。”邓颖忠说。

水泥纸、鞭炮纸的市场存在天花板，水泥纸袋迟早被编织袋所取代，而鞭炮纸的市场容量又极为有限。此时，邓颖忠又一次捕捉到了一个改变人生、扭转命运的巨大转机。

改革开放，成为决定中国前途与命运的关键一招，商品经济的盛行，工业化的快速演进，让国人的收入水平、生活水平迅速提高，国外的消费观念一次次冲击着中国人千百年来的传统思维、生活习惯，人们对美好生活的追求与向往，必定是一股势不可挡的历史潮流，也注定成为企业家奋斗的方向与目标。广州、东莞等地的市民开始使用卫生纸，当地的国有企业也尝试涉足卫生纸生产，这一发现，将先知先觉的邓颖忠推向了一个新兴产业的风口。

1989年6月5日，这是邓颖忠一生铭记的一个激动人心的日子，经过近三个月的备战，一家全新的工厂在中山坦背胜龙村正式开工投产了。这是国内第一家自己开发主要生产设备、生产生活用纸的民营企业。

看着洁白柔软的卷纸，邓颖忠一直在思考如何给这一个“亲生儿子”起名字。企业虽在中山，但起步于顺德，且自己的名字当中有一个“忠”字，要突出产品的特性，契合企业的发展，“中顺”这个名字诞生了。中山市中顺纸业制造公司的牌子挂起来了，产品品牌“洁柔”直抵国民的心灵，连接了最为柔软的触感。

一步先，步步先，敢饮“头啖汤”的中顺纸业，从此走上了奔驰的高速公路，洁柔卫生纸在广东尤其是珠三角风行一时、供不应求。接下来五年多的时间里，工厂每天加班加点，机器连轴转，工人分三班倒，24小时轮流生产，日均出货量达六万卷，产品在珠三角地区得到消费者的广泛认可。在风云变幻的市场竞争中，很多国营纸厂看好生活用纸商机，也纷纷转行，广州、江门、东莞相继出现纸厂热，但洁柔作为卫生纸的畅销品牌已在消费者心中扎下了根。

进退自如

随着国人消费习惯的养成，一种使用了就永远离不开的消费依赖，使得卫生纸业在中国迅速壮大。

1998年初，生活用纸产业经历近十年的高速发展，让大小造纸企业赚得盆满钵满，邓颖忠也收获了人生的第二桶金。

一次声势浩大的“打假”品牌保卫战，给中顺带来长达五年的稳定发展，面对世纪之交的来临，邓颖忠也迎来了创业第二个十年的重要节点。如何把握方向和时机，再来一次突破，邓颖忠暗暗憋足了一股劲。

在国外厂家来到中国攻城略地，在一线及二线城市进行饱和竞争之时，在国内企业纷纷上马先进设备、引进领先技术时，邓颖忠发现只有避其锋芒、下沉渠道，强攻三四线乃至乡镇的市场，才能打开一片海阔天空的市场，其实一直以来，对渠道的开拓、市场的下沉，已经成为邓颖忠纵横江湖的根本。

先得市场者得天下。此时的邓颖忠决定扎根珠三角、布局全中国，发挥工厂员工的积极性，采取与全国各地的地方厂家合作联营的方式，一举实现了生产基地在全国“东南西北中”的战略布局，完成了全国市场的无缝覆盖，极大地释放了产能，抢占了更大的市场，高歌猛进的中顺洁柔成为中国生活用纸的民族品牌。

此时此刻，邓颖忠决定向资本市场发起冲击。推动企业成功上市，成了他梦寐以求的目标。

2008年5月12日，在全国下属公司考察期间，邓颖忠带队来到了四川彭州生产基地，当天，不到100公里的距离之外，突如其来的汶川大地震发生了。这一次与死神擦肩而过的经历，让邓颖忠又一次做出一个让人震惊而又难以理解的决定。

四川之行，对邓颖忠的触动很大，选好公司接班人、打造公司管理团队的预案迫在眉睫。他突发奇想，为了增强公司员工的危机感，同时也为了消除多年来萦绕在心中的担忧，决定在公司执行计划已久的“死亡演习”。

在公司月末的一次高层会议上，他宣布：“董事长办公室从下月起，正式闭关休假六个月，所有的公司决策事务交由大儿子邓冠彪全权处理。

若在此期间公司出现问题，则免去其总经理职务；若在此期间，公司各项工作能取得较大进展，则晋升其为公司董事长。”

邓颖忠一贯在公司推行“分权、分责和分钱，贤能之士齐参议”的用人机制，所有员工皆靠才能和业绩说话，这也是他栽培儿子的一片良苦用心。

事实证明，这次“死亡演习”非常成功，公司的业绩与管理水平不但没有下滑，反而取得了超出预料的增长。

也正是这一次“冒险”行动，更加助长了邓颖忠的胆量，他索性一不做二不休，当起了甩手掌柜，办公室里没电脑、没文件、没电话，有时十天半月也不回工厂。

“我经常开玩笑，我就是中山企业老板当中的三无人员。”邓颖忠越来越洒脱。

作为上市公司董事长，邓颖忠不看报表、不看财务报告，对他来说，专业的人做专业的事，专人把关的报表，自己没有必要去过问。而当下属向他汇报工作，他更是要求下属将事情在30秒钟内说清楚，说不清楚，邓颖忠就会拂袖而去，直来直去、直截了当、直击要害，正是他的个性。

2021年4月，上市公司中顺洁柔的一纸公告，顿时在资本市场引起了一片惊呼，公告称：为进一步推进职业经理人制度体系，公司创始人、实际控制人之一邓颖忠辞去董事长职务。董事会一致同意选举刘鹏为公司第五届董事会董事长。

作为一家当时总市值逾300亿元的民营上市公司的创始人，邓颖忠自己是董事长，大儿子是总裁，他却让大儿子先辞去总裁职务，之后自己又辞去董事长职务，选择与自己非亲非故的“他人”做接班人、出任公司董事长兼总裁！这成为2021年资本市场“去家族化”的最大新闻。

曾任兴业银行江门分行、中山分行行长的刘鹏，此时年纪不过41岁，没有制造业的任何经验，更令人不可思议的是，他与邓颖忠纯属萍水相逢，认识时间不超过两年，且仅仅见过两三次面。

“我相信我的直觉、我的判断力，虽然只见过两三面，但刘鹏的格局与三观，与我完全一致，这就是将董事长与总裁的位置交给他的理由。”

被问起去家族化这一大胆的举措会不会引起家庭的内讧，激化家庭的矛盾时，邓颖忠表示这完全是个人的决定，不需要与家庭商量，更不需要做家人的工作。“我就独来独往，我要做好，等你们慢慢看，你要给家人做工作的话，可能反而越说越愤怒。人生有些事不如不商量，一说多了可能干不好。”

“我要出手的话，你妨碍我，我就格杀勿论，我能打到这样的江山，我不会让任何人来阻挡我的脚步。”阻碍企业的成长，在邓颖忠看来是任何人不可触碰的底线。

这种霸道、这种“独权”，并非一时兴起，早年邓颖忠也毫不留情地将一起创业的两个哥哥“扫地出门”。

事实证明，邓颖忠去家族化这一招“险棋”，又一次取得了成功。刘鹏入主中顺洁柔之后，使出了打破团队壁垒、构建制度威严、强化内外团结的“三板斧”，企业经营管理再度向规范透明高效迈出了一步。

当然，退出企业繁杂的经营管理事务，并不是完全无为而治，邓颖忠希望更专注于公司战略，做企业的“渔夫”，在经营管理之外，看世界、看中国、看本地、看自身，观察“气象”中的草蛇灰线，从而为企业的未来发展引航定向。

无常、无我、无限

生性自由洒脱、自信好动的邓颖忠，不像很多企业家一样热衷交友、打高尔夫，他从小就喜欢打乒乓球，因为多年赞助国际标准舞的契机，他又迷上了跳国标，对他来说，这是健身修心的另一种快乐、另一种境界。回顾他七十余年的人生，无论是年幼的苦痛，还是创业的艰辛，抑或经营上的奋进……邓颖忠总是把苦难化成一种磨炼，因为他相信：苦难之后是辉煌，烈火之后见真金。

我们对企业家的印象总是忙忙碌碌、战战兢兢、如履薄冰，很多企业家事无巨细，必须亲力亲为，放不下的结果往往是管不好、走不远，在焦虑、繁忙当中，他们看不到方向、错失了机会。作为与新中国同步、与改革开放同行的第一代企业家，作为中国第一代“万元户”，邓颖忠何以始终长袖善舞，何以始终能够穿越历史迷雾，不断从成功走向成功？

退居幕后的邓颖忠，有了更多的时间分享自己的经营之道、人生修为。

然而，面对一个个向邓颖忠求教如何赚钱的后生，他总是避而不谈，对他来说，无论做什么行业，眼里只盯着钱的人，反而不可能赚大钱，“他的心目中就只有赚钱，他没企业文化，没有做人的灵魂，没能懂得我为什么要赚钱”，做人做事做产品，这是赚钱的前提与基础，直奔钱去的人，不可能在事业上成功，也难以把企业经营好，人品、格局、胸怀、灵魂，这是邓颖忠的个性与追求，事实上也是他成就其纸业大王地位的成功秘籍。

“我首先看重做人，这是我的良心与价值，产品只是最后的结果，很多人问我，怎么做一个产品，我不谈这个，我谈做人，我谈企业文化，你有了这个还不明白怎么做产品吗？”

今天的邓颖忠仍然年轻，依然充满活力。晚年的他思考天道人生，从国学与人生当中领悟生命与经营的成功之道，反求诸己，将一辈子的心得、智慧概括为“无常、无我、无限”：在百年变局、无常世界当中，以无我的格局与胸怀，追求无限的生命、无限的事业。这种经验，已经升华成哲学层面的辩证法、国学维度的新商道。

事实上，纵观邓颖忠的传奇人生，他不做第一，只求唯一，突出个人与企业的差异度，他不做损人利己的事情，总是以利他的作为，寻求多方的共赢，总是以与人为善的心态，善待员工、经销商、合作伙伴，正是这种深入个人与企业的利他思想，才使他在纵横纸业几十年的生涯中，基本没有树过敌，或者说从来就没有一个敌人。

“我真心爱这个企业，企业就是我的第二生命，生命是绝不可商量的。我爱自己的国家，国运就是命运，我有幸赶上了这个伟大的时代。”

今天的邓颖忠，已经迈入新的境界，踏上新的征程，作为中顺洁柔的战略委员会主席，邓颖忠依然目光如炬，活力无限，寻找公司行稳致远的方向，为社会、为创业者，演绎他“无常、无我、无限”的人生。

边程：陶机大王的世界观

2022年12月8日，对于一家企业来说，是历史性的一天，位于顺德的世界陶机大王——科达制造迎来了创业30周年、上市20周年的大喜之日。

全球经济的下行期，却是科达制造的高光时期，这一年科达创造了逆势成长的最好成绩。科达制造2022年的年报显示，全年实现总营收111.57亿元，净利润42.51亿元，同比增长322%。这标志着创业30年的科达正式跨入百亿企业的大关，而净利润奇迹般的增长，创造的是科达历史上最好的成绩。

于科达，这绝非历史的偶然，而是企业发展的必然，只不过在这种时机下实现的反转，是科达用长达30年的长途跋涉，以善于创新、勇于布局的格局，创下的经济低迷时代中的最好奇迹。

这一天，是全体科达人把酒言欢、喜极而泣的美好时光，也是科达制造的董事长边程最为开心的一天，正所谓三十而立，他用三十年的时间，用他的睿智、格局、能力，托起了一家全球化的中国民族企业。

边程在发言时放出豪言："30周年仅仅是一个新的开始，（今年是）100亿的30周年，我想在今后（以）目前科达的几个板块业务，（要做到）200亿、200亿、400亿，应该是够得着的。至于是哪个时间并不重要，只要我们努力，每一天都能超过过去。我不敢保证未来的科达每一年都增长，但我可以保证，或者争取，我们每天都在进步。"

科达制造创始人之一鲍杰军说得好：那是一个传奇的时代，也是一群传奇的人，做了一份传奇的事业。

这是对历史的致敬，更是对未来的梦想，今天的边程，这位被人称为“霸道总裁”的领军人物，以30周年为起点，又一次踏上了创造新的时代传奇的漫漫长途。

企业成长融入灵魂、化为血脉、变成信仰，这或许是时代交付英雄的使命，也是边程一生不变的追求。

一篇小说引发的梦想

一次偶然，往往能改变并成就人的一生。

1978年12月18日至22日，党的十一届三中全会在北京召开，这是关系全党全国的一个重大历史时刻。这次全会作出了把工作重点转移到社会主义现代化建设上来和实行改革开放的战略决策，号召全国人民“把我国建成现代化的伟大社会主义强国而奋勇前进”。

时代的先声，激荡起人民作家的创作热情，1979年在天津重型机器厂当车间主任的蒋子龙奋笔疾书，仅用三天时间就写出中国改革文学的代表作《乔厂长上任记》，在《人民文学》当年第7期发表之后，立即轰动全国。小说塑造了国有企业改革家乔光朴时代闯将、改革先锋的形象，这一位不安现状又力图超越现状的厂长，充满实干精神，又心怀理想主义的激情。乔光朴这个人物形象，成为强有力的动员力量，使全国读者们热血沸腾、感奋而起。

当年17岁的高中生边程看了这篇小说，受到了强烈的感染：我将来一定要当厂长。从此当厂长的宏愿，在一个少年的心中生根发芽，成为推动其一生不懈追求的动力。

1981年，边程考上了北京航空航天大学航空发动机专业，本科毕业之后，由于当厂长的愿望极为强烈，边程又考上了1985级系统工程与管理硕士。毕业之后从事企业管理，这是他始终挥之不去的梦想。

人生之路，往往蜿蜒曲折。1987年从北京航空航天大学管理系毕业后，边程被分配到河南省经济发展中心做研究工作。

但是“不安分”的边程，心中总是涌动一股躁动，一年之后，他选择了下海。但是短暂的下海经历让他认清了现实，他当时的老板干的是金融，做的是“技工贸”一体化的路线，强烈的投机行为与他的理想严重错位，违背内心的事，他干不下去。

既然不认同，就只能离开，回归是为了更好的出发，边程又回到了河南省经济发展中心。这一次下海，更加坚定了边程的决心：不做投机，不做商人，要做实业，要做一个成功的企业家。

1990年，边程因工作调动来到了佛山，进入佛山市经济委员会调研科，继续做类似在河南省经济研究中心的工作。

这一份工作有着天然的优势，那就是接触形形色色的企业家，这些企业家的精神、气质，尤其是广东人务实进取的作风，让他找到了自己人生的模型。

“我一根筋想要做企业家，而佛山市经委的调研工作给了我一个接触企业的机会，了解这个改革开放前沿的地区企业及企业家的机会。”边程所说的“机会”指的是在经委拟定各种工业体制改革的相关文件，尤其是股份制改造的意见稿。

机会总是垂青有准备的人。1994年，边程参加了由时任佛山市委书记钟光超主持的佛陶集团H股上市筹备工作。

当时的佛山陶瓷集团，在佛山建陶产业的发展史上，曾经写下过浓墨重彩的一笔，1987年成立的佛陶集团，在短短几年时间内一跃成为当时全国最大的建陶生产企业，这家被誉为中国建陶“黄埔军校”的集团企业，一度创造了无数个中国第一：第一件卫生洁具、第一片抛光砖、第一片外墙砖、第一片釉面砖……企业的繁荣昌盛，培养出一批从设计、研发、生产到销售的全产业链人才，可谓没有佛山陶瓷，就没有强大的佛山建陶产业。

边程进入这一家企业，也标志着他向专注一辈子的事业走出了一大步。

上市筹备工作已经进行了一段时间，可外聘的专家组并没能给出合适的重组方案，一时之间，工作陷入僵局。

学历与能力的叠加，让一腔热血的边程看到了人生的机遇，此时此刻佛山市经委派去佛陶协助工作的边程站了出来，向钟书记自荐来做这份重组方案。

“钟书记问我要什么条件，我说，在华侨大厦给我开间房，配个打字员，3天72小时，我把方案写出来！”边程说。三天后他如约交出了方案，方案也得到了市领导的一致同意，使佛陶集团H股成功过了聆讯。回忆这段往事时，边程脸上洋溢着他年轻时的那份张扬。后来，钟光超书记说：“小边，干脆你去佛陶挂职当总经理助理，主持上市工作！”

就这样，去佛陶挂职成了边程实现企业家梦想的第一步，让他能够进入他认同的企业中去。

“机会总是留给有准备的人，只要你怀揣梦想，你就会兜兜转转去到你想去的地方，成为你想成为的那个人。”边程在总结他30岁前的经历时说。

1994年上市工作结束后，边程又被委派到佛陶集团的钻石陶瓷公司任党委书记兼副董事长。虽然是党委书记，边程觉得他对企业的管理运营工作更有兴趣，与总经理商量后，公司决定由他负责企业的销售工作。一年的时间内，他带领的销售团队将钻石陶瓷的销售业绩拉升到7.7个亿，在行业中名列前茅。

突出的工作业绩却给他带来非议：“党委书记不管分内的事情，却去管企业销售。”1998年钻石陶瓷公司进行党委委员选举，身为党委书记的边程居然因票数低成为唯一落选的人。

何去何从，边程在彷徨，他又一次走到人生的十字路口。

冲锋陶机国产化

此时的边程意识到，没有一个识才惜才的伯乐，没有一个释放才能与智慧的平台，纵有千般本事，即使是虎将，也将隐失于草莽，一生碌碌无为。

在短暂的等待后，边程人生的知音出现了，他就是科达陶机的创始人卢勤。

1982年从景德镇陶瓷学院毕业的卢勤，早年在佛陶集团建陶厂工作，当时中国的建陶产业，饱受国外巨头垄断陶瓷装备之痛。

在20世纪80年代中期以前，国内陶企仍以使用手动压砖机为主，效率低下、生产不稳定，并且劳动强度大，容易造成安全事故。

相比手动压砖机，自动液压压砖机工作效率高，生产稳定，操作简单，优势十分明显。不过，当时自动压砖机的技术仍牢牢掌握在意大利、德国、日本等发达国家手中，国内对自动液压压砖机的生产研发长期处于空白状态。

“引进来”或许是最现实的解决之道。1984年10月，48岁的周棣华带领技术人员从意大利唯高公司引进了中国第一条彩釉砖生产线，在石湾利华装饰砖厂一次点火试产成功。这是一桩具有划时代意义的事件，它揭开了中国建筑陶瓷产业与现代化、国际化接轨的序幕。

从这个时候开始，全国各地纷纷掀起了从国外引进自动化墙地砖生产线的热潮。这场席卷全国的热潮，点燃了我国现代建陶工业大发展的火种。

国外的设备好用，但引进的过程特别曲折，往往要受人白眼，作为佛陶集团技术员的卢勤，也在参与引进设备的过程中，受到了不公正的对待，自此之后，卢勤下定决心，一定要想方设法推动陶机的国产化，造出陶机装备的“争气机”。

1992年初春，邓小平发表了南方谈话，这一年，一批批“92派”民营企业如雨后春笋般出现，国有企业涌现出一股势不可挡的“下海潮”。

卢勤与大学同班同学鲍杰军倾尽所有，创办了科达五金机械厂，“科”是科学，“达”是发达，卢勤希望以科技进步推动企业兴旺发达，当时企业主要从事以技术输出为主的加工服务。

鲍杰军开始在国内广纳业内英才，河北唐山轻机厂总工程师黄建起、湖南五菱集团研究所主任许建清……一个个人才为理想为情怀，犹如百川入海，组成当时中国陶机研发生产的最强方阵，这一豪华团队的组建，注定要在中国陶瓷行业掀起阵阵滔天巨浪。

与此同时，卢勤又将目光瞄准了同样从佛陶集团走出来的边程，这是一个懂资本、会管理、长运营、善营销的帅才啊！

1998年6月，在卢勤的力邀之下，边程加入科达，成为引进的第七位创始股东，主管的依然是他熟悉的销售和上市工作。接手销售管理工作后，边程做了两件事：一是加大参展投入，二是建设销售网点。这对当时资金实力并不算雄厚的科达来讲，都是大幅增加成本的事。卢勤充分相信边程，给予他尝试的机会。

到了1999年，科达的产值在前几年倍速发展的情况下又有了显著增长。在一片利好的前景支撑下，企业管理专业毕业的高才生边程又尝试了企业内部人事改革。为了避免企业内部的亲戚关系替代管理关系，权责不分，他在科达内部发起了“让太太们都回家”的运动，将科达的裙带链彻底打破。“六亲不认”的决绝，虽然对一个企业从家族式管理走向现代管理制度有利，但也让企业一些创始股东及其家属感到不安。

正所谓不破不立，破与立，对企业家而言，是一种思维，更是一种勇气，破要破得坚决，立要立得精准，在边程的职业生涯当中，时刻都面临这样的选择，但他从来都是一个冲锋者、一个建构者，破釜沉舟、勇毅前进，这是一个成功企业者所必备的素质。

难而正确的事，边程认定了，就要以强有力的手段一抓到底，这是管理的艺术，也是他的性格魄力。

2002年10月10日，在边程的带领运筹下，成立刚满10年的科达成功上市，股票简称“科达机电”。在科达制造的发展史上，这不仅是一个里程碑式的事件，更重要的是上市之后，科达在融资、研发、销售等各个环节全面发力，走上了高速发展之路。

从1992年诞生，到2002年上市，从白手起家，到产值过亿，时光的轮转，见证了科达从初生到成长的历程，这看似波澜不惊，只有亲历者清楚，这实则步步惊心。但科达幸运地走了过来。科达的幸运，在于有一个胸襟宽广、情怀朴素的智者，有一群志同道合、怀揣理想的青年。“由科而达”的梦想，财散人聚的牵引，让这群人真正血脉相通，命运与共。做大做强民族产业的共同追求，让他们铸就了陶机产业的中国辉煌。这是科达激情燃烧的源泉；这也正是科达书写传奇的密码。

然而，上市的成功，不但没有让边程成为科达的功臣，反而让一些创始股东认为边程的价值已经用到头了。2003年3月，科达的原股东发起了对边程去留的讨论，大部分人认为边程做事太不讲情面，应该让他走。

爱才之心，何其之切。为了将边程留下来，2003年7月，卢勤和边程一起筹资4000万收购了其余股东的大部分股权，至此，边程成了科达陶机的第二大股东。

实现了成功上市，扫除了股权障碍之后，科达从此一骑绝尘，掌握了一项项核心技术，研发出一系列在国内具有重大技术突破的建陶装备，创造出一个又一个“中国第一”乃至“世界第一”，使中国建陶装备冲破外国装备对中国市场的垄断，彻底告别了“靠别人”的日子，实现了“靠自己”的时代新跨越，创造了“由科而达”的产业奇迹。

1993年，科达自主研制出国内第一台陶瓷磨边机。国产磨边机的成功问世，使科达甚至中国陶瓷装备行业，终于拥有了自主研发制造的第一个产品。

1995年，科达研制出中国第一台陶瓷抛光机。国产抛光机的问世，改写了中国陶机行业核心技术长期受制于人的历史，被人“卡脖子”的时代宣告结束。

1999年，科达成功推出国内第一台大吨位压机KD3200全自动液压压砖机，并将其作为陶瓷机械行业唯一代表产品参加中华人民共和国建国50

周年成就展……

如果说上市之前，科达制造还在引进与消化国外产品的阶段，那么上市之后，科达制造用“由科而达”的加速度，引领中国陶瓷装备与整线全面迭代升级，走上了突破与超越的新时代，直到引领技术风向，成为全国第一、全球第二。

2005年，科达相继推出了包括“超洁亮”纳米抛光机、干法磨边机、“魔术师”布料系统、新型节能窑炉等在内的“二大八小”原创产品矩阵，其中，“超洁亮”技术的突破，解决了陶瓷砖防污的世界级难题，它和干法磨边被科技成果鉴定会认定为世界首创，处于国际领先水平。

由“抄”到“超”，从模仿到原创，从跟随到引领，一个又一个自我超越，见证着科达事业的薪火传承，改变的是不断创新的技术，不变的是“由科而达”的永恒精神。

向全球进军

在科达制造高歌猛进之时，卢勤和边程并没有被胜利冲昏头脑，始终有着强烈危机感的他们，对企业自身的发展，反而有了更清醒的认知、更冷静的头脑：粗放式管理不可持续，头痛医头、脚痛医脚的做法，迟早会出大事。

上市之后，边程又一次发挥了他的管理才能，在科达内部拉开了一次刀刃向内、轰轰烈烈的自我革命的序幕。从市场拓展到苦练内功，科达又一次对自己下手了。

随着ERP（企业资源规划）系统的强力推行、企业信息化的建设、组织架构的调整，科达迈入向现代企业管理进阶的新阶段。

2012年以后，卢勤决定功成身退，他将科达这一马车完全托付给了边程，卢勤认为，边程的睿智、格局、思维、视野，必将会使科达攀上新的高度，实现新的跨度。

智者谋势，能者谋局。“一家企业能不能伟大，要看核心管理者有没有一定的格局。企业和国家一样，都是一个组织，格局决定结局，思路决定出路。”边程对此有着极为清醒的认知。

作为最具有全球视野与战略布局能力的中国企业家之一，边程在科达用长达20年的艰苦奋斗，已经稳坐中国陶机装备冠军企业之际，又将带领科达走向何方？这是在新的历史起点上的新考验、新使命。

挥舞资本之手，推动产业扩张，拓展全球布局，开辟新的战略主轴，开辟企业基于全新历史起点的第二甚至第三赛道，大刀阔斧的边程又开始纵横捭阖之路。

业内推动企业整合，以强强联合实现产业双赢，这是边程上任董事长后最常用的一招。

2011年6月，科达斥资9.6亿元，与中国陶机行业另一家压砖机巨头——佛山恒力泰正式达成联合重组的方案，恒力泰成为科达的全资子公司。这对以往在市场上斗得“你死我活”的竞争对手最终强强联合走向共赢。联合重组恒力泰后，科达也毫无争议地成为亚洲第一、世界第二的陶机巨人。而这场轰动行业的并购，整个过程没有举行任何仪式，波澜不惊的背后，却是陶机行业格局的剧变。

用美国前国务卿基辛格的话来说，谁控制了石油，谁就控制了所有的国家。在新能源汽车产业，谁控制了被称为“白色石油”的锂资源，谁就占据了产业的最前端。正因如此，瞄准新兴产业发展风口，跨界进军以锂资源开采、负极材料生产为主的新能源产业，打造企业发展的第二赛道，描绘第二条增长曲线，成为科达制造的又一个兴奋点，也是全新的战略重心。

痛苦的坚持之后，迎来的是最开心的时刻。2022年科达制造的年报显示，全年实现42.51亿元的利润，其中参股公司蓝科锂业贡献了34.5亿元，在科达制造30岁生日之际，蓝科锂业无疑为科达送上了一份极为厚重的生日礼物。科达业绩炸裂的背后，是边程以多年的坚守，以不到黄河心不死的意志与决心，浇灌而成的娇艳之花。

这是一种耐力的比拼、意志的较量，在对新兴产业的投入上，很多企业承受不了漫长过程中的煎熬，播下了种子，但是等不到花开，而边程无疑笑到了最后。

早在2015年，科达洁能就通过设立安徽科达洁能新材料有限公司并收购漳州巨铭石墨有限公司（以下简称漳州巨铭）100%的股权，进入了锂电池负极材料领域。2017年，科达洁能又开始布局碳酸锂行业，先后以大手笔增持青海蓝科锂业43.58%的股份。

然而，在当时，这一战略投资，对于边程与科达来说都是一次极大的战略考验，一方面蓝科锂业的合作方盐湖股份正在进行司法重整，自顾不暇的盐湖股份面临着巨大的资金缺口，另一方面碳酸锂的价格处于最为低迷的时期，整个行业的未来在哪里，没有人说得清楚。行业很迷茫，价格处低潮，当时佛山照明的董事长兼总经理钟信才也已经灰心丧气，向边程兜售自己持股的蓝科锂业。

在全行业极度恐慌之时，自身也处于内忧外患当中的边程决定逆势而为，别人眼里的“赌博”之举，却让科达收获了未来，随着碳酸锂价格的暴涨，科达制造获得了极大的投资收益。

然而，今天的蓝科锂业之所以成为科达制造的“利润奶牛”，绝非是靠捡漏或者运气，边程对新能源产业的摸索，经历了漫长的历程，有过痛苦的煎熬，甚至付出过高昂的代价。

进入21世纪，对于高耗能的陶瓷产业，环保监管趋严已然成为一大发展挑战，陶瓷机械行业该如何适应行业发展？在国家大力推动节能减排的时代背景下，如何化危为机，寻找全新的战略投资机会？科达制造一直在思考这两个问题。

早在2006年，科达制造就掌握了清洁煤制气的核心技术，并在安徽马鞍山的科达基地投入巨资，培养战略新兴产业。然而，理想很丰满，现实却很骨感。2012年11月12日，科达的第一个重大技术应用项目正式点火，开始向辽宁沈阳法库陶瓷工业园试供气。但是由于陶瓷行业的景气度下滑，利润空间被大幅压缩等，2018年12月，在经过长达6年的折腾之后，该项目全面停产，科达制造在这一项目上的亏损超十亿，一度给企业带来了巨大的负担。

最痛苦的时候，边程经常晚上睡觉都醒来五六次，每天只睡一个多小时。

面对失败，在痛苦反思之余，作为一名真正的勇士，边程没有退缩，而是向全球化发起了新一轮冲锋。科达全球化，既是应对国内陶瓷产业大幅过剩、行业发展已经触到天花板的方法，也是企业未来的战略方向，企业出海，这是必由之路，尽管这是一条未知之路，也是一条坎坷之途。

科达在陶瓷装备卖遍全球的同时，还实现了装备的本土化生产、本地化服务，其出海战略也不断迭代升级，从亚洲到欧洲，从欧洲到非洲，科达一路攻城略地，产业版图迅速扩大，掀开了向世界进发的全新篇章，构建起一个个基于全球运营的战略支点。

2018年3月，科达制造的第一个海外工厂——印度生产基地全面投产。

2018年9月27日，科达制造宣布收购全球陶机老牌巨头意大利唯高工业公司60%的股权，创造了中国陶瓷产业发展的里程碑。回想1984年，中国陶瓷第一条全自动生产线，正是从这一家公司进口的，40年轮回，科达的这一次收购，大振了中国陶瓷产业的士气。

2023年3月，科达在土耳其的第一家生产基地——BOZUYUK工厂正式奠基，这是在深耕土耳其这个全球产销量第6位的巨大市场20年后，科达在土耳其的又一重大战略布局，进入土耳其市场，就意味着进入了欧洲高端市场的桥头堡。

更值是一提的是，2013年中国面向全球，提出了“一带一路”的合作倡议，这一高瞻远瞩的战略构想，让边程及科达制造看到了巨大的发展机会。他摊开世界地图，发现在距离中国万里之遥的非洲，具有令人怦然心动的发展前景，这个有着12亿人口且人口增长最快的年轻大陆，已经走到了经济腾飞的历史起点上据统计，非洲人均瓷砖消费量为0.75平方米，每年进口瓷砖超过2亿平方米，耗费近10亿美元。庞大的供需缺口对于科达制造而言，就是机遇，就是动力。

从肯尼亚西部最大城市——基苏木市区出发，驱车一路东行，非洲面积最大的湖泊——维多利亚湖的身影时不时出现在天边。大约半小时后就能看见一片厂房，外墙上的“KEDA”（科达）字样清晰可见。

这已经是科达制造携手合作伙伴在肯尼亚建设的第二座工厂，也是其在非洲建设的第六座基地。

广袤的非洲大陆，是“陶机大王”科达制造近年发现的新天地。作为国内唯一能够提供建筑陶瓷整套生产设备的企业，科达制造在陶机核心设备的市场占有率全国领先，但国内建材行业产能整体过剩，让科达制造面临的转型压力不断增加。

2015年底，科达制造与国内最早进入非洲的国际贸易商之一——森大集团达成合作协议，决定共同在肯尼亚、加纳、坦桑尼亚三地合资兴建陶瓷厂，由此拉开了科达制造进军非洲的序幕。

非洲的成功，让科达制造越走越远、越走越快。边程做出了更为雄心勃勃的计划，以打造非洲最大的建材集团为目标，推出海外建材板块“大建材”战略，充分利用公司在非洲的渠道协调优势，推动海外建材业务从建陶到洁具、建筑玻璃等相关多元化领域横向拓展，以实现海外建材业务的可持续发展。

各美其美，美美与共。以科达为代表的中国企业在非洲大地描摹的，是一幅守望相助、共享发展红利的画卷。

今天，在肯尼亚、在加纳、在坦桑尼亚、在塞内加尔、在赞比亚，短短6年间，科达与合作伙伴森大集团接连投资兴建了6个陶瓷生产基地。14条生产线夜以继日地火热运转，这些工厂为非洲创造了6000多个就业岗位，而本土化生产、性价比更高的瓷砖，从此走进非洲人民的家中。

2023年3月，科达制造海外首条玻璃生产线——坦桑尼亚浮法玻璃生产线项目举行了开工仪式，标志着公司正式进军玻璃产业，又一次向着科达扎根非洲大地的目标实现了新的跨越，一个纵贯全球的现代建材产业集团正在若隐若现……

今天，科达的产品销往全球60多个国家和地区，海外业务收入已占集团整体营收的一半。

2022年7月28日，随着中国佛山和瑞士证券交易所同时敲响的锣声，科达又成为首批在瑞交所上市的中国企业之一。全球资本，此刻愈发看见中国制造的力量。

从2002年首条整线出口越南，到2022年在欧洲腹地上市，时光荏苒，岁月也许会模糊某个片刻的记忆，但科达向世界出发的印迹清晰可见。沿着今天的“一带一路”，科达正以拥抱全球的壮志，融入世界，走向未来！

站在科达制造发展的历史新起点上，边程总是感慨当年创始人卢勤建立的“财散人聚，财聚人散”的企业文化，没有这种企业文化，就没有边程的今天，就没有天下英才聚科达的今天。

面对百年变局、世纪疫情的冲击，科达不仅没有停下自己的脚步，反而不断打破产业边界，打造出以陶瓷装备、新能源与海外建材为战略主轴的三条赛道。千帆过尽，长河浩荡，经过30年的艰难奋进，今天的边程目光越来越清晰，越来越自信。

如果说，历史就是一条长长的隧道，那么边程就是科达的燃灯人，光芒照射之下，执着的科达在这条艰难而正确的道路上一路前行，这束光，带着穿越历史的倔强，镌刻出未来的走向。

方洪波：从一介书生到铁血掌门

2023年8月2日，《财富》杂志公布世界500强名单，美的集团以513.93亿美元营业收入、43.934亿美元利润位居榜单278名。这意味着美的集团不仅连续8年上榜，更是连续8年在《财富》世界500强中蝉联中国家电制造的冠军。

这是中国最大的家电企业最高光的时刻，也意味着美的从家电龙头向现代科技集团的坚定转型，走出了成功的第一步。

然而，风光之时，也是痛苦之始。就在这个时候，美的集团正经历又一轮寒冬。

秋风萧瑟，洪波涌起。2022年春节刚过，美的宣布开始新一轮裁员，这一艰难而痛苦的决定，在全国掀起了轩然大波，也把美的集团的掌门人方洪波推向了风口浪尖。

历史总是惊人的相似，这一次裁员过冬，恍如美的集团在2011年的决策，十年一个轮回，这是时代使然，还是内部原因?

“时代的江流中，我们总会在某一刻，意识到命运的不可抗拒，正如我们惧怕黑暗，但夜晚还是会如期到来。”在对一位被裁员工的留言当中，方洪波如是写道。

“隐者、杀手、梦想家和过客。”2017年《财富》（中文版）杂志将美的集团董事长兼总裁方洪波评为“年度中国商人”。作为最成功的中国第一代职业经理人之一，方洪波与碧桂园的总裁一样，是将企业推上世界

500强的掌门人，用卓越的才干，实现了企业的光荣与梦想，书写了改革开放以来中国职业经理人这一群体当中最出彩的一页。

火与冰，成与败，血与泪，这是一次更为严峻的考验，也是一次极为重大的挑战，在美的集团工作30年，将青春献给了这家企业的方洪波，能否像过去一样，在危机当中育新机，于变局当中开新局，穿越经济周期带来的残酷洗礼，许世界一个更大而更美的美的？

无论如何，方洪波用穷其一生的砥砺奋斗，成就了“中国打工皇帝”的人生传奇，他的传奇故事，值得每一个人去聆听、去阅读。

一介书生下顺德

诺贝尔奖得主柏格森说过这样一句话：“说社会的进步是由于历史某个时期的社会思想条件自然而然发生的，这简直是无稽之谈。它其实只是在这个社会下定决心进行实验后才一蹴而就的。因此，必然需要某个人或某群人赋予社会以自信。”所以，最先感受到时代的召唤，是出类拔萃者与普通人的最大区别。

1992年11月24日，广珠公路顺德北滘镇路段，一辆大巴车抛下了一个个肩扛手提的年轻人。这些年轻人为梦想而来，也为财富而来，当时是顺德吸引全国人才最为疯狂的岁月，人才的潮涌，早已成为这里见怪不怪的现象。

在这一群年轻人当中，有一位戴着方框眼镜、目光坚定的白面书生。对别人来说，踏入顺德只是人生的一小步，对他而言则是决定命运的一大步。

谁能想得到，20年后，这位年轻人成了美的集团董事长兼总裁，个人身家最高时超过100亿元。

他叫方洪波，刚刚辞去位于湖北十堰的中国第二汽车制造厂的“铁饭碗”，作为华东师范大学的优秀毕业生，他在那里度过了整整五年的平淡时光。

他本来准备去深圳，万科集团企业内刊的编辑之位在等着他，但命运的洪流，又把他抛向了美的，无论如何，南方是他的方向，也是他的目标，因为时代的感召、历史的判断，他迈开了坚定的步伐。

1992年读到轰动一时的长篇通讯《东方风来满眼春——邓小平同志在深圳纪实》后，方洪波决定扭转自己的命运。

巧合的是，这篇文章的作者陈锡添，曾经就职于方洪波所在的中国二汽，后进入《深圳特区报》，并成为1992年邓小平在南方期间的随行记者。25岁的方洪波受到触动，他那时只有一个念头，要到南方去，到改革开放的前沿去，去做一个伟大变革的亲历者、记录者。

就职于《美的报》，作为一名内刊编辑，充满文艺范的方洪波特意给自己取了一个笔名——“二水”。

方洪波1967年出生于安徽枞阳县藕山镇万桥村杉木窊庄，这是一个在地图上都很难找到的小村庄，童年的方洪波在村口的大枫香树下看书，喝老井甘甜的水解渴。

枞阳历史上属于桐城，桐城派文人名满天下，产生了戴名世、方苞等著名文学家，有“天下文章在桐城”之称。这里“穷不丢书，富不丢猪”，崇文尚读、尊师重教蔚然成风。在这种环境下，方洪波很早就上学，初二还跳级直升高中，1983年，16岁的他就考上了华东师范大学历史系。

天资聪颖、几乎过目不忘的方洪波，在华东师大的学海里，度过了书生意气、文字激扬的美好时光。改革开放初期，社会思潮风起云涌，激情与思潮碰撞，时代与理论交错。正在这个时候，华东师大的老师、作家戴厚英的作品《人啊，人！》，一度让方洪波心潮起伏，书中“性格决定命运”的主题，无形之中促使他用一生去磨炼自己的性格，做一个高度自律的职场人，而不是一个随波逐流的流浪者。这是他的人格修为，也是一个职业经理人不断走向辉煌的终极之路。

方洪波庆幸自己的选择。很多年后，在母校华东师范大学的一届毕业典礼上，以成功校友身份参加的方洪波，对几千名即将奔赴社会的学弟学妹说，自己这一代人或许生在过去200年中最好的时代。

命运的转机从一篇报道开始。入职美的第二年，方洪波撰写的《美的舰长何享健》登上《南方日报》的头版，正是这一篇报道，引起了何享健对方洪波的留意。于是何享健将方洪波提拔为公司秘书科副科长，级别不高，但这一职位可谓是何享健的贴身秘书，何享健的处事风格、气魄气度、一言一行，跟班学习的方洪波看在眼里、记在心里。

三年之后，表现优秀的方洪波被升为公司广告科科长，这虽然是个花钱的位置，但如何通过花钱带来品牌的升级与销量的大幅增长，却是一个巨大的考验。方洪波因一件事，无意中在中国广告事业发展史上留下了一笔。

1995年，在中国电影明星当中，凭借《红高粱》蜚声世界的巩俐无疑是最为闪亮的一个，中国电影行业进入了“巩俐时代”，方洪波说服了何享健，以100万元的“天价”，请来了巩俐做美的的代言人，这一数字，一度引起了国民的一片惊呼。事实证明，这一笔费用完全物超所值，“美的生活，美的享受”这一句广告词顿时响遍了神州大地，创造了明星代言升级品牌、拉动营销的传奇故事。

生于变革，死于平庸

初试牛刀，大获成功，方洪波在何享健的眼里越来越重要。宰相起于州郡，猛将发于卒伍，开放的何享健意识到，靠亲朋好友打天下的时代一去不复返了，企业的发展，需要高层次的能打之才，“宁可放过100万的生意，不可放过一个有用的人才”。

以至于多年以后，何享健公开对外说：“我最大的成功，就是发现了方洪波。”

随后，方洪波从市场部部长做到了销售公司总经理。对于不断的角色转换，方洪波说："每一次老板对我的岗位安排，我都觉得难以胜任。"但他从来没有浪费何享健给的任何机会。

1997年，美的遭遇严重危机，销售业绩从行业第三跌至第七位，当地政府甚至有意让其被科龙并购。关键时刻，何享健力排众议，提拔了30岁的方洪波——任命他为美的集团空调事业部国内营销公司总经理。

从这个岗位开始，斯斯文文的方洪波开始展现他"狠"的一面。

此前，美的空调事业部总经理是顺德本地人，其整个销售体系的核心骨干90%左右也都是本地人。这样的局面一度让方洪波"无法沟通"，但他的选择不是去迎合讨好这些山头力量，而是打破整个旧的格局，重塑销售体系。破与立，这是方洪波以后运用自如的大杀招。

他把本地代理龙头全部砍掉，完全不留情面，尽管这其中90%都是何享健的老相识。他还做了一个很多人想都不敢想的尝试——招大学生做销售骨干，甚至地方销售的负责人。他亲力亲为到全国高校招了20多个大学生，每个省放一个，撒豆成兵，组成各省的营销网络。

"大换血"换来了美的的"大翻身"。

1998年的空调大战中，美的空调销售收入比1997年翻了一番。之后，美的空调持续走强，方洪波的大学生营销团队在美的内部也被称为"飞虎队"。

何享健说过一句名言：美的唯一不变的就是变。

2022年初，方洪波在美的年度经营管理年会上说："在变幻莫测、市场加速的当下，按部就班意味着平庸，也意味着死亡之危。无论是商业模式还是科技创新，都必须持续变革，从而维持机制的活力，保持市场竞争力。"

变革，贯穿了方洪波职业生涯的始终，组织变革、营销变阵、技术创新、生产变招……在频繁的变革当中，方洪波绝不拖泥带水、犹疑不决，也绝不沾亲带故、利益输送，他杀伐果断、毫不留情、铁面无私，一切为了企业的利益与发展，无论是征战多年的部下，还是曾经开疆拓土的功臣，不适应企业发展进程的，都得让道。

企业至上，利益至上，这是方洪波最为坚定的信念。论资排辈，居功“躺平”的现象不可能出现在美的。

这一点，是何享健对一个职业经理人最严格的要求。除了高超的经营才能之外，何享健选择方洪波，还因为方洪波身上与生俱来的最为可贵的人格品质。

从追逐梦想到御风而行，很难有一个老板像方洪波这样，融商业领袖与诗人气质于一身；有如谦谦君子的书生，实际上暗藏无可抵挡的“杀招”，这正是方洪波的过人之处。

2002年起，美的展开全国性并购。当时“挂帅”美的制冷电器集团总裁的方洪波，全力协助何享健的收购动作，并对新收购企业进行整合。

2004年华凌归于美的时，巨亏6.29亿港元，还外带1.2亿以上的债务，美的入主的3年内，方洪波令其扭亏为盈。

2008年，方洪波又“一手操刀”对小天鹅的收购。收购的最后关头，美的被要求必须多支付8000万元解决员工问题，方洪波压力重重，打电话请示何享健，何享健只是简单回复：“你自己决定。”最终，方洪波自己做主，完成了收购。

从那时开始，这个“坐火箭上来的老总”，渐渐成了美的仅次于何享健的权威人物。

2008年，源起美国的金融危机迅速席卷全球，中国也不例外。危机当头，我国政府果断出台了“家电下乡”“以旧换新”的政策措施，家电行业一扫之前的阴霾，向农村市场高歌猛进，如鱼得水的美的，凭借多品类、大规模的优势，取得了里程碑式的战绩。

2010年，有两件事足以载入美的发展史册：一是当时被称为顺德地标、31层的美的新总部大楼正式落成；二是美的销售额突破千亿元大关，历经42年的奋斗，跨入千亿元企业之列，这是何等风光、何等荣耀的历史一刻。

然而，无限风光的背后，往往潜伏着危机。就在美的总部大厦启用前两天，2010年10月26日，中国著名的财经作家秦朔发表了《美的盛世危言：如何才能更美的？》。面对美的盛世，秦朔一连用“有没有比较过、有没有反思过、有没感受到、有没有意识到”四个疑问句，将美的在规模制胜、暴力营销、过度激励、企业文化四个方面的隐患，连珠炮式地抛了出来。

“很多中国民营企业是在千亿规模时犯错误的。”秦朔在结尾中用万科地产创始人王石的话警示美的。

事实证明，秦朔的话可谓一针见血。2011年年中，美的财务数字出现了三年来的首次下滑，到第四季度甚至低于2009年同期的水平。

接下来的一年，颓势仍未扭转：2012年美的电器营收比上年下跌了26.89%，净利润也下跌了6.25%。

美的又一次走到了历史的拐弯处。2012年8月，美的集团正式宣布，集团创始人何享健不再担任集团董事长；方洪波接替何享健担任集团董事长，并担任上市公司美的电器董事长和总裁。这标志着这家位于广东顺德、资产超过千亿元的家电巨头正式迈入了由职业经理人掌控的时代，开了中国现代企业传承的先河。

传贤不传子，何享健这一决定，打破了千百年来“子承父业”的历史传统。“这是公司治理的创新和尝试，是国际现代企业管理理念在中国的实践，符合全球高度市场化的现代企业制度发展方向。”中国著名管理学家王吉鹏认为：“按照中国人60岁退休的惯例，未来10到15年，中国的家族企业将迎来一个交接班的高峰，美的掌舵人的顺利交接班为中国企业树立了标杆。”

为什么是方洪波？何享健的选择，绝非一时兴起，而是经过长期的严格考察。事实上，何享健对这一位置另有候选人，但他最终选择了方洪波。

因为在方洪波身上，他发现了一个优秀职业经理人所必备的素质。一位跟随何享健、方洪波近18年的美的前高层说，方洪波博古通今，既通老庄之学，又懂现代管理，最善于在实践当中进行归纳总结，具有极强的学习能力，长期阅览20多份报刊，对信息与外界保持高度敏感。

当然，方洪波的优点也绝非仅仅如此，方洪波一向高度自律，这一点从他几十年不变的身材上可见一斑，而其不近人情，铁面无私，一心为公而又绝对忠诚的作风，更是成就“打工皇帝”必需的卓越品质。

而这一点，在方洪波接下来的风风雨雨中表现得极为突出，其所作所为，堪称一本中国职业经理人走向成功的教科书。

有人戏言，中国家电业路在“何”“方”。当美的集团进入“方”时代，能否再创新的时代传奇，这是方洪波面临最大挑战，美的这一艘巨轮终将驶向何处，作为国内头部企业交接班的第一位职业经理人，接受的是使命，更是责任与担当。

越是高光时刻，越需要保持冷静的头脑，走上美的权力之巅，方洪波看到了辉煌背后的危机。在“大规模、低成本”之路上一路狂奔的美的集团，员工近20万人，资产负债率高达80%，账面现金资产甚至为负值，生产2000多个产品，在全国建有几十个生产基地。有规模低利润、大扩张缺技术、密集型低效能……虚胖的美的，急需来一次疾风暴雨式的变革，但是这场雨来得这么急这么猛，很多沉迷于岁月静好的荣光当中的人根本看不懂，更看不透，以至于当方洪波挥舞着大刀裁员时，“美的不行了”的判断，在全国各大媒体上甚嚣尘上。

这一次变革其实并非突如其来，而是面对潜在危机的坚决对冲。壮士断腕、手起刀落，方洪波发起了一次堪称“极其惨烈”的变革。

为了此次变革，2011年底，美的确定了转型升级的三个战略主轴：产品领先、效率驱动、全球经营。

先瘦身后健体，先做减法再做加法，这是美的此次变革的总路径，也是美的变革的辩证法。

面对近20万员工，美的坚决推行效率驱动、智能制造，以自动化产线的大投入，替换密集型的生产模式，通过减员增效，美的产值在增长，员工却减到了不足10万人。

面对庞大的产能，美的“去”意已决，坚决砍掉过剩产能，及时对闲置的资产进行关停并转。仅2011年，美的毅然决然地退还全国多地的

6000亩土地——尽管有些地方已经打好桩甚至盖好厂房，而后又关闭了一批制造基地。这一去产能之举让美的包括土地、厂房、仓库在内的固定资产减少了30%。

美的的减法，还表现在“产品领先”战略上。美的先后对64个品类进行精简，最终只保留32个，减少中低端、低毛利的产品，扩大中高端产能，实行差异化策略。

在去库存方面，美的更为大胆，甚至引起了太多的非议。集团推行“以需定产”的前卫模式，依托“互联网+”实现了制造商与消费者的“面对面”，网上下单，第一时间制造，3天到货。这种“T+3”模式后来成为美的超越同行的“杀手锏”。

得益于去产能、去库存，美的最终实现了去杠杆、降成本。“我们的资产负债率最高曾接近80%，去年大约还有57%。自有资金方面，2011年是负20多个亿，到去年年底，则有649亿元的现金在账上‘闲睡’。”2016年，方洪波在接受采访时说：“从2013年到2015年，我们净赚近700亿元，平均起来相当于在产值相同的情况下，一年赚过去两年半的钱。”

数据显示，2015年，美的集团实现营业收入1384亿元，仅比2011年的1341亿元增长43亿元，但其高达136.25亿元的年利润却是2011年66.41亿元的2倍多。当时家电行业普遍低迷，美的集团通过这一项从规模导向转向增长质量的深刻变革，实现了“产值滞长，利润倍增”的“逆生长”。

显然，这一次壮士断腕的改革，是一次毫不留情的自我否定、自我颠覆，更重要的是让美的彻底走出了秦朔所担心的“千亿魔咒”。

党的十九大报告指出：“深化供给侧结构性改革。建设现代化经济体系，必须把发展经济的着力点放在实体经济上，把提高供给体系质量作为主攻方向，显著增强我国经济质量优势。”而美的此次改革，比中央提出的供给侧结构性改革提前了将近5年。

党的十九大之后，美的以先行先试、敢为人先的勇气与魄力，率先在中国民营企业中蹚出了一条企业高质量发展的成功之路。

作为中国最为优秀的职业经理人之一，方洪波首先是一名成功的管理者。俗语云：小老板靠术、中老板靠智、大老板靠德。如果说何享健是以极富魅力的人格，使天下归心，那么作为职业经理人，方洪波则是依靠组织的力量，推动企业高效运行，让美的集团这一艘大船行稳致远。方洪波擅长运用哲学思维，以系统论、大数据的管理工具，来激发组织的活力，提升团队的能力，这种精益管理、科学管理的方法论，又在新时代中实现了对何享健管理思想的超越。

显然，管理无对错，无非在合适的时点，选择了合适的方式，何享健与方洪波的管理方式，无高下之别，无对错之分，都是企业在不同发展阶段选择的最好的模式。

在迭代与重构中坚定生长

然而，美的的变革绝不会止步于此，永远处于危机与焦虑当中的方洪波，没有骄傲的理由，他深知，所有毁灭的种子，在企业最繁荣的时候就已经种下。

在2021年的美的年会上，方洪波提出：美的要进行自我否定，彻底的否定，敢于自我否定是一种自信，自我否定是为了更加强大。

生于忧患，死于安乐，危机感与使命感的驱使，容不得一个职业经理人沾沾自喜。面对世界百年未有之大变局，面对技术变革、经济危机、地缘政治、世纪疫情等多重因素的叠加冲击，如何构建第二条赛道，寻找第二条增长曲线，在不确定的时代，给美的一个确定的未来，此时的方洪波，又一次面临全新的考验。

当美的的容器已经容不下未来时，美的未来会在哪里？是什么？“大时代的转折，零落成泥。面对百年变局与动荡的世界，会发生什么，无从得知，而奋斗才是最好的挥别。”在年度管理大会与致股东的一封信中，方洪波以脱口而出的金句，表达中国最“牛”职业经理人充满诗意的哲理。

2020年，方洪波提出美的未来的战略主轴是“科技领先、用户直达、数智驱动、全球突破”，战略主轴的升级，带来的不只是企业经营视野和格局的拓展，更有经营逻辑、发展力量和未来空间的全面优化。

“越是寒冬，越是要坚定地投资未来，加快存量升级和增量创造。”实现美的从家电龙头向全球科技集团的时代新跨越，是方洪波率领美的踏上的新长征，“道阻且长，行则将至”，方洪波以此表达自己的信念与决心。

科技是第一动力。“将钱投在看不见的地方”，美的大力收缩固定资产的投资，开始在科技创新上发力，美的在技术研发、体系建设、人才引进的投入呈现几何级数的增长。

从2016年开始，5年时间里，美的累计投入研发资金超过450亿元，2021年超120亿元。在科技研发方面，美的每年的投入均占年度营收的3.5%以上。美的通过构建“四级研发体系”，在全球布局研发体系和科学家人才体系，至2021年，整个集团在全球布局35个研发中心，研发人员已超1.8万名，外籍资深专家超过500人，全球专利授权量连续多年居全球家电行业的第一位。

从跟跑、并跑到领跑，美的不断突破困扰发展的“卡脖子”技术，开始向“无人区”强势挺进。

身处全球化时代，方洪波作为一家跨国企业的掌门人，在全球视野当中，以资本之力，通过颠覆性投资，构筑自身的产业护城河，向新兴产业领域不断发力，以此打破登顶行业高峰之后面临的天花板，突破自身的成长边界，重构企业的产业体系，展开了立足美的、面向全球的产业整合与体系重构之路。

2017年，一桩企业并购轰动世界，其编剧与导演正是方洪波。这一年的1月，美的宣布以292亿元代价，成功收购德国工业4.0明星企业、世界机器人四大家族之一——库卡公司，这是一次堪称当时中国企业最大手笔的跨国并购，书写了中国企业并购史上的传奇，也吹响了美的向工业自动化领域进军的号角。

而此次并购的逻辑起点，是中国成为世界第二大经济体，随着人口红利的退潮，机器代人、智能制造时代正在加速到来，得中国者得天下，世界机器人市场的未来在中国。

尽管并购库卡之后，库卡的股价、产值及利润出现了大幅度滑坡，批评四起、非议不断，但方洪波从未后悔，他相信：要赢得战争，不能计较一城一池的得失，短期的波动，丝毫无法撼动长期的战略布局。

正如巴菲特所说：别人贪婪我恐惧，别人恐惧我贪婪。方洪波像一个放眼全球的猎人，从来不放过任何一个可口的猎物。在收购日本东芝白色家电板块、德国库卡等国外巨头之时，手握巨量现金的美的，同样把目光瞄准了国内的优质标的。即便在新冠疫情肆虐全球期间，美的依然没有停下资本扩张的步伐，方洪波一举取得了菱王电梯、合康新能、万东医疗、科陆电子的控股权，拉开了美的向智能控制、新能源、医疗板块深度布局的大幕……当潮水退去，美丽耀眼的贝壳在沙滩上俯拾皆是。

经过改革开放40多年的发展，中国家电产业面临发展的天花板，行业增长放缓成为必然。方洪波决定逆流而上，坚决推动美的从C端（个体消费者）向B端（企业客户）发力，打造美的第二增长曲线，再造一个工业帝国。

2020年，方洪波将美的分为五大业务板块——智能家居事业群、工业技术事业群、楼宇科技事业部、机器人与自动化事业部及数字化创新业务。除了智能家电板块，其他四个板块全部面向B端，2021年，美的B端的营收已占集团业务的21%。

唯一不变的是变，这是方洪波带领下的美的的成功之道。已经57岁的方洪波，依然目光坚毅、行为果决，推动美的这一部走过半个世纪的庞大的战车，永远走在转型发展的大道上。

“曾经我无比苍老，如今却风华正茂。”这是摇滚歌手鲍勃·迪伦的歌词，方洪波以此表达自己的决心与信心。正是他，引领美的一次次穿越了周期的冲击、环境的剧变，在一次次自我颠覆与产业变革中，获取了企业的生机与活力。

人称“铁血宰相”的俾斯麦说过：“如果人生的途程上没有障碍，人还有什么可做的呢？”方洪波执掌美的集团十多年，正是在坎坷曲折的企业征途当中，以横扫一切障碍的智慧与意志力，推动了企业一次次穿越时代的风雨。有人说方洪波“冷酷无情”，也有人说他铁面无私，而这正是一位“铁血掌门”最可宝贵的性格，叠加超越常人的智慧与洞察力，方洪波以30多年只做一件事的坚强毅力，成就了一名卓越经理人的人生巅峰。

方洪波在顺德长达30年的奋斗历程，也许正如诗人田地在名作《南方北方》中的吟唱：

尽管北方有我童年的土炕，
南方却是我一生奋斗的疆场。
我的青春，已化作南方的山水，
我的爱，已在南方生长。

佘建彬：只身闯荡世界丛林的勇士

沿着广珠西线高速公路一路南下，到达顺德大良出口，一座大楼高耸入云，中国家居产业的头部、中国木地板产业的巨头——大自然家居的总部大楼，总是会让每一个路过的人投以惊异而又热烈的目光。

从20世纪90年代初开始，历经30多年的砥砺奋进、艰苦拼搏，作为中国最大的地板制造商，今天的大自然家居令人惊艳。

对于这样一个高度依赖全球资源的产业来说，谁掌握了优质的木材，谁就能生产高品质的产品，谁就有迅猛发展的可能。因此，以大无畏的勇气，闯荡全世界的丛林，寻找最优质的木材，这是每一家木地板企业的立身之本，更是顺商闯天下的勇毅之途。

如果以大自然家居总部大楼为原点，画一幅“大自然”征战地图，那么这张图就是一张世界地图，全球每一处原始森林里，都烙下了大自然家居艰辛前行的脚印。

作为大自然家居的创始人之一，1957年出生的他，在青少年的时候时期经历过大饥荒，在年轻力壮时正好碰上改革开放。对外开放的时代机遇，让顺德的一个木匠毅然扔下手中的工具，投身于寻找全球优质木材的万里征途之中。

作为改革开放后第一批闯世界的顺德人，他手持全球森林分布图，从印尼到缅甸，从刚果到秘鲁，在盛产全球优质木材的山山水水，都留下了一个执着的顺德人用脚步丈量土地的身影。他是顺德乃至中国早期参与经济全球化的一个缩影，也是新中国最早放眼全球闯世界的人之一，他经过几十年的翻山越岭，绘就了顺德企业投资布局的全球路线图。

踏遍青山人未老，人间正道是沧桑。他是大自然家居的联合创始人——佘建彬。

为了心中那根木

佘建彬出生于1957年，纵观他的人生，仿佛一辈子注定与木结缘，以家居为生。

佘建彬15岁那年，本来应该是他人生最青春、最美好的一段时光，但是当时正值“文化大革命”期间，“每家每户都很穷，基本上年轻人都要学做木匠”。顺德虽然在明清时期一度有着“南国丝都”“广东银行”的威名，但到这一时期，已经沦落到了无以为生、难得温饱的境地。靠手艺谋生，力求一技傍身，是那个年代父母对孩子们的现实期待与普遍规划。学成后，佘建彬在顺德红木家具厂工作。

正是如此，佘建彬无比自豪地说：“我与木头打交道50年，做地板40年。”

在红木家具厂工作期间，佘建彬有机会接触香港、澳门的客人，也有了对木地板的初步认知。但真正与木地板打交道，还得等到1980年。

那一年，广州东方宾馆装修舞池，要铺木地板，找了很多人。当时的木匠都没听说过木地板，更没人能做，最后经人介绍，施工方找到佘建彬。

这座宾馆可谓是无人不晓，它代表了广州的城市形象。1961年开业的东方宾馆，是中国第一家国有五星级酒店，位于广州火车站附近，是当时整个华南地区的地标。

面对“出道即巅峰”的第一个项目，佘建彬简直又惊又喜，但在困难时期的中国，很多人连木地板是何物都不知道。由于中国是一个少林国家，为了节约国家紧缺的木材资源，20世纪60年代，国家甚至专门发文禁止民用住宅铺装木地板。

由于没有现成的经验可用，佘建彬只能尝试。在比较了多种方法之后，佘建彬最终采用的方法是“把沥青融了以后再铺木地板，铺地板以后再打磨，再上油漆”。当时用的木地板是小块柚木条，每块长15厘米、宽3厘米、厚8毫米。这个项目，是佘建彬与木地板发生交集的一小步，却是华南地区乃至国内木地板行业的一大步。

国内优质木材紧缺，但正在启动的需求，让佘建彬意识到这是一个商机。这个商机的发现，与顺德人身在“美食之都”所培育出来的敏锐嗅觉有关，这种与生俱来的天分，也转移到了顺德人的商业触觉上。木工的出身让他捕捉到了一个巨大的时代机遇：走出去，将全球最好的木材卖到中国来。

每一个与木材打交道的人，甚至是今天的中国普通百姓都知道，东南亚拥有世界第二大热带雨林，更是盛产世界优质名贵木材的“天堂”。

1982年，改革开放已经打开了一扇窗，怀揣发财梦想，佘建彬第一次走出国门，去了马来西亚的沙巴，至少对佘建彬来说，对大自然木地板王国来说，企业家的胸襟和未来的运程，跟这个年份似乎有着某种天然的契合。那一年，改革开放还没有真正拉开大幕，许许多多的政策障碍，让国人对跨出国门、走向世界望而却步。

一步先，步步先，敢为天下先的顺德人审时度势的能力，跟这个地方贫瘠的资源、逼仄的土地、人才的匮乏有关，也与长期以来形成的对资源的渴慕高度相关。

然而，20世纪80年代，整个世界被经济学家认为是“失落的十年”，或“经济倒退的十年”，亚洲、非洲、南美洲失业人数增加，居民收入下降，贫困人口增加，南美洲、非洲大部分国家的经济水平回降到20世纪70年代中期水平。

佘建彬在马来西亚的沙巴待了三年多，在森林深处识木头、选木头：龙眼、柳桉、梧桐木、桃花芯等等，都是原始森林里面的稀有物种。他坦言自己是一个批发商，选好木头就卖给夹板公司，一船一船地拖回香港做夹板。

当年的沙巴地区，凄凉贫困，一到清明节到处都是狗吠阵阵、阴风怒号，当地华人说，人间阴气重，人没有鬼多，鬼就出来吓人了，狗能识鬼，于是狂吠不止，令人毛骨悚然。佘建彬住在简易的房子里，外面阴风呼啸。远离家乡的孤独离愁，与阴风、狗吠互相交织，令他不寒而栗的感觉，让佘建彬一辈子都无法忘记。

此情此景，改变不了佘建彬那一颗寻找当地最好木材的火热的心，任何艰难险阻，都不可能让他打退堂鼓，一种明知山有虎、偏向虎山行的勇敢与意志，始终在他心里熊熊燃烧。

没有比人更高的山，没有比脚更长的路。在沙巴三年，他几乎将所有时间都花在寻木上，在异国他乡，用一双脚去丈量这片神秘富饶的土地。到最后他甚至能根据山头地势，判别出树木的种类、古树的年龄、生长的密度、砍伐的时间。

马来西亚显然不是佘建彬的最后战场。他在马来西亚待了两三年，之后又去了泰国。

改革开放之后第一批漂洋过海、跋山涉水的顺德人，从不缺乏勇气与冒险精神，他们既可以不让一条鱼活着离开顺德，也可以逾越地理的距离，突破心理的疆界，在怀疑与冲突当中前行，用自己的方式闯入全新的世界，在走向远方的路途中，经历种种碰撞，实现融合与成长。

永不安分的佘建彬，不仅是其中的领先者，还是最早的扛旗者。

纵横东南亚

当时缅甸的原始森林还没有开发，虽然泰国的柚木质地优良，但是不像缅甸，泰国人砍了也不补种，这种砍一棵少一棵的现实，让泰国的柚木资源很快被砍伐一空。

柚木的生命周期在二三十年，20世纪80年代末90年代初，泰国的柚木就砍得差不多了。佘建彬转场去了缅甸。

如果说大熊猫是中国的国宝，那么柚木就是缅甸的国宝。这个国家虽然贫穷，却有着上天对这片土地的眷顾，除了无比珍贵的柚木，这里还盛产全世界最好的花梨、黑酸枝、白酸枝、金雀花梨，这些地球上最好的木材，让全球的木材生产商蜂拥至缅甸。

虽然缅甸是一个充斥着战乱与贫穷的地方，20世纪80年代更是让中国人望而生畏，但勇敢的佘建彬却毅然决然地踏上了这一片神秘的土地。

尽管贫穷，但缅甸人对柚木的管理思维却很超前，他们深知，柚木是国家经济的主要来源、主要依靠。缅甸政府规定，如今年要砍10万株柚木，就必须先种10万株。缅甸柚木最早是野生的，随着年复一年的砍伐，慢慢就变成人工种植林了。除了柚木，缅甸的花梨、黑酸枝也是全世界最好的，但是产量不大，而金雀花梨是缅甸的第二大树种。

人是时代的产物，又不断地创造历史，不断地用经济行为改变历史的方向，一个家族企业的百年荣光，跟开拓者的智慧和勤劳分不开，更与国家的政策、社会的进步有关联，佘建彬走在了历史的最前沿。回到100多年前，顺德人下南洋，总是沦落为被卖的“猪仔”，而今，随着国家的强大、财富的累积、视野的拓展，佘建彬此番下南洋，则是以国际友商的身份。身份的变化，带来的是东南亚人对顺德人认知的巨大转变。

佘建彬不紧不慢地用“顺德语”讲着他亲临过的森林的语言、大自然的风情。即将步入古稀之年的佘建彬，在大自然总部现代化的办公室，讲着他三十岁时的辉煌，时空开始凝滞，他拂面而过的豪情，微微苍茫的眼神，激荡起那一段无比光辉的岁月。

那时在缅甸，佘建彬经常独自出行。虽然身家不菲了，但他也只带着一个翻译，就隐进森林里面去了。他最好的朋友永远是世界上最名贵的木头，高山遇知音，这是一种心领神会的际遇。

巨大的机遇，让年轻的佘建彬涌现出了更大的梦想，他与弟弟佘学彬在澳门开设了盈彬木业公司。顺德家具产业的蓬勃发展，中国人对美好生活的热切追求，城镇化、工业化的一日千里，使中国对木材的需求成倍放大，这让佘家兄弟深深地感受到：最好的时代来临了，此时不搏更待何时？

开始的时候，他们只做小小的柚木块。这种柚木加工之后的边角料，在港澳一带风行一时，不变形、不变色、脚感舒适、外表奢华的柚木，是高档的名片、身份的象征。

柚木加工而成的大料，往往直销欧美，佘建彬买不起，也销不出，只能买剩下来的边角料。每个月缅甸政府都要招一次标，售卖这些加工之后的小柚木块。他每个月的工作就是去投标，最多的一个月大概投过500立方米。

佘建彬用“明发贸易行”的名义去投标，英文叫MFM，是现在大自然家居的董事长佘学彬在澳门注册的公司，在当时的缅甸政府眼里，MFM是很出名的。佘建彬拿的是中国护照。当时，只有一个中国人是多次往返缅甸的，那就是佘建彬。

佘建彬大概每年都跟缅甸政府有300万到350万美元的交易。如果说在马来西亚，佘建彬知道了如何识别世界上最名贵的木材，那么在缅甸，他知道了如何与人竞争投标做生意，尤其是跟港澳台老板同台竞技，不落下风。这是不凡之路，也是必经之路。

在缅甸待了两三年后，佘建彬去了号称千岛之国的印尼。这里木材资源更是丰富多彩，玉檀香、柚木王、云杉、富贵木……原始森林里野蛮生长的片片树木，那是流金淌银的发财树啊！

1995年开始，佘建彬在印尼待了三年。当他第一次踏上这片陌生的土地时，举目无亲的他没有一个供应商，短暂的三年时间里，他发展出了168个供应商，这都源于他的经商品格：诚信、吃苦、双赢。他以高度的契约精神，敲开了一个个木材生产商的大门，赢得了他们的高度信任。

当时的市场可谓有多少就可以买多少，强烈的木材饥渴症，让佘建彬的生意货如轮转。兄弟连心，其利断金，弟弟负责销售，佘建彬负责采购，他在印尼拼命地跟当地供应商要木材，最多的时候一个供应商一个月可以供100条货柜，佘建彬在最高峰的时候一个月可以发1000条货柜到港澳、到内地。

每当一船木材装船完毕，即将驶往国内时，年轻的佘建彬心里就涌上了一种强烈的自豪感、成就感。此情此景，茫茫大海上流动的不是船只，也不是木材，而是源源不断的财富。

在印尼发生的一件事，展现了佘建彬慧眼识材，善于化腐朽为神奇的能力，也成就了一笔让他终生难忘的意外之财。

有一次，佘建彬来到印尼苏门答腊岛森林附近的一个巨大的仓库，里面散发出阵阵浓郁的香味，堆了大约有5000立方玉檀木，这些长年无人问津的木材，在加工商手里犹如鸡肋。经过了解，这是一个欧洲商人订的货，但是因为公司倒闭，最后无人提货。聪明精干的顺德商人，总是不动声色，此时的佘建彬，尽力压抑着狂跳不止的心。

别人视之如敝屣，他则待之如珠玉。供应商当时开了每立方米150美元的价格，佘建彬经过讨价还价，谈到了每立方米90美元，最终将这批玉檀木全部拿下。佘建彬用一条船把它们全部运回急需这批货的上海。“一船蚕丝去，一船白银归”，这是清末民初顺德人的创富奇迹，而今天又一次在佘建彬身上得到了复现。刨去成本，佘建彬获得了几倍的利润，单是这批玉檀木，就给佘家两兄弟的公司打下了良好的经济基础。

发现新大陆

纵横东南亚近十年，佘建彬练就了一个国际化顺商的胆识、气魄与智慧。这个时代的顺德人以全新的形象、全新的思维闯南洋，开启全新的事业。十年磨一剑，视野越来越宽广的佘建彬，不再满足于东南亚这一片土地，他的目标已经是全球的星辰大海，他怀揣世界地图找木材，再度开始了人生的万里征途。他转场非洲、美洲，探索另一个未知的世界，一如当年的哥白尼。

非洲是一个宝藏之地，别以为这个地方贫瘠，只要去挖掘商机，这里就有无限可能。非洲的自然资源异常丰富，花梨木、绿柄桑、柚木等名贵的木材很多。佘建彬当时去的地方主要是菲林和多哥，在那里买的是柚木和花梨，在多哥这么一个面积很小的国家，一个月都能进十个货柜，这是很了不起的事了。

做生意，不仅是物与物的交换，也是人与人的交流，更是文明与文明的交融。融入当地的文化，才能以心换心，以情交情，这往往又是一段段刻骨铭心的经历。

佘建彬既是一个企业家，也是一位美食家，但在非洲，他吃了一顿终生难忘的晚餐。当地最大的供应商为了体现自己的热情好客，决定以大餐款待来自中国的商人。他把鱼拍死，随便洗一下就蒸了，不开肚不刮鱼鳞，鱼鳃也不取，直接开锅清蒸，对于佘建彬来说，这种做法简直令人绝望。为了款待最高级的客人，供应商用马奶代替水来做米饭。从小就穷怕了的佘建彬，对牛奶和马奶都过敏，这样的饭菜，他只能吃一口吐一口。可是为了不扫主人的兴，佘建彬还是坚持到了最后。

西方有句名言：谁掌握了资源，就掌握了未来。踏遍非洲的原始森林之后，佘建彬从非洲去了南美洲。占地700万平方公里的热带雨林——亚马逊，对每一个以木材为原料的地板企业来说，是一片充满神秘与未知、危险与恐惧的地区，更是一个“致命”的诱惑。尽管它对每个人来说都是一个严峻的挑战，但佘建彬还是决定进入这一地区，对以探险与追寻为使命的企业家来说，没有任何危险能够降低他们创富的热情。

这是一片真正的蓝海，尤其是美国市场。美洲是一个免税区，从这里运木头去美国，不仅路途近，还能免去很多关税。

在秘鲁和巴西交界的地方，也就是亚马逊附近，佘建彬从秘鲁政府手中获得了60多万公顷原始森林的特许经营权，并在秘鲁建起了现代化的木材加工厂，搭建了锯木、烘干、上漆等生产线，实现了从木材到地板的全过程生产。源源不断的地板，开始发往全球各个角落，佘建彬深度嵌入全世界大宗商品的大流通、大贸易当中，构建起了中国地板大王全球化发展的产业宏图。

在丛林法则中遵守自然规律，实现人与雨林同生共长，这是如今大自然家居最严格的规矩。在秘鲁，大自然家居严格遵守秘鲁政府规定，只砍直径30厘米以上的树；为了尊重当地的文化与政策，大自然家居还绘制了一个森林采伐路线图，分20年实施，采取间伐的策略，确保森林的可持续发展。

20世纪末，在全球丛林闯荡将近20年的佘建彬回到了顺德，经过长达10多年的木业贸易，他积累起无比丰富的经验。1995年他与弟弟共同发起成立的大自然家居公司，一改当年以贸易为主的发展之路，开始走向木地板制造之路，打通全产业链，占据全价值链，中国城镇化的时代机遇在召唤，房地产业黄金时代来临，又一个最好的机会近在眼前。

回国之后，佘建彬主抓大自然家居的销售，从2003年发起的“中国质量万里行”，到全国销售网络的搭建，佘建彬亲力亲为，竭尽所能。高速成长的大自然家居，今天已是枝繁叶茂，已经在全球建起了产业闭环，拥有9大原材料供应基地、6大集约化智造基地、10多家产品制造工厂……一家全球化的家居企业，引领时代，成就未来。

而年近七旬的佘建彬，是英雄迟暮？抑或出走半生，归来依旧少年？我想，时间将告诉我们答案。

郑志刚：光耀香江的“创三代”

香港，流光溢彩的世界金融中心、航运中心。

在不是猛龙不过江的香港，云集着来自世界各地的各色顶级人才。在这个商业高度发达之地，顺德人占有一席之地，他们将顺德人的低调、务实、拼搏与才智发挥得淋漓尽致，使得香港的商业文明史上必须写下顺商的传奇故事。

“沧海一声笑，滔滔两岸潮，浮沉随浪，只记今朝。”时至今日，随着老一代顺商在香港不断退出历史舞台，他们当年拼搏进取的人生、商业智慧，正在被人总结、被人书写，而他们的接班人，正在迎来世界的注目：当顺商的迭代必须进行，顺商的财富能否得到传承？在百年未有之大变局中，谁能扛起顺商的旗帜，使之再度高高飘扬？

时代的际遇，传承的需要，呼唤新一代顺德人脱颖而出，呼唤新一代再战江湖，再铸顺商的英雄本色。一代人已老去，新一代正青春，当时代的接力棒交到了他们手中，他们能否跑出自己人生的最快速度？

这个时候，一个人跑了出来。他的出场瞩目，不仅仅是因为其衔玉而生，更因为作为“顺三代”，在香港的商业史上，他正以成功的“创三代”形象，刷新了人们对家族、对顺商的认知，他正在成为打破传统、创新发展的新商业模式的灵魂人物。

一则消息惊动香港

香港的房价，不是世界最高，但也位居前列，拥有一套商品房，是多少市民一辈子的梦想，而在这座城市，有相当一部分土地早已掌控在香港房地产“四大家族”手里。

2019年9月25日，新世界发展（0017.HK）执行副主席郑志刚在业绩会上宣布，将捐出300万平方英尺（约28万平方米）农地兴建公屋，以纾解香港房屋紧张问题。

新世界发展的这一则消息，顿时在香港掀起了轩然大波，新世界发展一举成为香港首家无偿捐地以解决社会民生问题的企业。更为关键是，在寸土寸金的香港，土地是最宝贵的资源，此次新世界发展能够如此慷慨大度，确实不可思议，也出人意料。

无偿捐地的背后，是香港居住用地的紧张和房价高企。

只有上海1/6的面积，却承载上海1/3的人口，香港的人口密度位居世界前列。而这本就不多的土地，又有75.7%为郊野公园、水塘等，香港实际住房用地面积仅占6.9%。

根据香港政府房屋署公布的数据，截至2019年6月底，一般公屋申请约有14.79万宗，另有约10.82万宗“配额及计分制”下的非长者一人申请，一般申请人的平均轮候时间达5.4年。

土地供给不足、住房需求旺盛，香港房价水涨船高。2019年的数据显示，香港以5万美元（约合人民币33.58万元）/平方米的单价排在全球房价最高城市榜单第二名，仅次于摩纳哥的5.88万美元（约合人民币39.49万元）/平方米。

解决住房问题成为香港政府案头大事。此前，民建联建议香港特区政府引用《收回土地条例》，提出“土地共享先导计划”，即由地产商交出使用农地，政府为其改化用途，并在额外楼地以7：3的比例兴建公私营房屋。这一计划因部分市民的反对一度搁浅。

当被问及此次捐地行为是否与该计划有关时，新世界发展执行董事兼联席总经理郑志刚予以否认。他表示："新世界两年前就开始做首置项目了，我们已经开始和社会企业合作。企业都有自己的社会责任，我们是用新思维和新方法去舒缓房屋紧张问题。"

新世界的大度在于，即将捐出的28万平方米农地，占其现持有农地比例近1/5。

据美银美林研究资料统计，香港四大发展商（恒基、新迪、新世界、长实）共持有农地面积约达一亿平方英尺（约合929万平方米），其中新世界以1600万平方英尺（约合148.64万平方米）位列第三。

新世界即将捐出的28万平方米农地约等于38个标准足球场的面积，如果按照5倍容积率来算，可兴建135万平方米的房产，以人均住宅面积30平方米计，可满足45 000人的居住需求。

土地储备是衡量房地产商未来竞争力的重要筹码，新世界敢于做出如此牺牲，自然有足够的底气。

新世界发展2019财年年报可谓靓丽：收入同比增长26.49%至767.64亿港元，基本溢利增长10%至88.14亿港元，全年股息增长6%至0.51港元，净负债率低至32.1%，而2018年底该数值为36%。

财报出炉，新世界发展获得摩根士丹利、摩根大道、花旗等多家投行唱好。摩根大道相信，新世界将有更多出售非核心资产的机会，加上未来大围站项目推出及K11 MUSEA商场的租金收入，预计公司的资产负债率将持续降低，也预期新世界是可受惠于政府加快农地置换计划的主要发展商之一。

郑志刚这一惊人之举，既出乎意料，又在意料之中，作为顺商新生代的榜样，要超越自己的爷爷郑裕彤，没有更大的智慧、更大的勇气，显然是不可能的。如果在新模式、新业态迅速迭代更新的当下，沿袭过去的发展惯性只能意味着退缩，甚至走向死亡之地。

创新，是时代巨变的要求，更是发展前行的动力，不走寻常路，出其不意，剑走偏锋，创新驱动，才是商业的本质、生意的圭臬。

而郑志刚的这一次捐地，不仅让香港，也让全国乃至全世界的华人，再度刷新了对他的认知，“郑家叻仔”的外号，透露着世界对他更为强烈的期待。

一个是郑裕彤之孙，一个是霍英东之孙；一个毕业于哈佛大学，一个毕业于牛津大学；今天的人们，开始习惯将同为香港“富三代”的郑志刚与霍启刚进行对比。香港迅速崛起的这“两刚”，能否像爷爷一样成为商界叱咤风云的人物，能否打破“富不过三代”的魔咒，人们对这对正在光耀香江的“双子星”投以热切的目光。

为后浪打开“新世界”

美国诗人罗伯特·弗罗斯特在诗作《未选择的路》中写道：“也许多少年后在某个地方，我将轻声叹息把往事回顾，一片树林里分出了两条路，而我——选择了人迹更少的那一条，从此决定了我一生的道路。”

郑志刚所走的路，不是家族对他的定位，他也没有学习商科或企业管理，他的选择，具有强烈的个人色彩。在跟随兴趣发展多年之后，他又回归家族，背负起重塑甚至再造新世界商业帝国之路。

从一开始，郑志刚就颠覆人们对“富三代”的常规认知。这位13岁开始出国留学，又具有强烈家国情怀的年轻人，常常自称为“游牧民族”，就是去全世界学习广泛的知识，吸收多元的文化，然后融合多元文化的精华，将传统的商业模式创新演变成了一个好玩好看、可潮可变的“新物种”。

郑志刚涉猎极为广泛，包括艺术品、歌剧、书籍、历史等等，尊重与欣赏各种各样的艺术与文化。同时，他有很多二十几岁的年轻朋友，热爱科技，喜欢接触许多新鲜事物，他称自己一直是一个充满童真和好奇心的年轻人。

郑志刚在哈佛大学就读时主修文学，毕业后只身去了日本，在斯坦福大学下属的研究中心认真地做一名文艺青年，研究文化、哲学和艺术。此后，他开始对数字与投资兴味盎然，曾就职瑞银、高盛等投资机构，活跃于金融界。直到受家族之命，他以全新理念参与新世界商业帝国的运营，并创造出K11，使之成为新世界集团最耀眼的新业务版块。

将自己对艺术的热爱带到对家族事业的创新中来，K11便是郑志刚的杰作。

作为一个成功的创业者，郑志刚认为“创新”反而应该保持相对的“怀旧”。怎么理解？郑志刚解释：“提到创新，我们永远想到最创新、最科技、最恒久，但是我们忘记了我们的初心，还有一些传承和历史。创新最重要的是看初心，你不可能忘记背后的东西。”

2009年12月17日，由新世界发展有限公司悉心打造的全球首个购物艺术中心K11在香港隆重开幕。K11是新世界发展有限公司旗下的高端生活品牌，同时也是全球首个以“艺术、人文、自然”三大元素融合为核心的全球性原创品牌。

香港K11购物艺术中心总投资额达30亿港元，地处尖沙咀核心地段河内道18号，楼高六层，占地34万平方英尺（约3.78万平方米），上盖为香港尖沙咀凯悦酒店及豪宅“名铸”，毗邻尖沙咀办公区，工作人口接近10万，拥有一万间酒店客房，并与香港艺术馆、香港文化中心及香港历史博物馆为邻。

K11在商业综合体竞争高度白热化的香港横空出世，作为一个“异类”，一举抛开了“商场用来购物”的定式。因此，香港的商家与资深企业家直呼看不懂，因为在这个行业里，模式已经固化，思维已经沉淀，这种艺术与商业跨界融合的产物，被更多人视为一个实验品，能否经得起业绩的检验，一切都是未知数。

完全出人意料的是，它取得了化异类为神奇的“奇迹”。K11在正式营业后的第一年就实现盈利，营业额比整改前翻了三倍。新世界发展业绩报告显示，香港K11开业后的第二年出租率达100%，每月平均客流量约140万人次，这个数据，令香港众多商业综合体望尘莫及。

香港K11的一炮而红，奠定了初出茅庐的郑志刚的江湖地位，人们从此对郑家三代开始刮目相看。

然而，郑志刚并不满足于此。继香港K11之后，沈阳、上海、广州、武汉等城市的K11纷纷落地开业，通过不断复制、不断创新，K11以全新理念打开了新世界商业帝国的新空间，成为公司最为耀眼的新业务版块。

人们在购物之余，还可欣赏各类艺术展览，K11成为各地潮人的聚集地。2014年3月至6月，莫奈的首次中国特展“印象派大师·莫奈特展”在上海K11展出，该展览成为魔都风靡一时的热门话题；2015年，郑志刚利用自己的资源联合其他艺术机构，于欧洲引入获卡拉·达利基金会正式授权的达利艺术精品，在国内举办了“跨界大师·鬼才达利”等大师级画展，获全国瞩目；2018年，广州K11开业，曾惊艳纽约第五大道的巨型游泳池“梵高的耳朵”空降广州，在整个华南区域引起广泛反响，众多年轻人前来围观打卡；2020年11月，法国先锋跨界艺术家尼尔·贝卢法的个展首次于广州展出，表现数据算法大时代下年轻人新的社交架构，以及在虚拟化、精神化的网络生活方式影响下的新生活价值观……

2021年9月30日，新世界发展发布2021财年业绩，整体经营指标显示，2021财年新世界发展的综合收入为682.33亿港元，上升15.6%，香港K11购物艺术馆和K11 MUSEA销售额同比上涨57%。

沧海横流，谁是真的英雄？在世纪疫情持续两年之久，整个购物中心产业一片哀号之际，香港K11却实现了奇迹一样的逆势上涨，这不能不佩服郑志刚的商业智慧、发展思维。

重仓大湾区

2015年，中国经济发展最为敏感的时刻，一篇文章在中国掀起了轩然大波，点燃了无数国人不可名状的情绪。

9月12日，新华社瞭望智库刊发题为《别让李嘉诚跑了》的文章。文章指出李嘉诚“不顾念官方此前对其在基础设施、港口、地产等领域的大力扶持，在中国经济遭遇危机的敏感时刻，不停抛售，造成悲观情绪在部分群体中蔓延，其道义的高点，已经失守”。

这是正常的运作，还是道义的失守？是合法的进退，还是无奈的撤离？义愤填膺的道德审视、唱衰中国的负面猜测、恐慌情绪的传染效应……所有这些元素，让人们对李嘉诚的撤离变得十分敏感。

敏感之时，有一个年轻人却反其道而行之，他不仅以前所未有的力度在内地拓展其商业帝国，以更大的魄力继续完善内地的商业拼图，还重仓押注粤港澳大湾区。在他的眼里，中国的机遇，才是他人生最好的机会，这不仅源自他的家乡情结、故土情怀，更源自一种超越前辈的敏感、直觉未来的把握。

深耕内地，重仓湾区，这就是郑志刚和新世界发展的战略布局。

2019年7月，新世界发展以98亿元的巨资，拍下了杭州望江新城地块，再度创造了当时全国地王总价格的纪录。在这个杭州的黄金地段，又将崛起一座投资270亿元，融合了“艺术、人文、自然”三大核心元素的K11购物中心，这一消息，令许许多多的游客振奋不已，而K11又书写了成长新篇章。

更引人注目的是，2021年1月，新世界发展与广州市政府签署战略合作协议，宣布将新世界中国总部落户大湾区核心城市——广州。

“回大湾区就是回家。”郑志刚表示，无论从情怀、情感与历史层面，还是从商业发展角度看，粤港澳大湾区都已经融入新世界集团的基因里。

早在20世纪80年代，坐落在广州市中心的五星级酒店广州中国大酒店甫一开业，就成为这座城市的地标性建筑，而酒店背后就有新世界集团的身影。

“我的爸爸、爷爷在20世纪80年代率先来到广州，投资开发国内首家中外合资酒店广州中国大酒店。”郑志刚谈起新世界集团在改革开放初期进军中国内地市场的历史时说：“我们真的是较早一批去关注整个广东省发展路线的企业，所以在那时，我们就已经在内心种下了一粒种子。从

20世纪80年代开始，我们就大举进军内地市场，华南、华东、华北、华中等地都有我们的团队。”

近40年过去，新世界集团如今已成为内地最大的港商投资者之一，项目遍布北京、广州、深圳、武汉、宁波、杭州、上海、天津、沈阳等二十多个大中城市，并聚焦城市基础设施建设、旧城改造和高科技产业等方面。

“我老家也是在大湾区，我本身就是从这边来的，在大湾区发展就是回家。”

郑志刚说自己不仅是“恋家”的人，更是重视历史文化底蕴的人。未来，他希望在大湾区持续开展文化保育工作，用科学技术手段保护广彩、茶叶、灰塑建筑等具有代表性的岭南文化，助力文化遗产与精神的传承。

除了情感因素以外，郑志刚对集团重仓大湾区还有对经济、人口等多方面的考量。首先，他提到，粤港澳大湾区拥有7000多万人口，是一个非常大的市场。其次，有赖于大湾区内发达的交通网络，区域内主要城市间已经实现“一小时生活圈”。第三，粤港澳大湾区作为国家三大核心都市圈之一，以约5%的人口创造了全国近13%的GDP，郑志刚认为这是“挺厉害的”。他还特别关注到大湾区人口结构的年轻化，尤其是深圳。“深圳的厉害之处在于可以不断吸引各方面的人才。”郑志刚称深圳为“未来科技的硅谷”。

当下，郑志刚自己带领的新世界集团仍看好中国市场经济发展，将继续以大湾区为支点投资内地，而他将新世界中国的总部落户广州，就是有力的证明。

郑志刚说，这种对内地市场经济发展的信心来自对内地政治体制、管理方式和领导人的信心。“持续优化提升的营商环境也让我们非常安心，让我们更有信心在内地进行长期规划和发展。”

“我对内地非常有信心，超级有信心。”这是郑志刚的表态，更是他的行动。

龚武：闯非洲，风景这边独好

回望改革开放40多年的历史，如果说20世纪80年代，是大时代开端的十年，那么20世纪90年代则是狂飙突进的年代。

顺德是这个时代的受眷顾者，也是历史奇迹的创造者。犹如珠江水面刮过的一阵大风，一代英雄从广东、从全国各地奔涌而来，在珠三角发财致富，实现了千百年来未曾实现的梦想，这是一块创富之地，更是梦想之地。

近水楼台先得月。在广东的近邻——湖南省，一批批怀抱梦想的人蜂拥而至，在珠三角这片神奇的土地扎根发展，他们以湖南人的聪明蛮霸之风，与全国各路英豪一拼高低，在最美好的年华，铸就自己不凡的人生，改变了命运。

龚武，一个瘦削倔强的湖南人，就是其中的杰出代表，他用长达20多年的奋力拼搏，在工程建设行业打出了一番天地。而一个突如其来的机缘，使他将目光投向了万里之遥的非洲大陆，在这个很多中国人望而生畏的土地上，龚武又一次展现出湖南人强悍的作风、超凡的智慧，又一次打开了一片美丽的天空。

今天，龚武成了中非民间交流的大使、中国企业勇闯“一带一路”的先锋，他单枪匹马闯非洲的故事令人感佩；还有他的商业智慧，更像是一本教科书，给乘船出海的中国企业树立了一个可借鉴的样板。

挫折中的奋起

1992年邓小平发表南方谈话之后，我国经济重心开始南移。东南西北中的精英们汇聚在广东，埋头创业、累积财富，播撒生活的美好，书写着中国四十多年来最为惊心动魄的篇章。

龚武，就是其中的勇武者，说他是弄潮儿也罢，时代的浪花也好，他在这片土地上扎根，并深深地爱上了这片土地，用自己的智慧和勤劳，逐步建构起了中辰科建集团的商业版图。

1996年，刚从合肥大学土木工程系毕业的湖南人龚武，义无反顾地背起行李，坐着绿皮火车，开启了只身闯荡南粤的人生征途，这是一种勇气，更是不甘于平庸的胆识。有勇有谋，方能行走有度，进退有据。

他的第一站，是佛山南海——一个制造业发达的地方。他选择了在与自己专业吻合的一家钢结构公司搞技术开发，由于聪明肯干、技术过硬，短短三年时间就被提拔为总经理助理，分管设计、工程、结算、造价，月薪高达四五千元。他买了当时最流行的一万多元的手机，还有不亚于当下宝马、奔驰的时髦的摩托车，带着老板的信任和嘱托，奔走于客户之间，用自己的诚信和忠诚，签下了一笔又一笔业务大单，财富积聚，人脉关系良好，可谓是少年得志，意气风发。

可是有一件事，改变了他对这个公司的看法，老板有一次私下对龚武说："年轻人好好干，年底我会根据你的业绩，给你分红。"

说者无心，听者有意。年轻的龚武对这份工作更加热忱和用心，不断开拓业务，带着老板开出的工程预付款，一单一单跟客户签约，以期让自己南下的生活过得更好一点，不再住工棚，不再被黑毒的蚊子咬得奇痒难忍，甚至想到了衣锦还乡时能开当时最帅气的奥拓汽车。可是到了年底，面对拿出优秀业绩的龚武，老板却选择了闭口不谈分红之事。这件事给了龚武很大的打击，也是他在职场受到的第一次重大挫折，他深深地意识到诚信的重要性。龚武在商业征程中赚到的第一桶金不是财富，而是一诺千金。

事后，因为受过伤害，龚武自己创办企业的时候，一直强调诚信的重要性，这是企业家必须固守的生命线，也是企业的根基，无论面对国内还是国外的营商环境，他认为离开了商业规则里的“诚信”二字，任何企业都将寸步难行。

这件口头的分红之事，让龚武心绪难平。哪怕会给他再多的工资，都无济于事，经过一番激烈的思想斗争，他决然选择离开这家别人看来很好的公司，诚如苏轼说的，“归去，也无风雨也无晴”。

忽如一夜春风来，千树万树梨花开。20世纪90年代，是产业资本快速集聚的年代，也是产业发展狂飙突进的年代，每一个外来者，犹如过江之龙，涌入遍布顺德的一家家工厂，寻找实现财富梦想的机会。

离开了南海那家钢结构公司后，龚武来到了邻近的顺德，那时候顺德正在筹建一所职业高等学校，叫顺德职业技术学院。经济发展强劲的顺德，急需一所高校来加持，以便为正在壮大中的企业提供技术应用型人才。于是，在钢结构公司积累了良好口碑的龚武作为技术性人才被推荐到了顺德职业技术学院的筹建办，仍是做钢结构设计、工程、造价、结算等对口工作。当时没有专门的监理公司，作为技术性设计人才，龚武每天监视、监理，转一圈就回来看报纸喝茶。清闲是清闲，但是这种温水煮青蛙的工作，势必抹杀年轻人的锐气与活力。对于梦想干出一番大事业的龚武来就，这绝非长久的工作。

龚武过着朝九晚五的生活，一颗放荡不羁的心总是在躁动，妻子看在眼里，急在心里，她最懂龚武的心，当初放弃湖南老家稳定的工作闯广东，不就是为了寻找更高的平台吗？如果一直待在顺职院，那无疑是在重走老路，后来夫妻俩一商量，妻子考公务员，龚武选择在外面闯荡。经过努力，妻子也很争气地进了体制内，从此，龚武有了一个稳定的大后方。

2002年，龚武成立了广东中辰钢结构公司，他认定，钢结构作为一种创新的建造模式，必将拥有巨大的机会。万事开头难，没有资金与团队，龚武只能从小打小闹起步，但他一直不后退，不放弃，湖南人“吃得苦、霸得蛮、耐得烦”的精神，是他最终迎来转机的坚强保障。

机会来了，时间在2004年，龚武接到了容桂伊之密在高黎村的钢结构厂房订单，项目于2005年顺利完工，帮助他完成原始资本的积累。

实现了从0到1的突破，中辰科建一路势如破竹。凭借过硬的技术、精湛的工艺、诚信的作风，抓住珠三角钢结构建筑发展的最好契机，在制造业做强做大、迅速扩张的形势之下，中辰科建中标了美的、万和、科达等龙头企业工业厂房的建造项目，在房地产发展的黄金年代，国内龙头房企的订单也纷至沓来，大型基建、公共建筑的钢结构项目应接不暇……经过不到10年的奋力拼搏，中辰科建成为顺德首屈一指的国家一级资质钢结构企业，牢牢占据行业龙头的江湖地位。

所有的铺垫，都是为了最后的勃发；所有的准备，都是为了机会的亲临。中辰科建在华南地区，尤其是在珠三角重镇，形成了自身的产业链，苦练基本功多年，基本完成了自身的体系化建设。深耕佛山多年的龚武团队，在资金、人脉、技术、管理方面已经积累起了强大的实力。

现在中辰科建主要业务分成三块：一个是中辰科建集团，总部在顺德；一个是三浦车库股份有限公司，总部基地在肇庆大旺；一个是中辰海外，也叫中辰国际集团，布局非洲。

虽然三块业务各自独立发展，但彼此之间互相交融，共美共融，美美与共。这是家族企业的优势，但创始人龚武明白，发展到最后，很多重要岗位必须去家族化。目前，集团的财务总监、副总裁，都是自己培养起来的集团高管，他们也拥有公司的部分股份，对公司认可度极高，十有八九都会选择留下一起创业。

龚武坚信，鼓舞人们信心的依然是一诺千金、合作共赢。没有一诺千金的契约精神，合作共赢几无可能；而没有对企业事业的忠诚，一诺千金也没有可以生根发芽的土壤。

正是湖南人霸蛮强悍的性格和顺商沉稳务实的精神，让中辰跳出珠三角，迈向全中国，闯荡全世界，积淀最为厚实的商业智慧。

到非洲大陆去

“海不辞水，故能成其大。”中国是世界上最大的发展中国家，非洲是发展中国家最集中的大陆，14亿多中国人民和12亿多非洲人民命运相连，心手相牵，古老的海上丝绸之路把亚洲和非洲两块大陆紧紧连在一起。今天，建设21世纪海上丝绸之路将给中非、亚非合作带来新的机遇。

2008年，彼时立志要成为中国建筑界“星辰”的中辰已走过了6个年头，但也遇到了创立以来最大的一个坎——受国际金融危机影响，以生产建材钢结构产品为主的中辰出现了营收利润双下滑的现象。

这一年钢材价格暴涨，国内建筑行业受到巨大冲击。当时类似中辰这样的小型钢结构企业并没有提价的能力，许多本来就不高的项目利润，被上涨的原材料价格进一步蚕食。其中有两个出现严重亏损的项目，直接拖垮了中辰全年利润。

为了活下去，中辰做了很多尝试。比如对内聚焦管理升级，开展精益化改革，尽可能地减少浪费；对外则开辟了新赛道，成立了广东三浦车库股份有限公司，进军智能停车领域。

但对日后中辰影响最大的，在于另一个决定。

当年，前来参加广交会的一个卢旺达采购团主动来到了中辰公司，表示正在寻求钢结构加工厂进行合作。作为卢旺达的政府采购团，这些非洲客商事先已在网上了解过不少钢结构企业。经过初步对比后，他们对中辰的加工技术和安装理念都较为认可，故主动上门。

当时国内类似中辰这样的钢结构加工企业有数万家，卢旺达的政府采购团在对接中辰前，也曾找过好几家类似的企业。但不少工厂都因为采购团的另一个条件——要求派人到卢旺达当地跟进项目而选择了拒绝。他们大多都是因为对非洲市场不熟悉，担心有风险。

龚武也有过犹豫。他曾打听过，业内几乎没有人到过卢旺达，但这个主动找上门的、价值100多万元的订单，对中辰来说是一笔利润不错的生意。思虑多时后，龚武还是决定接下这个订单。

“毕竟合作方是当地政府采购团，对我们来说也是一种保障。”龚武回忆道。

就这样，与龚武一起创业的哥哥、负责技术的创始人龚文带着10多名员工正式前往卢旺达。他们是中辰非洲市场的拓荒者，也是国内钢结构行业中最早在非洲掘金的一批人。据统计，当时卢旺达所有的中国人加起来还不到1000人。

2008年下半年，龚文一行人在卢旺达首都基加利待了一个多月。当时生活非常艰苦，光是适应当地饮食就是个大问题。龚文一行因语言不通，在当地外出吃饭时常常只能看隔壁桌吃什么，他们就跟着吃什么。后来他们学会自己煮饭，但当地的走地鸡用一般的电磁炉根本煮不烂，要靠高压锅，只能让远在中国的龚武寄一个过去。

彼时，除了负责项目后期安装和技术指导以外，龚文还到处考察，他发现，卢旺达当地虽然生活艰苦，但基础建设上存在很大的市场空间。

这一年，在完成第一笔100多万元的订单后，中辰很快又接到了第二笔卢旺达的订单。这次是在卢旺达首都周边城市，合同价增长了一倍，达到了300多万元。

面对接踵而来的订单，中辰决定“落户”非洲。

一开始中辰并没有急于设厂，而是考虑轻资产投入。2010年6月，中辰在卢旺达设立了第一家公司——中辰建设（卢旺达）有限公司。这家企业仅拥有一间租来的办公室，包括龚文在内，仅4个人常驻。

在设立了常驻人员后，中辰开始积极地承接当地的各种项目。起初中辰的生产环节主要还是放在中国，通过货运把在中国生产好的产品运输到非洲后，再雇佣非洲当地人进行组装，并为当地的项目提供技术服务。

尽管中辰属于比较早在卢旺达布局的企业，但当时卢旺达已经陆续受到国内不少央企的瞩目。

地处非洲心脏位置的卢旺达，多年来GDP增速位列非洲各国第一。另外，卢旺达是东非共同体之一，由于东非共同体五国之间没有关税和贸易壁垒，布局卢旺达，也意味着可以辐射东非共同体1.6亿人口。

中企对卢旺达的关注也体现在，在卢旺达的中国人日益增多，到今天已有数万人。随着越来越多企业关注到卢旺达，龚武意识到中辰需要尽快占领下一个“制高点”。

2011年，中辰中标了卢旺达基加利国际机场扩建项目。“这个标志性项目为中辰立足非洲市场奠定了重要基础。”龚武回忆道。

但完成这个项目并不容易。区别于中辰此前在国内的项目，当时非洲国家的建设项目都对标欧洲标准。这导致中辰所有的产品——包括螺丝钉在内的零配件，都要从设计图纸开始重新确认模板。

而且卢旺达方面还提出了一个“苛刻”的要求：中辰在项目中所涉及的所有材料都要提供计算书，即一份说明使用该材料的原因及阐述其安全性等的文件。当时卢旺达的项目涉及100多款材料，公司技术团队为此投入了大量的时间，对材料进行逐个梳理。

在攻克卢旺达基加利国际机场扩建项目的同时，中辰还做了一次成功的广告营销。那时候的卢旺达由于交通设施不发达，地方政要的出行基本都靠航空。

2011年，中辰在进行机场扩建项目施工时，在征得当地民航局同意的情况下，特意把机场项目围蔽的外墙设计成非洲人喜爱的彩色通道，在丰富鲜艳的色彩中再植入中辰的品牌宣传元素。卢旺达大量的政府官员、社会名流在候机的过程中，了解到了中辰。

这个广告的效果立竿见影。卢旺达总统府通过这个走廊，了解到中辰在做基加利国际机场扩建项目。当基加利国际机场扩建项目顺利完成后，公司马上接到了另一个订单——卢旺达总统府扩建项目。

拿下卢旺达这两大地标式项目，就意味着中辰基本上拿到了彻底打开当地市场的“路条”。

“当地很多官员一开始看到我们只有一个小小的办公室，并没有什么信心，但这两个项目彻底说服了他们。”龚武说。

进军卢旺达的第五年，龚武意识到在非的投资要开始实现“从轻到重”了。这位善于总结的湖南人，把前面在非的五年总结为先是“技术指导、借船出海”，接着是“承建工程、乘船出海”，再到“开发客源、驾船出海”。

“积累了一定客源后，我们要开始‘培育力量、造船出海’了。”龚武所说的“造船出海”，也就是中辰要开始在卢旺达当地购地设厂。

2012年，中辰在卢旺达当地购入了约1万平方米的地块，用于建设企业的第一个海外工厂。这座工厂于次年竣工，主要承担钢结构构件的后工序加工，而前工序则主要在中国的工厂完成。

但在卢旺达设厂并不是一帆风顺的，中辰也交过“学费”。龚武回忆，由于卢旺达当地的劳动法参照的是英美法系，和国内完全不一样，一些本土的员工发现了中辰在执行层面的漏洞后集结起来闹事，最终中辰只能通过赔偿的方式来解决问题。

这件事后，龚武意识到对中小企业来说，海外设厂时一定要聘请律师事务所和会计师事务所的顾问。一开始中辰聘请了当地的老华侨。“但实际上聘请比较专业的法律顾问，是非常重要的，哪怕花费比较高。”龚武总结。

在积累了不少海外工厂的管理经验后，中辰对非洲市场的深耕，从纵向转向了横向。

一方面，中辰开始在卢旺达拓展其他领域。他们把珠三角有优势的产业转移到当地并设厂，比如水性涂料产业等。另一方面，中辰从卢旺达出发，开始走向乌干达，并在乌干达复制卢旺达的开拓经验。

2013年，中辰先派出3人前往乌干达开拓市场，在积累一定客源后，2015年在乌干达当地设立新工厂。相比卢旺达的工厂，中辰在乌干达的钢结构工厂不仅投入更大，还把原来在国内完成的钢结构生产前端工序也一并转移到乌干达当地，在非洲形成了钢结构生产的全链条，实现了产品的本土化生产。

成功扎根卢旺达给了龚武信心和经验，他开始把目光投向更广大的非洲国度。“我们要发挥中辰在卢旺达的经验，向其他国家、其他产业延伸。”龚武说。

中辰选择的下一个落子点是同样政局较为稳定的乌干达。

由于在卢旺达有成功的工程案例，中辰从众多竞争对手中脱颖而出，成功签下了乌干达恩德培国际机场钢结构项目。

有了深耕非洲的经验，从2010年在非洲成立中辰建设（卢旺达）有限公司并在卢旺达购地建厂开始，中辰不断“开疆拓土”，用本土化的思维、国际化的视野、现代化的技术，融入这一片瑰丽而又雄奇的土地。

2013年，龚武又在乌干达购地建厂成立了中辰建设（非洲）有限公司。中辰先后承建了卢旺达开发区第一和第二期项目、卢旺达基加利国际机场扩建、卢旺达RPF会议中心等多项标志性工程，实现深耕海外工程项目的目标。其在东非的代表性工程还包括卢旺达执政党总部和会议中心、五大工业厂房的搬迁和新厂房的建设等等。

目前，中辰科建海内外钢结构年生产能力在100 000吨以上，其海外基地——中辰建设（卢旺达）有限公司，具有东非地区A级建筑资质，是东非最大的钢结构企业，也是中国在卢旺达投资的最有实力的民营企业之一，同时是东非唯一一家钢结构加工厂，中辰科建还登上了“非洲雄狮”榜。

在钢结构产业站稳脚跟后，2018年，中辰在乌干达设立纺织工厂，填补了乌干达乃至整个东非地区毛毯产业的空白。目前中辰在乌干达的毛毯市场占有率已经达到了60%以上。

跨越山海的融合

“入乡随俗”，这是我们中国人讲究的习俗，到什么山头，唱什么歌。专业一点的说法就是本土化运营。

非洲的法律、文化、用工情况等，跟中国有很大不同。龚武与同事们深深地意识到，只有通过本土化运营，才能适应当地营商环境，实现合作共赢。为此，龚武特意聘请当地水平较高的律师专门帮企业处理法务问题，中辰不仅依法帮员工购置社保，而且为了稳定本地员工，还开出了高薪。当地企业工人的平均月薪约100美元，而中辰可以达到150美元。

为了解决当地人的就业问题并降低企业成本，中辰还培养了很多当地人才，目前中辰在非洲有上千名员工，其中从中国国内外派去的仅80多人，其他都是本地人，完全实现了本土化管理运营。

员工多了，自然会涉及相处问题，为此，龚武特意让公司每年办几场聚会加深员工间的感情，自己还亲自过去陪当地员工过圣诞节。

此外，中辰还积极参与非洲的慈善事业，多次向国际青少年基金会捐款、捐赠学习用品等，资助非洲青少年的学习与生活。

当新冠疫情蔓延到非洲之后，中辰先后两次援助卢旺达，捐赠了96套核酸检测试剂、60 000个一次性医用外科口罩、1500个KN95/N95口罩、600套灭菌型医用防护服、908件一次性手术衣等等，中辰的爱心援助得到了所在国主流媒体的报道和称赞，为中国企业树立了良好的国际形象。

用心、用情、用力去感染身边的人，让非洲兄弟姐妹们感到家庭般的温暖，中辰科建在所在国积极履行社会责任，扎根当地、融入当地，推动人文交流与增进民生福祉，给当地带去切实可见的发展和效益，实现共建“一带一路”的民心相通，生动诠释了“一带一路”构建人类命运共同体的深厚内涵和时代价值。

把中国的产业链复制出去，把中国的经验推广出去，把中国的“一带一路”倡议传递出去，打造中国品质、讲好中国故事，这才是顺商的大气象、大格局。

未来，中辰科建计划在坦桑尼亚投资建设中辰工业园区，预期总投资超过2亿美元，主要产业紧紧围绕佛山最成熟的制造业。“非洲市场有需求，我们有经验，顺德有资源。”龚武说，顺德企业可以和中辰合作，“拼船”出海，共同拓展非洲市场。

诚然，顺德企业的全球化运营，需要踏准时间节点，融入国家战略大局，用自己的智慧与定力，与当地文化和经济建设融为一体，才能真正做成Chinese star（中国之星）。

中辰品牌，是民族的，也是世界的，在中非合作这一充满想象的世界舞台上，它灿若星辰，熠熠生辉。

李一峰：中国家电“熊”出没

走进顺德，就是走进了中国家电生产基地。踏准了中国改革开放的节奏，这里的顺德企业家敏锐地捕捉到了国人对家用电器的强烈渴求，一个个如雨后春笋一样冒出来的家电企业，为顺德经济的壮大发展打下了坚实的基础。

如果说，20世纪，顺德企业抓住了时代红利，一举奠定了美的、科龙、格兰仕、万和等企业在中国家电江湖的地位，写就了顺德第一家电企业的威水史。那么进入21世纪，谁将打响改变这种既定格局的第一枪，谁又能扛起搅动中国家电尤其是小家电江湖的新旗帜？

放眼中国小家电产业，尽管美的、九阳、苏泊尔是业界公认的三巨头，但是面对看似不可撼动的恐龙，也有“不自量力”的挑战者。随着电子商务的出现，一批敢闯敢试的新势力，开始在中国小家电的江湖扮演起改变者的角色。

向传统势力发起挑战，或许不是李一峰的本意，不走寻常路，或许只是为了夹缝中求生存。事实上，小熊电器作为中国家电的新势力，在不经意之间，让李一峰成了一个打破局面的挑战者。

2020年，与中国电子商务一起成长的小熊电器，股价一度冲上150元。涨幅近3倍的小熊电器股票，引发了中国资本市场的一片惊呼，就连复旦大学经济管理学院的教授们也向自己的研究生们打听：小熊是谁，你们知道它吗？

没想到，研究生们都说：“老师OUT（落伍）了，我们每人至少有一件小熊家电。”

用最短的时间，打造人见人爱的国民品牌，小熊之路，就是其创始人李一峰的独特人生之路，在高度同质化、竞争白热化的家电市场，这位平时不苟言笑的理工男，让小熊电器创造了一个又一个奇迹，书写了不断超越自我的传奇。

高才生的“小器”人生

2006年，一位身材颀长、面容瘦削的年轻人走下公共汽车，出现在顺德汽车站，一群“摩的佬”蜂拥而上：“你要去哪里？”

这位年轻人似乎并没有想好自己的目的地，他随口答道：“离这里最近的工业区在哪里，你就把我送到哪里。”“摩的佬”想了一会儿，载着这个年轻人，突然加大油门一路狂奔，将他拉到了佛山市顺德区勒流街道富安工业区。

从此，这位年轻人在这里开始了独特而平常的创业之路。在这个诞生了数以万计民营企业的顺德区，这位年轻人像上百万的外来客一样，只是茫茫人海中的一粒灰尘而已。

这位年轻人，就是小熊电器的创始人，日后在中国小家电领域创造奇迹的李一峰。

李一峰的老家在梅州梅县，但他出生在江西井冈山脚下的吉安市永新县。他12岁时第一次回到梅县老家，临时插班读了近一个月，纯朴的民风给他留下了非常深刻的印象。在16岁时，为实现父亲回家乡的愿望，李一峰只身一人先行回到家乡读高中，从高二下半学期到高考，班主任和老师都非常负责任，对这位插班生关照有加，同学们也非常热情，他很快便适应了学习环境，一直到高考都名列前茅。高考那年，李一峰以广东梅县理科第三名的成绩，被哈尔滨工业大学录取。

大学毕业之后，李一峰来到了广州的国有企业万宝集团的研究所工作。虽然身在研究所，但终日无所事事，血气方刚的李一峰感到极为苦恼，没事做是他最痛苦的事，不愿意蹉跎岁月的他，一气之下辞去了“铁饭碗”。

离开广州，李一峰转头就去了汕头。一家小家电企业正在创业，他成为这家企业招聘的第5个大学生，负责产品开发与生产管理。虽然在这家企业，他的沟通与管理能力得到了大幅度提升，但对于心气颇高的李一峰来说，这不是久留之地。

2004年12月，被认为是电子商务神来之笔的支付宝正式独立运营，成为淘宝网继阿里旺旺之后的重要一翼。此举让淘宝网在2005年发展迅速，当年5月，淘宝网商品销售数量突破700万件，超越日本雅虎，成为亚洲最大的网络购物平台。这一年，被视为“触电”企业喝到“头啖汤”的关键年。

也就是2005年初，辞去汕头那家电器公司副总经理职务的李一峰，抱着“试试看”的念头在广州起步创业。

那时，针对小众消费人群的小家电酸奶机悄然上市，由于价格高达400元左右，又不合南方人的消费习惯，此“神器”并不受人待见。

“做酸奶市场营销的MBA（工商管理硕士）同学告诉我，中国的酸奶市场成长很快，基于这一信息和之前接触过的酸奶机产品，我认为自制酸奶的消费者会越来越多，而酸奶机制造原理简单，成本少，市场空间很大，于是我决定就从它着手创业。”李一峰回忆。

美国著名实业家洛克菲勒曾说：“如果你要成功，就应该朝着新的道路前进，不要跟随被踩烂了的成功之路。”越是无人光顾，越是一个难得的机会，即便是一个小本小利的“非常小器”，李一峰却愿意放手一搏。

李一峰多年的企业管理和产品研发经验，在创业之初便起到决定性作用。他改进了酸奶机的功能，并自己设计了全新外观，在保证产品质量的前提下，把生产成本降到最低。

那个年头酸奶机不是主流家电，充其量是个性化生活小电器而已，许多家电公司都不把这小东西放在眼里。李一峰推向市场的酸奶机操作简单，清洗容易，配有酸奶制作和食用“秘笈”，并且市场定价只有138元和198元两个价位，出厂批发价更是低到55元和95元。

李一峰对酸奶机的市场要求非常低。一方面，将产品布局在商超渠道零售，另一方面则选择上阿里巴巴诚信通。这一年，小熊电器与先行先试的众多家电企业一样，开始“触电”之路。

上市不久，这款可爱的“酸奶利器”得到市场热烈回应，并成功引起格兰仕的青睐。“格兰仕下单10万台酸奶机，作为微波炉的赠品。”李一峰说。酸奶机首个大订单是作为陪衬，但正是这个不起眼的角色，哪怕一台机利润不足1元，却足以让初创阶段的李一峰团队安稳度过第一个年头。

2006年，李一峰与合伙人凑足55万元，在顺德富安工业区正式成立一家电器公司。无意当中，顺德成为李一峰的奇迹之城、财富之城。

这时，借赠品身份大量生产的酸奶机有了一个更合适的角色：“淘”人喜爱的礼品。李一峰清楚地记得，格兰仕订购之后反响非常好，美的电器也以酸奶机为赠品，而不少家电公司也纷纷将酸奶机作为礼品送给消费者。

一时间，酸奶机以特别的方式进入了千家万户。

订单虽多，但基本是代工生产。经验告诉李一峰，代工固然可以获得生存的机会，但布局线上线下的产品品牌一定要坚持下去，只有树立自己的品牌，才能拥有更大的发展空间、更大的市场竞争力。

对于品牌的坚持，使得看似不可能做大的市场，被李一峰做到一夜成名、家喻户晓，2008年公司产值达到4000多万元。

意外走红的爆品群

小熊的名字，看起来就让人觉得可亲可爱，其实为企业品牌命名这件事，一度让这位从哈尔滨工业大学毕业的典型工科男颇为头疼。

踏破铁鞋无觅处，得来全不费功夫。一天，李一峰回到家里，在饭桌上说起这件事，年仅5岁的儿子脱口而出：“就叫小熊呗！”李一峰恍然大悟：有了，这个名字好。

2009年，小熊电器作为顺德第一家与淘宝网签订百万元广告投放合作协议的家电企业，打响了电商VIP（高级会员）推广第一枪。小熊电器“重金”布局电商渠道，一时之间成为业界热议的佳话，“疯狂”的李一峰，为什么这么看好电子商务？

这时，到中国家电之都顺德闯荡的可爱“小熊”才走过了不到四个年头，租用的工厂从800平方米不断扩大到近5000平方米，生产线也不断扩张，旗下有众多家电品类，年生产各类家电近200万台。

小熊电器在顺德的发展可谓一帆风顺，这主要得益于异常发达的产业链。“顺德的家电产业非常成熟，上游产业配套齐全，技术工也容易招，同行之间的互动交流也有益于良性竞争。”走过了广东几个城市，辗转于不同的城市创业、担任公司高层，只有在顺德，李一峰找到了适合自己创业成长的沃土。

与众多电商企业不同的是，小熊电器的定位是制造和生产类企业，但其所走的路线又不同寻常，专做容易被其他家电企业所“忽视”的小众类“迷你”产品。小熊电器在推进生产管理和品牌管理的同时，在营销渠道上也费尽心思，既要规范电商经营，又要兼顾线下销售。

事实证明，在严格把关线下实体销售和放开线上授权代理后，小熊电器耗资百万打造的淘宝授权经销渠道取得较大回报，当年产值突破8000万元。

“生活小家电是电商企业最喜欢拿来复制的产品，你抄我来我抄你，改改外观又上市。”在此过程当中，虽然被他人大量模仿，但是小熊电器的市场根基却越来越稳。小熊电器牢牢把握制造与营销两条生命线，哪怕抄袭者再多，也冲击不了其基本盘。

小熊电器真正成为“明星产品”是在2010年。这一年，小熊电器荣获阿里巴巴“中国十佳网货品牌”和“2010年度最具创新力网商”称号。同年，小熊电器一次性购置了富安工业区占地12 000平方米的新厂房，从租厂房到自有厂房，这是一个巨大的跨越，也标志着小熊在顺德家电界有了真正意义上的立足之地。

切入小家电行业不屑一顾的“非常小器”，李一峰在已经极为拥挤的赛道当中找到了一条裂缝，裂缝当中射出来的那一道光芒，让这一位敏感的“理工男”洞见了自己的世界，而在他的附近，美的集团已经在这一领域成了一只无人可以撼动的雄狮，当雄狮打盹的时候，也留出了小熊们自由成长的时空。

美的在小家电领域的布局已久，在传统小家电上早已功成名就，无论是热水器、电风扇还是厨电领域，美的早已在国内市场遥遥领先，电饭煲、电磁炉等传统单品甚至长期盘踞国内市场的半壁江山；而在豆浆机、抽油烟机等细分市场，九阳、老板等企业已经成为单项冠军……要想在这一片红海打开一片天地，谈何容易？

与巨头正面硬刚，只能碰得头破血流，只有避实就虚、兵出奇招，才能在大象的脚下，找到趾缝当中露出来的草料。

事实上，放眼全球，中国人的小家电消费刚刚起步。据数据统计，美国家庭拥有小家电数量约为31.5个，英国、澳大利亚、德国和法国家庭拥有小家电数量均在20个以上，而中国家庭拥有小家电数量仅为9.5个。中国家庭拥有小家电数量较欧美国家差距较大，巨大的消费空间，正是中国小家电产业迅猛崛起的原因。

从第一款爆品起步，小熊踏上了高速成长之路，迅速在迷你产品上拓展自己的产品矩阵，从爆米花机、豆芽机到米酒机、煲汤机、养生壶……每一件设计时尚、色彩绚丽的产品一问世，总是能一击即中年轻人柔软的心。这种以“萌宠”外形为特性的“小可爱”，凭借个性化、高颜值、体积小、客单低、迭代快的优势，给年轻人以强烈的治愈感与小触动，每一件产品的上网，总是能掀起一阵阵消费旋风，成为风靡一时的网红爆品，击中以“宅经济”、单身族为主流人群的简单“小确幸”。

“萌”暗含着轻松、可爱、温暖，同时也代表着新颖、小巧、实用，在美的、苏泊尔、九阳等家电巨头积极布局抢攻“大象市场”时，小熊电器以一系列类似快消品的小家电，悄然蚕食着一个迅速扩圈的市场。

随着人们生活方式的改变、消费方式的升级，一个巨大的细分市场正在悄然显现，这种细分市场，一度让习惯于做中大件家电的巨头浑然不觉，以至2020年美的集团对小家电这个错失几年的市场进行过深刻的自我反思：为什么树大了，触感却钝化了？为什么不经意之间，一个个细分市场的单品成为爆品，长成了森林？

美的集团董事长兼总裁方洪波曾经在2021美的集团经营管理年会上说，美的小家电业务面临的不是发展问题，而是生存问题。他认为，过去的成功法则需要全面迭代，包括商业模式、产业结构、行业规则、机制体制、产品形态、新业态、管理等各个层面。

让方洪波进行深刻反思的，正是李一峰及其背后的小熊电器，这一随着互联网迅猛成长的新物种，在美的的卧榻之下，悄然地发展成为一个强大的对手。

执着的种草人

2006年，中国的电商平台是非主流产品的阵地。非主流人群与非主流电商阵地的结合，促使非主流产品的需求爆发。作为电子商务的原生品牌，小熊电器开始收割与电商同成长的时代红利，不断在“双11”创造几乎不可思议的奇迹，每年的“双11”，小熊电器的产品一经推出，总是会引爆市场，引起全行业及年轻人的一片惊呼。

2018年“双11”这一天，小熊电器全网成交总额突破1.3亿，其中加湿器、电炖锅、绞肉机、打蛋器、酸奶机、煮蛋器、电热饭盒七大品类全网销量第一，养生壶在京东品类销量排行榜里一举夺冠。

创业之初，靠着酸奶机这款“明星”产品，小熊电器在市场上开始崭露头角。短短几年时间，小熊产品线已经发展到30多个品类、500多个SKU（产品型号），迅速支撑起了公司超过40亿的营收规模，每年的营收以接近40%的速度增长，在家电领域，这种速度堪称奇迹。

小熊的奇迹，引起了资本市场的极大关注。2019年小熊电器成功上市，一举成为“佛山电商第一股”。

上市之后的第二年，新冠疫情突如其来，而在这一年，小熊电器顶住了巨大的压力，再度创造了不可思议的增长。在2020年全年，小熊电器实现营业收入36.6亿元，同比增长36.16%，实现规模净利润4.28亿元，同比增长59.64%。

这一年，小熊电器的股价一路狂飙，不到一年时间竟然飙升了三倍之多，达到最高161元/股的价格，可谓创下了中国创意小家电产业的历史奇迹。

对小熊电器股价的连连飙升，小熊电器的董事会秘书刘奎一度极为困惑，直到有一天一个基金经理告诉他：“我们大举买入小熊的道理其实很简单，就是在小熊天猫店里查看产品销售数据，发现很多产品一度卖断货，这就是我们的投资逻辑。”

现实确实如此。2020年新冠疫情期间，在很多政府机关、企事业单位饭堂纷纷暂停堂食的情况下，反应神速的小熊电器以最快速度开发的单人电饭盒，带来了雪花一样的订单，工厂每天生产20 000台依然供不应求。

新冠疫情期间，人们外出活动减少，宅家的人越来越多，小熊电器的产品成为当时的爆品。在很多企业陷入低迷之时，小熊电器的网上订单却大量积压。大量的爆单，一度让小熊电器又惊又喜。“宅经济”的放量爆发，成为当年小熊电器股价直线上涨的最大推手。

这意想不到的成功，在于小熊电器是一家时代的企业，一家深刻洞察消费需求与时尚演变的企业。当Z世代（指出生于1995—2009年间的一代人）成为小家电市场消费主力军，面对年轻群体在“单身经济”“宅经济”催化下的不同应用场景，小熊电器将品牌定位升级为“年轻人喜欢的小家电”，持续推出时尚、高性价比、小而美的小家电产品，通过快速的产品迭代，叠加颇具吸引力的“以旧换新”方案等，以直播、短视频等线上渠道带动小家电实现突围，使年轻人更愿意为小熊电器进行高频买单，以此实现对消费者生活全场景的广覆盖。

“如果从一个生态来说，小熊电器的发展之路，更像是种草。家电行业竞争很激烈，已经有很多如同‘参天大树’般的成熟品牌，再想成为一棵大树，很难。但只有树无法形成生态，我们做种草人，就是从与树成长路径的不同视角和思路，来发展自己的生态。”

在李一峰看来，每一个用户需求、每一款产品都是一棵小草。要形成草地、草原，最终收获一个生态，务实、坚持、延展性与人性缺一不可。他的想法是，不断挖掘用户的细分需求，研发可覆盖用户不同需求的创意小家电产品，这样的策略后来也成了小熊电器不可复刻的独门配方。

与一般电商品牌过度追求流量与销量不同，小熊不会追求烟花一般极致的绚烂，而是执着地做一个勤劳的种草人。通过互联网和大数据对消费意愿的挖掘与分析，深度洞悉年轻人的消费需求，进而开发出最懂年轻人的产品，从一棵无人关注的小草到一片人见人爱的如茵草地，小熊打造出了一片与年轻人共生共存的天地。

这就是李一峰的商业逻辑与发展初心。作为一个年逾五十的“理工男”，不仅与年轻人没有任何代沟，还将产品种进年轻人的心坎里，凭借高颜值、时尚化的小家电，成为Z世代的暖心人，显然，这只有李一峰能做到。

从一个无人注意的创业者，到一度身家百亿的成功者，从一个当年租赁的800平方米的小作坊，到今天建立了60个品类、500多个产品、5大生产基地的庞大企业，显然，李一峰在这个原本被认为已经被人踩烂的产业，创造了与时代共成长的历史奇迹，这也印证了一句话：没有夕阳的行业，只有夕阳的产品。在同一个行业，在成千上万的竞争对手当中，李一峰任借着一款款“爆品”征服了属于他的世界，这个外表沧桑的中年理工男，如何以敏感柔软的内心，叩中新新人类的心弦，也许只有一个原因，用李一峰自己的话来说：我是一个从来没有停止学习的人。

正是这种持之以恒的学习力，让小熊电器总是能跑在时代的前面，牵引着快速进化的消费群体，以不断迭代的商业模式，成为一直被模仿、从未被超越的时代领跑者。

如果说，小熊电器创业之初，切中的是80后的时代脉搏，那么随着Z世代的成长，当他们成为新兴消费的主流人群时，李一峰对这一代人的认知与触摸，再次把准了他们的每一次脉动。

在2022年举行的小熊电器品牌战略升级发布会上，李一峰走上台，又一次为Z世代精准画像。体验至上、人设丰富、理想消费、个性多元，这是这一代人的消费习惯，李一峰提出，创造力+年轻，必将又一次照亮小熊电器的未来之路，而踏上这一条路，将使得小熊电器的战略布局向着创新驱动、产品精品化、用户直达、全球化市场、数字化运营、组织年轻化这6个维度不断前进。

年轻的小熊电器，又一次实现了品牌焕新、战略升级，在创始人李一峰的引领之下，小熊电器未来的爆点，又将掀起什么样的旋风？这是Z世代的期待，也是中国家电行业对这个屡创奇迹的人更为热烈的期许。

事实上，尽管遭遇了新冠疫情的冲击，2022年小熊电器的净利润却比上年同比增长36%，这一业绩，再次证明了年轻的小熊电器，完全可以承受风高浪急甚至惊涛骇浪的考验，穿越时代的风风雨雨。李一峰始终以发展的确定性，应对外部的不确定，他总是以坚定的意志、睿智的思维，引领中国创意小家电一路前行。

李一峰与小熊电器奇迹般的成长，充分证明了愈是有风浪，愈是需要坚定清醒。在一个多变的、充满各种不确定性的世界里，唯有坚定清醒，才会提供足够的确定性，才能构成真正的、植根深处的自信，凝聚起真正自立、自强的力量。

陈小平：这样的家你们想要吗

2018年，在中国家电产业重镇——顺德，发生了一件值得载入历史的事件。一家企业的上市，在这座知名的制造业重镇引起了巨大的疑问：陈小平是谁？云米是什么企业？

在向美国证券交易所提交IPO申请书一个月后，2018年9月25日，小米生态链企业——云米成功走上了纳斯达克，云米股票代码为“VIOT”。雷军当天发布微博称：“这是继华米科技之后第二家赴美上市的小米生态链企业。”

说起雷军，这位被称为中国“雷布斯”的人早已名满天下，而让雷军如此兴奋的这一家企业，直到上市这一天才受到关注。人们这时才发现，顺德竟然还有这样一家企业。它，太低调了，虽然从创业到成长直到最后上市，似乎都在家电行业的眼皮底下，但没有一点存在感。

它太低调的原因是它太快了，从创业到上市敲钟不过短短4年时间，此前在顺德乃至整个佛山，没有一家企业达到这种惊人的速度。新生代企业像闪电一样奔跑，不能用传统的思维去看待。

2018年9月25日，一位年轻人带着一众高管在美国纳斯达克敲钟的照片流出，顺德人猛然发现，身边还有这样一家企业，它刷新了顺德的历史，实现了顺德企业在美国纳斯达克从0到1的时代跨越。

神秘的云米，神秘的陈小平，直到此时此刻，才让人们看到那极为短暂而日渐清晰的创业历程。

永远在路上的折腾者

陈小平语速快极了。他是一个思考力和逻辑性都极强的人。他说的每一个字都铿锵有力。自从2014年正式加入中国浩浩荡荡的创业大军以来，他，这位与曾经与美的创始人一样极为低调的人，已经逐渐习惯站在舞台的聚光灯下，一条牛仔裤，一件衬衣，一个耳麦，向世人描绘一个未来的家。

这种装束，这种场景，像极了在产品发布会现场的雷军——小米的创始人，中国互联网时代的投资家、梦想家。

“全屋智能、万物互联”，一个布满屏幕的家，一个AI（人工智能）比你更懂你的家。这是陈小平提出的新概念，也是中国家电业界涌现的新物种，未来的家，将会打破智慧场景的边界，人、车、家将实现极速互联。

“这样的家你们想要吗？”面对听众，面对记者，陈小平语带挑逗，展现穿越时空的判断力。

在场的每一个人都被他饱满的情绪感染了。更重要的是，每一个人都相信，这个有着极致产品思维和通透理解能力的人，正在以前所未有的颠覆式理念，创造一种全新的商业价值和生活方式。

“用互联网思维改造传统家电。”这个想法把39岁的陈小平推上了创业舞台，陈小平抓住了一个狂想的世界、一个巨大的机遇。互联网时代，是无可限量的时代，给创业者、年轻人撑起了一片巨大的天空。

但是，在以低调隐忍著称、习惯于埋头苦干做制造的顺德，能够抬头看天的人太少了，陈小平却属于眼睛发亮的那一类人。

1998年，毕业于华中科技大学机械系，辅修金融、财务双学位的陈小平到海信做财务工作，但很快他就发现，在海信这一家国有企业晋升到处级干部最短也要十年，时间太漫长了，他等不起也坐不住了。

一年之后，他坚决辞职，为了寻求更大的发展而南下佛山，到了梦想中的美的。

在美的，陈小平从最基层的实习工作做起，以每年升一级的速度，从流水线工人到车间主任，再到经理、总监、行政管理部及制造管理部双料部长、总经理。成为双料部长时的陈小平才28岁，在当时的同事当中，他创造了以最短的时间晋升到这个位置的纪录。

日复一复的加班，让陈小平一度怀疑自己能否撑得下去，但正是因为有这种玩命式的拼搏，美的集团才会走上奇迹般的增长之路，个人与企业的成长有时并不完全合拍，但从大周期来观察，二者总有一天会跳上一曲美妙的双人舞。

陈小平见证了美的从一家销售额不足70亿元的企业，成长为一家千亿级企业。而它的背后，就是千千万万的陈小平们用自己的青春与热血书写的奇迹，此时陈小平所在的事业部，销售额也从7000万增长到100多亿。

任何企业都不可能一路长虹，高速成长之后，美的集团像一个狂奔后的巨人，一度陷入增长乏力的阶段。尤其是2011年，何享健与方洪波已经发现美的盛名之下其实难副，企业销售高速增长，利润却不见增加，增收不增利的现象凸显。成为千亿级企业之后，中国家电产业的市场到底还能有多大，传统家电能否支撑美的未来的超常规发展？陈小平心怀不安，一个问号反复在脑海里出现：红旗到底还能扛多久？

“我肯定不是一个很安分的人，就想折腾。那时候我还想做一点事情，这个是最重要的原动力。但有一些事情在大企业是做不了的，因为这不是你的企业，你说了不算。”陈小平如此剖析自己的心迹。

陈小平不是一个安分守己、循规蹈矩的人。当所有人在互联网浪潮下遭遇传统产业增长困境时，陈小平用理性思维为自己拨开了迷雾。“用互联网思维改造传统家电。”在美的，陈小平形成了一套关于产品、产业链、经营理念、发展战略的完整体系，“是个根深蒂固的传统逻辑”，但他敏锐地意识到，“用互联网逻辑去改变传统产业的时间到了”。

这个基本趋势判断的背后有着陈小平深刻的自我意念和认知：“趋势的力量是不以任何人的意志为转移的。”

对一个新趋势的认识，陈小平有自己的思维模式。他会像海绵一样吸收，然后融会贯通，在这个基础上进行批判性学习，求同存异。他的自我迭代速度非常快，常在认识新事物的过程中，不断彻底否定自己。

2014年，小米联合创始人、副总裁刘德找到陈小平，原本是想与美的合作，但和陈小平沟通后，他果断把陈小平推荐给了雷军。

陈小平想了一个晚上，决定放弃美的高达几百万元的年薪、价值几千万元的股票，决心以互联网作为中国传统家电升级发展的最大机会，创办云米科技，加入小米生态链企业的队伍。

互联网下的新物种

陈小平有自己的逻辑模型。一方面互联网企业高歌猛进，另一方面传统企业已经处于非线性增长的焦虑期，他知道传统增长逻辑一直在原地打转，肯定需要转型，而迷雾背后的那个方向应该是他去的方向。

怎么去？陈小平想起“彼得原理”：一个人在一个组织中最终都会上升到他不能胜任的位置，从此停滞下来，成为组织发展的障碍。陈小平称之为个人或组织的天花板。他的破解方式是靠明白道理来突破天花板。自我突破能力能让他在方向性问题上形成坚定的信念。当一个人具备看透趋势、思考未来的能力时，他就会用未来倒逼自己。

在创办企业上，陈小平不刻意追求数据、模式，他时刻警醒自己，“不在乎你现在怎么样”，只要“做正确的事”，正确的事永远根植于未来，“用未来定义现在的思考模式决定你未来应该干什么，现在应该干什么”。

不追求数据、规模与模式，陈小平似乎不走寻常路，他之所以要这样做，不仅因为他对产业有深刻的理解，更因为他信奉“未来价值”。打破传统的纯硬件逻辑后，陈小平重新定义了用户需求，真正用“以用户为核心”的理念去思考企业价值，“企业应该是一个社会器官”，这个器官最大的价值是能够实现社会功能，产生社会价值，当它真正地满足用户需求的时候，“销售额、利润、市值，是自然而然的事情”。

用户的需求在哪里，企业的追求与价值就在哪里，这是互联网创业者的思维特性，也是一个传统家电行业出来的人，自己实现的思维跨越。

“方向对不对？是否跑得快？”“终点在哪里？在消费者那里。”“消费者是有最终投票权、最终选择权的，没有人可以去强迫他做任何事情。你必须要为他服务。”陈小平之所以能在互联网赛道上脱颖而出，根本原因还在于他意识到市场经济本质上是利他主义的，不是为自己服务，也不是为CEO服务，“本质上是为消费者服务”。

陈小平非常尊重自己的创业导师——雷军，这位中国互联网时代最为成功的创业者之一。虽然自己从工程师做到了事业部的总经理，并在美的这样一家浑身散发着制造业基因的企业经历了严格训练，培育出了极为严谨的产品开发思维，但陈小平不得不求教于雷军，因为要想在家电这个被人踩烂了的赛道上跑在最前面，“互联网+家电”可能是最大的机会，而雷军则是这个赛道上的奇迹创造者。

选准了赛道，就需要打磨好自己的第一款产品，这款产品必须以令人信服、让人惊艳的形象横空出世。只有一个无论是技术、设计还是价格，都具有足够冲击力的新物种，才能一炮打响，才能以此宣示自己的企业，宣告一个新概念从理念变成活生生的现实。

陈小平选择了净水器。

“云米人的使命，就是要重新发明净水器，让每一个家庭，都能拥有一台靠谱的净水器。”陈小平这样定位云米。

云米专注于高端、高品质智能净水器领域的创新。秉承小米的价值理念，云米一直将追求产品品质与极致用户体验作为自己的企业目标。为此，云米努力组建了一支高学历、深资历、国际化、年轻并富有创新精神的专业团队。他们在充分考虑国内城市供水与农村水质的实际状况的基础上，汲取国内外同类产品中的突出设计和技术理念，研发出堪比人工智能的净水器，开创了净水行业智能净水器的新标准。

“为极致而来，为纯净而生。”这是云米喊出来的口号，不轻狂但极为煽情。陈小平回忆起一段雷军令他触动极大的往事。2014年12月30日，云米内部研发的第一代净水器完成开发并准备上市。没想到，深夜开会时，雷军说："小平，这个产品我觉得做得不极致，我们干脆不上市了，重新做一款。"

"那个时候头都大了，我们忙活大半年，（如果说产品）不上了，压力大得不得了。"陈小平说："我当时心里非常震惊，但雷总对用户的洞察非常有穿透力，用一种极致的思维去做产品，可以说是不惜一切代价。"

经过两年的刻苦研发与精心打磨，云米一系列颠覆时代的产品终于问世，为了这一天，云米人不知熬过了多少个日夜。

2016年7月，云米科技充分展示了自己强大的科技研发和产品创新能力，公布了7项领先黑科技和5大颠覆式创新设计，遥遥领先于行业里的其他竞争品牌。比如基于全参数实时监测的5000万条云端大数据的人工智能技术；纯废水比可达4：1，大大领先行业纯废水比3：1的水平；为减少漏水隐患，克服漏水这一行业顽疾，创新地将传统有40多个连接头的水路系统集成到一个4层5向11条的立体集成水路板；大肠杆菌杀菌率可达99.9999%的大流量瞬时UV杀菌技术；可以实现超长寿命，终生免更换。

云米超能净水器系列产品，拥有真正的创新技术，获得超过150项核心专利授权，申请专利数量高达400多项，零部件的创新比例更是超过90%。

这一系列产品的问世，改变了净水器行业的格局，憋了一口气的云米等到了扬眉吐气的一天。而这，对陈小平来说只是走出了成功的第一步，在中国家电这一竞争最为激烈的产业中，云米必须以最快的速度发展才能将一个个对手甩在后面。陈小平深知，跟随者没有机会。

云米速度开始跳跃式刷新。

其实在2014年，云米仅创办5个月就获得了红杉A轮融资，估值2亿美元；2016年第一季度实现盈利，全年销售额达到3亿元，同时云米线下店、自有品牌火力全开；2017年，规模突破10亿，盈利达到1亿，产品扩展到互联网厨房，而后在2018年扩展至全屋互联网家电，销售额继续大幅增长。

2018年9月25日，云米在美国纳斯达克成功上市，成为“家庭物联网第一股”，上市当天，陈小平的身家已上升至3.5亿美元，在上市前的发言环节，陈小平特别感谢了两个影响他创业的人：一个是雷军，正是雷军培养了他的互联网思维；一个是方洪波，正是他培育了陈小平的产业经验。

用未来定义现在

实现了从0到1的跨越，云米跑得越来越快，它的真正驱动力不仅是公司成长的需要，也是全球正在从互联网穿越到物联网所开启的未来。

创新工场董事长李开复说过：“未来5年，物联网、大数据时代的到来，会带来庞大创业机会。”

小米科技创始人、董事长雷军同样说过：“物联网是当前世界新一轮经济和科技发展的战略制高点之一，给了中国一次前所未有的机会，是我们不能错过、也不应该错过的机遇。”

上帝关闭了一扇门，一定会为你打开一扇窗。一度哀叹互联网时代的机会已经死去的创业者，目光开始聚焦于物联网孕育的巨量机会，极具未来穿透力的陈小平必须让自己率先站在这个风口上，因为雷军也曾经说过一句话：站在风口上，猪都可以飞起来。

“好风凭借力，送我上青云”，曹雪芹的这一句诗，与雷军的话极为一致，这就是趋势带来的力量，而雷军将自己的创投公司命名为顺为公司，也正是顺势而为的意思。

2018年3月11日，陈小平第一次在家电业界提出“全屋互联网家电”的概念，并毫无保留地在产品端追求消费者体验的极致。陈小平说，因为云米没有过去，所以只能着眼于未来，从后天的角度来思考产品理念，正是这种逻辑引领了云米真正颠覆式的创新。“颠覆、打破你现在最赚钱的、赖以生存的东西。”“生存逻辑变了，商业模型变了，全变了。”陈小平为云米搭建的未来思维模型，是“以人为中心跟万物产生交流”，而不是以机器为主。

针对家庭的多个应用场景，云米开发了一系列颇具颠覆性的产品，这些产品线覆盖了冰箱、扫地机器人、净水系统等，智能音箱小V也配备了语音控制、手势控制、人脸识别等多项黑科技。客厅、厨房、卧室全场景感知、交互已经改变了人们对家的认知。人们的生活方式也因此发生深刻变化。

让未来定义现在，让万物实现物联，这是云米的价值所在，也是企业的成长所在。

2019年3月13日，中国最大的消费电子展——上海AWE（中国家电及消费电子博览会）开展前一天，作为智能家电行业最具互联网基因的代表，云米科技召开了一场“全球家庭物联网趋势展望2025暨云米2019年度新品发布会”。非常有意思的是，云米的海报竟然出现了《流浪地球》的画面，众所周知，这部电影可以说是2019年最火爆的影片。《流浪地球》被誉为中国科幻电影新纪元的开创者，云米则被称为未来家的开创者，双方在未来科技的探索道路上是高度契合的，发布会现场，《流浪地球》主演屈楚萧的助阵，更是让现场沸腾了起来。

发布会现场发布的中国第一款AI油烟机——AirBot，具备了“超强观察力”和“超高智商”。它植入了一枚油烟识别摄像头，通过AI图像识别技术，像眼睛一样分辨油烟是大是小，并根据风力自动调节吸力，实现“风随烟动”的效果。此外，AirBot还搭载一块双柔性触控显示屏，油烟机运转状态、厨房空气指数等信息一目了然，并以高速动态响应、超清晰动态细节显示，带来超广角度的视觉享受。舞台上的陈小平仿佛看到了快速迭代的未来世界，他正一步一步地把未来变成现实。

然而，2020年，新冠疫情的爆发，打破了中国家电行业的发展格局，而国家对房地产业的深度调控，更是让云米这样的创业型企业，第一次面临最为严峻的考验。

但是，越是困难越向前，倔强的陈小平看到的不是危机，而是经济下行下的产业之机。英国前首相丘吉尔曾说：永远不要浪费任何一场危机，对于弱者而言，危机意味着死亡，对于强者来说，这是超越他人的最好机会。

经济下行压力越大，越是考验企业的内力、韧性与决断。在陈小平看来，穿越周期的行业和公司，都必须经历一番自我重塑、创新升级，企业要坚持自己的战略方向、商业逻辑，敢于去搏，敢于去做，认准了就干。

逆风而动，逆势而行，这是穿越周期的智慧。2020年7月，投资6亿元、首期规划面积10万平方米的云米互联科技园在顺德伦教街道破土动工，这一充满时代张力、富有现代感与未来感的全新科技建筑，成为云米迈向高科技集团的起点，更是云米5G IoT（物联网）战略落地的关键一步。

云米互联科技园将成为云米科技总部，不仅承载着“5G+AI+IoT”等核心技术研发、战略性创新产业培育、未来科技试验场等重要使命，同时融合了研发中心、场景体验展示、销售服务、核心产业高端智慧工厂等功能区，是集多功能于一体的综合产业基地。

未来云米将以顺德为总部，面向全国实施更为惊人的“闪电式扩张”，重新定义云米的现在与未来。陈小平相信：只有敢于思考与设计未来，才能创造云米面向未来的奇迹。

“未来的家将和过去完全不一样。所有设备将会智能化，拥有和人一样的感知能力和判断能力。设备也将从过去的孤岛变成一个整体，实现随时随地互联互通。”陈小平介绍，这个趋势会来得很快，未来三五年时间，是产品市场化的过程，也是消费者从不懂到了解到接受的跨越历程。

看见未来，才能掌控未来。

四年时间的狂奔，创造了在纳斯达克上市的奇迹。面向未来，云米需要付出比以往更为艰辛的努力。陈小平，还将在产业发展的云端之上，描绘更为绚丽的图景，这幅图景，是属于家庭的，更是奉献给人类对于美好生活的极致追求的。

余方文：细分市场闯出新赛道

“我们面前无所不有，我们面前一无所有。”这是英国作者查尔斯·狄更斯写在《双城记》中的一句话。经历了四十多年的狂飙，顺德经济增长逐步进入深水区，从一无所有到无所不有，在习惯稳定的社会，如何能继续充满干劲，打破现状，再现敢闯敢拼的顺德人？

2023年10月21日，安徽安庆市，这个离顺德约1000公里的历史文化名城，迎来了一个投资22亿元的产业园的开园。开园仪式上，一个激情四射的80后站上了“C位”，激动地描绘着空调行业的未来。他正是这个产业园的投资方美博空调的创始人——余方文。

从顺德这个中国家电产业主产地发家，然后回到老家安庆建设空调产业园，这10多年的时间，是余方文——这个高大而又执着的安徽人历尽艰辛的创业历程，寄托了他辐射华东、面向全球的宏大理想。

二十年前，余方文从安庆大山走出来，来到珠三角，在顺德扎根，与家电结缘，并一手缔造了空调行业的一段佳话：从3000万到30亿的销量，100倍的增长，他仅仅用了十年时间，就带着一个年轻的品牌，在高度“内卷”且三足鼎立的空调行业开创出一条新势力的创新之路。

常言道：大树底下不长草。在广东的格力与美的两大品牌长期居于中国空调行业前两位，而且美博空调与美的空调的顺德生产基地相距不过10公里。但是倔强的余方文绝不信邪，他用行动诠释了：大树底下也能万物生长。年轻的余方文，有着无限的梦想，他身上的拼，他的知进退，他敏锐的商业敏感，给新时代创业者点亮了一盏明灯：错过了风口并不可惜，创业最好的时候就是当下；在被人踩烂了的行业里也不是没有机会，关键是如何去捕捉。

在百年变局的大时代里，不知多少人选择了躺平，余方文夫妻白手起家，最后在一个极度“内卷”的行业闯出一片天地，他们的故事显得极其独特，他们的经验又是何其宝贵！

或许，“内卷”只是借口，敢闯敢拼、善于创新才是企业前行的王道。

“人的胆子要大”

13岁才尝到人生第一根香蕉，余方文是一路苦过来的，他是一个不折不扣的“苦孩子”。

安徽省安庆市岳西县，在大别山腹地，平均海拔1100余米，沿途峡谷幽深，溪流纵横，是知名的革命老区，但绵延不绝的大山，也是一道道天然的屏障，阻碍了这里与外界的交往。余方文就是在这里成长起来的，父母是地道的农民，从小他就给自己定下了目标——走出这座大山。

山那边的世界怎么样？这是一个小男孩的好奇，也是他翻山越岭的原动力。

余方文也是幸运的。有些人，终其一生寻找自己热爱的事业，而有些人走出大山就遇到了一生的坚守。

进入千禧年，中国经济迎来快速发展时期，居民财富激增，空调走进千家万户，正是万物蓬勃生长之时。在杭州接触到空调代理这一行业后，敏锐的余方文迅速嗅到这一商机，南下广东，投入空调行业的大潮中。

一次偶然的机会，有着梦想和行动力的余方文遇见善良又聪明、对空调行业非常熟悉的童久妹。更重要的是，这位江苏女子的活力、热情与格局，让余方文怦然心动。于是这两位出身草根且在同一行业闯天下的年轻人结合在一起，一对天不怕地不怕的创业夫妻，开始向空调行业发起冲击。

“很多事都是逼出来的，人的胆子要大。”对余方文的创业路径，他的太太、美博联合创始人童久妹喜欢用这一句话概括。

2008年前后，房地产快速崛起，极快地拉动空调市场的飙升。业内将2005年至2013年定义为中国空调产业的快速成长期，龙头企业份额稳步提升，美的、格力、海尔三足鼎立的格局已然稳固，三四线城市需求增长迅速。

活跃的空调市场，让余方文看到了商机，他想创立一个公司。2010年的一天，他尝试着给几个兄弟打了电话：“要不要一起来佛山创业？”抛出的“橄榄枝”，马上得到了回应。就在当晚，其中两个兄弟买了摩托车，直接从中山开了过来。

那段岁月里，余方文在佛山南海区租了一个厂房，和兄弟几个骑着摩托车，到处收库存空调和二手空调。但做代理收货始终受制于渠道，不想吃了上顿没下顿，余方文又被“逼”着走出了建立自己品牌的一步。

同一年，“美博”品牌正式创立。这两个简单的字承载着余方文对未来的期许，“美”是美好的产品，“博”是通过奋斗和拼搏带来更美好的未来。那一年，中国家电规模市场首破万亿元，空调市场的容量接近3000万台，巨头鼎立的格局再次深度演变。余方文并不怕，他的想法不复杂：“空调是生活必需品，不见得一定要品牌支撑，但把产品和服务做好就一定会有市场。”

创立品牌时，美博只有一个仓库，只能一半做办公室，一半做展厅，很是寒酸，却迎来了络绎不绝的客户。有的人只去仓库看了一下，就决定要代理美博。童久妹开玩笑问：“你们就不怕被骗吗？”没想到对方坚定地来了一句：“余总怎么会骗人！”

在余方文身上，童久妹能感受到，诚信是他做生意最首要的原则。“贾而好儒”，是徽商最大的特点，以儒道经商，“以诚待人”“以信处事”这些信条都是最基本的。童久妹至今印象深刻，即使在创业刚起步、最难的阶段，无论资金怎么紧张，每个月底一笔笔该付的款都会按时交付。

几年前，空调行业进入价格战最激烈的时刻，行业龙头以低于成本价出售产品，争夺市场份额，殃及了一大波空调品牌。童久妹眼睁睁地看着前几年赚的钱都搭了进去，但余方文还是坚持要继续做下去。“这样的局面是不会长久的，我们要保持和客户的黏性。”彼时，很多客户都只代理了美博一个品牌。“如果我们放弃了，客户也就歇业了，我们一定要不计成本撑下去，想办法先成就客户。”余方文说。

这或许就是一个天生创业者的勇气，有赚钱的能力，也有亏钱的担当，也因此才能凝聚一群人，围绕在身边，共患难共进退。

在余方文的眼里，新冠疫情暴发后的第一年是创业以来最黑暗的时期，停工停产，找不到方向，但所有的上游供应商、下游经销商与美博一起熬了过来。“大家相互理解，没有欠过一分钱的账。”童久妹记得清清楚楚。

脚踏实地，仰望星空

竞争战略是现代经营理论的关键概念，企业的竞争也由此被划分为红海战略和蓝海战略。所谓红海市场，是指竞争激烈、利润空间有限的行业或市场，其残酷程度类似于鲜血充斥的红海。

而空调市场，无论放在现在还是倒回十年前，都早已是红海市场。2022年，中国空调电器行业前五大品牌的市场份额达到了82.4%，格力、美的、海尔智家分别占据了32.8%、25.6%和10.4%的市场份额。

要在这样的红海中开创一条新路，并非易事，何况就连巨头的地位都不稳固。

从20世纪80年代起步，这一行业高歌猛进。在顺德，华宝空调的广告词“华宝空调，着着领先”，一度刷遍了中国城乡的外墙；而江苏的春兰空调，早已一跃成为20世纪90年代的中国空调“一哥”。随着中国城镇化的高歌猛进，一时之间，几百个品牌粉墨登场，一条宽广的道路，瞬间变得拥挤不堪。到20世纪90年代末期，中国的空调品牌高达400多个，被人踩烂的泥泞中，时时暗藏着不可预见的陷阱。

当星辰隐没，留下来的只是一声叹息，野蛮生长的背后，就是一场惨烈无比的淘汰赛。国家信息中心的数据显示，仅仅2006冷冻年，就有17个空调品牌退出市场；时隔一年，又有19个品牌惨遭淘汰；从2000年到2007年的7年时间，高达90%的品牌死于竞争。

产业更替如同细胞新陈代谢，有巨星的陨落，也有新星的升起，就看这个幸运儿能否抓住时代的机遇。

在顺德第一代洗脚上田的企业家身上，有着敏锐的商业嗅觉和生存本能，以及草莽英雄的魄力和毫不掩饰的霸气。而新一代的企业家，在时代的洪流面前，在起伏的市场周期里，有着向前的冲劲，更有着蛰伏的毅力，他们谨慎地大步迈向前，布局长期主义。

“我们要从基层慢慢去做，稳扎稳打，把赚的钱都投到市场、研发和设备中，不需要太激进。”在余方文身上，徽商的吃苦耐劳和顺商的敢为天下先得到了很好的平衡，既要脚踏实地，也要仰望星空。

余方文很清晰美博的定位，他给自己定的目标，是销售额每年增长20%以上，他对外介绍美博时永远谦逊：“品牌不知名，市场还需要培育，后台需要慢慢建立。”他将目前的成就归结于“有些企业爬上高山，掉下来就不爬了，但中小企业不一定什么都要争第一，稳步前进是关键”。

可是经历十年发展的美博，早已不是当年那个靠租厂房存活下来的新品牌。2023冷冻年，美博空调销售额同比增长30%，蝉联“中国空调行业十强品牌”。目前美博旗下拥有美博、乐京、美邦霖界、正野、万宝空调、余师傅等品牌，年销售超过300万套，远销全球82个国家。

随着美博安庆智造产业园正式落成投产，加上广东顺德、安徽芜湖的生产基地，美博年产能规模达到了500万套以上。

当市场已经趋于成熟和饱和，“红海厮杀”，讲究的是一个“差异化”，差异化产品、差异化服务，更讲究的是一个“新”，新的技术产品、新的市场需求、新的市场领域。余方文走的正是这一条路——“以小博大，差异化求生”。

2015年，美博就与国内知名品牌达成战略合作，获得数十项专利技术；两年后，联合互联网公司开发了全球首台共享空调，并得到全国高校公寓订单支持，开创了智能化共享空调新赛道；2020年，与荷兰飞利浦进行战略合作，成为飞利浦中国区唯一空调授权商；2022年，美博研发全球首创的穿戴式空调，开创空调第四赛道，成为穿戴式空调领域全球领先品牌。

让空调能随身携带，同时保持低耗能，好安装，这一想法在行业内被认为是异想天开，但美博凭借技术创新做到了。

因此，美博穿戴式空调一推出，瞬间在中国互联网上实现了几个亿的浏览量。穿戴式空调专为全球3亿户外高温作业者设计，是开机3分钟就能降温至16℃的降温神器，开创了空调可穿戴的新时代，在全球气候加速变暖的现实中，有着越来越广泛的应用场景，包括机场、电力、建筑、交通等行业。

在细分领域，美博深耕细作到了极致。新一代的热泵空调，能在-35℃的冰天雪地和60℃高温的沙漠中运行。“美博的产品制冷、制热效果将优于行业平均值的5%，应对越来越频发的极端气候。”余方文介绍。美博已开发1200个机型，可满足100多个国家的需求。

此时的美博，已经从一个新生的品牌成长为行业细分领域的风向标。

2023年5月，余方文收到了一个极具含金量的聘书：“鉴于美博集团董事长余方文在行业内的贡献和影响力，安徽工业大学建筑工程学院学术委员会一致研究决定，特聘任余方文董事长担任该学院兼职教授，聘期三年。”

脚踏实地、仰望星空的余方文，与一直热爱并为之努力的事业双向奔赴。

穿越周期，布局未来

“穿越周期”，这个由苏联经济学家尼古拉·德米特里耶维奇·康德拉季耶夫提出的概念，是近两年最火的词汇。面对不确定的未来，能否够穿越周期、保证基业长青，这取决于企业的战略能力、组织体系等的构成，能否支撑企业持续发展。

从2020年开始，全球经济剧变，新冠疫情、俄乌战争、中美贸易战等“黑犀牛”和“灰天鹅”事件频频出现。对充满不确定性的未来，很多企业唯一的目标，就是“活下去”。而余方文不仅要美博活下去，还已经开始为穿越周期做准备，为未来布局。

2023年8月底，美博集团顺德均安全球智造产业园正式落成，主要生产热泵空调、穿戴式空调、特种空调等细分领域专业制冷设备，预计投产后年销售收入将超10亿元。两个月后，1000公里外的美博集团安庆智造产业园落成，总投资约22亿元，布局了大量的实验室，并与中国科学院广州能源研究所建立先进热管理联合实验室。

顺德、芜湖与安庆的三个产业园，对余方文意义重大。安庆是梦开始的地方，顺德是筑梦之地。在安庆智造产业园落成当天，美博召开了全球合作伙伴大会，余方文宣布了一个重磅的消息：美博目前已进入IPO辅导期第一年，目标是三年内登陆国内资本市场。

在细分市场当中闯出一条新赛道，在逆境中翻盘站上风口，美博犹如一匹后劲十足的“黑马”，就这样闯进了大众的视野，搅动已经固化的空调市场。

“目前的消费有个分层，趋势是头尾经济很明显，尾部销售市场规模巨大。”敏锐的余方文再次捕捉到机会：“下沉！”

一个年轻的品牌，没有太多的利益纠葛，就可以与客户共成长。在国内做空调代理，大多数空调厂家一个区域只设一个代理商，美博打破的就是这个格局。“我们邀请年轻群体一起来做品牌，美博提供平台和引导，年轻人自己对经营说了算，培养自己的客户和自己的销售群体。”余方文说。在三四线城市，美博成为年轻人创业的一个新渠道，也由此进一步占领下沉市场。

余方文的决心不小。建立完善销售网络，市场下沉到县乡镇，形成每县一个以上的销售网点布局；同时，提升终端形象店数量，在目前800多家的基础上，计划每年增加30%的形象店数量。

在被国产空调巨头们争夺的海外市场，美博也占据一席之地。余方文手机中一直存着一张图，是欧洲大区总监吴斌在广州白云国际机场的背影——为了能让欧洲客户真实地感受和体验美博空调的最新产品，吴斌尽量减少自己的行李，只为带一套最新的产品样机上飞机。

2023年的冷冻年，跨越大西洋的样机、中东高温与战乱的历练、装满方便面的行李包，都是美博人全员奔赴、抢占先机的见证，带动着美博海外销量的快速增长。

2019年至2022年，美博海外销量分别为10万套、20万套、32万套、50万套，同比增长率为100%、100%、60%和56%。根据美博的预期，2023年销量有望达到80万套。美博期望5年后海外年销量达300万套，实现中国空调企业海外市场销售前六名。

为进一步打响品牌知名度，美博开启国际化体育营销之路。新西兰国家男篮、塞尔维亚国家男篮，这些国际体坛强队，背后的赞助商就是美博。世界杯赛事上，环绕球场的广告让海信家电持续“出圈”，而相比起前者动辄上亿元的大手笔投入，坚定走国际化营销之路的美博，以“小而精”，同样博得了世界的关注。尝到甜头的美博正坚定国际化的体育营销之路，2023年10月的合作伙伴大会上，美博正式宣布每年将1%的销售额作为品牌的营销费用。

历经13年的风雨后，成长起来的美博已不再满足于偏安一隅。要做大做强，就要迈入资本市场，实现规模化扩张。这一天，余方文早就在筹划。

2023年10月，美博的数字化系统正式上线，一期投入2000万元，引进了先进的四大研发、管理系统。

“数字化给企业带来巨大的改变，最重要的一点是用数据说话，更加规范化。”童久妹在参加数字化培训时，很有感慨。在美博产值达到20亿元的那一年，这个曾经负责管钱管人的“大内总管”已不在公司挂实职，参与实质运营，重要的职位早由职业经理人担任。“一个公司规范化要实现首先要退出家族企业式的管理，对股东负责。”童久妹很认同这一观点，在外人面前她也始终习惯把余方文称为“老板”。

习惯了苦日子的余方文也从来没有真正放松下来。一年365天，除了春节放假和出差外，他都会回到公司，这里就是他的第二个家。

“中国空调出货量每年都在8000万套以上，我们也能看到快速增长的东南亚市场，将是制冷行业新的巨大增长空间，我们希望能有更多的家电人一起加盟，寻找机会。”不善言辞的余方文并不擅长讲故事，但每当讲起空调行业，他眼里都充盈着少年时代的光芒。

杨义贵：不息生命中的斗士

2020年初春，新冠疫情在武汉暴发，一夜之间，千里之外正准备热热闹闹过新年的顺德北滘镇瞬间安静了下来。川流不息的车辆停滞了脚步，原本喧嚣的街巷关门闭户，一场全民抗疫的战斗正式打响。

病毒无情，人间有爱，新冠疫情暴发以来，北滘社会各界以最快的速度捐款捐物，是全国对湖北捐赠金额最大的乡镇之一。

最艰难的时刻，一位老共产党员、老企业家挺身而出，他主动联系北滘镇政府，要求捐出前一年企业利润的三分之一、企业年收入的五分之一——200万元，支持抗击新冠肺炎疫情。

“要是没有共产党，没有新中国，没有改革开放，就没有今天。感谢党和政府的培养和支持，作为党员，我理应站出来，尽力为国家、为民族、为疫情防控阻击战的卫士们出一份力！”

说这段话的是72岁的党员企业家、顺德区赛恩特实业有限公司董事长杨义贵。他向北滘慈善会捐赠了200万元，用于支持武汉新冠肺炎疫情的防控工作。

这就是一位老共产党员的情怀、风骨与责任。杨义贵，作为一名始终壮心不已、胸怀家国的企业家，作为顺德千千万万企业家中的一员，用他砥砺奋进的历程，写就了顺商精神图鉴中精彩的一页。

唱响青春之歌

半生柴米半生书，一路兵戎农商工。

苦难辉煌盛世迎，筚路蓝缕家国梦。

最是新厂数字化，夕照征程血样红。

神州遍开智能花，万绿丛里谢春风。

这首诗的题尾是：“顺德北滘杨义贵于壬寅仲春”。

莫道桑榆晚，为霞尚满天。这是一位75岁老人写的七律诗，概括了自己并不平凡的一生，表达了一位乐观主义者的暮年壮志，他用诗歌，更用行动，唤醒每一个想“躺平”、图享受的人。

这是一个令人血脉偾张的励志故事。身份的变换，总是奇迹般地发生，他当过农民、当过兵，大学毕业后来到广州当了大半辈子的工程师，今天他是一个企业的董事长。

笔者见到这位传奇的创业者——赛恩特实业有限公司（以下简称“赛恩特”）的创始人兼董事长杨义贵时，年逾古稀的他，双鬓虽已斑白，却精神矍铄，谈吐清晰。他穿着朴素的工服、戴着头盔，开着他的奥迪车，如同青年一般身手敏捷、风驰电掣，带着我们参观即将建成的新工厂。他说，这里将投入8000万元打造出一个智能化、数字化的标杆工厂，为中国实现工业智能化贡献一份力量。

谁会相信，这是一位55岁提前退休，从ICU（重症加强护理病房）生还后立志创业的企业家。

“半生柴米半生书，一路兵戎农商工。”杨义贵写的这首诗的第一句，描述的是他在创业前的人生经历。当兵、务农、从商、做工，几乎囊括了中国各个阶层、各个行业，曲折丰富的经历，为他敢创业、爱折腾的人生打下了基础，埋下了伏笔。

每周一早上七点半，杨义贵准时出现在公司门口，和进入公司的每一个员工打招呼。公司所在的顺德北滘镇，是广东乃至全国的制造业重镇，诞生了美的和碧桂园两家世界500强企业。7点40分，每周一次的早会准时开始，73岁的他和所有员工一起站着开会。从笔直的站姿中，不难看出他早年的军旅经历。

1966年，出生于江西吉安农村的杨义贵全力以赴迎接高考时，历史和他开了一个巨大的玩笑——高考取消。“随波，但不逐流。”动荡年代，杨义贵没有迷失方向，为让自己得到更好的锻炼，他毅然选择参军，1968年至1973年在福建省军区汽车连当兵。在部队里杨义贵也不忘学习文化知识，博览群书，积极写作。

1973年，杨义贵入了党，并以江西省吉安市第一名的好成绩，考入华中工学院（现华中科技大学）船体制造专业。这段在武汉求学的经历，让他非常关注疫情：“曾经奋斗的故地有困难，尽力驰援当然责无旁贷，当然义不容辞。”

而他与广东的情缘，则始于1976年大学毕业后，被分配到广东省船舶设计研究院时。

20世纪七八十年代，由于当时日本的造船业是世界最发达的，杨义贵在1978年报名了广州业余大学的日语培训班，利用空闲时间学习日语，这为他将来的创业奠定了基础。

“每天五点半下班就骑单车，去到十四五里外的广州业余大学学习日语。一个星期有四个晚上都要去学，风雨不变地坚持了六年。”回忆当年的学习经历，杨义贵历历在目。

当时杨义贵是班上年纪最大的学生，但老师一致认为他日语学得最好，完成学习后，杨义贵就开始在节假日做日语翻译工作。他在接下来几年里，频繁出入各大日本企业和日本办事机构，成为东芝、三井物产、三菱商市、住友商市驻广州分公司的重要翻译人员和顾问。

1988年，国家经委要求各地选派有日语基础的工程师，去日本学习，杨义贵幸运地被选上去北京参加考试。在四百多人中，他以优异成绩入围前四十，并接受培训，最终在1989年1月去日本进行为期一年的企业研修。

杨义贵说：“我学习了日本企业管理的基本理念、规范和文化，对日本公司内部的企业文化和日本人兢兢业业的敬业精神、奉献精神印象深刻，收获很大。”

踏上勇敢之路

1993年，杨义贵被邀请到顺德北滘的威灵钢铁开料厂担任厂长，仅用一年的时间，他就将工厂的利润从72万元升到282万元，涨了三倍，人均工资从1200元升到2400元，翻了一倍。这是专业知识和管理水平的最好证明，对杨义贵来说，有了这个基础，才有创业的可能。

2003年，55岁的杨义贵，原本还算平凡的人生轨迹，因为一次生命垂危的经历而发生了改变。那一年，杨义贵因为糖尿病入院，由于医生误诊给他注射了葡萄糖，直接导致他进了ICU。

对于自己当年的创业经历，杨义贵至今历历在目，因为在生命最危险的那一刻，他做出了一个最勇敢的决定，这个决定属于一个战士，属于一个永不向命运低头的斗士。

“2003年我糖尿病发入院，由于医生误诊，给我打了葡萄糖，打进了ICU，后来我挣扎着出来，觉得我辛辛苦苦学了一辈子，干了一辈子，如果这样走了，就太可惜了。我说我试试看吧，我4月15号入院，5月14号出院，7月13号买地，8月12号成立这家公司。”

就这样，2003年，55岁的他从广东省岭南工业总公司工程师的岗位退休，来到顺德北滘，掏出全部身家，创立了这家主营汽车配件生产的赛恩特实业有限公司。

这次从鬼门关回来的经历改变了杨义贵的后半生。与前半生相比，后半生的他，更多的是“老夫聊发少年狂”的激情与热血，在自己大学同班同学基本上都在含饴弄孙、安享晚年的时候，倔强的杨义贵决定踏上一条决绝的创业之路。

即便豁出生命，也绝不后悔，生命不止，战斗不息，这是他的人生追求。在怀疑与讥笑声中，杨义贵更像是西方神话里滚石上山的西西弗斯，即便再枯燥、再痛苦，也要挑战自己的生命，即便流干了身上的最后一滴血，也要追求过程中的快乐。

创业两年后，杨义贵迎来企业最艰难的时刻。2005年，他自己存了大半辈子的100万资金，在企业筹建时就基本用尽，杨义贵算了下账，最后账上只剩下区区5万元。那段时间，杨义贵节衣缩食、能省就省，最困难的时候，他甚至每天打摩的上下班，这对一个年近花甲的老人来说，是一个多么大的挑战，多么严峻的考验！

熬过了创业初期最为痛苦的阶段，杨义贵凭借优秀的企业管理能力和丰富的汽车产业上下游人脉，终于在严冬过后，迎来春暖花开的季节。

英国首相丘吉尔说过：不要浪费任何一次危机。这个季节，是全球经济的严冬，却是杨义贵最好的机遇。2008年，全球金融危机让世界经济深陷低迷，杨义贵却逆势而行，低价购买生产设备，令产品范围种类扩大，也使得赛恩特的发展迎来了春天。

2010年以后，杨义贵凭借前瞻性的眼光，从前端激增的需求量，看到赛恩特作为后端供应商的巨大市场，每年都利用企业不多的利润，持续进行企业扩大再生产。

“我不喜欢被‘内卷’，我‘随波不逐流’。凑热闹的事情，我大多不会去做。”这是杨义贵超越常人的倔强，也是他矢志不渝的坚韧。强大的内驱力，就像一把火，照亮了前行之路。

或许成功的人都是比较孤独的。“是孤独没错，但是我的心不孤独，事业上我一直以来义无反顾地行进在国家建设、改革开放的康庄大道上，我从来不感觉到孤独，我一个人走得很充实。”

作为公司的董事长，杨义贵每天要处理的事情很多，安排生产、人事等等。他在两个厂区的办公室都很简单，除了一套桌椅、两个沙发、两个书柜外，别无他物。新厂区的办公室窗外是一片树林，老厂区的办公室紧邻着机器轰鸣的车间。杨义贵大多数时候都在老厂：“一直在一线，机器声习惯了，听着还觉得踏实。”

在员工眼里，相比威严的老板，杨义贵更像一个严慈的家长："要求高，批评多，但又像老爸教儿子一样，很有耐心。"

尽管受日本企业文化影响颇深，但杨义贵很少直接命令员工去做什么事情。"还是要考虑国情，注意沟通方式。"他说。新冠疫情期间，看到新厂区食堂座位离得太近，他在早会上"建议"隔开一些；员工到他办公室单独汇报工作时，他会主动戴上口罩。

只有在涉及产品质量问题时，杨义贵才会体现出威严的一面。在公司干了18年的制造部部长王照云，唯一一次看到杨义贵开会拍桌子，就是因为产品质量问题："一次生产线有异常，没有及时反馈给他，产品出来后客户投诉他才知道。"因为对工作要求严格，尽管杨义贵平时很和蔼，不少员工还是"会怕他"。

凭借优秀的企业管理能力和在汽车产业上下游丰富的人脉，杨义贵最终赢得了客户的青睐。

经过近20年的辛苦耕耘，杨义贵一手创立的赛恩特公司，由之前的一个小工厂，逐渐扩张成三个大工厂；从二十多名的员工，增加到近五百名员工。新冠疫情期间，公司业绩仍然稳步增长，到2021年，营业收入达到了三亿多元。这家专业从事汽车金属冲压、焊接零部件生产的民营企业，是广汽本田、一汽丰田、东风本田、广汽三菱等知名车企的二级供应商。

成为世界级汽车巨头的供应商，是多少企业家梦寐以求的事情，杨义贵能做到这一点，绝不是因为他精通日语，也不仅仅因为强大的人脉，而是因为他多年来坚持精益管理，以工匠精神生产出高品质的产品。这种与日资企业高度契合的气质与精神，是别人难以模仿的核心竞争力。

也许是命运的巧合，杨义贵和北滘缘分匪浅。1993年起，他在北滘的威灵钢铁开料厂做了四年厂长。在这里，他感受到顺德的包容和开放、低调和淳朴，不由得产生了在这里创业的想法。决定创业时，经过对创业环境的一番考察后，他毅然决定，再次在这个地方落脚。怀着对北滘的深厚感情，他与北滘的续章也由此展开。

杨义贵自豪地说："1993年我到北滘任厂长时，这里还是典型的桑基鱼塘的渔农水乡。而如今，它已经成为制造业集中的工业强镇，我很欣慰，我既是见证者，也是参与者、奋斗者。”

我是一个老兵

胸有丘壑，目有山川，吐纳大海星辰。

眼里有光，脚下是路，汲取日月菁华。

作为一位永不言退、朝气蓬勃的“白发少年”，杨义贵以这样一首诗抒发自己的正能量、家国情，讲述着“因为奋斗不息，所以青春永驻”的热血故事。热爱读书的杨义贵，从古典哲学、文学中汲取了无尽的养分，为他的创业之路赋予了一种披荆斩棘的底气，也赋予了他一往无前的能量。

学理科出身的他，却酷爱看《史记》、《孙子兵法》、唐诗宋词等传统文化经典读物。他说他最近在读的是《左传》。每天睡前阅读半小时，是他多年来养成的习惯。“半生柴米半生书”，人生不仅只有柴米油盐，还有理想情怀，多年的人生经历、文化修养，培养了杨义贵浓厚的家国情怀，他说：“国家需要的，我一定会努力去做。”

他的一生都在奋斗，在奋斗的过程中，还不忘回馈社会，感恩身边的人。他是一个老党员，赤子之心，明月可鉴。

杨义贵说：“我虽然只是一名普通的劳动者、一名普通的老党员，但是历尽苦难，再欣迎盛世，还能创办自己的企业并小有利润，做一点公益，回馈国家和人民，这是我应尽的责任，也是一个共产党员应有的担当。”

“我觉得作为一名共产党员、一名企业家，肩负的责任不能只有赚钱，除了企业的发展以外，还应该有更高一点的要求，更高的一点的意义。”这就是他心中常有的信仰吧。

于是，杨义贵开启了风雨无阻的员工培训。他有一个目标，就是通过企业的引导和教育，把这些从农村来的农民工培养成新时代的技能工人。技能培训、工作培训、安全培训、思想教育，这都是杨义贵一直在做的事情。公司一名50多岁的老党员曾经提出，希望党支部做一些工作，帮助沉迷网络赌博的员工解脱出来。杨义贵把这名老党员的建议放在了心上，于是在公司开展了长达半年的反对网络赌博的宣传教育培训。然而，他发现，不只是企业员工，社会上也有不少人沉迷于网络赌博。于是，他给北滘镇政府捐赠10万元，用于支持和推动当地政府展开的反对网络赌博和诈骗的活动。

近年来，杨义贵每年都会拿出企业利润的很大一部分做慈善公益，回馈社会。2019年，杨义贵与北京师范大学教育基金合作，捐资200万，对三区三州进行送书送教的教育扶贫工作。2020年，杨义贵捐赠200万元支援武汉抗疫，这笔捐资是其公司上一年利润的三分之一。2021年，杨义贵向东京奥组委捐资200万元用于疫情防控。2022年4月，杨义贵向顺德北滘慈善会捐赠50万元，定向用于顺德北滘疫情防控工作。

“奉献这个词，我不敢当。”他总是谦虚地说，这不是假话、空话、套话，是实实在在的心里话。不抽烟，不喝酒，不应酬，他就像是一位孤独的老者、一位自带光芒的智者，在自己熟悉的领域里，跋涉，深耕，静待花开。

“我还是一名生命不息、奋斗不止的老兵。”已年过七旬、有着50年党龄的杨义贵依然保持旺盛的精力与求知欲，翻开他厚重的人生之书，每一页都写满了不变的奋斗底色、不变的奋斗情怀、不变的奋斗品格。

老兵不老，只争朝夕，杨义贵的人生值得每一个人去思考、去学习。

后记

当写完这本书的最后一个字，为付出大量心血与精力的文字画上最后一个句点的时候，我如释重负，一种喜悦的暖流涌遍了全身——我知道，我的使命与责任基本告一段落，但我亦明白，这个故事绝不是过去时，它是永远激情澎湃的进行时。

在顺德这片热土上，顺商的歌声从未停止，顺商的拼搏进取，从来就是顺德、广东、中国乃至世界经济舞台上的主旋律、强动能。

静水流深，以柔克刚，水利万物而不争，而天下莫能与之争。顺德，是一片经济发展、企业竞逐的热土，也是一片静心磨剑、动若脱兔的“静土”，岭南水乡的水性，已经深深融入了顺德企业家的血液当中。正因如此，儒家的进取、道家的修为，成了全球化的顺商最鲜明的营商智慧与人格基因。

就在2023年11月9日晚上，中国资本市场上又一次传来顺德企业家惊人之举的消息：何剑峰以超过百亿的巨资，取得了中国家具行业的头部企业——顾家家居的控股权。

我看到，当前，世界百年未有之大变局进入加速演变期，尽管顺德的两家世界500强之一——碧桂园正在经历企业成立以来最大的挑战，但是，顺商这个群体依然在砥砺前行，他们的脚步依然刚健有力，内外交困的巨压之下，顺商展现出来的群体力量，依然焕发出夺目的光芒，他们身上彰显出来的韧性、专注与创新力，凝练成为这个时代尤为宝贵的品格。

有人戏言：你是顺德的“死对头”，你为什么对顺德爱得如此深沉？

我总是莞尔一笑：因为顺德，承载过我的青春、我的热情、我的思考。24年的时间里，我在顺德度过了人生的黄金时代，在这24年的漫漫长途中，我没有想过离开顺德，尽管我只是顺德的一粒沙、时代的一粒飘尘。

1992年年底的一个寻常之日，方洪波从地处湖北十堰的中国二汽，风尘仆仆地奔赴顺德，找到一个名叫北滘的小镇时，谁会想到，在这里他竟然度过了长达30多年的人生。来了，或许就没有想过要离开，来了，就是顺德人，这是身体对土地的托付，这是一种青春对实业的热忱。

方洪波以30多年的贡献，续写了美的集团的辉煌，放眼全球，郑裕彤、李兆基、何享健、杨国强、梁庆德、陈启宗……一代代灿若群星的顺德企业家，用毕生之力，经营好一个个世界级的产业、世界级的企业，这绝不只体现在企业经营数据上的增长，还体现在精神上的奋力张扬。

用中国著名财经作家吴晓波的话说：企业家精神就是在最极端的状况下，释放出来的人性的光芒，让他们有了逆流而上的力量。低调务实的顺德企业家谜一样的人生故事，让我有了探寻和书写他们的好奇心与驱动力。

绝不是拿方洪波自比。我与顺德结缘，也只是为了一份工作。24年来，我在县级、国家级、省级媒体工作，无论媒体级别怎么变，但是媒体工作的性质从未变；无论年纪怎么变，我扎根顺德、研究顺德、报道顺德的初心从未变；无论外面的世界怎么变，我偏居一隅为顺德发声的立场从未变。

为什么我的眼中常含泪水，因为我对这片土地饱含深情。在这漫长的职业生涯当中，我与顺德20多年来的主政官员有过无数次的互动，并结下了深深的友谊，而接触更多的是顺商这一个群体。他们的智慧、思维、格局、个性与行为，促进产业发展、企业成长，让一个个顺德企业一步步发展成为民族骄傲、世界巨头。这个群体的人性、价值观与方法论，总是让我这个长期关注产业、企业、企业家的媒体人，无论是出于职业习惯还是个人爱好，能够时时感受到令人醉心的冲击，并为他们击节赞叹。

24年里，我一次次走进顺德的企业，参与了影响顺德企业发展的一个个大事件，在对顺商这一个庞大群体的采访中，触摸到了他们的行为模式、管理手段、人格修为、商业智慧，进而从他们身上，感受到了一个地域人格的伟大与执着，它引发了我长久的思考：为什么是他们？他们为什么……在这个变乱交织的世界当中，顺商，作为独立而又融于中国商帮文化的一个地域群体，在中国企业家财富版图的扩张中，展现出愈挫愈勇的时代力量，而他们在大灾大难之中的善行义举，又展现出这个群体感天动地的家国情怀。

今年4月，我有幸到清华大学培训一个星期，徜徉在中国最高学府里，我发现清华大学至少有四座大楼是顺德企业家们捐建的，蔚为大观的一栋栋建筑里，寄托着顺商们关于知识改变家国命运、实现民族复兴的厚望。

2017年7月，我在美的集团创始人何享健宣布捐款60亿元做慈善的现场，深切感受到了一个大企业家的大格局、大情怀，而他在垂暮之年的一次次善行义举，也一次次让国人动容。也正是何享健、杨国强、李兆基、郑裕彤等一批企业家的集体行动，汇聚成一个地区、一个群体对人类命运共同体的集体思考、一致行动。顺商，用慈善的力量，来表达对家国、对世界的回馈、关爱、责任与道义……

正因如此，作为一个媒体人，我总是为这一个群体而感奋、而激动，这种奔腾不息的地域力量，何尝不是中国最需要发扬的时代精神？这种勃发进取的人生故事，何尝不是当代年轻人学习的榜样范本？

永远不会忘记，2020年冬天，我在从甘肃省东乡族自治县回顺德的路上，突然有了写这本书的冲动，心动不如行动，结合我20多年来在顺德的积累与研究，我用两年时间书写了这本书。

感谢万和集团创始人卢础其、中顺洁柔的创始人邓颖忠、中辰科建的董事长龚武、大自然家居的联合创始人佘建彬、美博空调创始人余方文、赛恩特公司创始人杨义贵……正是因为你们抽出宝贵的时间接受采访，并亲自修改其中的篇章，才能让你们的故事、感悟、境界与思想无比精彩地呈现于书中。你们声情并茂的诉说，至今在我的耳畔久久地回荡。

感谢本人的好朋友黄治国、黄剑峰、卢书平、于杰等人的鼓励，你们提供的诸多细节与意见，丰富了书中的人物内容，让我对企业家有了更深层次的把握。

感谢我的师弟肖志勇，同事刘嘉麟、蒋晓敏、蓝志凌等人，为我的写作提供了大量的支持。

感谢南方日报出版社，为此书的顺利出版做了大量的专业工作。

大江流日夜，慷慨歌未央。在我的人生历程中，此书的出版还只是一个开始，绝不是终点。

这本书并不完美，限于素材、资料与篇幅，不能完整表达这一个群体曾经有过的一切，不能精彩地呈现他们的精神、他们的奋斗、他们的智慧，还有更为精彩的故事、更多的企业家未能付诸笔端。在顺商发展波澜壮阔的历史长河中，这本书最多是撷取了其中的一个浪花，而不是这个群体的浪潮。

不管怎么样，我承认，我为之付出了应有的努力。我亦相信，为顺商而书写、为顺商而歌唱、为顺商而骄傲，将是我余生最大的爱好、最好的表达。

是为记。

王基国

2023年11月13日